Petra Dalquen

Küssen Inder anders?

amazon publishing

Das Buch

Der Roman beschreibt das Leben von sechs Frauen, die freundschaftlich miteinander verbunden sind. Zwei von ihnen – Bernarda und Francine – hüten ein Geheimnis und ahnen nicht, wie sehr ihre Schicksale einander ähneln. Während einer Reise durch die archaische, geheimnisvolle und exotische Welt der Tempel und Götter Südindiens kommen ihre Konflikte offen zum Ausbruch.

Am Ende ist nichts mehr, wie es vorher war – für keine der sechs Freundinnen.

Was wissen wir wirklich von unseren Freunden? Wie viel Nähe lassen sie zu? Schenken sie uns in einer persönlichen Notlage ihr absolutes Vertrauen? Und können wir ihnen bedingungslos vertrauen?

»Küssen Inder anders?« handelt von der Kraft der Freundschaft und dem Zauber einer außergewöhnlichen Liebe.

Die Autorin

Petra Dalquen, Jahrgang 1949, lebt mit ihrem Mann teilweise in Deutschland, teilweise in Portugal. Sie ist Yogalehrerin BDY/EYU und unterrichtet seit vielen Jahren in ihrer eigenen Yogaschule. Das Arbeiten mit Ton ist für sie Meditation, es entstehen Gefäße und Skulpturen, die manchmal eine eigene Dynamik entwickeln. »Lesen und vor allem Schreiben sind seit meiner Kindheit ein wichtiger Teil meines Lebens. Warum ich jetzt erst auf die Idee gekommen bin, einen Roman zu schreiben? Keine Ahnung. Wahrscheinlich hatte ich zu viele andere Dinge zu tun. Doch nach meinem Lebensmotto ›Alles zu seiner Zeit‹ nehme ich gerne und in aller Gelassenheit den Zeitpunkt an und freue mich auf weitere Geschichten, die ich mit meinen Lesern teilen kann.«

PETRA DALQUEN

Küssen Inder anders?

Roman

amazon publishing

Deutsche Erstveröffentlichung bei
Amazon Publishing, Amazon Media EU S.à r.l.
5 Rue Plaetis, L-2338, Luxembourg
April 2016

Umschlaggestaltung: semper smile, München, www.sempersmile.de
Umschlagmotiv: © krkt / Shutterstock; © YurkaImmortal / Shutterstock
1. Lektorat: Sandra Schmidt, www.text-theke.com
Lektorat, Korrektorat und Satz:
Verlag Lutz Garnies, Haar bei München
www.vlg.de
Printed in Germany
By Amazon Distribution GmbH
Amazonstraße 1
04347 Leipzig, Germany

ISBN 978-1-503-93613-3

www.apub.com

Prolog

»Ladys, ihr müsst jetzt stark sein! Sucht euch bitte einen Grabstein oder einen Busch, dies ist ein sicherer Ort zum Austreten. Shiva ist hier mit euch.«

Die Frauen der kleinen Reisegruppe sehen sich nach dieser Ansage fragend an.

»Das ist die letzte Pinkelpause, bevor wir Tiruvannamalai erreichen. Nirgendwo anders seid ihr so sicher wie hier. Betet ein Vaterunser, oder bittet euren persönlichen Gott um Vergebung, wenn es euch hilft!«

Die Frauen steigen aus dem Bus und betreten zögernd den kleinen Friedhof. Dann sieht Susanne, die Reiseleiterin, keine Gestalten mehr, nur noch vereinzelte Köpfe neben Grabsteinen. Sie ist angespannt und wird heilfroh sein, wenn sie Tiruvannamalai erreicht haben. Mit einem Bus voller europäischer Frauen geht sie ein gewisses Risiko ein. In letzter Zeit hatte es einige schwere Überfälle gegeben, sogar auf den stark befahrenen Straßen.

Am frühen Morgen waren sie vor ihrem Hotel in den lustig bemalten himmelblauen Bus gestiegen, das Gepäck war von jungen Hotelboys in schicken Uniformen auf den wenig Vertrauen erweckenden Dachgepäckträger gehievt und dort festgezurrt worden. Es war sehr viel Gepäck. Die erste Woche ihres Aufenthalts in Indien hatten sie in einem wunderschönen Hotel am Golf von Bengalen, am Rande einer kleinen südindischen Händlerstadt, verbracht, und die Frauen hatten dem verlockenden Angebot an Saris, bunten Tüchern und Schmuck nicht widerstehen können. Sie hatten dort am Meer an einem Yoga- und Meditationskurs und einem Workshop über die Mythologie Indiens teilgenommen, an die sich eine achttägige Tempelrundreise im Süden Indiens anschloss.

Heute hatten sie die letzte Etappe dieser Rundreise angetreten, auf der sie in die fremde, exotische und mystische Welt der Tempel und der Götter Indiens eingetaucht waren. Die letzten beiden Tage würden sie in unmittelbarer Nähe des heiligen Berges Arunachala, des Aschrams und des bekannten Tempels verbringen. Die Frauen waren sich durch die intensive Yogaarbeit und vor allem während der langen Fahrten im Bus sehr nahegekommen, die Stimmung war entspannt und freundschaftlich, sodass die Hitze in dem nicht klimatisierten Bus besser zu ertragen war.

Das Geschnatter im Bus war für eine längere Zeit verstummt, als Susanne am Vormittag lautstark ihre Position gegenüber dem indischen Busfahrer klarstellte. Raja hatte Schwierigkeiten damit gehabt, von einer europäischen Frau Anweisungen entgegenzunehmen. Aufgeplustert wie ein Hahn, hatte er den Frauen eine gelungene Choreografie indischen Machogehabes geboten. Susanne muss jetzt noch grinsen. Es ist doch immer das Gleiche mit diesem Typen. Sie kennt Raja jetzt schon so lange, er fährt fast jede ihrer Gruppen, mehrmals im Jahr, und jedes Mal muss er diese Show abziehen. Danach ist er handzahm und gehorcht wie ein Hündchen – bis zur nächsten Fahrt. Er ist nett, ein zuverlässiger Fahrer, auch wenn er ab und zu mal etwas über die Stränge schlägt und sich an Überholmanövern der besonderen Art erfreut. Bei anhaltendem Hupen und quietschenden Reifen bricht den Mitfahrerinnen öfter der Angstschweiß aus.

Die Frauen kommen einzeln vom Friedhof zurück. Schweigend steigen sie in den Bus und nehmen ihre Plätze wieder ein.

Susanne macht sie auf ein Leichenverbrennungsritual aufmerksam, das im Moment auf der Verbrennungsstätte neben dem kleinen Friedhof stattfindet. »Zu diesem Ritual sind nur Männer zugelassen. Der älteste Sohn zündet den Leichnam an, dessen Asche anschließend in einen Fluss oder ins Meer gestreut wird. Sehr kranke Menschen und Kinder dürfen nicht verbrannt werden, sie werden auf Friedhöfen wie diesem beigesetzt.«

Im himmelblauen Bus ist es still geworden.

Susanne steigt noch einmal aus. Sie beobachtet, wie eine hochgewachsene weiß gekleidete Frau auf dem kleinen Friedhof aus dem Schatten eines riesigen Banyanbaums tritt und bei einem Grab stehen bleibt, das so ganz anders aussieht als all die übrigen Gräber. Es ist über und über mit den exotischsten Blumen bepflanzt. Die Frau hält eine Hand schützend über ihre Augen, schaut zum Bus und legt dann grüßend beide Hände vor der Brust zusammen. Namasté!

Susanne lächelt, sie erwidert den Gruß und steigt ein.

Raja schließt die Türen, die Reise kann weitergehen. Sie lehnt sich in dem unbequemen Sitz zurück und schließt ihre Augen. *Ich muss unbedingt Shari besuchen.*

Es ist schon eine Weile her, und es war eine Gruppe wie diese. Und doch, etwas war von Anfang an anders gewesen, etwas war besonders gewesen. Es war der Zauber, den man spürt, wenn verlorene Seelen den Weg nach Hause finden.

Teil 1

Spielabend bei Babette

Bernarda knallte ihre Karten auf den Tisch und ließ einen Schrei los. Italienische Flüche attackierten den Tisch wie angriffslustige Fische. Flüche, die bei jedem Fischer im Hafen von Palermo rote Ohren verursacht hätten. »Warum hast du diese Karte nicht schon in der letzten Runde rausgelegt«, zischte sie und schaute Anna-Marie an, als wollte sie sie mit Haut und Haar verschlingen. »Du bist unkonzentriert, mit dir kann ich unmöglich spielen! Bleib doch zu Hause, wenn du deinen Kopf nicht frei bekommst.«

»Mensch, Bernie …«

»Bernie, Bernie, dein albernes Bernie! Nenn mich nie mehr so, ich heiße Bernarda. Merk dir das gefälligst!« Sie schimpfte und zeterte jetzt auf Deutsch, doch so schnell und so hart, dass es sich anhörte wie eine andere Sprache. Sie stand auf, riss ihre Jacke von der Stuhllehne, schnappte ihre Tasche, rannte zur Tür und stieß sie auf. Die Frauen kniffen ihre Augen in Erwartung eines lauten Knalls zusammen, da wandte sie sich noch einmal um und zeigte auf Babette. »Und du, kannst du deine Karten nicht verdecken? Alle gucken rein, aber dir ist das alles scheißegal, du hast keinerlei Ehrgeiz, du denkst immer nur ans Essen!«

Bernarda rauschte hinaus, und dann erst folgte der Knall; sie schlug die Tür so fest zu, dass der Rahmen bebte.

Sie ließ die Luft wie elektrisiert zurück. Ihr Duft und ihre Wut waren noch lange, nachdem sie mit durchdrehenden Rädern angefahren und davongebraust war, im Raum und im Bewusstsein der drei Freundinnen präsent. Ja, das waren sie trotz allem: Freundinnen.

»Zicke!«, konnte sich Babette nicht verkneifen, »was bildet sie sich ein, blöde Gans, italienische!« Sie und Bernarda standen auf Kriegsfuß und waren schon mehr als einmal zusammen in den Ring gestiegen. Doch die Kämpfe waren immer ausgeglichen, keine der beiden war jemals k.o. gegangen, nur am Ende war es immer Babette, die die Hand ausstreckte und den Fight beendete.

Sie konnte zwar auch explodieren wie ein Vulkan, doch sie hatte ein sanftes Gemüt, und Sekunden nach der Explosion schien wieder die Sonne in ihrem Herzen.

Mit dem »Essen« hatte Bernarda nicht ganz unrecht. Alles an Babette war rund, ihr Gesicht, ihr Körper, ihr Busen.

Nun stand sie vom Tisch auf, nahm Anna-Marie, die immer noch verschreckt an ihren Zöpfen knabberte, kurz in den Arm. »Dann kommt halt jetzt schon der gemütliche Teil. Ich mache uns was besonders Leckeres zum Essen. Wir lassen uns doch den Abend nicht versauen.« Babette bewegte sich trotz ihrer Rundungen so leicht wie eine Gazelle. In ihrer großen offenen Küche war sie die Königin. Dort tanzte sie königliche Tänze, bei denen Töpfe, Pfannen, Rührlöffel, Messer, Zitronenpressen, Trüffelhobel und Knoblauchpressen ihre Partner waren.

Am großen Esstisch sprach Leo, die eigentlich Eleonor hieß, beruhigend auf Anna-Marie ein, die noch immer ganz bekümmert war. »Ich halte es nicht aus, wenn jemand so auf mir rumhackt. Sie muss sich doch nicht so gehen lassen und derart rumzicken, wir können schließlich normal miteinander reden, wir sind doch Freundinnen.«

Anna-Marie war die Jüngste der Canastafrauen. Sie war zweiunddreißig. Ihre sehr früh verstorbene Mutter war die beste Freundin von Babette gewesen, und Babette hatte Anna-Marie damals aufgenommen wie eine Tochter. Der Vater war hilflos und total überfordert mit dem kleinen Mädchen gewesen. Er hatte sich nie wirklich von dem Verlust seiner jungen Frau erholt und war für das Kind keine Stütze gewesen. Er war froh, dass seine kleine Tochter, wann immer sie wollte, in Babettes Familie willkommen war. So hatte Anna-Marie ihr Lager die überwiegende Zeit des Jahres in Babettes gemütlicher Küche aufgeschlagen, und Babettes Töchter Melly und Kathy hatten sie in ihr schwesterliches Nest, in dem gezickt, gekichert und gekuschelt wurde, aufgenommen – so selbstverständlich, wie Welpen das tun.

Ein köstlicher Duft zog durch die Wohnküche. Babette klatschte in die Hände, Anna-Marie stand auf, und mit geübten Griffen verteilte sie das nötige Geschirr auf dem großen Holztisch und half, die Speisen aufzutragen.

Babette betrieb einen gut florierenden Cateringservice, in dem ihre Tochter Melly mitarbeitete, seit die sich von ihrem untreuen Ehemann getrennt hatte und mit ihren Kindern wieder in das große gemütliche Familienhaus auf dem Land gezogen war. Babettes Töchter und auch Anna-Marie, wenn sie gerade mal da war, arbeiteten Hand in Hand, sie waren ein eingespieltes Team.

»Meine Lieblings-Anna!« Max, Babettes gutmütiger, bärenhaft großer Mann, war dem Duft gefolgt, der durchs ganze Haus zog. Babettes kulinarische Verführungskünste übten seit jeher einen unwiderstehlichen Zauber auf ihn aus. Und nicht nur die kulinarischen, er war ihr nach all den Jahren immer noch mit allen Sinnen verfallen.

Max umarmte Anna-Marie, gab ihr einen schmatzenden Kuss und konnte es sich nicht verkneifen, ihr den üblichen

Klaps auf ihr knackiges Hinterteil zu verpassen. Dieser jungen Frau, der das Schicksal so früh die Mutter genommen hatte, hatte er einen Logenplatz in seinem Herzen reserviert. »Hast du deinen Kerl und die zwei Frechdachse mal wieder satt und brauchst Babettes leckere Seelentröster?«

Anna-Maries Lebensgefährte und ihre kleinen Söhne gehörten ebenso wie sie zur Familie und hielten sich oft in Max' Hobbyschreinerwerkstatt auf.

»Dich habe ich auch schon lange nicht mehr gesehen, komm in meine Arme, Tiger!« Max ging auf Leo zu, sie verschwand in einer bärigen Umarmung und wurde ebenfalls abgeschmatzt.

»Leo ist da! Klara! Leo ist da!«, brüllte Louis, der fünfjährige Enkel von Babette und Max, und stürzte sich mit einer solchen Wucht in Eleonors Arme, dass ihr Stuhl fast nach hinten umgekippt wäre.

Eleonor wurde Leo genannt, weil sie am liebsten getigert ging, und wenn sie mal sehr seriös auftreten musste, dann war wenigstens das Untendrunter aufregend im Raubkatzenlook gestylt.

Die Kinder liebten Leo, weil sie sie ernst nahm und überhaupt kein Getue mit ihnen machte. An diesem Abend trug sie getigerte, fingerlose Handschuhe, die sie auch beim Essen nicht auszog. Klara, Louis' große Schwester, die jetzt Leo ebenfalls sehr stürmisch um den Hals fiel, fand das supercool.

Alle saßen um den großen, langen Tisch und genossen den Anblick und das verführerische Arrangement von Salat, Gemüse, Fleisch, Käse. Herzhaft griffen sie zu.

Babette kochte nicht nur wunderbar, sie präsentierte das Essen auch wie ein Kunstwerk. Farben und Aromen bildeten eine perfekte Komposition. Sie kreierte alles mit leichter Hand und völlig entspannt. Täglich backte sie Brot, und der Duft empfing jeden, der das große, gemütliche Haus betrat. Babette war aber auch eine begabte Malerin. Sie geriet in einen Farbenrausch, wenn sie ihre kulinarischen Kreationen auf die Leinwand übertrug – großflächige Stillleben, auf denen die Farben fast explodierten. Die Bilder hingen überall im Haus. Beim Betrachten spielten die Geschmacksknospen verrückt, das Wasser lief einem nur vom Anschauen im Mund zusammen.

»Eure designergefummelte italienische Diva war heute aber auf Krawall gebürstet«, sagte Max mit vollem Mund. »Wer hat denn diesmal ihren Zorn entfacht, meine armen Lämmer?« Er sah Babette herausfordernd an. Als Lamm würde man sie ja nun nicht gerade bezeichnen, zumal zu »Lamm« der Zusatz »sanft« ja irgendwie dazugehörte. Sie nahm den Fehdehandschuh auch sofort auf. Zwischen ihnen fand ein knisternder, nonverbaler Schlagabtausch statt. Nach so langer Zeit waren sie verliebt wie am ersten Tag. Babette war dreiundsechzig, Max wenige Jahre älter. Sie waren seit vierzig Jahren verheiratet, doch die Leidenschaft füreinander hielt sie noch immer gefangen. Die beiden umgab sekundenlang eine Aura aufgeladener Sinnlichkeit.

Louis holte sich einen Stuhl und rückte nah an Leo heran. Er hatte schon die ganze Zeit mit ihr geflüstert. »Birne Helene ist saublöd«, sagte er leise und schaute verstohlen durch die offene Tür in den Flur.

»Louis, ich habe das gehört!«, schallte es von draußen herein, und kurz darauf kam Helene in die Küche.

Babette seufzte. Garantiert hatte ihre Mutter gelauscht. Sie war misstrauisch und schlich durchs Haus, immer in Alarmbereitschaft.

»Komm, setz dich zu mir, Helene, hier gibt es jede Menge leckere Sachen«, lud Max sie ein.

»Nein, ich bin nicht eingeladen, und ich möchte auch nicht stören.«

»Nun stell dich doch nicht so an und setz dich hin, Mutter. Anna-Marie bringt dir ein Gedeck.« Babette verdrehte die Augen, Stress mit Helene hatte ihr gerade noch gefehlt.

Doch die lief gerade erst warm. Ihr strenger Blick fiel auf Louis. »Dieser Rotzlöffel hat sich wieder was erlaubt! Dem fehlt die strenge Hand eines Vaters, und die Mutter ist auch nie da, wenn sie mal hart durchgreifen müsste. Der Bengel hat keinen Respekt vor dem Alter. Er hat nach mir getreten.« Sie legte eine kleine Kunstpause ein und sah sich triumphierend um. Doch als niemand auf ihre Anschuldigung reagierte und sie sich wohl nicht ernst genommen fühlte, schwenkte sie sofort um ins dramatische Fach und sah aus, als würde sie gleich in Tränen ausbrechen.

Max lenkte sie ab, reichte ihr die Platte mit Tapas, und Helene lud sich den Teller voll, obwohl Babette ihr früher am Abend bereits ein kleines Abendessen serviert hatte.

Babette musterte ihren Enkelsohn aufmerksam. Louis war ein lebhaftes, fröhliches und im Umgang mit anderen ein sehr liebevolles Kind. Doch von Anfang an hatte er diese Abneigung der Urgroßmutter gegenüber gezeigt. Schon als Baby hatte er sich ganz steif gemacht, wenn sie auch nur in seine Nähe gekommen war.

»Oma hat ihn sicher ins Bein gekniffen, und deshalb wird er sie ewig hassen«, hatte Melly einmal spaßeshalber gemeint.

Babette hielt das als Einzige in der Familie nicht für ausgeschlossen. Sie nahm sich vor, Louis später zu fragen, warum er so wütend auf Helene war. Es gab sicher einen Grund dafür.

Sie stand vom Tisch auf und stellte die Kaffeemaschine an. Am Nachmittag hatte sie ein neues Rezept für einen Käsekuchen ausprobiert, den es jetzt als Dessert gab.

Leo kam zu Babette in die Küche; sie trug prinzipiell nur Schuhe mit mindestens zwölf Zentimeter hohem Absatz. Das musste ihre Wirbelsäule im Laufe der vielen Jahre derart in Form gebracht haben, dass selbst ihr Gang irgendwie tigerhaft wirkte. Sie war mit vierundsiebzig Jahren die Älteste der Canastafrauen.

»Bernarda war unausstehlich heute Abend.« Sie holte vorsichtig mit einem bloßen Finger ihrer behandschuhten Hand die restliche Sahne aus der Rührschüssel und leckte ihn ab. »Ich hatte heute wirklich große Lust, Karten zu spielen. Gestern war sie in Hochform. Wir hatten einen wirklich schönen Abend. Erst in der neuen Kunstgalerie am Theater und anschließend in der Kasinolounge. Wir haben einige Bekannte getroffen. Sie sprühte nur so vor Witz und Charme. Mir scheint, sie hat eine dissoziative Identitätsstörung, so, als wäre sie zwei Frauen.«

»Egal, was sie hat. Ich sage dir, sie sollte wieder Bridge spielen. Canasta und wir genügen ihren hochgeschraubten Ansprüchen offenbar nicht.« Babette brachte das Tablett mit Kaffee und Kuchen zum Tisch.

»Wie man hört, hat sie es sich in ihrem noblen Bridgeklub ebenfalls mit allen verdorben. Niemand will mehr mit ihr spielen. Wahrscheinlich ist sie dort genauso dominant und aggressiv gewesen wie bei uns.« Leo blieb vor Babettes neuestem Bild stehen: eine aufgeschnittene rote Wassermelone, prall, saftig und sinnlich. »Am liebsten möchte man in das Bild hineinspringen, darin baden, so verführerisch sieht es aus. Du solltest dir mal einige deiner Arbeiten unter den Arm klemmen und in der Galerie vorbeibringen. Du wirst immer besser.«

Babette winkte ab, sie war an Öffentlichkeit nicht interessiert.

Die achtjährige Klara war nach oben gegangen, um ein Kartenspiel zu holen. Sie hatte so lange gebettelt, bis Max weich geworden war. »Ihr zwei Krabben müsstet längst im Bett sein«, hatte er gesagt.

»Ach, menno, nur wegen Louis, dem Baby, muss ich immer so früh ins Bett. Ich bin doch schon acht, bitte, Opa, bitttteeee!«, hatte sie geschmollt.

Anna-Marie hatte zu Hause angerufen, um ihren Buben eine gute Nacht zu wünschen, und räumte jetzt das Geschirr in die Küche.

Uroma Helene unterhielt sich angeregt mit Leo. Babette wusste, dass ihre Mutter schicke Frauen mochte, sie bewunderte. Als Klara mit den Karten erschien und alle den Tisch frei machten, richtete sie sich auf. Mit einem »ich bin ja hier mal wieder überflüssig« verließ sie hoch erhobenen Hauptes den Raum. Sie mochte keine Spiele. Dass ihre Familie so oft spielte, fand sie rücksichtslos, wie sie mehr als einmal kundgetan hatte. Babette schüttelte den Kopf, und Louis zeigte seiner Urgroßmutter heimlich einen Vogel.

Sie spielten noch eine Runde mit den Kindern, und nachdem Babette die beiden ins Bett gebracht hatte, kamen die Canastakarten auf den Tisch.

Als später Melly dazustieß, sie hatte ein erstes Date seit ihrer Trennung gehabt, verschwanden die Karten ohne Bewertung und ohne in die Statistik einzugehen.

Dafür zogen sie Melly ein bisschen auf und wollten wissen, mit wem sie sich wo getroffen hatte.

»Ich werde euch den Treffpunkt verraten, wenn ich ein zweites Date mit dem Typen habe, dann könnt ihr euch selbst ein Bild von ihm machen.« Lachend ging sie auf ihre Scherze ein.

Es war spät geworden. Gemeinsam räumten sie den großen Tisch.

»Nur so zum Spaß, wie heute, ist das Kartenspielen ja wirklich toll, aber jetzt bin ich doch mal gespannt, wer in diesem Jahr in unserer Clique den besten Platz macht«, sagte Anna-Marie beim Verabschieden.

Leo setzte ihre getigerte Baseballkappe auf. »Ich hoffe, dass es diesmal klappt mit einer Reise. Bin gespannt, wo sie hingehen wird. Unsere Reisekasse ist prall voll.«

»Wir telefonieren, ich kann diese Woche nicht mehr spielen.« Babette schaltete das Außenlicht ein. »Aber Francine spielt sicher wieder. Ich bin froh, dass sie heute nicht dabei gewesen ist. Bernarda hätte ihr den Kopf abgerissen, aggressiv, wie sie war, und das nur dafür, dass es sie gibt.«

ƃ ƃ ƃ

Babette war wie immer sehr früh aufgestanden. Sie liebte die Morgenstunden in ihrer Küche, wenn der Tag wie ein leeres weißes Blatt vor ihr lag und ihr das Gefühl gab, alles in ihrem Leben selbst bestimmen zu können. Der Tag lehrte sie dann zwar meistens etwas anderes, doch der Morgen war für sie reine Inspiration. Sie hatte bereits eifrig an ihrem Arbeitspult geschrieben, an dem sie ihre Menüs zusammenstellte, Rezepte kreierte, Einkaufslisten erfasste und Rechnungen bezahlte.

Nun steckte sie mit beiden Händen in einer Schüssel und knetete voller Energie den Teig für ein Brot. Sie war in Gedanken noch bei ihren Aufzeichnungen, und irgendetwas davon brachte sie ein wenig außer Atem. Sie spürte, wie sich ihre Wangen röteten. Sie blies sich die krausen Haare aus dem Gesicht, wusch sich den Teig von den Händen und fasste mit einem Gummiband ihre dichte blond-graue Haarmähne auf dem Hinterkopf zusammen. Ihre naturkrausen Haare sahen nun aus wie ein aufgeplusterter großer Pinsel.

Max kam in die Küche geschlurft, gähnte, trat hinter sie, umarmte sie und küsste ihren feuchten Nacken. »Guten Morgen, mein Marzipanmädchen. Du siehst gut aus, appetitlich, knusprig und lecker, zum Anbeißen.«

»Hey, nicht schon wieder, du lüsterner Knacker.« Sie löste sich lachend aus seiner Umarmung, um das Brot in den Ofen zu bekommen.

Max hielt ihr einen Kaffeepott hin und gab ihr einen

Kuss auf die Nasenspitze. »Was war denn gestern Abend mit Bernarda los? So durchgeknallt habe ich sie noch nie gesehen.«

»Du siehst sie ja auch selten. Ich habe sie schon oft so erlebt. Mir geht sie total auf die Nerven. Ich finde es schade, dass es solche gemütlichen Canastaabende ohne sie, wie gestern, kaum noch gibt. Sie tyrannisiert uns alle. Ich würde sie rausschmeißen, aber Leo hat einen Narren an ihr gefressen. Sie behauptet, dass sie, wenn sie mit ihr unterwegs ist, charmant, herzlich und unterhaltend sein kann. Sie hat es sich zur Aufgabe gemacht, Bernarda zu analysieren, glaubt, sie hat irgend so eine Persönlichkeitsstörung, sie will sie unbedingt retten. Du kennst ja Leo!«

Babette hatte angefangen, Frühstück und Schul- und Kindergartenbrote für Louis und Klara zuzubereiten. »Lieferst du die beiden ab? Melly sollte heute mal ausschlafen. Ich hoffe, sie hat sich gestern Abend gut amüsiert und ist mal auf andere Gedanken gekommen, die arme Kleine! Sie könnte ein paar Streicheleinheiten brauchen, eine richtig aufregende Affäre würde ihr jetzt guttun.«

Im selben Moment polterten die beiden Enkel in die Küche wie ausgehungerte Raubtierjunge auf der Suche nach Nahrung.

Babette machte ihnen gerade ihr Müsli zurecht.

»Was schreibst du denn da, das sieht aber nicht aus wie deine üblichen Sachen. Führst du etwa ein Tagebuch?«, wollte Max plötzlich wissen, der an ihr Arbeitspult getreten war.

Babette stand wie angegossen auf einem Fleck und spürte, wie sie knallrot anlief. Sie sah zu Max und dem dicken roten Notizbuch in seinen Händen.

»Hey, du brauchst dich nicht aufzuregen. Ich leg es ja schon wieder weg. Es geht mich ja auch gar nichts an«, beschwichtigte er sie, und sie entschied sich, nichts zu sagen. Jetzt noch nicht, vielleicht später.

Babettes Mutter war noch nicht zum Frühstück erschienen, als Max die Kinder zur Schule gebracht hatte und zurück in die Küche kam.

»Helene hat gestern zu Louis gesagt, sie könne verstehen, dass sein Vater abgehauen sei, bei so einem frechen Sohn.« Louis hatte geweint, als er ihr das erzählte. Der kleine Junge litt furchtbar unter der Trennung seiner Eltern.

»Ach komm, Babette, das glaub ich nicht, Helene ist ja schon speziell, aber so was würde sie doch nicht tun. Sie ist doch nicht herzlos. Das sagt der kleine Frechdachs sicher nur, um davon abzulenken, dass er sie ans Schienbein getreten hat. Sie hat übrigens einen richtig blauen Fleck, sie hat mir ihr Bein gezeigt.«

Diese falsche Schlange! Wieso sah denn niemand in der Familie, welch ein Spiel ihre Mutter spielte? Waren sie alle blind? Und taub? Babette wurde richtig wütend über Helenes Doppelzüngigkeit. Helene hatte zwei Gesichter. Den Drachen ließ sie nur bei Babette und Louis raus, sie triezte den Jungen seit seiner Geburt. An ihre eigenen Erfahrungen mit ihrer Mutter wollte sie nicht mal denken. Die süße Omi und Uromi gab sie nur bei den anderen, da zeigte sie ihre Schokoladenseite und sonnte sich in Bewunderung und Zuneigung. Sie würde ihre Mutter ab und zu auch gern ans Bein treten! Aber sie würde andere Möglichkeiten finden. Sie konnte sich schon mal warm anziehen! Babette kicherte bei der Vorstellung des empörten Gesichtsausdrucks ihrer Mutter, wenn sie vielleicht irgendwann den Thriller las. Während des gestrigen Abendessens war ihr eine besonders quälende Foltermethode in den Sinn gekommen. Hör auf zu träumen, schalt sie sich selbst. Finde erst mal einen Verlag, und lass dir bis dahin nichts mehr von ihr gefallen!

Lunch

Früh am Morgen zeigte das Thermometer bereits vierundzwanzig Grad. Joe – eigentlich hieß sie Johanna – hetzte die Stufen zum Gericht hoch und wäre fast gestolpert, als sie beim Ausziehen ihres Jacketts in einem Ärmel hängen blieb. »Merde«, fluchte sie, blieb stehen, klemmte ihr Handy zwischen Schulter und Ohr und zog die Jacke aus, während sie telefonierte. »Ich halte dich auf dem Laufenden, Leo, heute pack ich den Mistkerl bei den Eiern, da kannst du Gift drauf nehmen! Bis später, Schätzchen, bin spät dran. Ich sehe dich dann in der *Ess-Bar*, hoffe, ich bin pünktlich. Bis dann, salut.«

Sie packte ihr Handy ein, eilte die letzten Stufen hoch und erreichte etwas außer Atem die Sicherheitssperre im Gericht. Armbanduhr, Gürtel, Laptop, Kette, Jackett ablegen, zur Personenkontrolle, alles wieder anziehen, statt Jackett Robe, die Treppe hinauf zum Verhandlungssaal im zweiten Stock.

Joe blieb schwer atmend vor der Tür stehen, ordnete ihre Haare, atmete ein, atmete aus und öffnete die Tür, setzte ein hoffentlich entspanntes, leicht entschuldigendes Lächeln auf. »Verzeihung, Herr Vorsitzender, erst Stau, dann Parkplatzprobleme«, murmelte sie, nahm ihren Platz neben dem Leiter des städtischen Jugendamtes ein, öffnete ihre Tasche und legte ihre Akten auf den Tisch.

Der Vorsitzende eröffnete die Verhandlung, in deren Verlauf ein Vater, der im Verdacht stand, seine achtjährige Tochter über Jahre missbraucht zu haben, zu dieser Anklage gehört werden sollte. Es handelte sich um einen Prominenten dieser Stadt, der hohes Ansehen genoss, weshalb die Presseleute vermutlich bereits seit dem frühen Morgen wie die Geier vor dem Gerichtsgebäude gewartet hatten.

Johanna war die Anwältin der Anklage, in dem Fall des Jugendamtes, das einen entsprechenden Hinweis aus der Schule des Mädchens erhalten hatte. Leo hatte ihr wertvolle Hinweise gegeben, sie war Kinderpsychiaterin und ebenfalls in den Fall involviert. Trotz ihrer vierundsiebzig Jahre hatte sie noch nicht vor, in Rente zu gehen, dazu liebte sie ihren Beruf und die ihr anvertrauten Kinderseelen zu sehr.

Das Mädchen war bei ihr in Behandlung, seit die Sache ins Rollen und das Kind aus der häuslichen Obhut in ein Heim gekommen war. Leo war von der Schuld des Vaters fest überzeugt. So ganz legal war ihre Einmischung nicht, aber wenn es um das Wohl der Kinder ging, pfiff Leo auf Vorschriften und Paragrafen. Das Schwein musste verurteilt werden, damit das Kind endlich von seinem Peiniger befreit wurde.

Bisher schien es so, als sei die Mutter des Kindes davon überzeugt, dass ihr Mann zu Unrecht angeklagt wurde, denn sie saß sehr gefasst, und ohne Emotionen zu zeigen, auf ihrem Platz im Zuschauerbereich. Starr aufgerichtet und mit Augen, die eine Eiseskälte ausstrahlten, die man bei einer Mutter nicht erwartete. Doch das änderte sich im Verlauf der Verhandlung. Die Härte verschwand aus ihrem Blick, machte stattdessen Entsetzen und, ja, geradezu Angst Platz. Einmal brach sie sogar in Tränen aus und musste kurzfristig den Saal verlassen.

Joe brachte den Mann durch gezielte und überraschende Fragen dazu, sich ständig zu widersprechen. Er wurde zunehmend nervös und Johanna gegenüber so aggressiv, dass der Vorsitzende Richter ihn ermahnen musste.

Sehr mit sich zufrieden, beendete Joe ihre Befragung. Mehr konnte sie heute nicht erreichen, das würde ein langer Prozessverlauf werden. Aber sie hatte gepunktet und war sehr zuversichtlich. Aufmerksam verfolgte sie die weitere Befragung des Angeklagten. Sie freute sich darauf, Leo später von dem positiven Verlauf zu berichten. Sie hatte Lust auf ein leckeres, gemütliches Mittagessen und auf einen intensiven Schnack mit ihrer Freundin.

Die Verhandlung war früh zu Ende, und Joe hatte Zeit, sich ein wenig frisch zu machen. Sie war am Abend vorher sehr spät aus Frankreich nach Hause gekommen und hatte am Morgen prompt verschlafen.

Im Waschraum traf sie eine Kollegin, die ihre eigene Verhandlung noch vor sich hatte. »Gratuliere, ich habe deinen Auftritt vorhin gesehen«, sagte sie und blinzelte Joe zu, während sie ihre Lippen mit dem grellsten Pink nachzog, das Johanna je gesehen hatte. »Mach den Kerl fertig. Er soll in der Hölle schmoren.« Sie kicherte und sah Joe aufmerksam von oben bis unten an. »Wow! Deine Haare sind ja richtig weiß geworden. Sieht total interessant aus, vor allem wegen des Kontrastes zu deinem glatten Teint, der dich so verdammt jung aussehen lässt.«

Joe betrachtete sich im Spiegel. Es stimmte. Viel zu früh, sie war ja erst neunundvierzig, hatten auch noch die letzten ihrer früher pechschwarzen Haare ihre Pigmente verloren, was aber der Besonderheit ihrer Frisur nicht schadete. Sie trug seit vielen Jahren diesen klassischen Haarschnitt der Zwanzigerjahre, den man Garçonschnitt nannte. Ihr volles weißes Haar umschloss wie ein Helm ihren Kopf, der Pony fiel ihr tief in die Stirn. Die strenge, kantige schwarze Brille war ihr Markenzeichen und vervollständigte ihren besonderen Stil. Am liebsten trug Johanna klassische Anzüge einer bekannten Designerin, die im Sommer von besonders leichter Stoffqualität waren.

Beim Verlassen des Gerichtsgebäudes traf Joe den Verteidiger des Angeklagten. »Hallo, Joe, dir hat wohl ein kleiner

Vogel was gezwitschert«, kam er gleich auf den Punkt, »oder war es etwa ein größeres Raubtier?« Sie kannten sich gut, und er wusste, dass Joe mit Leo befreundet war. Die Ergebnisse der kinderpsychiatrischen Untersuchung kämen sowieso auf den Tisch, allerdings erst bei der Befragung der Gutachterin.

»Ich treffe mich gleich mit Leo, sie wird begeistert sein, wenn ich ihr berichte, dass das Schwein die Contenance verloren hat.«

Er grinste. »Ich kann dir noch ein Geheimnis verraten, die Mutter hat mich gerade auf dem Flur nach einem Scheidungsanwalt gefragt. Im Beisein ihres Mannes. Ganz schön stark, was?«

Joe blieb abrupt stehen und boxte ihn leicht auf den Oberarm – mehr Emotionen erlaubte der formelle Rahmen in diesen heiligen Hallen nicht. »Das hätte ich dieser eiskalten, arroganten Wohlstandstussi überhaupt nicht zugetraut. Was bin ich froh, dass die Kleine jetzt wenigstens von ihrer Mutter wahrgenommen und hoffentlich auch beschützt wird. Aber irgendwie ist mir diese Frau trotzdem nicht geheuer.« Sie verabschiedete sich und rief im Weggehen: »Merci, bis übermorgen, salut.«

Der Verteidiger schmunzelte und hob grüßend die Hand. »Wundert mich, dass sie noch nicht komplett auf Französisch umgestiegen ist nach dieser spektakulären Erbschaft«, dachte er. In der Tiefgarage kam ihm Joes Auto entgegen, sie winkte ihm zu, und schon schoss der Wagen um die Ecke. Er grinste – sie hatte es verdammt eilig, zu ihrem Lunch mit Leo zu kommen. Joe und Leo. In der Stadt munkelte man von einer vergangenen Affäre der beiden Frauen. Normalerweise hatte er ein Gespür dafür. Bei Leo war er fast sicher, aber Joe? Klar, ihr Styling war streng androgyn, aber ihr Flirtfaktor war auch bei Männern hoch, die Luft flimmerte in ihrer Gegenwart. Er kannte einige Männer, die damit angaben, mit ihr im Bett gewesen zu sein. *Vielleicht ist sie ja bi.* Er spürte deutlich, dass ihn die Vorstellung erregte.

ꝺ ꝺ ꝺ

Leo wartete bereits in der *Ess-Bar* auf Joe. »Bonjour!« Joe ließ ihren schweren Aktenkoffer fallen und umarmte Leo.

»Hallo, Joe, oder soll ich dich vielleicht in Zukunft Jeanne nennen, du wirst immer französischer.« Leo war aufgestanden, und Joe sah ihren exquisiten hochgeschlitzten Rock im Tigermuster.

»Wow, Leo, was für ein Outfit, ich könnte mich glatt noch mal in dich verlieben.« Ein feiner Schleier von Trauer trübte Leos Gesichtszüge. »Entschuldige, das war gedankenlos von mir«, fügte sie rasch hinzu und streichelte sanft über Leos Arm. »Nein, nenn mich auf keinen Fall Jeanne, das riecht mir zu sehr nach Scheiterhaufen.«

Leo nahm ihren Platz wieder ein. Sie hätte am liebsten die Zeit angehalten und dieses kurze Glück des Berührtwerdens und der Nähe zu Joe gespeichert. *Das Glück besteht aus den kleinen Dingen und den unverhofften Gelegenheiten*, sagte sie sich und nahm sich wieder einmal vor, die kurzen Begegnungen mit Joe einfach nur zu genießen und Vergangenes loszulassen.

»Ich sterbe vor Hunger.« Joe setzte sich auf die rote Lederbank und griff nach der Karte. »Und ich platze gleich, weil – wir haben etwas zu feiern!« Sie bestellte bei der Kellnerin zwei Gläser Champagner, schaute Leo strahlend an und drückte wieder ihre Hände. »Ich habe den Kerl heute geknackt, er hat völlig die Kontrolle verloren.« Sie erzählte von der Verhandlung und davon, dass die Ehefrau des Angeklagten ihre Scheidungsabsichten geäußert hatte.

»Ich wusste, dass du das schaffst, Joe. Jetzt können wir überlegen, ob die Kleine wieder in die Obhut der Mutter gegeben werden kann.«

Joe wuchtete ihre Akte auf den Tisch. Sie vertieften sich in den Fall, bis die Kellnerin das Essen servierte.

»So, und nun erzähl, wie war's im Périgord? Was hast du erlebt, hast du viel erledigen können?« Leo schaute Joe aufmunternd an und machte sich mit Appetit über ihre Vorspeise her.

Das Essen hier schmeckte ausgezeichnet – eine moderne, leichte Küche ohne Schnickschnack, mit frischen Zutaten von hoher Qualität. Entsprechend voll war der Laden immer.

»Périgord nennen nur noch die Einheimischen das Gebiet, offiziell zählen der Landstrich um Bergerac und der ganze Südwesten zur Dordogne.« Joe hatte ein Weingut von einem sich sehr spät, nämlich erst nach seinem Tod, als Vater geouteten französischen Winzer geerbt, das in einem großen Weinanbaugebiet zwischen Bergerac und Prigonrieux lag. »Ich habe jetzt alle persönlichen Akten meines Erzeugers ausgehändigt bekommen«, Joe stach ihre Gabel mit Schwung in ihr Steak, »und ich habe wieder einige Dorfbewohner kennengelernt. So langsam werden sie zugänglicher, wahrscheinlich, weil sich herumspricht, dass ich keinerlei Kontakt zu dem Alten hatte. Er war dort nicht sehr beliebt, und nach allem, was ich bis jetzt so gehört habe, bin ich meinem Vater sehr dankbar, dass er es mir erspart hat, seine persönliche Bekanntschaft zu machen. Er muss ein Riesenarschloch gewesen sein.« Völlig ungerührt und mit großem Appetit verputzte sie ihr Steak und das Gemüse, die Kartoffeln ließ sie liegen. »Der Wein ist wirklich gut.« Sie drehte ihr Weinglas so, dass das Sonnenlicht, das durch ein Fenster hereinströmte, dem Rot des Weines Feuer verlieh. »Aber mein Wein wird besser werden. In drei Wochen beginnt die Lese, dann will ich wieder dort sein. Ich werde alles lernen, was zur Weinherstellung dazugehört.

Jacques wird mich unterstützen. Jacques ...« Joe zählte auf, was Jacques alles gesagt, getan hatte, was für Vorstellungen er hatte. Jacques ..., Jacques ..., Jacques ... Joe hatte sich mit Begeisterung und Leidenschaft in das Studium der Vinologie und in das gerade frei gewordene Bett des ebenfalls geerbten Verwalters Jacques gestürzt, nachdem sie die Überraschung der Testamentseröffnung verkraftet hatte. Doch von ihrer Affäre hatte sie Leo bisher noch nichts erzählt.

Leo lehnte sich in ihrem roten Ledersessel zurück und sah versonnen auf die Bilder, die an den Wänden des Restaurants hingen, italienische Landschaften, akkurat gemalt, doch ohne Ausdruck, sie berührten den Betrachter nicht. »Stell dir vor, wie Babettes Bilder hier wirken würden anstelle dieser nichtssagenden Bildchen«, unterbrach sie Joes Lobeshymnen auf Jacques' sagenhafte Fähigkeiten als studierter Vinologe.

»Ja, du hast recht, *Hummer frisst Soße* zum Beispiel oder *Saft von Melonen* würden sich sehr gut an diesen Wänden machen. Babettes Gemälde wecken die Lust auf leckeres Essen, da läuft dem Gast schon vom Anschauen das Wasser im Mund zusammen.« Sie nahm es Leo nicht übel, dass sie nicht so recht bei der Sache war.

Wahrscheinlich war sie in Gedanken schon wieder bei dem kleinen Mädchen. Sie wusste, wenn Leo in einem schwierigen therapeutischen Prozess feststeckte, gab es nichts, was sie von diesem Fall ablenken konnte. Ihre kleinen Patienten hatten Anspruch auf ihr Herz, ihre Seele und auf ihren Sachverstand.

»Aurelia beherrscht Small Talk perfekt. Man könnte denken, sie sei auf einer Party zur Welt gekommen und habe diese Party niemals verlassen.« Joe musste grinsen, sie wusste doch sehr genau, wie Leo tickte.

»Verstehst du, was ich meine? Ich dachte, sie sei mit acht Jahren zu alt für das große Puppenhaus, doch sie hat sich darauf gestürzt wie eine Fünfjährige. Sie macht regelrechte

Partyaufstellungen. Du weißt, was Familienaufstellungen sind, Liebes? Sie macht etwas Ähnliches, sie lässt die Figuren nichtssagende, leere Dialoge sprechen, Erwachsenendialoge voller höflicher Phrasen. Frage-und-Antwort-Spiele ohne Emotionen oder persönliches Engagement. Ich habe ihr Vater-, Mutter-, Kindfiguren gegeben, die die Namen von ihr und ihren Eltern tragen. Sie spielte und redete ununterbrochen blablabla, so als lese sie aus einem Drehbuch, das man in ihrem Kopf deponiert hat. Sie ist wie die Marionette in einem Erwachsenenspiel.«

Joe nickte, sie wusste sofort, was Leo meinte, diese ganze kleine Familie, Vater-Mutter-Kind, wirkte in ihrer Gesamtheit so kalt und glatt, völlig ohne Struktur. »Ich habe nach der Befragung des Vaters mit dem Verteidiger gesprochen. Die Mutter wirkt irgendwie abstrakt, sie schaut einen an mit Augen, die leer sind, mit Augen, die einen näheren Kontakt abweisen wie ein Stoppschild. Deshalb waren wir so überrascht, dass sie geweint hat, dass sie wirklich mal Gefühle gezeigt hat.«

»Wenn Aurelia sich unbeobachtet fühlt, singt sie, monoton und unverständlich.« Leo hatte die Rechnung beglichen, wickelte sich einen Schal im Raubkatzenmuster wie einen Turban um den Kopf und stand auf.

Joe erhob sich ebenfalls, es war spät geworden, und sie hatte am Nachmittag noch einige Schreibarbeiten in ihrem Büro zu erledigen. »Sehen wir uns morgen Vormittag beim Yoga?« Sie umarmte Leo und griff nach ihrer Aktentasche.

»Ja, morgen habe ich Zeit. Jetzt bin ich gar nicht dazu gekommen, dir von dem letzten Canastaabend zu berichten«, sagte Leo im Hinausgehen. »Sei froh, dass du nicht dabei warst. Bernarda hat mal wieder eine Supershow gerissen. Ich erzähle es dir morgen, ich bin spät dran für meinen nächsten Patienten. Bis dann, Liebes, ciao, ciao.« Schon klackerten ihre vierzehn Zentimeter hohen Absätze Richtung Parkhaus.

Wenn Leo wusste, dass sie keine langen Strecken laufen musste, konnten die Absätze auch mal besonders hoch sein.

Nachdenklich sah Joe ihr nach und nahm sich vor, aufmerksamer mit ihren Bemerkungen zu sein. Sie wollte Leo auf keinen Fall kränken, dazu bedeutete sie ihr viel zu viel.

Sie ging den kurzen Weg zu ihrer Kanzlei zu Fuß, froh, dass ein leichter Wind die sommerlichen Temperaturen etwas angenehmer machte. *Aurelia singt*, dieser Satz von Leo klang in ihr nach. Das Mädchen tat ihr so leid. Dann lieber gar keinen Vater als so einen Mistkerl. Bedauernswertes Kind. Merkwürdiges Kind. Merkwürdige Familie. Irgendwie krank.

Shiva tanzt

Wie gut, dass sie so beweglich waren, die drei Nonnen. Sie begannen zu rennen und brachten sich in Sicherheit, als der rote Kleinbus mit mindestens achtzig Sachen auf den Parkplatz bretterte. Ihre Gewänder in den Farben Grau, Weiß und Schwarz flatterten wie ein Schwarm hungriger Möwen, die in Erwartung von Essbarem einem voll beladenen Fischkutter folgten. Die Nonnen drehten sich aufgebracht um und schimpften laut. Sie sahen so jung und so verletzlich aus. Eine von ihnen stieß empört einen Stinkefinger in die Luft und rief etwas. Die beiden anderen machten ihre obszöne Geste nach und kicherten unverschämt.

Joe und Leo, die vor dem historischen Gebäude standen, in dem die Yogaschule untergebracht war, lachten schallend. Diese Bräute Gottes passten gut in diese Welt. Sie beobachteten, wie Anna-Marie mit hochrotem Kopf aus ihrem Bus stieg, auf die Nonnen zulief und sich gestenreich entschuldigte.

»Immer im Stress, unsere Kleine«, sagte Joe.

Leo hatte gerade erzählt, wie Bernarda wieder einmal ihrer Wut freien Lauf gelassen, Anna-Marie und Babette fertiggemacht und danach ihren hochdramatischen Abgang inszeniert hatte.

»Sie kann ein absolutes Miststück sein«, Joe schüttelte den Kopf, »und dann ist sie wieder amüsant und sprüht vor Charme. Die Frau ist mir wirklich ein Rätsel.«

»Bernarda hasst Menschen, die vermeintlich schwach sind. Herzensgüte, Empathie und Hilfsbereitschaft hält sie für

Schwäche, dabei ist sie ja nicht doof. Ich bin davon überzeugt, dass sie ein schweres Trauma mit sich herumträgt, dass sie Dinge erlebt hat, die sie zu dem Menschen gemacht haben, der sie heute ist. Sie ist starr und sarkastisch, sie lässt niemanden in ihr Inneres schauen, sie hat sich immer unter Kontrolle. Sie ist für mich ein interessantes Studienobjekt, aber sie hat auch meine Sympathie. Gegen jegliche Vernunft mag ich sie sehr, und ich weiß, dass ich irgendwann ihr Geheimnis lüften werde. Ich bin sicher, sie hat ein großes Geheimnis. Schau, wir kennen sie bereits seit vielen Jahren, wir wissen nicht sehr viel von ihr und ihrem Leben. Über ihr Leben in Italien zum Beispiel weiß niemand von uns etwas. Mir ist bekannt, dass sie hier in Deutschland mindestens zweimal verheiratet war. Beide Männer sind verstorben, und jedes Mal ist sie vermögender geworden. Offensichtlich hat sie wechselnde Affären, doch ich habe noch nie einen Mann bei ihr zu Hause gesehen. Du vielleicht?«

»Auf Frauen fährt sie auch nicht ab, das hätten wir sicher bemerkt.« Joe zwinkerte Leo zu.

Sie gingen in das stilvoll restaurierte Gebäude, das vielleicht mal eine Schule war. Das Erdgeschoss gehörte zu Greetas Yogaschule. Ein wunderschöner großer Yogaraum mit sichtbaren Holzträgern und Dielenboden bot Platz für ungefähr zwölf bis fünfzehn Teilnehmer. Es gab eine Schiebetür zu einem kleineren Raum, der bei Bedarf die Kapazitäten des Yogaraums erweiterte. Ein Büro, eine Teeküche und ein kleiner Meditationsraum waren angeschlossen.

Greeta war eine bekannte, sehr kompetente Yogalehrerin und Autorin. Sie war äußerst engagiert und hatte ein sehr abwechslungsreiches jährliches Veranstaltungsprogramm. Die obere Etage bewohnte sie mit ihren beiden Kindern, ihren Katzen und mit Henry, dem *tanzenden Schamanen*.

Henry, der Mann mit viel Herz und wenig Kohle, war seit einigen Jahren Greetas Freund. Es wusste niemand so wirklich, womit er seinen Unterhalt und seinen Spitznamen verdiente. Ab und zu verschwand er für längere Zeit. Greeta war, was Henry betraf, sehr verschlossen, und niemand wollte ihr zu nahe treten.

Leo und Joe waren seit vielen Jahren Greetas Schülerinnen. Francine, die zu Greetas ersten Teilnehmerinnen gehört hatte, und auch Anna-Marie hatten sie hier in der Yogaschule kennengelernt.

Joe war bereits aus ihren Schuhen geschlüpft, hatte sie zu den anderen in der langen Reihe gestellt, die aussahen wie Spatzen auf einer Telefonleitung, und beobachtete jetzt Leo, wie sie behutsam ihre High Heels neben einem Paar Birkenstocksandalen abstellte, ihre getigerten Stulpen über die schwarzen Leggings drapierte und sich mit geschmeidigem Gang auf die Tür des Yogaraums zubewegte. Leo war klein und drahtig, hatte warme braune Augen, und ihre Haarfarbe wechselte so ziemlich jeden Monat. Ihre Haare waren von all den Farben und Tönungen ein wenig dünn geworden, weshalb sie ausgefallene Kopfbedeckungen liebte und nur in geschlossenen Räumen Luft an ihre Kopfhaut ließ. Leo hatte ihren vierundsiebzigsten Geburtstag bereits hinter sich, aber niemand, der sie nicht näher kennt, würde ihr das abnehmen. Sie war körperlich und geistig fit wie eine Vierzigjährige und sah wie höchstens sechzig aus. Joe bewunderte sie sehr.

Einige Yogamatten waren bereits belegt. Am Vormittag waren es meistens Frauen, die Greetas Kurs besuchten. Bis zu Beginn der Stunde war noch ein wenig Zeit. Die Teilnehmer saßen oder lagen auf ihren Yogamatten und stimmten sich auf die Stunde ein.

Durch die weit geöffneten Fenster fiel ein sanftes, von den Blättern des riesigen Nussbaumes gefiltertes Licht, das dem großen Raum eine Atmosphäre von Ruhe und Geborgenheit verlieh. Die im Hintergrund laufende CD mit Meditationsmusik sowie die brennende Kerze und das Arrangement aus einer Blume und großen Kieselsteinen in der Mitte des Raumes verstärkten diesen Eindruck noch.

Greeta war währenddessen mit Francine in ihrem Büro. Francine vertrat Greeta oft und übernahm ihre Yogastunden, wenn Greeta als Referentin auf Seminaren oder auf Yogareisen war. Außerdem arbeitete sie im Moment an der Übersetzung eines alten Sanskrittextes, den Greeta in ihrem neuesten Yogabuch zitieren wollte.

Joe und Leo hörten Francines spezielles lautes und mitreißendes Lachen.

Sie war mittelgroß, sehr schlank, alles an ihr war eher filigran, und ihr Lachen, das von irgendwoher aus den tiefsten Tiefen ihres schmalen Brustkorbs zu kommen schien, überraschte. Man erwartete bei einem solchen Lachen einfach mehr körperliches Volumen.

Francine arbeitete als freie Übersetzerin für Verlage und Zeitschriften. Sie war in Luxemburg geboren und aufgewachsen, hatte nach dem Abi Sprachen studiert. Ihre erste Anstellung hatte sie in Deutschland erhalten und lebte seitdem hier. Ihr Steckenpferd war Sanskrit, nur bekam sie hierfür selten Aufträge. Für Yogaschulen arbeitete sie unentgeltlich und erhielt dafür seit vielen Jahren Yogaunterricht zu Sonderkonditionen, sie hätte sich sonst die Stunden nicht leisten können. Ihr Mann war Frührentner und saß nach einem schweren Unfall seit vielen Jahren im Rollstuhl. Francine musste die Familie über Wasser halten.

Mittlerweile war die Reihe der abgestellten Schuhe weiter gewachsen. Die Yogamatten waren fast alle belegt, als Greeta und Francine den Raum betraten.

Greeta setzte sich im halben Lotossitz auf ihr Meditationskissen unter der Nische, in der eine Messingfigur des indischen Gottes Shiva stand. Shiva als Inkarnation des Nataraja, des Königs des Tanzes, der in einem Flammenkreis tanzt. Von ihrem Platz aus hatte sie alle Übenden im Blick.

Als Francine sich auf einer Yogamatte niederließ, fingen ihre kupferroten lockigen Haare die Sonnenstrahlen auf und umrahmten ihr herzförmiges Gesicht wie mit einem Heiligenschein. Sie nickte Leo und Joe lächelnd zu und legte sich mit geschlossenen Augen auf den Rücken, um sich auf die Stunde einzustimmen.

ᑐ ᑐ ᑐ

Als ihr Rücken den Boden berührte, spürte Francine die Anspannung in ihren Muskeln. Ihre Beine waren verkrampft und weigerten sich, die Wohltat des Liegens anzunehmen. Seit vier Uhr morgens war sie unterwegs gewesen. Im Sommer fiel ihr das frühe Aufstehen etwas leichter, und sie musste dann nicht befürchten, jemand Bekanntem zu begegnen.

»Entschuldigung«, hörte Francine Anna-Maries Stimme, und gleich darauf wurde die Tür leise geschlossen.

Greeta hatte auf Anna-Marie gewartet, die total aufgelöst angekommen war. Sie hatte beim Einbiegen auf den Parkplatz fast eine Frau, eine Nonne, angefahren.

Greeta brachte durch eine leichte Berührung mit einem Klöppel ihre alte tibetische Klangschale zum Tönen. Francine empfand diese Töne wie ein Aufseufzen, wie einen leisen Wind, der durch den Raum wehte. Es war das Zeichen für alle, sich einige Minuten auf dem Boden auszustrecken.

»Lasst vollständig los, überlasst euer Gewicht der Schwerkraft der Erde, die euch trägt.« Greetas einführende Worte wirkten wie ein geheimer Befehl, innerhalb von Sekunden waren Francines Muskeln völlig entspannt, und sie fühlte sich auf eine beglückende Weise getragen und gleichzeitig geborgen. Ihre lange Yogapraxis und Greetas vertraute melodische und sanfte

Stimme wirkten wie ein Zauber. Als die lang gezogenen Obertöne der Klangschale die kurze Einstimmung beendeten, fühlte sich Francine erfrischt und wie von schweren Lasten befreit.

Als Greeta leise die Yogapraxis begann, folgte Francine ihren Anweisungen. Sie legte einatmend ihre Arme über den Kopf auf den Boden, spürte, wie die Luft in ihre Lunge strömte, und legte ausatmend ihre Arme wieder neben ihrem Körper auf dem Boden ab. Sie fand ihren Atemrhythmus und beobachtete, wie sich durch die Bewegungen ihrer Arme die Auflageflächen ihres Rückens veränderten. Sie spürte, wie ihre Handrücken am Ende der Einatmung den Boden über ihrem Kopf berührten. Sie spürte die Haut ihrer Handrücken, und gleichzeitig nahm sie ihre Beine wahr und entspannte diese und ihre Füße. Am Ende der Ausatmung, während der sie ihre Arme wieder zurückgeführt hatte, spürte sie jetzt die Handinnenflächen und die Haut der Handinnenflächen, die den Boden neben ihrem Körper berührten. Greeta führte Francine und die Gruppe durch eine Reihe von Asanas, von Körperübungen, die Atmung und Bewegung miteinander verbanden, über die Rückenlage in die Bauchlage, in den Vierfüßlerstand, in den Sitz, den Drehsitz und über die Hocke in den Stand. Tadasana. Der Berg. Aufrichtung des Körpers.

Das war eine typische Morgenstunde, eine Stunde, die von der Ruhe der Nacht in die Aktivität des neuen Tages führt. Am Abend würde eine Yogapraxis dann von der Aktivität in die Ruhe führen – erst Sonnengrüße, Asanas im Stand, Asanas im Sitzen, im Vierfüßlerstand, Asanas im Liegen, Entspannung und Meditation.

Jetzt Tadasana. Das Spüren der Füße, die das Gewicht des Körpers trugen, das Spüren der Mittelachse, spüren, wie der Kopf getragen wurde, wie der Körper sich gegen den Widerstand der Schwerkraft aufrichtete auf der Suche nach einer dynamischen Balance.

Bewusstheit. Körperbewusstheit. Eine Art von Meditation.

Es folgte Surya Namaskar, der Sonnengruß, eine dynamische Bewegungsfolge, die den Körper für die Kraft fordernden statischen Standhaltungen vorbereitete.

Dann begannen die Standhaltungen.

Greeta lief durch die Reihen und korrigierte die einzelnen Teilnehmerinnen, sie achtete sehr auf eine präzise Ausführung der Haltungen, aber auch darauf, dass ihre Teilnehmer ihre Grenzen respektierten und lernten, mit ihnen umzugehen.

Francine genoss es, in dem vertrauten Ablauf der Asanas von einer Position zur anderen zu wechseln. Sie fühlte sich in jeder Position zu Hause. Seit vielen Jahren übte sie Yoga mit großer Disziplin und Hingabe, ihre Yogapraxis war ihr zweites Leben, ihre Parallelwelt. Yoga war ihr Ankerpunkt geworden, hier holte sie sich Kraft und Energie für ihr Alltagsleben. Für ein Leben, das nicht einfach war. Für ihr Leben, über dem ein dunkler Schatten und viele Geheimnisse lagen.

Greeta forderte die Gruppe auf, einen aufrechten Sitz einzunehmen. Die meisten Teilnehmerinnen saßen im halben Lotossitz. Es war eine Gruppe, die seit Jahren in fast gleicher Zusammensetzung bestand, die körperlichen Voraussetzungen waren bei allen ähnlich. Der Yogaraum war ein geschützter Raum mit einer besonderen Schwingung, hier konnten die Teilnehmerinnen loslassen, sie bildeten eine Gemeinschaft, hatten eine ähnliche Sicht auf Dinge, wurden von den gleichen Dingen berührt. In dieser Gruppe war eine sehr freundschaftliche Verbundenheit entstanden. Diese Frauen hatten Yoga in ihr Leben integriert, und Yoga hatte ihre Handlungs- und Denkmuster beeinflusst und verändert.

Francine wusste, dass Greeta es sehr schätzte, mit dieser fortgeschrittenen Gruppe kontinuierlich zu arbeiten. Sie beobachtete dabei, wie die einzelnen Teilnehmerinnen sich weiterentwickelten, auf der körperlichen, aber auch auf einer spirituellen Ebene.

Greeta beendete den Unterricht mit einer speziellen Atemübung, Pranayama, und einer anschließenden Meditation.

Francine kehrte zurück aus ihrer Versenkung, ihre Augen waren noch geschlossen, wurde sie sich der Anwesenheit der anderen im Raum bewusst. Sie stellte sich den Unterrichtsraum bildlich vor, sie nahm die Geräusche wieder wahr und spürte die Einheit, die sie alle bildeten. Menschen, die einatmeten. Menschen, die ausatmeten. Menschen, deren Atem sich vermischte. Menschen, die alle eines Ursprungs waren und die wieder zurückkehrten zu diesem Ursprung. Welch ein Trost.

Francine öffnete wie die anderen ihre Augen, legte ihre Handflächen vor dem Brustbein zusammen und verbeugte sich mit den Frauen. *Namasté*, der indische Gruß. *Die Verbeugung vor dem Göttlichen in mir selbst und in allen anderen Lebewesen.*

»Ihr strahlt wieder wie Honigkuchenpferde«, sagte Greeta, holte ihre Schüler ab aus dem Zustand der Kontemplation und brachte sie auf diese Weise zurück in ihren Alltag. Es stimmte, die Gesichter sahen glatt und friedlich aus.

»Besser als Botox.« Anna-Marie sammelte ihre Klamotten vom Boden auf.

»Was weißt du schon von Botox, du Küken.« Leo nahm Anna-Marie um die Taille und ging mit ihr zum Ausgang.

Greeta schloss die Fenster und blies die Kerze aus. »Wenn ihr Lust habt auf einen Tee, ich habe heute Zeit und fände es toll, wenn ihr noch ein bisschen bleiben könnt. Wir haben lange nicht mehr geklönt nach der Stunde.«

Im Flur herrschte Gewimmel und Gelächter, wie es entstand, wenn mehrere Frauen sich umzogen, ihre Matten und Kissen in Taschen verstauten, Verabredungen trafen, aus ihrem Alltag, vielleicht von Problemen erzählten. Einige saßen am Boden und zogen ihre Schuhe an – die Spatzen verließen die

Telefonleitung. Andere waren bereits gegangen, hatten Termine, hatten es eilig.

Anna-Marie kochte Teewasser und hatte die Tassen bereitgestellt. Sie sah immer sofort, was getan werden musste. Sie war ohne Mutter aufgewachsen. Als kleines Mädchen hatte sie im Haushalt bereits zahlreiche Pflichten übernehmen müssen. Wo auch immer sie war, Anna-Marie machte sich nützlich.

Der lange Flur öffnete sich an seinem Ende auf einen von einer Mauer umgebenen Hof, in dessen Mitte ein mächtiger Apfelbaum willkommenen Schatten spendete.

»Juchhuuu«, tönte es durch den Hof. Leo hatte die Schaukel von Greetas Kindern erobert und sauste durch die Luft. Ihre Plateaupumps standen neben der Schaukel wie exotische Tiere. Sie hatte sie in Sicherheit gebracht, denn Greetas Eingangstür stand immer offen.

»Verrückte Alte.« Joe grinste und hockte sich auf ein Sitzkissen neben einem der niedrigen indischen Tische, die im Hof standen, und verteilte die Tassen, die Anna-Marie brachte.

»Ich hab das gehört!« Und noch mal: »Juchhuuu.« Diesmal zeigte Leo den Stinkefinger, alle sahen zu ihr.

Joe erzählte von dem kleinen Zwischenfall mit den himmlischen Schwestern.

Anna-Marie konnte jetzt wenigstens mitlachen, aber sie spürte, wie sie rot wurde, sicher ein tiefes Burgunderrot. Gleichzeitig traten ihr ein paar Tränen in die Augen. Lachen und Weinen lagen nah beieinander, waren Geschwister in Anna-Maries Seele.

Greeta hatte den Tee gebracht und eine Schale mit Keksen. Sie witzelte darüber, dass nur der harte Kern der *Zockerfrauen* geblieben war.

Normalerweise wurden Einladungen zum Tee sehr gerne angenommen. Die Atmosphäre in Greetas Höfchen war zauberhaft und am Ende einer Yogastunde wie der Punkt auf dem *i*. Bei schönem Wetter hielt Greeta hier ihre Vorträge über Yogaphilosophie, und in warmen Sommernächten gab es Videos und Fotoshows von Greetas Reisen in den Himalaja oder nach Indien. Sogar der Dalai Lama war schon – wenn auch nur virtueller – Gast in diesem kleinen Hof mitten in Deutschland. Greeta war Seiner Heiligkeit und seiner ansteckenden unheiligen Heiterkeit mehrere Male begegnet und von seiner Bescheidenheit und seiner spirituellen Präsenz fasziniert.

»Wisst ihr schon, wohin ihr eure Reise macht? Ich habe von einer Kollegin, die seit vielen Jahren in Auroville in Indien lebt, erfahren, dass sie im Oktober zusammen mit einer bekannten deutschen Yogalehrerin eine Reise durch Südindien und einen Workshop über die Mythologie Indiens anbietet. Sie ist sehr erfahren und eine tolle Referentin. Und vor allen Dingen kennt sie sich in Südindien supergut aus, macht jedes Jahr geführte Tempelrundreisen. Sie ist mit jedem Tempelelefanten südlich von Chennai per du. Mit ihr bekommt ihr Dinge zu sehen, die noch nie ein Tourist gesehen hat. Ich würde diese Reise selbst gerne mitmachen, habe aber leider schon zu viele Termine im Herbst.«

Francine, die die ganze Zeit abwesend und in sich versunken schien, richtete sich auf. »Indien«, sagte sie, und ihre Augen bekamen einen sehnsüchtigen Glanz. »Indien, der Traum meines Lebens.«

»Ach was, vergiss es, es ist viel zu weit weg, viel zu aufwendig«, winkte Joe ab, »wir könnten doch alle zusammen nach Frankreich reisen. Ich zeige euch mein Weingut und die Gegend des Périgord.«

»Da können wir auch gleich zu Hause bleiben«, warf Leo ein und schwang ihre tigergemusterten Waden kräftig vor und zurück. »Frankreich, das ist doch nichts Besonderes. Entschuldige, Joe, nichts gegen dein Weingut, aber das können wir doch zwischendurch mal machen. Wir haben doch ein fettes Polster in unserer Kasse, und ein bisschen Luxus, Exotik und vor allem garantierte Sonne sollte es schon sein.«

»Das Problem ist nur, dass wir das Ziel überhaupt nicht bestimmen können. Darf ich euch daran erinnern, dass nach Bernardas blöden neuen Regeln nur die Verliererin das Reiseziel bestimmt«, maulte Anna-Marie.

»Aber nur, wenn sie die *Mutprobe* bestanden hat«, Leo verdrehte die Augen, »das war wirklich alles etwas unkomplizierter, bevor die italienische Grande Dame bei uns aufgetaucht ist.«

»Und mehr Spaß gemacht hat auch alles, wir sollten sie zum Teufel schicken.«

»Warum bist du denn so sauer auf Bernarda, Anna-Marie. Was hat sich die Zicke denn wieder geleistet?«, fragte Greeta.

Sie berichtete ihr von dem Canastaabend und wie Bernarda ausgerastet war. »Du hättest sie sehen sollen, es war, als wäre der Vesuv ausgebrochen und Lady B. mittendrin als fauchende Feuergöttin. Am liebsten hätte sie uns mit ihrem Feueratem alle verschlungen. Als ich sie dann *Bernie* genannt habe, lief sie auch noch an wie ein Feuerwehrauto und hätte mich am liebsten mit Haut und Haar aufgefressen.« Sie kicherten und erinnerten sich an den Knall, mit dem Bernarda die Tür zugedonnert hatte.

»Indien.« Francine war völlig in ihrem Lieblingstraum versunken, hatte sich aus der Unterhaltung ausgeklinkt, war abwesend wie eigentlich den ganzen Vormittag bereits.

Greeta legte ihr einen Arm um die Schulter. »Du wirst Indien erleben, dann, wenn der richtige Zeitpunkt für dich gekommen ist. Glaub mir.«

Ein grauer Schleier aus Trauer und Wehmut legte sich von einer Sekunde auf die andere über Francines Seele.

Die Freundinnen sahen sich fragend an.

Leo war von der Schaukel abgestiegen und ließ sich einen Tee eingießen. »Wir sollten Bernarda raten, einen Kurs bei dir zu belegen. Für sie wäre es gut, zu meditieren und sich mal ein bisschen zu entspannen. Auch die Yogakörperarbeit wäre besser für sie als ihre Work-outs im Fitnesscenter. Die Yogapraxis käme ihrer seelischen Substanz sicher etwas näher.«

»Nur über meine Leiche! Diese Zicke betritt mein Haus nicht mehr.« Das passte so gar nicht zu Greeta und ihrem buddhistischen Gleichmut. »Wie sie damals Francine fertiggemacht hat, wie sie verbal um sich geschlagen hat, das war unzumutbar. Die muss erst mal in die Psychiatrie, du bist viel zu geduldig mit ihr, Leo. Ich verstehe nicht, dass du sie immer verteidigst. Du warst damals nicht dabei, ich weiß es noch sehr genau. Wir übten gerade Matsyendrasana, die Haltung des Fisches. Es ging um die Symbolik dieser Position. In der Geschichte zieht Shiva sich mit Shakti auf eine Insel zurück, um sie im geheimen Wissen des Yoga zu unterweisen. Doch ein kleiner Fisch, Matsya, der sich im Schilf verbarg, belauschte sie die ganze Zeit und wurde ebenfalls in die Geheimlehren des Yoga eingeweiht und brachte später als Matsyendranath, als Herr der Fische, den Yoga unter die Menschen. Ihr kennt die ganze lange Geschichte. Sie ist wunderschön und voller Metaphern, doch eure Freundin Bernarda interpretierte sie auf ihre ganz eigene Weise. Sie griff mich während der Stunde wegen religiösen Fanatismus an, und als Francine versuchte, ihr zu erklären, dass so viel mehr Sinn dahintersteckt als blinder Glaube und dass sie sich doch auch mal die ausführliche Version dieser Legende anhören sollte, hat sie Francine als blindgläubige Kuh tituliert, die sich von ihrem Mann unterdrücken lässt, als verlogene Mutter Theresa. Sie hat sich aufgeführt wie eine Hexe. Sie würde dafür sorgen, dass mir und anderen meiner Sorte das Handwerk gelegt würde. Es war das erste und hoffentlich einzige Mal, dass ich eine Yogastunde vorzeitig abbrechen musste.« Greeta hatte sich in Rage geredet und lief gestikulierend im Hof hin und her.

Anna-Marie erwähnte noch mal den letzten Canastaabend bei Babette, den Bernarda gesprengt hatte, und Leo bot an, die nächste Kartenrunde bei ihr zu Hause zu verabreden.

Das Gespräch steuerte schließlich wieder auf die Reise zu, die geplant werden sollte. Greeta berichtete von ihren Reisen in den Himalaja. Darüber verging der Vormittag, bis Greeta das Mantra *OM NAMA SHIVAJA* anstimmte.

Francine warf Greeta einen dankbaren Blick zu und vertiefte sich ins Tönen. Sie spürte die Energie und auch die Magie dieser heiligen Silben, die die Frauen in diesem wunderschönen Garten miteinander verband.

Nabelschnur

»Ich stricke Boshimützen für meine Urenkelin Klara und ihre Freundinnen. Sie sind alle ganz heiß auf diese Mützen. Ich komme kaum mit dem Stricken nach.« Babettes Mutter hatte sich vor dem Tresen des Wollladens aufgebaut und wartete auf einen bewundernden Kommentar der Verkäuferin. Ihr Herz dürstete nach Schmeicheleien, die sie von völlig fremden Menschen erwartete, wenn sie sich als jung gebliebene Uromi mit Verständnis für die Jugend darstellte. Sie hatte wenigstens einen erstaunten Ausruf und ein Kompliment für ihr jugendliches Aussehen erwartet. Doch die Verkäuferin beugte sich über einen Prospekt und war völlig darin vertieft. Sie zählte etwas und benutzte ihre Finger dazu, wahrscheinlich war es eine Strickanleitung. »Moment, Moment bitte, einen Moment«, murmelte sie.

Ihre Mutter räusperte sich und rückte die Feder an ihrem eleganten Hut zurecht. Eine unmissverständliche Geste, die Babette dazu brachte, sich aus der Gefahrenzone zu entfernen. »Ach, wissen Sie, Sie tun mir richtig leid, wenn Ihnen Ihr Beruf so wenig Freude macht. Von Kundenbetreuung haben Sie wohl noch nichts gehört. So etwas muss man eben gelernt haben. Wie bringen Sie denn nur Ihren ganz Tag rum, Sie Ärmste?«

Das kleine Mädchen, das sich immer noch in Babette versteckte, zog vor Scham den Kopf ein. *Oh nein, bitte nicht*, jammerte es. »Was fällt Ihnen ein, Sie aufgetakelte alte Schreckschraube, Sie sehen doch, dass ich beschäftigt bin.«

Das kleine Babette-Mädchen war blitzschnell verschwunden, und die erwachsene Babette blinzelte verwundert. *Das ist ja mal ganz was Neues.* Neugierig verfolgte sie den Schlagabtausch der beiden streitbaren Damen.

»Jetzt bin ich fertig, und nun sind Sie an der Reihe«, sagte die temperamentvolle Verkäuferin und griff nach den Wollknäueln, die Helene in der Hand hielt.

»Eigentlich wollte ich von Ihnen beraten werden, aber von Leuten Ihres Schlages kann man wohl nur Kaufhausniveau erwarten.« Sie riss der Verkäuferin die Wolle aus der Hand, knallte sie auf den Tresen und drehte sich auf dem Absatz um. »Diesen Saftladen betrete ich nie wieder.« Hoch erhobenen Hauptes rauschte sie aus dem Laden.

Babette, die hinter einem Regal stand, war rot angelaufen vor unterdrücktem Lachen. *Das geschieht ihr recht, endlich zeigt ihr jemand die Zähne.* Sie ließ sich absichtlich ein bisschen Zeit, ihrer Mutter nach draußen zu folgen.

Diese marschierte wütend vor dem Laden auf und ab. Sie stampfte mit ihren Füßen auf, als wollte sie Würmer zertreten. »Ich hätte mir ein wenig mehr Unterstützung von dir gewünscht, aber meine Tochter zieht wie immer den Schwanz ein und kneift.« Sie hakte sich schwer bei Babette unter, und es folgte eine ganze Litanei von Beschimpfungen, die Babette versuchte an sich abprallen zu lassen.

Bis sie das Café erreichten, in dem ihre Mutter ihren heiß geliebten Bienenstich bekam, hatte sie sich abgeregt. »Und wo kaufe ich in Zukunft meine Wolle?«, fragte Helene etwas kleinlaut.

Babette lachte innerlich. Dieser Wollladen war das einzige Fachgeschäft in der Stadt. Ihre Mutter kaufte seit gefühlten hundert Jahren dort ein. Das Babette-Mädchen hatte in dem Geschäft Stunden über Stunden den Fachsimpeleien der Handarbeitsfrauen lauschen müssen, und wahrscheinlich war ihr dabei die Lust am Stricken vergangen. Bei ihren wenigen Versuchen waren nur asymmetrische, verfilzte Lappen herausgekommen.

Mutter und Tochter aßen seit ebenfalls gefühlten hundert Jahren an einem Tag in der Woche in diesem Traditionscafé ihr Stück Bienenstich, eine Mandeltorte, gefüllt mit Buttercreme. Sie tranken Kaffee mit einem Sahnehäubchen und beobachteten die Leute, die um sie herum ebenso lang an ihren Tischen zu sitzen schienen.

Babette stellte sich eine altmodische Fotonegativrolle vor; jedes Jahr ein Foto, sechzig Aufnahmen, einige Menschen fehlten, andere waren dazugekommen. Das Leben, ein Kommen und Gehen, ständige Veränderung. Das Setting hingegen blieb das gleiche, wie das kleine Mädchen, das mit seiner Mutter am Tisch saß, die Nabelschnur mehrmals um den Hals gewickelt.

Diese Schnur nahm Babette fast den Atem. Sie lockerte sie ein wenig. »Glaub nur ja nicht, dass du mich demnächst in diesen Laden schicken kannst.« Sie richtete sich kerzengerade auf, drückte ihren Rücken durch und durchbohrte ihr letztes Stück Bienenstich mit der Gabel wie mit einem Dolch. »Und dass du es weißt, nächstes Mal esse ich Schwarzwälder Kirsch!«

Auf dem Weg zum Parkplatz trafen sie Francine.

Helene ließ ihren abschätzenden Blick hemmungslos an Francine von oben nach unten gleiten und begrüßte sie kühl, während Babette ihre Freundin herzlich umarmte. »Ich muss dringend mit dir reden, ich rufe dich heute Abend an«, flüsterte sie ihr ins Ohr. Babette winkte Francine noch einmal zu und bugsierte ihre Mutter auf den Beifahrersitz. Nur schnell nach Hause.

»Ich weiß ja nicht, was du an dieser Luxemburgerin findest, die ist so was von langweilig und völlig ohne Chic. Da sind deine Freundinnen Eleonor und Johanna doch was ganz anderes. Sie haben beide das gewisse Etwas.« Helene sah Babette von der Seite an.

Sie wusste genau, was ihre Mutter dachte. Sie hatte es ihr oft genug in aller erbarmungslosen Brutalität gesagt. *Zu dick, zu hausbacken, zu stillos, wie kann das sein, dass du ein Kind von mir bist.* Nur nach außen gab sie mit ihrer Tochter an. Erfolgreiche Geschäftsfrau, Schwiegersohn obere Einkommensklasse, künstlerisch begabt, tolles Familienleben, blablabla. *Wenn die wüssten.* Babette schluckte, wie sie immer geschluckt hatte. Sie bekam keine Luft, lockerte ihre Bluse ein wenig am Hals und fühlte sich gleich ein bisschen freier – die Nabelschnur mal wieder.

Eine gute Freundin hatte Babette einmal gesagt: *Du wirst diese Nabelschnur erst los, wenn deine Mutter stirbt.* »Wie traurig ist das denn«, hatte Babette damals gedacht. Mittlerweile glaubte sie, dass diese Freundin recht behalten würde. Ihre Mutter war siebenundachtzig, und es bestand keine Chance auf eine Annäherung. Für sie zählte nur der äußere Schein, mit Innenbetrachtungen gab sie sich nicht ab. Ihre Mutter tat ihr leid, deshalb schluckte sie und schluckte und schluckte …

Helene war zu ihren nächsten Angehörigen unausstehlich, vor allem zu ihrer Tochter. Sie hatte sie von klein auf mit einer brutalen, erbarmungslosen Tyrannei gequält. Das, was sie unter Liebe verstand, war eine Waffe, um Babette, ihr einziges Kind, unter Kontrolle zu halten. Sie betrachtete sie als ihr Eigentum, mit dem sie machen konnte, was sie wollte. Sie konnte ihr Liebe geben, wenn sie brav war und funktionierte, und sie konnte ihr diese Liebe wieder entziehen, sobald sie nicht nach ihrer Pfeife tanzte. Ihre Mutter sehnte sich nach Bestätigung, nach Zuneigung und nach Bewunderung. Sie suchte sie bei Fremden, bei denen sie ihre charmante und unterhaltsame Seite zum Einsatz brachte. Nur wenige kannten die Abgründe ihrer Seele und die Leere in ihrem Herzen. Selbstlosigkeit, Mitleid und

Großzügigkeit waren ihr vollkommen fremd. Sie witterte überall Böses, weil sie es selbst in sich trug. Sie hatte auch Babettes Vater manipuliert. Er war ein liebevoller, sanfter Mann gewesen, dessen bedingungslose Liebe zu seiner Frau ihn zu sehr geschwächt hatte, um ihr Grenzen aufzuzeigen. Als das Leiden an ihrer Seite ihn so viel Kraft gekostet hatte, dass er keinen Sinn mehr darin sah, weiterzuleben, war er ohne großes Aufhebens gestorben. Er war an gebrochenem Herzen gestorben.

Bei Menschen, die ihrer Mutter von Nutzen waren, gab sie sich die größte Mühe, sie backte Kuchen und strickte, half bei Näharbeiten, um ihren Respekt, ihre Dankbarkeit und ihre Zuneigung zu erwerben. Helene war schlagfertig und hatte einen besonderen Humor. Damit köderte sie Menschen, deren Dienste sie brauchen konnte und die sie gnadenlos ausnutzte. Durch ihre falsche Großzügigkeit sicherte sie sich den Respekt und die Zuneigung anderer Leute. Sie schüttete ihnen auch hin und wieder ihr Herz aus und vertraute ihnen an, dass sie Qualen wegen der undankbaren Tochter litt. Sie erschlich sich damit Mitgefühl und Sympathie. Loyalität und Fairness ihrer Familie gegenüber kannte ihre Mutter nicht.

Klara, ihre Urenkelin, hielt sie mit kleinen Extrageschenken auf ihrer Seite. Ihre beiden Enkelinnen hatte sie dagegen wie Babette als ihr Eigentum behandelt, sie hin und her geschubst, eine gegen die andere ausgespielt, hatte aber nicht bemerkt, dass Melly und Kathy nur Babette und des lieben Friedens willen dieses Spiel toleriert hatten. Seitdem sie sich wehrten, ließ Helene kein gutes Haar an ihnen. Sie hatte Max' Gutmütigkeit immer mit Anerkennung ihrer Person gegenüber verwechselt und verkannt. Außerdem war sie trinkfest und hatte schon so manche Flasche Cognac mit ihrem Schwiegersohn geleert.

»Sie ist scharf auf Max«, lästerten Babettes Freundinnen, und vielleicht steckte ja ein Körnchen Wahrheit darin. Helene beherrschte trotz ihres hohen Alters die Kunst des Flirtens und setzte sie bei jedem Mann ein, der diesen Einsatz ihrer Meinung nach verdiente. Wenn Max dabei war, nahm sie sich Babette gegenüber zusammen und ließ sich nicht dazu hinreißen, sie in irgendeiner Form anzugreifen. Es war wohl ihr Instinkt, der sie vorsichtig sein ließ, immerhin lebte sie in Max' Haushalt und war in gewisser Weise von ihm abhängig. Wenn er sich auf Babettes Seite schlug, drohte ihr das Seniorenheim.

»Ich bin zwar alt, aber nicht blöd«, betonte sie bei jeder sich bietenden Gelegenheit.

Es war still im Inneren des Wagens. Sie hingen ihren Gedanken nach. Ihre Mutter kaute wohl noch an ihrem Zusammenstoß mit der Verkäuferin, und sicher beschäftigte sie die Frage, wo sie jetzt ihr Handarbeitsmaterial kaufen sollte.

Babette war in Gedanken bei Francine und dem Gespräch mit ihr, das sie schon lange vor sich her schob. Dabei war sie sich sicher, Francine würde ihr helfen und ihr ihre guten Kontakte vermitteln.

Babette und Francine waren schon sehr lange befreundet. Der frühe Tod von Nora, Anna-Maries Mutter, die die Dritte in ihrem Freundesnest war, hatte sie noch enger zusammengeschweißt. Francine und Babette hatten sich um Anna-Marie gekümmert und das mutterlose kleine Mädchen in ihre Familien integriert. Francines Tochter war im gleichen Alter wie Anna-Marie, die gleich zwei Ersatzfamilien hatte, jedenfalls so lang, bis Francines Mann Alex einen schweren Unfall erlitt, der aus ihrer heilen Welt eine Aneinanderreihung von Katastrophen gemacht hatte.

Babette liebte Francine. Sie war ihr so nah wie die Schwester, die sie sich immer gewünscht hatte. Es tat ihr weh, wenn ausgerechnet ihre Mutter solche Bösartigkeiten wie eine Ladung Müll über Francine auskippte.

Louis war schon aus dem Kindergarten zurück und hatte das große Tor geöffnet, um Babette wie immer an ihrem Einkaufstag zu helfen, das Auto zu entladen.

Helene ließ sich von Babette aus dem Auto helfen und ging an ihrem Urenkel, der ihr ihre Tasche abgenommen hatte, vorbei, ohne ihn weiter zu beachten.

Babette strich Louis seine langen Ponyfransen aus der Stirn und schüttelte den Kopf. Er war ein so hinreißendes Kind, wie konnte Helene ihm widerstehen? Was ging nur zwischen den beiden vor sich. Sie war voller Hass für den Jungen, der ihr jetzt hinter ihrem Rücken die Zunge herausstreckte.

In Babettes Kopf zündete ein kleiner Funke Widerstand. Sie lockerte ihre Bluse am Hals und fühlte die Schnur darum. Ihre Zunge schoss aus ihrem Mund, schnell wie die Zunge eines Salamanders. Sie sah Louis an. Beide grinsten sich an, umarmten sich, hüpften im Kreis herum und lachten so sehr, dass alles Runde an Babette – ihr Bauch, ihr Busen und sogar ihr kleines Doppelkinn – wabbelte wie Wackelpudding.

In diesem Moment begriff sie, dass sie dieses wunderbare Kind vor Helene beschützen musste.

Und Babette erklärte ihrer Mutter endlich den Krieg.

Höhle der Leopardin

»Ich könnte dem Kerl stundenlang in seine glatt rasierte, arrogante Fresse hauen.« Joe stand mit einem Espresso am Fenster und beobachtete, wie der Sturm den dichten Regen an die breite Fensterfront des Apartments peitschte. Die Kraft des Windes verhinderte, dass das Wasser an den Glasscheiben ablaufen konnte. Sie meinte auch, ein deutliches Schwanken des Hauses zu spüren. Der großzügige offene Wohnraum befand sich im siebten Stock eines Hochhauses. Moderne Gemälde und Skulpturen, weiße Sofas, wenige ausgesuchte und kostbare Antiquitäten, eine seltene antike Buddhafigur aus Holz. Auf einem der weißen Sofas ein einziges Kissen, wie ein Fingerabdruck von Leo – ein Kissen im Leopardenprint.

Joe war etwas früher gekommen. Leo hatte sie darum gebeten. Sie wollten noch über den Verlauf des Prozesses und die Therapieerfolge des Kindes reden, bevor Bernarda und Francine zum Canastaspiel eintrafen.

Leo richtete ein kleines Büfett in ihrer offenen Küche an, das der Cateringservice vor wenigen Minuten geliefert hatte. »Ich komme mit der Kleinen nicht weiter, wir stecken in einer Sackgasse. Aurelia ist nach wie vor wie versteinert, sagt artig ihren Text auf wie eine Rolle, die sie auswendig gelernt hat. Sie braucht einfach mehr Zeit, und ich möchte ihr diese Zeit auch lassen. Aber mir sitzt der Staatsanwalt im Nacken. Für die Verhandlung wäre es natürlich super, wenn Aurelia ihren Vater belasten würde. Ach, Joe, manchmal finde ich meinen Job einfach nur zum Kotzen.« Sie öffnete eine Flasche Weißwein und schenkte zwei Gläser ein.

»Du hast mir letztes Mal erzählt, dass sie singt, tut sie das immer noch?«

»Das ist mein letzter Versuch, bevor ich mir ein Konsilium bewilligen lasse. Ich habe mir eine kleine elektronische Orgel ausgeliehen, um sie ein wenig zu motivieren. Das war wirklich sehr seltsam, ich machte ein paar Fingerübungen und spielte mich so durch meine alten Lieblingssongs, während sie in dem Puppenhaus die Figuren hin und her schob und Dialoge herunterratterte. Auf einmal sang sie mit einer Stimme, die so alt war wie die Welt, einen Blues, als wäre ihr schon tausend Mal in schmutzigen Bars das Herz gebrochen worden. Und ohne, dass ich auch nur ein einziges Wort verstehen konnte. Ein achtjähriges Kind. Ein unschuldiges kleines Mädchen. Es war, als sänge sie in einer anderen Sprache von einer völlig anderen Welt.«

Joe hatte sich vom Fenster abgewandt und ging zu Leo, die bekümmert aussah. Die Schultern und die Arme hingen an ihr, als würden sie von einer schweren Last niedergedrückt.

»Verstehst du, da steht diese wohlerzogene Achtjährige vor mir und sieht mich mit den Augen einer uralten Seele an. Sie betteln um Hilfe, diese Augen. Ich möchte ihr so gerne helfen, und ich weiß nicht wie. Ich finde den Weg nicht zu ihr.«

Joe warf ihr einen zärtlichen Blick zu, stellte ihre Espressotasse in die Spüle und nahm Leo in den Arm. Sie strich ihr leicht über den Rücken. »Francine hat mir neulich von Anna-Marie erzählt und wie sie die Kinder motiviert, die bei ihr Musikunterricht nehmen. Das hört sich irre verrückt an. Das Mädel ist total besessen von der Idee, ihren Kids die Musik nahezubringen. Sie lehrt sie klassische Musikstücke am Klavier, die sie sie im Anschluss an ihren Unterricht vertexten und rappen lässt. Red doch mal mit ihr und sieh dir an, was sie so macht. Vielleicht hat sie ja eine Idee, wie man an Aurelia herankommen kann. Hab ein bisschen Geduld, Leo. Du bist eine tolle Therapeutin, du schaffst das mit der Kleinen.«

Sie gingen zum Esstisch, auf dem Joe ihre Aktentasche abgelegt hatte. Joe betrachtete die Fotos an der Wand, die Leo während ihrer Reise durch Tibet gemacht hatte. Nur Kinderporträts. Schwarz-weiß. Eine ganze Wand voller Kinderfotos. Glückliche, lachende Kindergesichter.

»Sie sind arm, sie leben in einfachsten Verhältnissen, sie müssen mit den extremsten Wetterbedingungen leben, aber sie lernen in der Familie auch die wichtigsten Werte kennen, die dem Leben Inhalt geben: Mitgefühl und Liebe. Diese Kinder sind glücklich. Am liebsten würde ich Aurelia einpacken und mit ihr dorthin flüchten, damit ihre Seele heil werden kann.«

Sie vertieften sich in Joes Prozessakten. Die Befragung der Mutter des Kindes stand bevor.

Joe schätzte Leos analytischen Verstand und holte sich oft Rat bei ihr. In diesem besonderen Fall, an dem sie beide beteiligt waren, genoss sie die Unterstützung durch Leo und auch die vertraute Nähe.

Es klingelte. »Geh ruhig ins Bad und lass dir Zeit, ich öffne die Tür.«

Leo war noch nicht dazu gekommen, sich für den Abend umzuziehen. Zu Hause trug sie lieber bequeme Klamotten.

Joe wusste, wer vor der Tür stand. So lang und befehlend, fast rücksichtslos klingelte nur eine – Bernarda.

Bernarda verließ den Aufzug, kam herein und rauschte an Joe vorbei Richtung Badezimmer, ihren tropfenden Regenschirm vor sich her tragend wie eine Waffe. Die Gästetoilette ignorierte sie wie üblich.

»Leo ist noch da drin, ich nehm dir den Schirm ab.«

Bernarda sah aus wie frisch vom Friseur. Sturm und Regen hatten ihrer kunstvollen Hochsteckfrisur nichts anhaben können. Ihr ärmelloses Kleid, zu dem sie hochhackige Sandalen trug, war tadellos und faltenfrei. Auch ihre Arme waren gut trainiert und faltenfrei, obwohl sie die siebzig bereits überschritten haben musste. Genau wusste es niemand. Bernarda liebte Geheimnisse, vor allem die, die ihre Person betrafen.

Die antiken Silberreifen, die den Unterarm bedeckten, klimperten Respekt einflößend und teuer. Bernarda war eine elegante Erscheinung. Sie war groß und schlank, hatte einen kräftigen Körperbau und wirkte dadurch etwas walkürenhaft.

Sie umarmte Joe und Leo, die einen Hausanzug übergestreift hatte.

»Francine verspätet sich wohl wieder.«

Joe verdrehte die Augen, der Abend fing ja gut an. Besser, sie nahm Bernarda erst mal den Wind aus den Segeln. Sie goss ihr ein Glas Weißwein ein. »Nimm dir doch schon was zu essen. Wir machen das ganz ungezwungen, ohne den Tisch zu decken.«

»Ihr immer mit eurer Schlemmerei. Da muss ich morgen mit meinem Coach wieder eine Extrarunde einlegen. Außerdem geht das alles von unserer Spielzeit ab. Wir sollten die Regeln ändern und das Essen streichen.«

Leo verteilte kleine Beistelltische um den Esstisch, als es erneut klingelte. »Bernarda, hör auf damit! Wir haben an unseren Kartenabenden immer gemeinsam gegessen, lange bevor du dazugekommen bist. Wir werden das auf keinen Fall ändern.«

Leo ging zur Sprechanlage, öffnete Francine die Haustür und wartete, bis der Aufzug nach oben gefahren war.

Bernarda warf einen prüfenden Blick Richtung Flur, drehte sich zu Joe und nahm einen Schluck aus ihrem Glas. »Ihr seid unflexibel, ihr müsst doch alle auf euch achten. Vor allem für Babette wäre das viel besser, wenn sie nicht andauernd essen würde. Sie wird viel zu fett.«

Francine brachte ihren nassen Regenmantel und den Schirm ins Gästebad und schüttelte ihre kupferrote Lockenmähne. »Salut, Joe, wie war's in Frankreich?« Sie umarmte Joe und Bernarda und nahm ein Glas. »Das brauche ich jetzt. Der Wind bläst einen ja fast um.« Bei der zarten Frau war das vorstellbar.

Francine trug wie immer Jeans. Ihre geliebten Sommer-wie-Winter-Stiefel hatte sie in dem kleinen Flur abgestellt. »Hm, lecker! Leo, du bist ein Schatz. Ich bin halb verhungert, keine Zeit zum Essen heute.« Sie häufte ihren Teller voll und machte sich über das köstliche Essen her. Francine brauchte keinen Coach. Sie war sehr schlank, zu schlank in letzter Zeit. Eine hübsche Frau mit braunen Augen und Sommersprossen, die selbst in ihrer äußerst lässigen Kleidung auf eine besondere Weise attraktiv war. Ihre fünfundfünfzig Jahre sah man ihr nicht an. Der Grund, warum sie den ganzen Tag noch nicht zum Essen gekommen war, war vermutlich der, dass sie einen Zusatzjob angenommen hatte, da sie zurzeit nicht genügend Übersetzungen hatte. In aller Frühe trug sie Zeitungen aus. Deshalb war sie gut trainiert, ganz ohne Coach. Sie hatte einen Bezirk am anderen Ende der Stadt, das war ihr sehr recht. So lief sie nicht Gefahr, dass irgendjemand aus ihrem Bekanntenkreis sie dort sah. Nur Babette, Anna-Marie und Leo wussten von ihren finanziellen Problemen.

Bernarda hatte Francine aufmerksam und leicht spöttisch betrachtet. Ihr entging nichts, nicht das kleinste Detail, wohl auch nicht die geringelten Socken, die unter Francines Jeans hervorblitzten. Bernarda sah nicht so aus, als hätte sie jemals in ihrem Leben solche Socken getragen, nicht einmal als Kind.

Sie bedienten sich alle am Büfett und nahmen am Esstisch Platz, auf dem die Karten bereitlagen.

Sie spielten jeweils zu zweit gegeneinander. Meistens ergab es sich, dass jede von ihnen einmal gegen jede im Team spielte.

Wichtig war es allerdings nicht, da Bernarda für jede Spielerin ein Konto führte und gewonnene und verlorene Spiele sehr präzise festhielt.

»So, jetzt wischt euch den Mund ab, und los geht's.« Bernarda war schon wieder ungeduldig. »Heute spielen wir das letzte Mal, bevor ich die diesjährige Bilanz erstelle. Joe, in der ersten Runde spielst du mit Francine und ich mit Leo.« Sie hatte die Karten gemischt und teilte sie aus.

Leo hatte als Hintergrundmusik ganz bewusst eine CD mit modernen Interpretationen indischer Mantragesänge aufgelegt.

»Joe, erzähl doch mal, wie war's in Frankreich? Seit wann bist du wieder zurück?« Francine schenkte die Gläser reihum nach. »Was macht dein sagenhafter Verwalter?«

»Machen wir jetzt einen Weiberklatsch, oder spielen wir Karten?« Bernarda schoss ihre Worte wie Pfeile auf Francine.

»Leo mischt gerade die Karten, was hast du also für ein Problem, wenn wir uns nebenher unterhalten?« Joe funkelte Bernarda an und wandte sich Francine zu. »So langsam arbeite ich mich in die Materie ein. Die Leute im Dorf werden lockerer. Sie sehen, dass ich nicht in die Fußstapfen meines verrückten Alten trete. Jacques ist sehr kompetent und lässt mich großzügig an seinem Wissen teilhaben. Ich bin froh, dass er nicht gekündigt hat, als ich das Gut übernommen habe.«

»Ganz schön clever von deinem Jacques. Vielleicht denkt er ja an seine Zukunft. Mit dir als Chefin hat er einen tollen Fang gemacht, da hat er doch gleich mehrere Optionen offen.«

»Hör ich da Neid? Bernarda, spar dir deinen Zynismus, das prallt an mir ab.« Joe hatte wie die anderen ihre Karten wieder aufgenommen. Ein neues Spiel begann.

»Greeta hat uns von einer Kollegin erzählt, die eine Indienrundreise anbietet.« Sie legten gerade eine größere Pause ein. Leo stand in ihrer Küche und stellte das Dessert bereit. »So was könnten wir doch machen. In unserer Kasse ist genug Geld. Was meinst du, Bernarda?«

Joe musste sich ein Grinsen verkneifen, sie kannte Leo gut genug, um zu wissen, dass sie Bernarda ganz bewusst mit Indien konfrontierte.

»Was?! Indien?! Ausgerechnet dieses dreckige gespaltene Indien?! Bist du verrückt geworden, Leo? Da steckt doch sicher eure bescheuerte Kuh von Yogalehrerin dahinter, die euch alle indoktriniert…« Bernarda war aufgesprungen und lief jetzt vor dem großen Fenster auf und ab. Das heftige Sommergewitter untermalte ihr Gezeter mit Blitz und Donner. Wenn sie wütend war, wurde sie ausfallend, manchmal sogar primitiv.

Joe berichtete Francine unterdessen von ihrem Erbe in Frankreich. »Im Oktober ist Weinlese, da müsst ihr alle zum Helfen kommen. Du wirst sehen, das wird der beste Wein, den du je getrunken hast. Ich bezahle euch in Naturalien.«

Francines Blick wurde schon wieder abwesend, ihre Augen glänzten verdächtig.

»Das habt ihr euch ja fein ausgedacht!« Bernarda konnte sich nicht beruhigen. Ihre Sandalen klackerten stakkatoartig über den Holzfußboden, und Joe fragte sich, wie Bernarda erst ausrasten würde, wenn Leo sie darum bäte, ihre Schuhe auszuziehen. Allein die Vorstellung davon brachte sie zum Grinsen.

»Verdammt, ihr steckt alle unter einer Decke. Ich bin gegen Indien. Selbst wenn ich die Einzige bin, ich werde alles tun, um diese Reise zu verhindern. Immerhin gibt es Regeln!«

Dieses Stichwort erinnerte Bernarda offensichtlich daran, dass sie an diesem Abend unbedingt noch ein Spiel machen mussten, damit sie ihre Statistik abschließen konnte. Sie kam erstaunlich schnell von ihrem hohen Adrenalinspiegel herunter und war bereits wieder am Kartenmischen, als Joe, Francine und Leo noch mit ihren Kuchentellern in den Händen in der Küche zusammenstanden.

»Los, los, es wird Zeit! Denkt an eure Linie, Mädels, esst nicht so viel. Wir schaffen noch eine Runde.«

In diesem Spiel waren Bernarda und Francine ein Team.

Joe und Leo warfen sich besorgte Blicke zu. Das konnte nach diesem letzten Auftritt ziemlich in die Hose gehen. Und Joe dachte wieder einmal, wie schön und entspannt ihre Canastaabende doch gewesen waren, als Bernarda noch nicht dabei war.

ठ ठ ठ

»Irgendetwas brütet sie aus.« Leo räumte die Reste des Büfetts in den Kühlschrank.

Joe war geblieben, um ihr beim Aufräumen zu helfen. »Hast du schon einmal erlebt, dass Bernarda so beschissen gespielt hat? Ich erinnere mich nur daran, dass sie ihre Spiele immer gewonnen hat. In der letzten Runde hat sie absichtlich schlecht gespielt. Ich hab sie genau beobachtet. Die ganze Zeit saß ihr ein teuflisches Lächeln im Gesicht, nachdem sie sich vorher so wahnsinnig aufgeregt hatte. Das war Strategie. Sie wollte verlieren, sie wollte mit Francine im Team verlieren, das kannst du mir glauben.«

»Und Francine doch genauso. Sie war zwar den ganzen Abend irgendwie nicht so richtig bei der Sache, aber ich hatte den Eindruck, sie hat dieses letzte Spiel genau wie Bernarda absichtlich verloren. Das erste Mal hatte ich bei den beiden ein unbestimmtes Gefühl von … Gemeinsamkeit. Kooperation.«

ठ ठ ठ

Bernarda stand im Foyer des Apartmenthauses. Laut und im Befehlston sprach sie in ihr Handy hinein. Draußen tobte immer noch das Gewitter. Sie hatte ihren Schirm in Leos Wohnung vergessen. Als der Fahrstuhl einmal hielt, ging sie in den hinteren Bereich, dort, wo die Flurbeleuchtung sie nicht erkennen ließ. Sie wollte nicht, dass Joe sie beim Weggehen hier unten antraf. Doch es war nur ein junges Paar. Es hatte Bernarda nicht bemerkt.

Sie wartete einige Lichtintervalle lang und schaltete immer wieder die Beleuchtung ein.

Ein Auto hielt vor dem Haus.

Sie ging hinaus und rannte die paar Schritte bis zum Wagen. Der Fahrer war ausgestiegen, hatte die Beifahrertür geöffnet und hielt sie auf. Er versuchte, sie auf die Wange zu küssen, doch Bernarda schüttelte ihn ab und nahm auf dem Beifahrersitz Platz.

»Es hat leider ein bisschen gedauert. Ich hatte nicht so früh mit deinem Anruf gerechnet«, sagte der Mann, der jetzt wieder in den Wagen eingestiegen war.

»Du sollst nicht rechnen und denken. Du wirst dafür bezahlt, dass du dich bereithältst.« Bernarda war erregt, ihre Stimme war hart und laut. Ihr italienischer Zungenschlag verschlang die deutsche Sprache fast bis zur Unkenntlichkeit.

Der junge Mann am Steuer erwiderte nichts. Er konzentrierte sich auf die nasse Straße und den stürmischen Wind, der immer wieder an dem Wagen rüttelte und zerrte. Er hatte ein klassisches, fast griechisches Profil, und seine schwarzen, etwas zu langen Haare fielen ihm in lockigen Strähnen in die Stirn.

»Ich möchte, dass du bis zum Morgengrauen bleibst. Du kannst mir frische Brötchen bringen, dann verschwindest du.«

Er sagte immer noch nichts. Es gab auch nichts zu sagen. Sie fuhren zu einem nicht sehr weit entfernten modernen Apartmenthaus, ganz ähnlich dem, in dem Leo wohnte. Der Aufzug brachte sie von der Tiefgarage in den zehnten Stock, in dem Bernarda das Penthouse bewohnte.

Sie hatte die Wohnungstür noch nicht ganz geschlossen,

da riss Bernarda ihrem Begleiter bereits das Hemd vom Körper. Sie schleuderte ihre hochhackigen Sandalen in den Flur und zerrte ihren *Lover für eine Nacht* ins Schlafzimmer.

Später würde sie sich verzweifelt in den Schlaf weinen, getröstet von den Umarmungen eines Mannes, der ihr Enkel sein könnte. Getröstet von einem Mann, der ihr am Monatsende eine detaillierte Kostenrechnung für seine Dienste präsentieren würde. Und ihre gehäutete Seele würde in der Dunkelheit der Nacht diesen Trost zulassen und auch die winzige Illusion von Wärme und Zärtlichkeit, die das Licht des neuen Tages Lügen strafen würde.

Sprechgesangpoeten

»Hey, wir wollen Musik hören, Kleines.« Leo suchte den Klassiksender im Radio und versuchte, trotzdem konzentriert auf die Straße zu schauen.

Aurelia saß kerzengerade auf dem Beifahrersitz, die Hände im Schoß, und hatte bisher auf Leos Versuche, sich ein wenig mit ihr zu unterhalten, nur mit einem Ja oder Nein reagiert. Wie ein verängstigtes kleines Tier war sie zusammengezuckt und hatte sich an die Tür gedrängt, als Leo vorsichtig und sanft ihre Hände berührt hatte. Leo hatte sie aus dem Kinderheim abgeholt. Es war sehr schwierig gewesen, die Erlaubnis zu dieser Unternehmung zu bekommen. Normalerweise wurde Aurelia von einer Betreuerin des Heims in Leos Praxis abgeliefert und nach der Therapiestunde wieder abgeholt. Leo hatte den Besuch bei Anna-Marie als einen privaten Besuch deklariert.

Als eine weitere psychologische Behandlungsform konnte man Anna-Maries Arbeit nicht bezeichnen. Genauso wenig war klar, ob Aurelia überhaupt in der Lage war, sich hier, in der fremden Umgebung, mit fremden Menschen, der Musik zu öffnen. Im Moment sah es jedenfalls nicht danach aus, dass sie sich überhaupt für irgendetwas öffnen könnte. Leo war niedergeschlagen und fragte sich, was sie eigentlich dazu gebracht hatte, sich von Anna-Maries ausgefallenem Musikunterricht so viel Hilfe für Aurelia zu erhoffen. Dass sie während der Therapie so positiv auf Musik reagiert hatte, konnte ein Zufall sein, und Leo wollte nicht darüber nachdenken, was weiter mit dem Mädchen passierte, wenn dieser Versuch misslang.

Anna-Marie lebte mit ihrem Lebensgefährten und ihren beiden Jungs auf dem Land in einem großen, renovierten alten Haus, in dessen Nebengebäuden früher eine Kelterei untergebracht gewesen war. Zu dem Anwesen gehörten große Obstwiesen, auf denen vor allem Apfelbäume wuchsen. Bastian, Anna-Maries Lebensgefährte, hatte neben seinem Beruf als Ingenieur diese Apfelkelterei mehr zum Spaß nach und nach wieder aufleben lassen. Nach der Apfelernte kamen aus der ganzen Umgebung die Bauern, zunehmend auch Privatleute, um ihren eigenen Apfelsaft und Apfelwein zu keltern. Bastians Urlaub ging fast ausschließlich für dieses Hobby drauf, das mittlerweile einiges zum Familienbudget beitrug.

Leo parkte ihren Wagen in dem großen Hof. Es war ein heißer Spätsommertag. Im Erdgeschoss des Hauses standen alle Fenster und Türen offen. Klaviermusik tönte aus den Fenstern und sättigte die warme Luft. Leo half Aurelia, ihren Gurt zu lösen, und stieg aus dem Wagen. Als sie sich dem Haus näherten, hörten sie außer der getragenen Klaviermusik einen anderen, fast harten Musikrhythmus. Leo musste grinsen, sie erinnerte sich an letzte Woche, als sie sich Anna-Maries Musikunterricht das erste Mal allein angesehen hatte. »Komm, Aurelia, kletter mal da rauf. Da kannst du sehen, was dort drinnen passiert.« Sie half Aurelia auf die Bank, die vor einem der Fenster stand, damit das Mädchen ins Innere des großen Wohnzimmers sehen konnte.

Anna-Marie saß am Klavier, ein etwa zehnjähriger Junge hielt ein Mikrofon in der Hand, sprang hin und her, bewegte die Schultern und Arme wie eine Schlange, zog an dem Schild seiner Baseballkappe, das zur Seite zeigte, und das alles im typischen Takt der Hip-Hop-Hintergrundmusik. Er sprachsang einen Text dazu, den man hier draußen nicht verstehen konnte.

Leo und Aurelia waren in das Wohnzimmer getreten, in dem drei weitere Jungen ebenfalls im Takt der Musik stampften. Jetzt übernahm der Kleinere der Jungen das Mikrofon und begann mit dem typischen Hip-Hop-Sprechgesang und den zuckenden, schlängelnden Bewegungen.

Aurelia machte große Augen und hielt die Luft an.

»Hi, da seid ihr ja!« Anna-Marie hatte ihr Klavierspiel unterbrochen und sich umgedreht. Sie wandte sich an die Kinder. »Das sind Aurelia und meine Freundin Leo, die ihr ja schon von letzter Woche kennt. Aurelia möchte sich anhören, was wir so machen.« Sie umarmte Leo und strich Aurelia sanft über den Rücken. Sie hätte das Mädchen gerne geknuddelt, aber sie wollte ihr Zeit lassen, sich an sie zu gewöhnen. Man musste vorsichtig mit ihr sein, sie sah so zerbrechlich aus. Anna-Marie hatte ihr Herz schon jetzt an dieses zarte Wesen verloren. Es war Liebe auf den ersten Blick.

»Wir fangen noch mal von vorne an und spielen unser Programm einmal durch, dann könnt ihr eine kleine Pause machen. Gleich gibt es was Kaltes zu trinken, ich habe im Garten den Tisch gedeckt. Dann könnt ihr euch mit Aurelia bekannt machen und im Garten toben.« Schon huschten ihre Finger wieder über die Tasten des Flügels. Stücke aus dem *Wohltemperierten Klavier* von Bach erklangen. Sie passten zu diesem wunderschönen Sommernachmittag und erstaunlicherweise besonders gut zu den Hip-Hop-Rhythmen, die erneut von der Musikanlage ertönten.

Anna-Marie hatte Gesang und Klavier studiert und von einer Karriere als Pianistin geträumt. Doch sehr schnell hatte sie erkannt, dass ihr Talent dazu nicht ausreichte. Immer schon hatte sie Kinder geliebt, und nachdem sie selbst Kinder bekommen hatte, entdeckte sie, dass sie ein viel größeres Talent dafür besaß, Kindern die Musik nahezubringen. Sie gründete eine private Musikwerkstatt für Kinder und fing die Kleinen wie der Rattenfänger von Hameln, indem sie den Klavierunterricht auflockerte und mit ihnen klassische Stücke in fetzigen Hip-Hop oder auch Pop umwandelte, bei dem sie sich austoben konnten. Sie benutzten Kochlöffel und andere Küchenutensilien als Percussioninstrumente und durften ihrer Fantasie freien Lauf lassen. Anna-Marie organisierte kleine Aufführungen, und der Mix aus Klassik, Hip-Hop, Spiel, Gesang und Tanz begeisterte die Kinder und ihre Eltern.

»Hausaufgaben, Fernsehgucken,
Pokémon und Barbiepuppen,
auch skaten ist ganz nett,
und Currywurst macht fett.
Wir Kids, wir haben ganz viel Power,
wenn's langweilig wird, dann sind wir sauer.
Doch Hip-Hop hier mit Ann-Marie
ist krass und geil und langweilt nie!«

»Achtung, Achtung, jetzt kommt eine Leopardin.« Leo, die eine getigerte Baseballkappe trug, hatte das Schild der Kappe über ein Ohr gerückt, ihre High Heels in die Ecke gestellt und stampfte mit den Kindern im selben Takt. Ihre Schultern und Arme bewegten sich wie dicke Schlangen im Zoo. Die tanzenden und singenden Kinder hatten vor Begeisterung noch einen Zahn zugelegt, Fäuste sausten durch die Luft, und einer der Jungs machte wie ein Profirapper Handstände auf einer Hand.

Anna-Marie war in ihrem Element. Ihre fest geflochtenen Zöpfe wackelten im Takt von Herrn Bachs Klaviermusik, sie sprühte vor Freude. Sie blickte zu Aurelia, die nahe der Tür stand und sich keinen Schritt weiter in den Raum bewegt hatte.

Doch ihre Augen leuchteten, und Anna-Marie erhaschte den Anflug eines kleinen Lächelns. Sie riss eine Faust hoch und stieß sie in die Luft. »Yessss, we can!« In diesem Moment war sie sich ganz sicher, dass sie das Zutrauen von Aurelia gewinnen konnte. »Kleine Schneeflocke«, dachte sie zärtlich. Im Geist hatte sie ihr diesen Namen gegeben, weil man Angst haben musste, dass sich das zarte Mädchen wie eine solche plötzlich auflösen könnte.

»Du bist eine Zauberin, ich danke dir, Liebes.« Leo umarmte Anna-Marie und verteilte Zitronenlimonade in die Gläser.

»Leo! Ich danke dir! Du hast erst richtig Stimmung in die Bude gebracht. Hast du nicht gesehen, wie meine Kids Gas gegeben haben und wie begeistert die waren?«

»Na ja, für eine Alte, die schon Urenkel haben könnte, die so alt sind wie deine Hip-Hop-Poeten, war das vielleicht nicht ganz so schlecht.«

Sie saßen unter einem großen Apfelbaum und beobachteten die Kinder, die ausgelassen durch den Garten tobten. Anna-Maries Jungs und die beiden braunen Labradors Oskar und Schröder waren dazugekommen. Alle hatten richtig Spaß miteinander. Aurelia hielt immer noch Distanz, vor allem die Hunde waren ihr nicht so ganz geheuer, aber ihre Körperhaltung und ihre Mimik waren so viel lebendiger geworden.

Anna-Marie hoffte, dass Leo Aurelia noch ganz oft hierherbringen würde in diese friedliche Welt, in der die Kleine sich sicher fühlen konnte.

Pennerin mit Hund

Der Hund machte *Sitz* und gab Pfote. Ein Schäferhund. Ein schönes Tier. Gepflegt, aber ein bisschen zu schlank um die Taille. Er gab demjenigen seine Pfote, der eine Münze auf den Teller legte, der auf der schmuddeligen grauen Decke stand.

Wir haben Hunger stand auf einem Pappschild neben dem Teller. Auf der Decke, die vor dem Schaufenster eines Kaufhauses ausgebreitet lag, parkte der ausgemusterte Einkaufswagen eines Supermarktes, voll beladen mit Plastiktüten, Kissen und einer Gitarre, deren Hals oben aus dem ganzen Haufen herausragte.

Eine Gestalt lag zusammengekauert auf dreckigen Polstern, die sich jetzt, da sie sich aufrappelte, als Frau und als ebenso dreckig wie die Polster entpuppte.

Babette warf einen Euro auf den Teller und streichelte den Hund, der seinen Kopf schief legte und zutraulich seine Pfote in ihre ausgestreckte Hand gelegt hatte.

»Francine! Warte doch!« Babette richtete sich mühsam auf und lief hinter ihrer Freundin her, die ihre Schritte beschleunigt hatte und fast rannte.

»Hey, was ist denn los, ich dachte, du hast Zeit?« Babette keuchte ein wenig und rang nach Luft. »Ich kann einfach nicht an diesen Menschen vorbeigehen. Und der Hund ist so süß. Hast du gesehen, wie dünn er ist?« Sie hatte Francine eingeholt und hakte sich unter.

»Und du glaubst, die kauft Futter für ihren Hund? Wie

blöd und naiv bist du eigentlich? Wenn sie genügend Geld zusammengerafft hat, kauft sie die nächste Flasche Schnaps und säuft sich in eine bessere Welt. Du hast die leere Flasche neben dem Wagen wohl nicht gesehen.« Francine hatte die Worte ausgespuckt, als hätte sie auf eine bittere Mandel gebissen.

»Du, das war eine ganz junge Frau, vielleicht hat sie ja einfach nur Pech gehabt in ihrem Leben.« Babette war der Meinung, dass ein Mensch, der so weit heruntergekommen war, sein Elend so offen zu präsentieren und damit die Schamgrenze massiv überschritten hatte, einfach Hilfe von außen brauchte.

»Ja, und statt selbst etwas für sich und den Hund zu tun, für den sie die Verantwortung übernommen hat, setzt sie sich mitten auf die Straße, besäuft sich und verlässt sich auf das Mitleid der Leute, darauf, dass irgendeiner schon irgendetwas macht.« Francine hatte ihr Tempo wieder erhöht, stapfte mit Babette am Arm vorwärts, und Babette hing etwas schlapp in den Seilen.

Sie kam kaum hinterher bei dem Tempo. Sie hatte Francine selten so wütend gesehen. Das, was sie sagte, passte so überhaupt nicht zu ihrem mitfühlenden Wesen. Sie hatte in gewissem Sinne vielleicht recht, und vielleicht hatte ihre heftige Reaktion auch etwas mit Yvonne, ihrer Tochter, zu tun. Anna-Marie, die wie Babettes Töchter früher mit Yvonne befreundet gewesen war, hatte Andeutungen darüber gemacht, dass Yvonne wegen Alkohol- und Drogenproblemen schon mehrere Jobs verloren haben soll.

Babette wagte es nicht, Francine darauf anzusprechen. Die schwierige Situation zu Hause mit dem kranken Alex hatte dazu geführt, dass Francine ihr Privatleben völlig verbarg. Sie hatte eine Festung gebaut, die sie auch für ihre engsten Freunde verschlossen hielt.

Babettes Töchter hatten den Kontakt zu Yvonne schon

lange verloren. Sie waren so mit ihren eigenen Ausbildungen, Berufen und später mit Partnerschaft und Familie beschäftigt, dass ihre Wege sich irgendwann getrennt hatten. Yvonne hatte die Krankheit des Vaters völlig aus der Bahn geworfen. Sie hatte Schwierigkeiten in der Schule bekommen, später keinen Abschluss gemacht, fand keinen guten Job und hatte offensichtlich die falschen Freunde. Ihre Welt war eine völlig andere, und sie legte offenbar keinen Wert mehr auf die Freundinnen ihrer Kindheit. Vielleicht schämte sie sich ja auch.

Und Francine, die im Grunde ein so fröhlicher Mensch war, legte eine Maske der Abweisung an, sobald sie auf ihre Familie angesprochen wurde. Alex' Behinderung und seine Berufsunfähigkeit waren Grund genug für ihre Freundinnen, in stillschweigender Übereinkunft die Spielabende bei sich zu Hause auszurichten, um Francine nicht in Verlegenheit zu bringen. Keine von ihnen hatte jemals ihre Wohnung gesehen, in die die kleine Familie nach dem Unfall hatte umziehen müssen, auch Babette nicht.

Francine brachte ihre wunderbaren Quiches und Salate zu den Canastaabenden mit, und keine verlor auch nur ein Wort darüber.

»Ich freu mich jetzt auf ein schönes Stück Bienenstich.« Babettes Atem hatte sich wieder etwas beruhigt. Auch Francine hatte sich wieder abgeregt. Sie lachte schon wieder, wenn Babette auch das Gefühl hatte, dass sie doch irgendwie bedrückt war. »Oh, ja, der Bienenstich, mh, ja, der Bienenstich«, trällerte Francine, als sie das Café betraten.

»Wenn ich mit meiner Mutter Kaffee trinken gehe, esse ich neuerdings keinen Bienenstich mehr. Ich nabel mich gerade ab, ich hab die Faxen dick und die Schnauze voll von ihrer Bevormundung!«

»Ach ja, sag bloß, du emanzipierst dich mit Schwarzwälder Kirsch. Das sind ja drastische Maßnahmen! Hat Helene es schon bemerkt?«, spottete Francine und bestellte ebenfalls ein Stück Bienenstich, nachdem sie einen Tisch ergattert hatten.

Dieser Bienenstich war der beste, den man in dieser Stadt bekommen konnte.

»Weißt du, es ist ja *eine* Sache, dass ich mir von ihr schon mein Leben lang auf dem Kopf herumtanzen lasse, aber wenn sie sich an Louis vergreift, wenn sie den Kleinen unglücklich macht, dann ist wirklich Schluss mit lustig!«

Babette hatte einen dicken Ordner aus ihrer Tasche genommen und auf den Tisch gelegt. »Alles drin, wie besprochen. Anschreiben an den Verlag, Lebenslauf, Exposé und Manuskript.«

»Ich habe bis spät in die Nacht dein Manuskript gelesen und konnte gar nicht wieder aufhören, so fesselnd und spannend fand ich deinen Thriller. Und so ganz anders als alles, was ich bisher von dir gelesen habe. Ich war anfangs total überrascht, weil ich ein neues Kochbuch erwartet hatte.«

»Das denkt Max auch, obwohl er jetzt etwas misstrauisch geworden ist. Er hat mein rotes Notizbuch gefunden und vermutet, dass ich Tagebuch schreibe. Ich habe irgendwie blöd reagiert, als er mich drauf angesprochen hat, so als hätte ich ein schlechtes Gewissen.«

»Dass du so dunkle Seiten hast, traut dir ja kein Mensch zu. Ich habe in die rabenschwarzen Abgründe deiner Seele gesehen. Aber willst du das wirklich veröffentlichen? Das wird gewissen Menschen, zum Beispiel deiner Mutter, überhaupt nicht gefallen!« Francine trank genüsslich ihren Milchkaffee und löffelte auch noch die Reste des Zimtschaums aus der Tasse.

»Ich werde Max erst einweihen, wenn ich wirklich eine Zusage habe. Ich will vorerst die Pferde nicht scheu machen und meine dunklen Geheimnisse noch ein bisschen für mich behalten und genießen.« Babette sah sich nach der Kuchentheke um und liebäugelte mit einem zweiten Stück Kuchen. »Ach komm, Francine, du weißt doch genau Bescheid. Ich mache jetzt mal das, was ich machen muss, ohne immer auf alle anderen Rücksicht zu nehmen. Ha! Das wird ein richtiger Befreiungsschlag! Glaubst du denn, das Manuskript ist gut genug, dass der Verlag Interesse daran hat?«

»Ich bin fest davon überzeugt. Ich werde es direkt auf den Schreibtisch der verantwortlichen Lektorin legen, ganz oben auf den Stapel. Ich denke, das ist eine Sache von ein paar Tagen, dann hörst du von ihnen.«

Babette strahlte Francine an. »Du bist eine tolle Freundin. Ich bin so froh, dass es dich gibt; ich wollte, ich könnte dir ein bisschen von dem Guten zurückgeben.« Blitzschnell hatte sie sich über den Tisch gebeugt und Francine einen Kuss auf die Wange gedrückt.

Ein dunkler Schatten fiel über Francines Augen. Doch Babette bemerkte es nicht, war so erfüllt und voller Vorfreude. Sie stellte sich bereits vor, was alles mit der Veröffentlichung auf sie zukäme.

Impressionisten

»Du brauchst eine stärkere Brille!« Leo stand etwa vier Schritte hinter Joe, die mit ihrer Nase fast das Gemälde berührte.

»Nein, brauch ich nicht, aber hast du schon mal ein Bild von Monet von ganz nah betrachtet? Komm her! Sieh dir das an!«

Leo war hinter Joe getreten. »Hey, du fällst schon auf. Gleich wird der Museumswärter hier sein, der ist stinksauer. Du bist zu nah dran!«, flüsterte sie ihr ins Ohr.

Meistens gab es eine Abtrennung, die das verhinderte, was Joe gerade praktizierte. Welcher Teufel hatte sie denn nur geritten?

»Sorry, das ist so absolut faszinierend, ich konnte mich nicht bremsen.« Joe trat einen Schritt zurück und stellte sich neben Leo. Sie lächelte dem Mann in Uniform entschuldigend zu, der sich neben ihnen aufgebaut hatte und streng guckte.

»Ich finde es unglaublich spannend, dass man bei Monets Bildern aus der Nähe kaum etwas anderes als Tausende von Farbtupfern und kleinen Pinselstrichen erkennen kann. Geht man etwas zurück, hier etwa, sieht man erst das Licht, das der Künstler auf die Leinwand gebracht hat. Und noch ein Stück weiter zurück erkennt man erst das Motiv, erlebt man erst die ästhetische Illusion einer Landschaft oder eines Gegenstandes.«

Sie besuchten eigentlich die Ausstellung *Ein Impressionist und die Fotografie, Gemälde von Caillebotte und Fotografien des ausgehenden 19. sowie des beginnenden 20. Jahrhunderts.* Doch in einem Nebenraum hatten die Besucher die Gelegenheit, auch einige unbekannte Gemälde von Monet aus einer Privatsammlung anzusehen, die dem Museum für kurze Zeit zur Verfügung gestellt worden waren.

»Ich finde die Art, wie er malt, fantastisch. Sie beschreibt das Leben selbst, die vielen ungeordneten kleinen Puzzleteile unseres Daseins, das Sammeln von Erfahrungen, Momente von Freude und Leid, Glück und Enttäuschungen, die, alle zusammengefasst, dieses einzigartige Ganze eines jeden Individuums ergeben. Das Leben!«

Joe hatte sich in Begeisterung geredet, sie schob Leo in alle möglichen Richtungen, damit sie das Gemälde aus vielen verschiedenen Perspektiven sehen konnte.

»Und wenn du denkst, du hast die Wahrheit deines Lebens erkannt, braucht es nur einen kleinen, unbesonnenen Schritt nach vorn, und der Schleier der Illusion löst sich auf in tausend kleine Farbtupfer, in Chaos, in Einzelteile, die mühsam wieder zusammengefügt werden müssen. Wie auf diesen großartigen Kunstwerken!«

Joes Art, die Dinge zu sehen, rissen einen mit. Leo war froh, dass sie zugesagt hatte, an diesem Nachmittag mit zu der Ausstellung zu gehen. Sie hatte sich so sehr in ihre Therapieunterlagen vergraben, dass sie schon einen richtigen Tunnelblick hatte, dabei aber kein Licht am Ende des Tunnels sehen konnte. Sie hatte sich zu den anderen Bildern umgewandt, als ihr Blick an einem Paar hängen blieb, das gerade den Raum betrat.

Eine hochgewachsene, auffallend elegante dunkelhaarige Frau – Bernarda – am Arm eines wesentlich, wirklich wesentlich jüngeren Mannes: groß, dunkle lockige Haare, olivfarbene Haut. Er trug einen Anzug, der mit seinem geschmeidigen Körper eine symbiotische Verbindung einzugehen schien. Der

Begriff »wie angegossen« hatte sich hier materialisiert. Er war der Traum eines jeden Designers der Haute Couture!

Die beiden waren in ihre Unterhaltung vertieft. Leo beobachtete das altersmäßig sehr ungleiche elegante Paar, das aber doch aus der gleichen Welt zu kommen schien.

Joe war noch zu versunken in ihre philosophischen Betrachtungen, um irgendetwas um sich herum wahrzunehmen.

Bernarda hatte sie beide entdeckt, und falls ihr diese Begegnung unangenehm war, gelang es ihr perfekt, das zu verbergen.

»Oh! Hallo, ihr beiden! Ihr seid auch in Sachen Kultur unterwegs.« Sie löste sich unauffällig von ihrem umwerfend aussehenden Begleiter und kam mit ausgestreckten Armen auf Joe und Leo zu.

»Hallo, Bernarda.« Leo versank fast in Bernardas Umarmung. Trotz ihrer sehr hohen Sommerstiefel reichte sie der Italienerin gerade bis zu den Schultern. Doch die Psychiaterin in ihr ließ es nicht zu, diesen äußeren Größenunterschied Bernarda gegenüber als Nachteil zu empfinden. Im Gegenteil, Leo war sehr selbstbewusst, und ihre relative Kleinwüchsigkeit hatte ihr noch nie Probleme bereitet.

Joe blickte fast erschrocken erst zu Bernarda, dann zu dem jungen Mann, der in einiger Entfernung stehen geblieben war und die Gemälde in näheren Augenschein nahm. »Hallo, Bernarda, schön, dass du auch hier bist. Hast du gewusst, dass hier Monet-Gemälde mit ausgestellt werden?« Sie wies auf den jungen Mann. »Stell uns bitte diesem coolen Typen vor. Du willst ihn uns doch nicht etwa unterschlagen.« Sie ignorierte Bernardas finsteren Blick und ihr Stirnrunzeln, ging stattdessen mit ausgestreckter Hand auf den Schönling zu. »Hallo, ich bin Johanna, meine Freunde nennen mich Joe, und da Bernarda eine Freundin ist, bin ich auch für Sie einfach nur Joe.«

Sie schenkte dem griechischen Gott, der sie mit Augen,

die die Farbe von dunklem Honig hatten, interessiert betrachtete, ein strahlendes Lächeln. Joe gab ihm Wangenküsse rechts und links.

Bernarda blieb nichts anderes übrig, als sie alle miteinander bekannt zu machen. An guten Manieren schien es dem jungen Mann nicht zu fehlen, er verbeugte sich und küsste Leo und Joe die Hand. Hingerissen strahlte Joe ihn an.

Der Typ war wirklich der Knaller, das musste Leo zugeben.

»Monet kann man sich einfach nicht entgehen lassen. Die Gemälde gehören in die Privatsammlung eines guten Bekannten von mir. Wegen Caillebotte wäre ich nicht gekommen«, nahm Bernarda den Grund ihres Besuches im Museum auf, bevor sich ein persönliches Gespräch entwickeln konnte.

»Ich habe heute von Bernarda erfahren, dass Monets Gemälde *Impression, Sonnenaufgang* der Hafenansicht von Le Havre der Bewegung der Impressionisten ihren Namen gab«, fing der coole Typ ihren Ball auf.

Bernarda hatte ihn als Manuel Ventura vorgestellt, nur den Namen, sonst nichts.

»Die Bilder von Caillebotte sprechen mich auch nicht so sehr an. Mir sind sie, dafür, dass der Künstler ebenfalls zu den Impressionisten gezählt wird, in ihrer fotografischen Darstellung zu radikal, zu technisch und zu modern. Unglaublich, dass er zu der Impressionistenclique um Monet, Renoir, Degas und den anderen gehörte, aber er hat sich ja wohl vor allem als ihr Mäzen verdient gemacht.«

Leo hatte einen Fächer aus ihrer Tasche genommen und fächelte sich Luft zu. Es war heiß trotz der laufenden Klimaanlage, deren leises Geräusch den Raum erfüllte.

»Ihr Name hört sich so spanisch an, kann es sein, dass ich mit meiner Vermutung richtig liege?«, fragte Joe, legte ihren Kopf schief und schenkte dem Jungen ein verführerisches Lächeln.

»Meine Familie stammt aus der Nähe von Madrid. Ich bin dort geboren, aufgewachsen bin ich allerdings in Deutschland.« Er warf Bernarda einen raschen Seitenblick zu. Plötzlich wirkte er angespannt, so, als sei er auf dem Sprung. »Caillebotte hat dem französischen Staat immerhin fast fünfhundert Bilder hinterlassen, als er in relativ jungen Jahren starb.«

Bernarda wirkte zunehmend nervös. Sie sah zu Manuel, der sich hastig von Joe abgewandt und jetzt Leo ins Gespräch gezogen hatte.

Die Luft schien mit einem Mal aufgeladen zu sein, wie vor einer atmosphärischen Explosion.

»Perfekt, Ihr Styling!« Manuel deutete auf den Fächer im Tigerlook und den großen Ring im gleichen Muster, mit dem Leo heute nur sehr sparsam ihr Markenzeichen betonte. Das war ein Museumsbesuch, sie wusste, was sie der Kunst schuldig war, und trug puristisches Schwarz.

Bernarda hatte sich neben Manuel geschoben, zog ihn energisch mit sich fort und erläuterte ihm anscheinend Monets Bilder. Sie gestikulierte lebhaft, und ihr Silberschmuck klimperte dazu eine leise Melodie.

Der Raum füllte sich immer mehr mit Besuchern.

»Die will mit ihm abhauen, siehst du das?«, flüsterte Joe Leo ins Ohr. »Das kann sie glatt vergessen, so kommt sie mir nicht davon!« Joe grinste entschlossen und schubste Leo wieder näher an die beiden heran.

Joe rückte ihre Brille zurecht und fuhr sich mit der Hand durch ihre dichten weißen Haare. »Da ihr ja an der Hauptausstellung auch nicht besonders interessiert seid, lasst uns doch zusammen an die Bar gehen. Ich hätte nichts gegen ein erfrischendes Glas Schampus. Los, kommt! Ich verdurste gleich!« Sie drängte sich zwischen die beiden und versuchte, sie mit sich in den großen Ausstellungsraum in Richtung Bar zu ziehen.

Bernarda blieb mit einem Ruck stehen, stieß Joe zur Seite

und zerrte an Manuels Ärmel. »Das kannst du vergessen, Joe! Trink deinen Champagner, mit wem du willst. Wir haben heute noch was anderes vor. Leo, mach's gut, ich ruf dich an.«

Manuel hatte keine Zeit mehr, sich zu verabschieden. Bernarda schleppte ihn vor Wut schnaubend, als wären sie auf der Flucht, Richtung Ausgang. Auf dem Weg dorthin war sie so laut geworden, dass einige der Besucher sich neugierig nach den beiden umdrehten. Ihre Stimme überschlug sich, das Trommelfeuer ihrer Worte hörte sich gefährlich an und ließ Joe und Leo fassungslos zurück. Sie sahen sich an und lachten plötzlich laut los. Sie bogen sich vor Lachen. Je mehr sie sich bemühten, sich in den Griff zu bekommen, desto schlimmer wurde es. Sie gingen rasch Richtung Ausgang, bevor sie noch eine Abmahnung erhielten.

Da! Der Museumswärter von vorhin hatte sich bereits mit strenger Miene auf den Weg zu ihnen gemacht.

Also – nichts wie weg hier!

Auf dem großen überdachten Vorplatz wollten sie sich schier ausschütten vor Lachen, sie konnten sich einfach nicht beruhigen. Bernarda in ihrer unglaublichen Wut konnte auch manchmal zu komisch sein.

Wenn sie nur wüssten, warum! Was war denn in sie gefahren, was war denn passiert? Natürlich wollte sie in Begleitung des jungen Mannes nicht von ihnen gesehen werden. Das war klar, aber warum ging sie dann überhaupt mit ihm dorthin?

»Ich dachte, ich hätte Bernarda schon einige Male mit diesem Jungen gesehen«, sagte Leo. »Von Weitem sah er genauso aus, aber es war ein anderer, wenn auch der gleiche Typ. Südländisch, groß, elegant und unglaublich gut aussehend. Sie könnten Brüder sein.«

»Aber wie sie ihn behandelt hat, sie schubst ihn rum. Hast du das nicht gesehen, er hing an ihren Augen und an ihren

Lippen, als warte er auf Anweisungen. Das hat dieser Mann doch überhaupt nicht nötig. Erstens sieht er aus wie ein Adonis, und zweitens hat er offensichtlich Klasse. Hast du diesen Anzug gesehen, vom Feinsten. Er ist höflich, zuvorkommend und sicher eine Wucht im Bett! Sein Handkuss war göttlich. Ich würde ihn besser behandeln, das kannst du mir glauben.«

»Das kann ich mir sogar sehr gut vorstellen. Aber was würde dein Jacques dazu sagen?«

»Jacques ist mein Verwalter, wie oft denn noch! Leo, du nervst, da läuft nichts mit ihm. Glaub mir!«

Leo glaubte ihr nicht. Sie kannte ihre Freundin zu gut. Sie spürte förmlich: Da war mehr!

Joe hakte sie unter und ging mit ihr Richtung Taxistand. »Jetzt fahren wir ins *See-Café*. Ich lade dich zu einem Glas Champagner ein. Das muss heute einfach sein. Heute ist ein wunderschöner Tag, und Bernarda kann mich mal!«

ծ ծ ծ

Später, als sie auf der Terrasse am See unter einer weit ausladenden, schattigen Linde ihren Champagner tranken und die Kühle des Nachmittags genossen, schlich sich Aurelia wieder in ihr Gespräch, das gepeinigte kleine Mädchen, das Leo von Mal zu Mal, von Therapiestunde zu Therapiestunde mehr ans Herz wuchs. »Ich hätte es nie für möglich gehalten, dass es etwas gibt, das diese versteinerte kleine Seele zum Leben erweckt«, sagte Leo. »Aber du hattest recht, Anna-Marie hat mit ihrer Musik und vor allem mit ihrer allumfassenden Liebe etwas in dem Kind ausgelöst, von dem ich denke, dass es uns weiterbringt. Sie behandelt sie wie die anderen Kinder, gibt ihr kleine Aufgaben, lässt sie die Aufnahme- und die Stopptasten der Musikanlage bedienen, sagt ihr, dass sie ihre Hilfe brauche. Ich habe Aurelia dabei beobachtet, wie sie kleine Tanzschritte macht, wenn sie sich unbeobachtet glaubt. Na ja, wenn man dieses ganze Hip-Hop-Gestampfe als Tanz bezeichnen will.«

»Ruf mich doch bitte an, wenn du das nächste Mal zu Anna-Marie rausfährst. Das möchte ich mir ansehen. Neben Aurelia interessiert mich auch, wie das mit dem Klavierunterricht funktioniert. Anna-Marie sagt, einer spielt wirklich, die anderen drei spielen auf einer Klaviatur mit, die man zusammenrollen kann wie ein Tischset. Dabei können sie über Kopfhörer ihr eigenes Spiel verfolgen. Ich kann mir das nur sehr schwer vorstellen.«

»Mich fasziniert vor allem, wie klassische Musik und dieser moderne Sprechgesang zueinander passen. Das hört sich richtig harmonisch, aber auch fetzig an. Die Kinder dürfen ihre eigenen Texte machen, du wirst sehen, das sind richtige kleine Poeten. Anna-Marie hat für sich und ihre Schüler, für ihre Familie da draußen auf dem Land eine wunderbare, zauberhafte Welt geschaffen; abseits der Großstadt und mitten drin in einer intakten Natur.«

Die Katze springt aus dem Sack

»Nein! Niemals! Bist du verrückt geworden? Das geht zu weit! Du hast sie doch nicht mehr alle.« Leo war aus dem Sessel aufgesprungen. Sie stolperte über den Teppich, fing sich wieder und packte Bernarda so fest an den nackten Armen, dass sie mit Sicherheit blaue Flecken bekam.

Aus der lähmenden, fassungslosen Stille, die seit Bernardas Rede eingetreten war, wurde Tumult. Alle Frauen waren aufgesprungen, fuchtelten mit ihren Armen, liefen auf Bernarda zu und schrien auf sie ein.

Francine war als Einzige sitzen geblieben. Sie saß in sich zusammengesunken da, ihre Haare wirkten röter als sonst, feuerrot, und ihre Sommersprossen stachen auf ihrer hellen Haut hervor. So blass, ja so bleich war sie bei Bernardas Vortrag geworden. Sie war vor der großen Frau zurückgewichen, vor dem blanken Hass, der ihr entgegengeschlagen war.

»Bernie, was ist denn mit dir los, das kannst du doch mit Francine nicht machen!«

Bernarda war den ganzen Abend sehr beherrscht gewesen. Leos Protest hatte sie stoisch über sich ergehen lassen, doch Anna-Maries *Bernie* war das Reizwort. Kaum war es raus, holte Bernarda tief Luft, und schon ging ein Schwall von Beschimpfungen los, die die Freundinnen von ihr kannten, sie aber immer wieder fassungslos werden ließen.

Sie waren jetzt wirklich empört. Bernarda hatte den Bogen bis zum Unerträglichen überspannt!

Babettes Gesicht war vor Wut rot angelaufen. Sie stand ebenfalls ganz nah vor Bernarda.

»Gleich ohrfeigt sie sie«, dachte Joe. »Ich mach gleich mit und hau ihr eine runter. Diese bösartige Kuh hätte es wirklich verdient!« Sie zog ihre Schuhe an, die sie unter den Tisch gekickt hatte, knöpfte ihr Jackett zu und zog Francine aus dem Sessel hoch, in dem diese wie paralysiert saß. Sie nahm sie in den Arm. »Wir gehen. Mit dieser Verrückten kann man ja nicht normal reden«, sagte sie mit einer Stimme, deren Lautstärke und Durchsetzungsvermögen sie im Gerichtssaal trainiert hatte, in den allgemeinen Tumult hinein. »Bernarda! Das ist absolut jenseits des guten Geschmacks. Du bist für mich ab heute so was von erledigt! Mir tut jede Minute leid, die wir deiner Bösartigkeit geopfert haben!«

Mit lautem Knall flog die Tür hinter ihr und Francine ins Schloss.

ʊ ʊ ʊ

Die Frauen hielten die Luft an. Doch diese Stille dauerte nur kurz, alle redeten jetzt auf Bernarda ein. Sie verlangten, dass sie ihre Entscheidung rückgängig machen sollte. Dass sie sich entschuldigen sollte.

Doch sie schüttelte nur den Kopf, ließ ihrem italienischen Temperament freien Lauf. »Regeln! Wozu haben wir Regeln?« Ihre Stimme überschlug sich schier. »Wenn euch meine Entscheidung nicht passt, dann haut doch ab! Ja, haut alle ab! Ihr habt kein bisschen Mumm in den Knochen! Francine auch nicht. Ihr werdet sehen, sie macht das nicht, weil sie feige ist. Indien könnt ihr euch abschminken. Was habt ihr nur für einen Narren an dieser kleinen Frömmlerin gefressen? Was ist das für eine Frau, die ihre Probleme mit OM-Meditationen löst? So ein Quatsch! Los! Haut alle ab!«

Babette, Anna-Marie und Leo sammelten ihre Taschen ein, verließen heftig diskutierend die Wohnung und fuhren mit dem Aufzug nach unten. Im Foyer des luxuriösen Apartmenthauses trafen sie auf Joe, die mit Francine auf einem Sofa saß und leise auf sie einredete.

»Was hat Francine Bernarda denn getan?«, fragte Anna-Marie. Ihre Zöpfe waren ganz zerzaust und ihre Augen wie große grüne Teiche. »Was haben wir alle ihr getan? Warum ist sie denn so, ich versteh sie nicht!« Konflikte hielt sie nicht aus, sie hatte ein ausgeprägtes Harmoniebedürfnis.

»Jetzt müssen wir erst mal sehen, wie wir das Problem lösen. Sie muss das auf jeden Fall zurücknehmen. Eigentlich sollte es uns doch Spaß machen, so eine große Reise zu planen. Ich habe ein dickes Fell, und ich habe vor allem immer gedacht, irgendwann öffnet sie sich, irgendwann ändert sie sich. Ich habe an ihren guten Kern geglaubt, aber sie ist wirklich nur untragbar!« Leo hatte sich eine Zigarette angezündet, drückte sie nach zwei Zügen aber wieder aus und schielte dabei nach dem Feuermelder. Der Abend hatte sie offenbar ziemlich mitgenommen. Sie sah müde aus.

»Wir schmeißen sie raus und suchen eine supertolle Reise aus. Und wir werden einen Riesenspaß zusammen haben.« Joe drückte Francine an sich, die sich hochrappelte und tief durchatmete, sodass ihr Gesicht wieder etwas Farbe bekam. »Jetzt hört mir mal zu! Es ist einfach so, Bernarda ist die Gewinnerin unserer Bilanz. Punkt. Ich bin die Verliererin. Punkt. Nach den Regeln hat sie das Recht, mir eine Aufgabe zu stellen, die ich lösen muss, um das Reiseziel bestimmen zu können.«

»Aber das, was Bernarda dir zumutet, ist absolut geschmacklos. Jetzt ist sie völlig durchgeknallt! Keine von uns würde sich zu so etwas überreden lassen, oder würde eine von euch so etwas tun?« Babettes Busen wogte immer noch vor Aufregung und Verachtung.

»Jetzt regt euch mal ab! Die Sache an sich ist doch den ganzen Aufstand nicht wert, und ich habe überhaupt kein Problem, zu tun, was sie verlangt. Was mich schockiert, ist der Hass, den sie mir entgegenbringt. Ihr alle wisst, dass ich schon seit Jahren nach Indien reisen möchte. Es war immer mein Lebenstraum.« Francines Blick ging bei diesen Worten irgendwie nach innen und wurde durchsichtig. »Jetzt habe ich diese Chance. Vergesst nicht, ich bin der Verlierer in diesem Spiel. Doch wenn ich diese alberne Aufgabe löse, bin ich die Gewinnerin, und ich schwöre euch, ich werde Bernardas verfickte Bedingungen erfüllen. Sie wird sich noch wundern! Und ich will, dass sie gezwungen ist, diese Reise mit uns zusammen anzutreten. Sie muss es tun. Sie hat die Regeln aufgestellt, und ich denke nicht, dass sie bereit ist, ihr Gesicht zu verlieren. Ihr Ruf steht auf dem Spiel. Ich hoffe, ihr versteht mich. Lasst mich das auf meine Weise tun. Bitte!«

»Aber Francine, wir können doch nach Indien reisen, nachdem wir Bernarda gefeuert haben. Ich hab keinen Bock mehr auf sie.« Alle redeten jetzt durcheinander.

»Also, ich bin dafür, wir verlassen jetzt erst mal diese Nobelherberge, bevor unsere italienische Hexe auf ihrem Besen heruntergeritten kommt und uns hier entdeckt. Ich schlage vor, wir treffen uns nächste Woche ohne Bernarda und legen eine Strategie fest. Bis dahin können wir noch mal in Ruhe über die Sache nachdenken«, schlug Leo vor.

»Okay, Mädels, wir telefonieren uns zusammen. Jetzt gehen wir nach Hause und nehmen noch einen ordentlichen Schlummertrunk, damit wir die gewaltige Adrenalinüberschwemmung verkraften, hihi.« Joe hatte sich offenbar wieder etwas abgeregt. Es dauerte noch eine Weile, doch dann hatten sie sich alle voneinander verabschiedet und gingen in verschiedenen Richtungen in die Nacht hinaus.

ɑ ɑ ɑ

In dieser Nacht entstanden viele Bilder in den Köpfen von fünf Freundinnen. Es waren sehr unterschiedliche Bilder und Vorstellungen, doch sie alle hatten eines gemeinsam, sie handelten alle von INDIEN.

Ein Kopf allerdings wehrte sich, die Bilder von und die Erinnerungen an Indien einzulassen. Bernarda zischte »NIEMALS Indien«, griff zum Telefon und wählte eine Nummer, die sie im Schlaf aufsagen konnte.

ठ ठ ठ

»Oh Gott, ich krieg ja 'nen Hörsturz! Ist die Frau jetzt ganz meschugge?« Anja Klein nahm den Ohrhörer raus und hielt sich ihr Ohr. »Ich weiß ja nicht, wie die Jungs das mit der Alten aushalten.«

»Die Italienerin?« Ihre Kollegin Desiree Schröder zog die Augenbrauen hoch. Anjas Nicken war ziemlich überflüssig. Wenn es hier mit Kunden Ärger gab, dann meistens mit der Luxustussi. Überhaupt, diese neuen Alten! Neulich hatte sie einen Bericht gesehen, nach dem der Anteil von älteren Singles an Speeddating-Veranstaltungen unverhältnismäßig hoch sein soll. »Ich mach eine Speeddating-Webseite für Alte auf, Speeddating After Eighty«, dachte Desiree.

»Bei Manuel läuft die Mailbox, und er hat sie nicht sofort zurückgerufen. Tasos Handy ist komplett ausgeschaltet, der hat sich freigenommen, seine Freundin hat Geburtstag.«

»Das ist auch so was.« Desiree kaute an einem Fingernagel, von dem der Lack abblätterte, und sah Anja nachdenklich an. »Könntest du mit einem Mann zusammenleben, der so einen Job macht? Mal ehrlich!«

»Na ja, immerhin verdienen die Jungs und Mädels ja einen Haufen Kohle. Offiziell werden sie ja nur als Begleiter gebucht, obwohl die Grenzen da ziemlich diffus sind.«

»Also, bei dieser Verrückten sind die Grenzen doch mit Sicherheit weit offen. Was meinst du? Die ist so stinkreich, die bekommt für ihr Geld alles, was sie will. Und, mal ehrlich, in dem Job hier verdienen die Models supergut. Aber Manuel und Tasos scheffeln das Geld doch nur so. Allein diese Nobelschlitten, die sie fahren. Ich bin sicher, die springen beide mit der Alten in die Kiste und kassieren extra ab.«

Das Telefon klingelte.

»Escortservice *Esperanza*«, meldete sich jetzt Desiree.

Anja hatte genervt abgewunken.

»Das tut mir sehr leid, wir konnten Manuel bis jetzt noch nicht erreichen, und Tasos ist für zwei Tage gebucht«, sie nahm den Ohrstöpsel raus, hielt ihn weit von ihrem Ohr weg und zeigte den Vogel, »aber ich könnte versuchen, einen anderen … Oh Mann! Zimtzicke! Aufgelegt!« Desiree schaltete das Telefon ab. »Die ist vielleicht scharf! Soll sie die Jungs doch wie die Sklaven rund um die Uhr buchen, geile alte Kuh!« Sie wandte sich an Anja. »Sieh doch in der Kartei unter *männlich, groß, schlank, südländisch, gebildet, Nichtraucher, Alter bis maximal dreißig Jahre*, nach.« Sie wollte gewappnet sein, wenn die Italienerin ein weiteres Mal anrief. Sie wusste, die gab so schnell nicht auf, das hörte sich nach dem ganz großen Notstand an. Der *Esperanza Service* war der einzige seriöse Escortservice in der Stadt, der auch Männer in der Kartei führte. Sicher kam gleich der nächste Anruf.

»Geld müsste man haben«, sagte Anja, während sie die Karteikarten durchsah.

»Ich würde es jedenfalls nicht auf diese Weise anlegen, ich hätte immer jemanden fürs Herz, der auch ohne Bezahlung bei mir bleibt«, antwortete Desiree verträumt und besserte ihren Nagellack aus, als das Telefon erneut klingelte.

Aurelia singt

»Huhu! Hallo, ist da jemand? Wo seid ihr denn?« Babette kam laut rufend den Weg neben dem Haus entlanggelaufen. »Die Bäckerin ist hier mit Kuchen! Frisch aus dem Ofen!«

Auf der Wiese unter dem großen Apfelbaum war der Kaffeetisch gedeckt. Das Gras war noch nass von dem schweren Gewitter, ein leichter Dunst lag über den Wiesen, und es roch wunderbar nach frisch gemähtem Gras.

Aus einem Haufen ineinander verknäuelter raufender Jungen und Hunde löste sich eine Gestalt und kam näher – Anna-Marie. Sie sah selbst noch aus wie ein Kind. Heute war Klavierunterricht, aber die Jungs hatten früher kommen dürfen – zum Kuchenessen und auch wegen Aurelia.

Leo hatte sie heute wieder aus dem Kinderheim abgeholt und mitgebracht. Das Mädchen integrierte sich jedes Mal ein bisschen mehr. Das Rumtollen und Rumalbern mit den anderen Kindern tat ihr gut. Sie war ja bisher fast immer nur mit Erwachsenen zusammen gewesen.

»Puh!« Anna-Marie strich sich die Haare aus dem erhitzten Gesicht. »Hi, Babette, ich freue mich, dass du auch mal wieder zu uns rauskommst.« Sie umarmten sich herzlich. »Die Kids sind nach dem Gewitter rausgestürmt, als müssten sie sich ebenfalls erst mal entladen nach dieser schwülen Hitze.«

Babette hatte einen überdimensionalen selbst gebackenen Apfelstrudel auf den Tisch gestellt und holte jetzt aus den Tiefen ihrer Tasche eine Riesenschüssel voll mit frischen Bagels.

»Cool, meine Lieblingsbagels.« Tony, Anna-Maries Jüngster, hatte blitzschnell einen Bagel stibitzt, und Babette verwuschelte ihm seine Locken.

»Hey, da kommt Aurelia«, sagte er mit vollem Mund und noch lauter, damit die anderen Jungs es hören konnten: »Hey, schaut, Aurelia kommt!« Er rannte mit den Hunden um die Wette über die Wiese zum Haus, wo gerade Joe und Leo mit Aurelia um die Ecke gekommen waren. Die Hunde sprangen vor Freude an den dreien hoch und begrüßten sie stürmisch. »Ach, ihr seid so süß.« Aurelia hatte Freundschaft mit Oskar und Schröder geschlossen und kraulte sie hinter den Ohren.

»Süß findest du die? Na ja, ich weiß nicht.« Joe wischte sich den Hundesabber aus dem Gesicht und von ihrer Anzughose.

»Hey«, sagte Tony.

»Hey«, sagte Aurelia.

Er wirkte ein bisschen verlegen und hatte ganz rote Ohren bekommen. »Komm!« Tony packte Aurelia am Ärmel und zog sie rennend hinter sich her. Die Hunde sausten mit fliegenden Ohren vorneweg.

Joe sah Leo verblüfft an. »Wie jetzt, sie kann rennen?«

Leo wirkte rundum glücklich. »Ja, sie kann rennen. Und wie sie rennt! Kneif mich mal, ich glaube, ich träume!« Sie hatte in den vergangenen Wochen einige Male mit dem Mädchen an Anna-Maries Musikunterricht teilgenommen, und Aurelia zeigte kleine, aber deutliche Fortschritte. Nicht im Klavierspielen, das lag ihr nicht so. Sie hatte höchstens mal ein bisschen auf dem Klavier rumgeklimpert, nur zum Spaß. Aber Anna-Marie hatte ihr kleine Aufgaben übertragen. Sie bediente die Musikanlage schon sehr gut, immer dann, wenn die Kinder ihre Hip-Hop-Einlage machten. Sie hatte entdeckt, wie man die Topfdeckel und Rasseln verwenden konnte, um die Musik zu begleiten, und sie war lange nicht mehr so scheu wie am Anfang. Aurelia war in die Gruppe integriert. »Ich bin froh, dass im Moment nur Jungs Unterricht nehmen. Da gibt es kein Gezicke. Bei Mädchen in diesem Alter ist das was anderes. Ich glaube nicht, dass Aurelia sich sonst so geöffnet hätte.«

»Anna-Marie ist doch auch ein Mädchen.« Joe grinste.

»Ja, aber die zickt nicht!« Leo grinste zurück.

»Anna-Marie, mach schnell, koch Kaffee! Bitte! Mir läuft das Wasser im Mund zusammen beim Anblick von all den leckeren Sachen.« Joe hatte Anna-Marie und Babette zur Begrüßung umarmt. »Ich dachte schon, unser Kaffeeklatsch fällt ins Wasser. Ich sag's euch, diese schwüle Hitze in der Stadt, der Asphalt brodelte richtig, es war nicht zum Aushalten. Ich hatte heute einen Gerichtstermin. Die Leute waren aggressiv wie kurz vor einem Amoklauf.«

»Aber das Gewitter danach war auch wirklich krass, wie ein Weltuntergang. Die Jungs wurden auf einmal ganz kleinlaut und ganz still. Dann war auch noch der Strom weg und alles stockdunkel wie in der tiefsten Nacht«, ergänzte Anna-Marie.

»Gott sei Dank ging es zwar heftig, aber schnell. Ich musste unter einer Autobahnbrücke anhalten. Bei den Wassermassen konnte ich keinen Meter weiterfahren«, Babette ließ sich auf die Bank plumpsen, »seht doch nur, wie die ganze Welt jetzt glänzt und glitzert, wie neu gemacht. Und wie idyllisch das hier ist. Bastian hat ein Paradies aus diesem Garten gezaubert.« Sie klatschte in die Hände. »Hey, Kinder! Leo! Das Büfett ist eröffnet!«, und schon kaute sie. Babette hatte im Auto diesen verführerischen Duft nach frisch Gebackenem ertragen müssen, jetzt kapitulierte sie.

Leo hüpfte gerade in der Hocke wie ein Hase mit ein paar Jungen um die Wette.

Aurelia hatte Leos hohe Schuhe an und stakste wie auf Stelzen durchs Gras.

»Schau sie dir an, diese verrückte Alte. Man könnte denken, ihr Geburtsschein sei eine Fälschung.« Joe half Babette, den noch immer lauwarmen Strudel auf die Teller zu verteilen.

Anna-Marie brachte Kaffee und die Limonade für die Kinder. »Hat Leo eigentlich keine Kinder? Ich hab mich nie getraut, sie zu fragen. So gut kenne ich sie ja nicht. Sie erzählt nicht viel von sich und wie sie so lebt.«

»Nein, Leo hat keine Kinder. Ihre kleinen Patienten sind ihre Kinder. Ihr wisst ja, wie engagiert sie ist. Sie kämpft wie eine Löwin um jede gequälte kleine Seele, sie ist eine tolle Therapeutin«, erwiderte Joe.

Anna-Marie sah in die Runde. Die Atmosphäre in ihrem Garten mit den vielen Apfelbäumen hatte wirklich einen ganz besonderen Reiz. Der Geruch nach Regen, der die trockene Erde band und fruchtbar machte, der Duft des Grases, das Vogelgezwitscher, das Summen der Bienen und der anderen Insekten, die durch die gereinigte Luft taumelten, und das Licht, das alles in einem funkelnden Glanz erstrahlen ließ, als wäre die Erde gerade neu erschaffen worden. Das ausgelassene Gekreische der Kinder und mittendrin Leo, die staunend zusah, wie Aurelia plötzlich zu dem Kind wurde, das sie bisher nicht hatte sein dürfen: Alles das machte die zauberhafte Aura dieses Sommernachmittags aus. »Ihr beide seid aber kein Paar mehr, Joe, oder?« Anna-Marie hatte sich einen Ruck gegeben und spürte, wie sie errötete.

»Hey, neugierig bist du wohl gar nicht? Oh, Babette, schau, die Kleine wird ganz rot im Gesicht.«

Babette lachte und ließ ihren Busen hüpfen. »Mach dir nix draus, Anna, du hast recht, unter Freundinnen muss man genau Bescheid wissen. Also spuck es schon aus, Joe. Ich will es jetzt auch genau wissen.«

»Okay, ich seh es ja ein. Also, Leo und ich hatten einmal eine sehr heftige Affäre, eine tolle Zeit miteinander. Aber das ist vorbei. Wir sind kein Paar mehr, nur noch richtig gute

Freundinnen. Und um deine nächste Frage, die noch in deinem Köpfchen herumschwirrt, gleich mit zu beantworten: Ja, ich schlafe auch mit Männern. Ich schlafe hauptsächlich mit Männern. Und ich sage euch noch etwas, ich finde es mit Männern auch viel aufregender. Mit Frauen ist es auch ganz nett, aber es fühlt sich eher so kuschelig und so gemütlich an wie, wie ...«, sie sah auf den Tisch, »wie lauwarmer Apfelstrudel!« Sie grinste breit. »Okay, wie lauwarmer Apfelstrudel mit ganz viel Schlagsahne.«

Babette prustete laut los.

Anna-Maries Gesicht glühte vor Verlegenheit, aber sie stimmte in Babettes Gelächter ein, und Babette knuddelte sie. Anna-Marie war ihren Emotionen hilflos ausgeliefert, und im Moment fuhren sie mit ihr Kettenkarussell. Sie war als Kind schon sehr emotional gewesen, und nach dem frühen Tod ihrer Mutter war es noch schlimmer geworden.

»Na, ihr habt es aber lustig hier. Über wen lästert ihr geschwätzigen Weiber schon wieder?« Leo hatte sich ausgetobt und kam in den angenehmen Schatten unter dem Baum, der voller Früchte hing.

»Wir reden über dich, meine lesbische Freundin, und über mich und unsere heiße Affäre. Sie sind neugierig und wollen es jetzt endlich mal genau wissen. Wir wollen doch nicht, dass sie sich den Kopf über uns zerbrechen. Aber ich habe den beiden braven Mädels hier verraten, dass du für mich die Ausnahme und eine große Liebe warst, dass ich aber sonst statt einer Frau lieber einen Kerl im Bett habe.«

»Joe hat den Sex mit Frauen mit warmem Apfelstrudel und Schlagsahne verglichen. Das gefällt mir irgendwie, vielleicht werde ich Max ja irgendwann mal untreu.« Babette kicherte in sich hinein.

»Ich liebe warmen Apfelstrudel mit Schlagsahne.« Leo nahm ihren Kuchenteller von Babette entgegen, klopfte sich das Gras von ihrer Leinenhose und setzte sich zu Joe. »Und ich liebe dich.« Sie gab Joe einen schmatzenden Kuss auf die Wange, »aber ich gönne dir auch deine wilden Kerle.«

»Haaalllloooo, wir essen den ganzen leckeren Kuchen allein auf!«, rief sie den Kindern zu.

Das ließen die sich nicht zweimal sagen. Sie kamen angestürmt und machten sich wie gefräßige Raubtiere über den Kuchen her.

»Francine ist spät dran, lasst für sie noch ein bisschen Kuchen übrig.« Anna-Marie hatte sich wieder gefangen. »Hat jemand von euch mit ihr gesprochen?«

»Sie hatte noch einen Termin in dem Verlag, für den sie gerade arbeitet. Aber sie hat gesagt, sie kommt auf jeden Fall.«

Die Kinder rissen sich um Babettes leckere Bagels und aßen um die Wette.

»Ich hab schon drei«, verkündete Aurelia.

ѣ ѣ ѣ

Das Mädchen war nicht wiederzuerkennen, und Leos Gesichtsmuskeln waren von ihrem Dauergrinsen schon ganz verkrampft. Sie war so froh, dass sie jetzt einen Therapiezugang hatte, ihr Konzept lag vor ihrem geistigen Auge wie ein offenes Buch. Sicher, sie waren erst am Anfang, aber was für ein Anfang war das! Ein Wunder! Sie freute sich wie eine Schneekönigin über Aurelias verdreckte Shorts, das klebrige T-Shirt und vor allem darüber, dass sie so glücklich und gelöst erschien, wie es der Moment gerade hergab.

Francine war angekommen. Sie hatte sich unbemerkt der Gruppe genähert. »Ich hätte in aller Ruhe das ganze Haus ausrauben können, alle Fenster und Türen stehen sperrangelweit offen, und kein Mensch im Haus. Salut!« Sie umarmte Leo und die anderen und stopfte sich im Stehen einen Bagel in den

Mund. Ein Mund, der proportional zu ihrem Körper überdimensioniert ausgefallen war. Wie ihre Zähne. *Sie sehen aus wie gehäutete große Mandelkerne*, behauptete Babette immer, in deren Kopf sich alles offenbar nur ums Kochen, ums Backen, ums Essen und um Lebensmittel drehte.

»Kaffee?« Anna-Marie schenkte Francine ein Lächeln und goss Kaffee in ihre Tasse.

Dafür warf ihr Francine Luftküsse zu.

Leo wusste um die tiefe Verbundenheit der beiden, und es war für Francine, als wäre ihre Freundin Nora nicht endgültig gegangen. Sie lebte in ihrer Tochter weiter, und der gute Kontakt zu dieser Tochter war ein kostbares Geschenk für sie. Francine nickte Babette kurz zu und streckte ihren Daumen nach oben.

Leo fragte sich, was die beiden wohl zusammen ausheckten.

»Darf ich bitte noch einen Bagel haben?« Aurelia hatte sich an sie gekuschelt und sah sie mit ihren großen blauen Augen fragend an.

»Hier brauchst du nicht zu fragen, Aurelia. Nimm einfach, bevor die Jungs alle aufgefuttert haben.« Anna-Marie stellte die Schüssel näher zu dem Mädchen.

»Bleib ruhig noch ein bisschen hier neben mir sitzen.« Leo hatte ihren Arm vorsichtig und so leicht wie ein Seidentuch um das Mädchen gelegt. Es war gut, dass Aurelia sich nicht überforderte, sie brauchte jetzt ein bisschen Ruhe und Geborgenheit. Und Leo genoss es, diesen zarten Körper neben sich zu spüren. Es machte sie glücklich, dass Aurelia Vertrauen zu ihr gefasst hatte.

»So, Mädels, los geht's, wir sind komplett. Eröffnen wir unsere konspirative Sitzung.« Joe sah herausfordernd in die Runde. »Wann schmeißen wir Bernarda raus?« Es war allgemein bekannt, sie war stinksauer auf Bernarda und nicht mehr bereit, auf sie Rücksicht zu nehmen. Im Prinzip dachten nach dem letzten Erlebnis alle so, sogar Leo.

»Stopp!« Francine war aufgestanden. »Hört euch bitte erst mal an, was ich zu sagen habe, schließlich geht es ja auch um mich.« Sie verzog ihren Mund zu dem schiefen Lachen, das so typisch war für sie. »Ich habe lange nachgedacht, das müsst ihr mir glauben. Aber ich habe meine Meinung seit unserem letzten Treffen nicht geändert. Okay, Bernarda hat sich was ziemlich Fieses ausgedacht, aber für sie steht ja auch viel auf dem Spiel. Sie hat sehr deutlich gemacht, dass sie unter keinen Umständen nach Indien will. Warum auch immer. Aber es scheint ihr sehr ernst damit zu sein. Deshalb muss sie es mir so schwer wie möglich machen. Sie kämpft mit allen Mitteln. Ich dagegen will unbedingt nach Indien, ich muss nach Indien. Also werde ich ihre Bedingungen erfüllen. Punkt! Und so, wie ich Bernarda einschätze, wird sie nicht kneifen und mitkommen, wenn sie verliert. Sie hat einen starken Charakter trotz all ihrer Fehler. Für mich wäre es sehr wichtig, dass sie die Reise mitmacht. Es geht mir wirklich auch darum, unser Spieljahr abzuschließen, etwas zu beenden, das wir zusammen begonnen haben. Wie es hinterher weitergeht, ob sie bleibt oder ausgeschlossen wird, das werdet ihr nach der Reise entscheiden. So, das war's, was ich sagen wollte.« Francine setzte sich wieder und nahm noch ein Stück von dem leckeren Apfelstrudel, den einige der Frauen ab sofort sicherlich mit anderen Augen sahen.

»Ohne mich! Ich habe von Bernarda die Schnauze voll. Mir ist einfach meine Zeit zu schade für diese egoistische Person, die nur ihre Launen an uns auslässt und alles vermiest. Wenn sie bleibt, steige ich aus«, nahm Babette kein Blatt vor den Mund. Die anderen nickten, sie waren offensichtlich derselben Meinung.

Sie diskutierten lautstark und heftig noch eine ganze Weile, stimmten dann aber doch alle Francine zu, die vehement ihre Ansicht vertreten hatte und der offensichtlich sehr viel daran lag, dass Bernarda blieb. »Unter einer Bedingung«, fügte Babette hinzu, »Bernarda muss alleine kontrollieren, ob du in dieser albernen Aktion alles so machst, wie sie es vorschreibt und wie sie es will. Sie muss sich allein die Finger dreckig machen. Wir anderen halten uns völlig aus der Sache raus. Wir stehen geschlossen hinter dir. Du hast unsere absolute Loyalität.«

Alle nickten zu dem Vorschlag.

»Aber sobald wir aus Indien zurück sind, fliegt sie raus!«, setzte Joe noch hinzu.

ᎠᎠᎠ

»Damit ist das Thema abgehakt. Jetzt müssen Lady B. und ich nur noch den Zeitpunkt bestimmen.« So sicher, wie Francine sich gab, war sie innerlich nicht. Doch sie würde es tun, das war jetzt nur noch ein lächerlich kleiner Punkt auf ihrer Liste, die sie vor der Reise abarbeiten musste, und sie hatte wahrhaft andere Probleme als Bernardas hinterhältige Gemeinheiten. Sie wollte, sie könnte sich den Freundinnen anvertrauen. Doch könnte sie zu diesem Zeitpunkt deren Mitleid auf keinen Fall ertragen. Später, in Indien, würde sie mit ihnen reden. Ganz sicher!

Jetzt war sie hier, in Anna-Maries schönem Zuhause, und nachher würde sie sehen, wie Anna-Marie ihren Musikunterricht mit der Kindergruppe gestaltete. Sie freute sich darauf.

Erneut war es ein kleiner Abschied, einer von vielen, denn eines war gewiss: Sie würde nie, nie wieder hierher in diesen Garten, in Anna-Maries kleine heile Welt zurückkommen.

ᎠᎠᎠ

Eine frische Brise zog wohltuend durch die Räume. Nach der wochenlang anhaltenden Sommerhitze und Schwüle hatte

Francine das Gefühl, als atme das ganze Haus tief auf. Vorhänge wehten im Wind, und hie und da hörte sie eine Tür zuknallen.

Anna-Marie wuselte noch durchs Haus, um zu sehen, ob es irgendwo Wasserschäden gegeben hatte.

Die Kinder brachten unter großem Getöse und Gelächter das Geschirr und die Kuchenreste aus dem Garten ins Haus. Das Gewitter hatte offenbar alle befreit.

Francine und Babette standen im Hof vorm Haus, Babette hatte gerade ihre Sachen im Auto verstaut.

»Sie hat es verschlungen«, sagte Francine. »Du kannst froh sein, dass sie verrückt auf Thriller ist, sonst hätte sie es nicht so schnell gelesen.«

»Oh, Francine! Ich freu mich so. Mein Herz schlägt Purzelbäume. Ich bin dir so unendlich dankbar. Und wie geht es jetzt weiter? Meldet sich die Lektorin bei mir, oder läuft das über dich?« Babette war sichtlich aus dem Häuschen, dass der Verlag an ihrem Buch interessiert war.

»Die Sekretärin des Verlagsleiters meldet sich bei dir. Sie schickt dir einen Vertragsentwurf. Ich denke, dass du dann persönlich dort zur Vertragsunterzeichnung erscheinen musst. Aber denk an das, was ich dir gesagt habe. Du bist sehr gut, also verhandle hart. Du weißt Bescheid, wir haben das alles durchgekaut. Stell also dein Licht nicht unter den Scheffel!«

»Danke, du bist so ein Schatz. Nur schade, dass du nicht hierbleiben kannst. Es ist so schön, zuzusehen, was Noras Baby beruflich macht. Ich glaube, sie wäre sehr stolz auf Anna-Marie.«

»Ich hatte mich wahrscheinlich zu sehr darauf gefreut. Aber du weißt ja, wie Alex ist. Er kann es nicht aushalten, wenn ich mal was zu meinem Vergnügen mache. Ich bin sicher, dass es ihm nicht halb so schlecht geht, wie er es am Telefon behauptet hat. Aber wenn ich ihm unrecht tue, und es passiert etwas, dann würde ich mir hinterher nur Vorwürfe machen.«

Francine war in ihr Wrack von Auto gestiegen und hatte alle Fenster geöffnet. »Puh, ist das stickig hier drin.« Sie wendete, hupte, winkte Babette zu und rief »salut«, bevor ihr Auto langsam vom Hof tuckerte.

ᘔ ᘔ ᘔ

Du weißt ja, wie Alex ist! Wusste sie wirklich, wie Alex war?, überlegte Babette. Sie hatte Alex seit dem Unfall ja kaum mehr gesehen. Yvonne auch nicht. Sie erinnerte sich noch gut an den Abend, an dem es passiert war. Yvonne hatte damals bei ihren Mädels übernachtet, und sie hatten so einen Riesenspaß miteinander gehabt. Schrecklich, dieser Unfall. Francine war diejenige, die seither alles in dieser Familie managte und organisierte. Doch Francine gefiel ihr im Moment überhaupt nicht. Sie war so dünn und irgendwie durchscheinend, so abwesend und tieftraurig. Babettes Freude über ihren Erfolg schmeckte schal, wenn sie über Francine nachdachte. Sie hatte Angst davor, als Freundin zu versagen. Irgendwie befürchtete sie, dass genau das im Moment geschah.

ᘔ ᘔ ᘔ

»Allez! Allez! Wo bleibst du denn, Babette?« Joe saß neben Leo auf dem niedrigen Fensterbrett in Anna-Maries großem ebenerdigem Wohnzimmer, das zum Hof hin gelegen war, und hatte sich nach Babette umgedreht. Klaviermusik tröpfelte träge in den Nachmittag.

Babette wollte gerade das Haus betreten, da fuhr ein Auto vor. Eine Frau stieg aus.

»Was will die denn hier?« Leo hatte sich ebenfalls umgedreht, stand auf und sah der Frau entgegen, die sich dem Haus näherte.

»Entschuldigung, Frau Dr. Seebach. Ich hoffe, ich störe nicht. Ich hatte in der Nähe einen Hausbesuch und wollte mal sehen, wie sich Aurelia in dem Musikunterricht so macht. Darf ich reinkommen?«

»Na klar, selbstverständlich, bitte, kommen Sie rein!«

Leo wandte sich an Joe. »Das ist Aurelias Betreuerin vom Jugendamt, bitte, steh mir bei!«, flüsterte sie und ging zur Eingangstür, um die Dame vom Amt zu begrüßen.

Derweil hatten die vier Jungen die Klaviaturen auf dem Tisch entrollt und die Kopfhörer aufgesetzt. Sie spielten zusammen mit Anna-Marie und stimmten sich auf Bach und sein *Wohltemperiertes Klavier* ein. Anna-Marie achtete darauf, dass sie sich nicht nur auf das Hip-Hop-Stück fokussierten.

»Immer, wenn Anna-Marie die rechte Hand hebt, muss ich an diesem Knopf die Lautstärke aufdrehen, bis der Hip-Hop-Background zu hören ist, dann fangen die Jungs zu rappen an.« Aurelia stand mit Babette vor der Musikanlage und erklärte ihr, was sie tun musste. Sie war groß für ihr Alter, groß und langgliedrig. »Und ich muss genau aufpassen, dass nicht zu viele Bässe reinkommen, sonst passt das nicht zu dem Klavierstück.« Sie war sichtlich stolz, dass Anna-Marie ihr so wichtige Dinge anvertraute.

Babette lächelte ihr zu. »Du machst das ganz toll, Aurelia, aber singst und tanzt du denn nicht mit?«

Aurelia hatte ihre langen dunklen Haare, die ihr bis zum Po reichten, zusammengebunden und eine Baseballkappe verkehrt herum aufgesetzt. »Tanzen kann ich schon ein bisschen, und den Text der Jungs kenne ich auch. Aber ich trau mich noch nicht mitzusingen – weißt du, das ist ja nicht richtig singen, das ist nur so halb reden und halb singen«, erklärte sie in ihrer ernsthaften Art.

»Ist das unsere Aurelia?« Die Dame vom Amt schaute Leo verblüfft an. »Das ist ja unfassbar, wie sehr sie sich verändert hat. Sie wirkt überhaupt nicht mehr schüchtern. Sie bewegt sich hier ganz anders, viel freier.«

»Ja, Frau Dr. Seebach hat ein gutes Gespür für Kinder und ihre Seelennöte. Sie hatte die zündende Idee mit dem Musikunterricht für Aurelia«, sagte Joe und zwinkerte Leo hinter Frau Jugendamt zu.

Anna-Marie hatte mit dem Klavierspiel aufgehört und wies die Kinder einzeln auf ihre Fehler hin. Sie musste die Dame vom Jugendamt im Gespräch mit Leo und Joe bemerkt und blitzschnell entschieden haben, sofort mit der Musik anzufangen, bevor die Luft raus und der Schwung bei ihren Jungs verpufft wäre. Sie legte nun etwas mehr Tempo und Volumen in den Beginn des Klavierstücks, und die Jungs ließen sich an ihren elektronischen Pads mitreißen. Aurelia stand an der Musikanlage und wartete auf ihren Einsatz. Keiner redete mehr, nur die Musik erfüllte den großen Raum.

Anna-Marie hob ihre rechte Hand.

Aurelia hatte es genau abgepasst. Der typische Hip-Hop-Rhythmus erklang, laut, elektrisierend!

Die Jungen sprangen auf, Mützen verkehrt herum auf.

Aurelia reichte ihnen die Mikrofone. Stampf, stampf, rechts, links, geballte Fäuste flogen nach oben, Zeigefinger ausgestreckt.

»Bravo!« Babette rappte im Sitzen auf dem Sofa so begeistert mit, dass das Sofa und alles an Babette wackelte und bebte. Sie klatschte im Takt der Musik.

Leo und Joe wackelten mit den Köpfen, und auch die Frau neben ihnen bewegte sich zu diesem mitreißenden Musikmix. Joe war begeistert. Unglaublich! Bach plus Hip-Hop! Wie das passte! Und diese begeisterten, ausgelassenen Kinder, das war Musikunterricht mal wirklich völlig anders. Und das Beste war, die Lehrerin sah selbst aus wie ein Kind.

Leo hatte den Blick nicht von Aurelia abgewandt. Sie

bemerkte, dass das Mädchen den kompletten Text der Jungs mitsang. Ihre Augen strahlten, ihre Wangen waren rosarot, und ihr Körper war in Bewegung.

Joe hatte ihr Handy aus der Tasche genommen und nahm wohl hauptsächlich Aurelia auf. Sie wirkte erregt und angespannt.

Die Frau vom Jugendamt reichte Leo die Hand und verabschiedete sich, sie wollte gerade zur Tür, da veränderte sich plötzlich die Stimmung im Raum, so wie vor einem Gewitter. Es war, als hielte das Universum den Atem an, elektrisierte Teilchen speisten die Luft.

Einer der Jungen hatte Aurelia sein Mikrofon gegeben. Sie stockte kurz, auch Anna-Maries Klavierspiel stockte, doch mit einem schnellen Blick auf das Kind fuhr sie mit neuem Elan fort in ihrem Spiel.

Aurelia schloss die Augen, gab sich einen sichtlichen Ruck und stimmte den typischen Singsang an.

Es ist so dunkel, es ist so dunkel hier,
ich habe Angst, ich habe Angst vor dem Dunkel,
vor dem Dunkel in mir drin, es ist so dunkel hier.

»Wow! Aurelia singt!« Die Jungs sahen sich ungläubig an. Und auch die Frauen glaubten kaum, was sie sahen.

Aurelia sang! Begeisterung erfüllte den Raum.

Aurelia sang klar und deutlich. Doch als sie verstanden, was sie sang, verstummten alle. Sie sang ihren eigenen Text, so, als hätten die Worte in ihr schon lange darauf gewartet, aus ihrem Gefängnis entlassen zu werden.

Bum bum macht mein Herz
macht mein Herz macht bum bum
es ist so dunkel in der Nacht

in der Nacht so dunkel
ich hab so Angst vor der Nacht in der Nacht
und was die Nacht mit mir macht
was der Papa mit mir macht mit mir macht
macht es so dunkel in mir drin
es ist geheim sagt der Papa mein Papa
er macht so Sachen, der Papa und die Mama
machen so Sachen mit mir
sie machen mir Angst mein Papa, meine Mama

Auch die Dame vom Jugendamt war aus der allgemeinen Starre erwacht, hatte ebenfalls ihr Handy aus ihrer Tasche genommen und nahm diesen unglaublichen Text auf.

Aurelia bewegte sich, sie tanzte, sie stampfte, rechts, links, sie ballte eine Faust, den Zeigefinger ausgestreckt.

Aurelia sprach und sang, sie formulierte deutlich, legte alles offen, was ihr angetan worden war. Ihr Text war lang, und er war eine einzige Anklage gegen die Menschen, deren Aufgabe es eigentlich gewesen wäre, ihr Kind zu beschützen, es zu fördern und ihm all ihre Liebe zu schenken. Es war eine umfassend formulierte Anklage gegen ihre Eltern.

»Oh nein, nicht auch die Mutter, das darf nicht sein!« Leo war wie versteinert, Missbrauch durch Vater und Mutter, das war ein Riesenschock. Die Mutter verhielt sich zwar sehr auffällig, doch dass sie so weit gegangen war, darauf wäre Leo niemals gekommen. Sie umfing Aurelia mit einem so liebevollen Blick, als wolle sie das Kind damit einhüllen, es vor dem, was jetzt kam, beschützen. Dennoch wünschte sie, dass das Mädchen alles loslassen konnte, was es quälte, dass die Erstarrung sich auflöste und Aurelias Seele endlich heilen konnte.

Die Jungs nahmen den Refrain von Aurelias Text jeweils auf und tönten im Hintergrund mit. Das war gut, das war sogar sehr, sehr gut. So konnte Aurelia sich stark fühlen – stark durch die Gemeinschaft – und sich trauen, ihre schwere Last loszulassen.

Atemloses Schweigen und ein dunkler Schatten, wie ein großer schwarzer Vogel, breiteten sich im Raum aus, nachdem Aurelia völlig erschöpft das Mikrofon einfach auf dem Boden abgelegt, die Kappe abgenommen und sich zu Babette auf das Sofa gekuschelt hatte.

Still und nachdenklich räumten alle gemeinsam auf, verabschiedeten sich voneinander und machten sich auf den Heimweg.

»Still, still, meine Kleine, ganz ruhig.« Leo wiegte Aurelia in ihren Armen. Sie saß mit dem Mädchen auf dem Rücksitz in Joes Wagen. »Fahr zu mir nach Hause, Joe. Aurelia bleibt heute Nacht bei mir. Wir haben das so besprochen, die Frau vom Jugendamt und ich. Ich bringe sie erst morgen ins Heim zurück. Das war ein langer Tag für uns alle.«

Sie schwiegen, bis sie in Leos Wohnung angekommen waren.

Ticket nach Indien

Francine blieb, nachdem sie ihr Auto abgestellt hatte, noch im Auto sitzen. »Merde! Merde!« Sie schlug mit ihren Fäusten auf das Lenkrad ein, sie hatte Tränen in den Augen. Tränen der Wut und einer gewissen Hilflosigkeit. Sie fühlte sich gefangen, wie ein Tier in einer Falle, spürte das Adrenalin, das durch ihre Gefäße schoss und das ihr signalisierte, dass sie auch andere Möglichkeiten als diese zehrende Verzweiflung in sich trug. Mut, zum Beispiel, ja, und Kampfgeist. Außerdem hatte sie einen Grund, warum sie unbedingt diese alberne Mutprobe bestehen wollte, einen dringenden, verzweifelten Grund. Sie zwang sich, diesen Grund jetzt nicht näher an sich herankommen, ihn im Dunkeln zu lassen. Hatte sie denn nichts gelernt in den langen Jahren, in denen sie Yoga praktizierte? Sie fragte sich, was Greeta ihr in dieser Situation raten würde. In ihren Gedanken hörte sie deren Lachen und ihre Stimme, die sagte: *Du bist ganz ruhig, cool und stark, du kannst das schaffen! Atme ein, atme aus und handle, zeig dieser blöden Kuh, was in dir steckt!* Und Francine richtete sich auf, atmete ein und atmete aus, nahm ihre Handtasche, stieg aus dem Auto und schloss es ab.

Bernardas Auto hatte sie zwei Straßen weiter gesehen. Abgestellt, leer. Bei der Vorstellung, dass Bernarda sich auf dem Parkplatz hinter irgendeinem der Autos versteckte und sie beobachtete, musste Francine lachen. *Das geschieht ihr recht, sie muss genauso leiden wie ich. Ich wünschte, jemand würde sie so sehen, wie sie sich duckt und sich feige versteckt.* Sie straffte die

Schultern und ging auf den Eingang zu, der in das riesige Erotikcenter führte.

Doch nachdem die großen Schiebetüren aus Glas sich lautlos hinter ihr geschlossen hatten, sie an den Lichtschranken vorbeigegangen war und der Teppichboden ihre Schritte verschluckte, spürte Francine eine merkwürdige Leere in sich, die von einer absoluten Irritation ihrer Sinne ausging. Sie fühlte sich wie in Watte gepackt. Die arktische Kälte der Klimaanlage umfing sie. Sie konnte sich noch so sehr konzentrieren, sie hörte keinen einzigen Laut. Nur das wilde Pochen ihres Herzens; sie fühlte es, das Pochen, es füllte sie vollständig aus. Voller Angst berührte sie ihre Wange. Doch ja, fühlen konnte sie. Verstohlen strich sie mit den Fingern über ein Regal und fühlte den Unterschied zwischen dem kühlen Metall und dem Regalbrett aus Holz, sie spürte die Struktur des gestrichenen Holzes. Das beruhigte sie ein wenig.

Sehen konnte sie auch. Nachdem sie zunächst den Raum überblickt und festgestellt hatte, dass es so ähnlich wie in einem Kaufhaus aussah, erlaubte sie ihren Augen, die Einzelheiten wahrzunehmen. Regale ringsum, in der Mitte eine Kasse und Umkleidekabinen. Sie nahm nun auch die Menschen wahr. Männer – überall Männer! Sie kam sich so deplatziert vor wie der Papst in einer Disco. *Der Papst in einem Sexshop*, sie kicherte, *auch nicht schlecht!*

Sie konnte sie fast spüren, die verstohlenen Blicke der Männer, die an ihr hinauf- und hinunterglitten wie langbeinige Spinnen. Neugier, Erstaunen, Gier … Sie schluckte, ihr Mund war ganz trocken.

»Zieh dieses hier an, ich möchte es an dir sehen«, sagte ein junger Mann vor einer der Umkleidekabinen und reichte seiner blutjungen Freundin ein spitzenbesetztes Nichts, mit dem sie schnell wieder hinter dem Vorhang verschwand.

Francine registrierte, dass ihr Gehör wieder funktionierte.

Auch ihr Herzschlag hatte sich beruhigt. Vor einem Regal voller Bücher blieb sie stehen und nahm einige zur Hand. *Entfesselte Leidenschaft. Hemmungslos. Wogen der Lust.* Sie stellte sie blitzartig wieder zurück, als hätte sie sich daran verbrannt. Sie las die anderen Buchrücken. Natürlich gab es nur ein einziges Thema: Sex. Sex. Und noch mal Sex. DVDs mit Titelbildern, die Francine abstießen und gleichzeitig faszinierten.

Das junge Pärchen bei der Umkleidekabine hatte eine Verkäuferin zur Beratung hinzugerufen. Völlig ungehemmt führte die junge Frau spitzenbesetzte Tangas, Strapse und BHs vor, drehte sich vor dem Spiegel und diskutierte mit ihrem Freund und der sehr netten Verkäuferin Vor- und Nachteile der raffinierten erotischen Lingerieartikel. »Beneidenswert«, dachte Francine, »und so ganz natürlich, so als würden sie einen neuen Wintermantel kaufen.«

Einige männliche Kunden waren näher gekommen und beobachteten die junge Frau mit hungrigen Blicken.

Ein Regal zog Francines Aufmerksamkeit in seinen Bann. Von Weitem dachte sie an die kunterbunten Kunstobjekte in einer Kunstgalerie. Beim Näherkommen erkannte sie, dass es Vibratoren und Dildos waren – kleine, große, unterteilte, einteilige, anatomisch exakt einem erigierten Penis nachempfundene, zweiteilige, auf dem zusätzlichen kleineren Teil befand sich der Hinweis *Trifft garantiert den G-Punkt.* Es gab nachgebildete Penisse mit aufgestanzten Blumen, mit Katzen, Hunden, Perlen. In einem verschlossenen Glasschrank Vibratoren, die am oberen Rand mit *echten* Swarovski-Steinen verziert waren, und jede Menge Etuis aus Leder, ebenfalls mit Schmucksteinen.

Hier war sie richtig, sie brauchte ja nur einen beliebigen Vibrator, hätte in wenigen Minuten an der Kasse bezahlt und wäre schon wieder raus aus dem Laden. Das war Bernardas Aufgabe, diese alberne Mutprobe, die sie von ihr forderte.

Doch Francine fühlte sich plötzlich so frei und völlig gelassen. Sie wollte ihre Entscheidung in aller Ruhe treffen, und vor allem wollte sie sich nun ausgiebig und ohne Zeitdruck umsehen. Ihre Neugier war geweckt, ihre Aufgeregtheit hatte sich in ein angenehm prickelndes Angeregtsein verwandelt. »Geil!«, sagte sie leise und ließ einen lauten Lacher los, der tief aus ihrer Kehle kam. Sollte Bernarda da draußen ruhig noch ein bisschen zappeln. »Das gönn ich dir, du italienische Hexe«, setzte sie ebenso leise hinzu und schlenderte in aller Ruhe durch den Laden.

Gleitgels, Intimkugeln, Sexspielzeuge, Peitschen, Fesseln, Masken – eine andere Welt, eine aufregende Welt. Doch langsam wurde es Zeit, die Bedingungen zu erfüllen, die sie als Verliererin der Jahresbilanz ihrer Kartenrunde dazu berechtigte, das Reiseziel ihrer Gruppe in diesem Jahr zu bestimmen.

Kurz entschlossen nahm sie einen königsblauen Dildo mit G-Punkt-Verwöhner aus dem Regal und ging damit zur Kasse.

»Oh, da haben Sie sich aber ein geschmackvolles Teil ausgesucht«, sagte die Kassiererin.

Francine stutzte und sah die Frau an. Aber ja, die meinte das ernst.

»Das ist auch ein Geschenk für eine sehr elegante, stilvolle Frau, eine Freundin von mir.« Sie konnte es sich nicht verkneifen. Sie wünschte sich, ihre Freundinnen könnten sie hier sehen und würden diese Unterhaltung mitbekommen. Sie würden sich in die Hosen machen vor Lachen.

Während die Kassiererin das königsblaue Objekt kunstvoll verpackte, nahm Francine einen Lippenstift aus einem Präsentationskarton, der auf dem Kassentresen stand. »Ein Reisevibrator für die Handtasche«, erläuterte die Frau.

»Das ist ja ganz raffiniert, den nehme ich auch noch mit.« Francines großer Mund öffnete sich weit zu einem Lachen. Dabei blickte sie in den Spiegel hinter der Kassiererin. Sie sah jetzt aus wie Julia Roberts mit Kopfhörern in der Badewanne in dem unvergessenen Film *Pretty Woman*.

Diesen Lippenstift würde sie Bernarda vor versammelter Mannschaft überreichen, wenn sie in ihrem Hotel in Indien angekommen waren.

Francine verließ das eisgekühlte Warenhaus der besonderen Art. Nachdem die Türen sich wieder lautlos hinter ihr geschlossen hatten, sie die Wärme des Spätsommers fühlte, spürte, dass sie lebendig war, fing sie an zu lachen, lachte und lachte und konnte überhaupt nicht mehr aufhören.

Indien! – Ihr Traum würde in Erfüllung gehen.

ठ ठ ठ

Neue Nachrichten von Eleonor …
Neue Nachrichten von Johanna …
Neue Nachrichten von Babette …
Neue Nachrichten von Anna-Marie …

Die Mails waren fast zeitgleich auf ihrem Outlook-Display erschienen.

Francine öffnete ihren Facebook-Account und sah nach ihren persönlichen Nachrichten. Die vier Freundinnen gratulierten ihr gleichzeitig zu ihrem bestandenen Härtetest, sie gratulierten ihr zu Indien.

Francines Herz machte einen Sprung, es war schon öfter gesprungen und gestolpert seit dem vergangenen Tag. Woher wussten die eigentlich, dass sie es geschafft hatte? Von ihr jedenfalls nicht, so viel stand fest.

Sie las die Nachrichten noch mal. Richtig, bei Joe stand außerdem: *Wir haben Euch beide beobachtet. Bernarda machte deutlich die schlechtere Figur. Sie schlich hinter den geparkten Autos rum und fotografierte – wie peinlich! Sie ist die eigentliche Verliererin, sie hat unseren Respekt endgültig verloren.*

Oh, wie sehr Francine diese Loyalität wohltat! Ohne lange zu überlegen, riss sie das Päckchen auf, machte ein Foto von ihrer G-Punkt-freundlichen Beute und schickte es den Freundinnen als Antwort zurück. Ihr persönlicher Dank.

Hier meine königsblaue Trophäe – Smiley! *Wie Ihr seht, war der ganze Aufstand wegen so einer albernen Mutprobe total überflüssig. Kann mir mal jemand sagen, was ich mit diesem Ding jetzt machen soll? Soll ich es ihr per Post schicken? Habe keine Lust, sie zu sehen oder zu sprechen. Ich bitte um Eure Vorschläge!*

Missbrauch

»Wenn du gedacht hattest, nur Männer seien pädophil, dann bist du damit nicht allein, wie du siehst.« Leo stand neben Joe in dem überfüllten Gerichtsflur, in dem lautstark diskutiert wurde, und hatte tröstend einen Arm um sie gelegt. Und dabei war die Hauptverhandlung noch nicht einmal öffentlich gewesen, die Zahl der Zuschauer also relativ begrenzt.

Das Gericht machte eine Pause vor der Urteilsverkündung.

Sosehr sie während der Verhandlung versucht hatte, ihre Gefühle zu beherrschen, ließ sie jetzt ihren Tränen freien Lauf. »Ich war so erschüttert von dem, was Aurelia nur mithilfe der Musik aus sich herauslassen konnte, es war so niederschmetternd und grausam. Und doch hat sich irgendetwas in mir dagegen gesträubt, zu glauben, dass eine Mutter auf so grausame Weise ihre Beschützerrolle missbrauchen könnte. Unbewusst hab ich wohl gehofft, dass ich Aurelias Text in seinem Ausmaß falsch beurteilt habe. Und jetzt die volle Wucht dieser Tragödie, ihre leibliche Mutter … Mich macht das völlig fertig! Leo, ich kann nicht mehr da hinein, ich kann diese beiden Monster nicht mal mehr ansehen.«

Das Gericht hatte die Anhörung der Handymitschnitte erlaubt. Auch wenn sie als Beweismittel nicht relevant waren, so untermauerten sie in diesem besonders schweren Fall von Kindesmissbrauch die Aussage der Mitarbeiterin des Sozialamtes, die den Auftritt Aurelias miterlebt hatte.

Im Gerichtssaal hatte Totenstille geherrscht, als der monotone Hip-Hop-Sprechgesang von Aurelia ertönte.

Als Erste brach die Mutter des Mädchens hysterisch schreiend zusammen, sie beschuldigte ihren Mann, sie zu sexuellen Handlungen mit ihrem Kind gezwungen zu haben, und stammelte immerzu Worte der Reue.

Es war entsetzlich zu sehen, wie die Maske dieser gepflegten, unnahbaren und arroganten Frau Risse bekam, in tausend Stücke zerbrach und eine Seite enthüllte, die man nur als widerlich, primitiv und hässlich bezeichnen konnte.

Als der Vater sah, dass es zwecklos war, weiter zu lügen, legte er ein Geständnis ab. Den Anwesenden im Gerichtssaal offenbarte sich erst jetzt das wahre Ausmaß der familiären Hölle, der dieses unschuldige zarte Mädchen entkommen war. Hier musste den Sachverständigen wieder einmal bewusst werden, wie schmal doch der Grat war, der die Pädophilie von Pädosexualität trennte, und wie fließend die Grenzen zwischen sexueller Präferenz und sexuellen Handlungen waren. Die Eltern hatten zunächst um die Gunst des Kindes gefeilscht und ihm eine Liebe vorgegaukelt, die nichts anderes als Machtmissbrauch war. Sie hatten das Kind in einen unglaublichen emotionalen Konflikt getrieben, die eigenen sexuellen Wünsche an ihr befriedigt und am Ende sexuelle Handlungen von ihr als Liebesbeweis gefordert. *Wen hast du lieber, Papa oder Mama? Beweise mir deine Liebe, berühre mich, oder lass mich dir beweisen, wie sehr ich dich liebe.*

»Leo, was bringt eine Frau, eine Mutter dazu, so unbarmherzig und brutal mit ihrem eigenen Fleisch und Blut umzugehen?«

»Es sind die gleichen Gründe wie die der Männer und Väter. Es geht um Macht, Selbstbefriedigung, Egoismus, Angst vor erwachsener und verantwortungsvoller Sexualität, Selbsthass und so weiter. Ich kann es doch auch nicht verstehen, Joe.

Aber es ist nach Schätzungen von Beratungsstellen tatsächlich leider wohl so, dass fast jeder vierte Übergriff auf Kinder – ob jetzt körperlich, emotional oder sexuell – durch eine Frau begangen wird.«

ס ס ס

»Ist Aurelias Mutter direkt nach der Urteilsverkündung in den Knast gekommen, oder wie läuft das normalerweise?«

Anna-Marie hatte zusammen mit Leo einen Termin im Jugendamt. Sie hatten sich vorher in einem Café verabredet.

Die Verantwortlichen im Jugendamt hatten großes Interesse an ihrer Arbeit gezeigt, da der unterstützende Therapieerfolg durch den Musikunterricht bei Aurelia auffallend groß war. Anna-Marie sollte deshalb ihr Unterrichtskonzept vorstellen.

Leo grinste. »Für solche offiziellen Präsentationen solltest du vielleicht das Logo auf deinen Visitenkarten und auf deiner Webseite etwas seriöser gestalten. *Klaviertussi und Sängerin*, da denkt man nicht in erster Linie an Musiktherapie für Kinder.« Sie zog genüsslich an einer ihrer extra dünnen Zigaretten, die sie nur gelegentlich rauchte, und blies den Rauch in die wunderbar kühle Luft. Sie saßen im Schatten von Bäumen, die die Straße säumten, und tranken Eiskaffee. Die Blätter waren noch grün, doch die Luft schmeckte eindeutig nach den Aromen des Herbstes.

»Das wäre doch total krass, wenn ich gezielter therapeutisch mit Kindern arbeiten könnte. Ich liebe diese Arbeit. Ich weiß, dass ich dafür keine Ausbildung habe, und deshalb bin ich dir sehr dankbar, dass du mich unterstützt, Leo!«

Aurelia hatte weitere erstaunliche Fortschritte gemacht. Sie war regelmäßig bei Anna-Marie, die sie mittlerweile selbst abholen durfte. Bastian fuhr sie manchmal wieder zurück. Das sollte heute offiziell genehmigt werden. Die Familie war auf Herz und Nieren geprüft worden, die Menschen in Aurelias Umfeld mussten absolut vertrauenswürdig sein.

Aurelia hatte sich mit all ihrer Zartheit und Schutzbedürftigkeit in die Herzen von Bastian und den Jungs geschlichen, sogar Oskar und Schröder waren ihr regelrecht verfallen. Die Hunde verstanden und benahmen sich als ihre Bodyguards. Sie folgten ihr überall hin und ließen sie nicht aus den Augen.

»Sie darf auch kommen, wenn ich in Indien bin, sie hat so lange gebettelt, bis sie weichgeklopft waren.«

»Ich weiß, ich habe es befürwortet.«

»Echt jetzt? Du bist ein Schatz, Leo. Danke!«

»Der größte Schatz bist du. Du machst es großartig, du rettest dieses Kind, Anna-Marie. Hat sie eigentlich bei euch mal ihre Eltern erwähnt?«

»Nicht ein einziges Mal. Auch von ihrem Elternhaus oder ihren Spielsachen oder sonst irgendetwas aus ihrem alten Leben hat sie noch nie gesprochen. Sie verhält sich, als wäre sie vom Himmel gefallen.«

»Das ist eine schöne Vorstellung.« Leo lächelte versonnen. »Stellt ihr auch bitte keine Fragen nach dem Vorher, das ist wichtig für die Therapie. Wir müssen alles besprechen, was bei euch zu Hause geschieht. Wir arbeiten an diesem Fall eng zusammen, und ich freue mich darauf, was sich ergeben wird.« Leo holte ihr Handy aus ihrer Handtasche und las eine SMS.

»Joe lässt grüßen, sie macht gerade eine Pause bei der Traubenernte. Ich glaube, sie würde Indien am liebsten sausen lassen. Es wird schwer für sie, die Arbeit in den Weinbergen zu unterbrechen.«

»Sie kann doch anschließend wieder nach Frankreich und zu ihrer Arbeit zurück. Die Weinlese kann bis in den November gehen. Das hat sie mir selbst gesagt. Und außerdem hat sie doch Jacques!«

»Ja, ja, sie hat Jacques.« Ein wehmütiger Zug in Leos Gesicht ließ Anna-Marie rot werden vor Ärger über sich selbst. Warum musste sie auch so unsensibel sein, wie unmöglich war das denn! Aber jetzt mussten sie dringend los, sonst kamen sie noch zu spät zu ihrem Termin.

Leos High Heels klapperten neben ihr her. »Hast du einen Tipp für mich gegen Flugangst? Meinst du, ich soll mir was zur Beruhigung verschreiben lassen?«

»Bist du schon mal geflogen?«

»Nee, noch nie!« Anna-Marie war ganz kleinlaut. »Ich war noch nie weg von zu Hause.«

»Dann mach dich nicht verrückt und freu dich auf den Flug. Du bist mit fünf erfahrenen und reiseerprobten Frauen unterwegs, die auf dich aufpassen wie Mütter auf ihr Kind. Du bekommst einen doppelten Whisky, dann genießt du den Flug. Oder du verschläfst ihn. Ich finde Fliegen total aufregend, und du wirst es auch genießen.«

»Was meinst du, Leo? Wird Bernarda mitkommen, oder wird sie kneifen und den Schwanz einziehen?«

»Sie wird mitkommen. Ich bin mir ganz sicher. Überhaupt nicht mehr sicher bin ich mir, ob mir gefällt, dass sie mitkommt. Ich glaube, ich habe euch mit Bernarda eine ganze Menge Ärger eingebrockt.«

Teil 2

Der Bogen wird gespannt

Francine saß am Fenster und spürte den Schub der Maschinen während des Starts, das flaue Gefühl im Magen. Sie sah auf die Stadt hinunter, deren Häuser, Straßen und Grünanlagen sich mit rasender Geschwindigkeit schneller und immer schneller aus ihrem Blickfeld entfernten, sich schließlich auflösten und verschwanden.

Francine konnte nicht anders, sie ließ ihren Tränen endlich freien Lauf. Das Schluchzen löste sich aus ihrem Brustkorb, in dem es so lang fest verschlossen gewesen war. Sie konnte es nicht mehr kontrollieren, hatte die Kraft nicht mehr dazu.

Babette, die neben ihr saß, nahm ihre Hand und tätschelte sie. »Ich bin so froh für dich, dass dein Traum von Indien jetzt endlich in Erfüllung geht.«

Vermutlich dachte Babette, es seien Freudentränen. Francine ließ sie in dem Glauben.

Als sie sich am Morgen von Mann und Tochter verabschiedet und ihnen eröffnet hatte, dass sie nicht mehr zurückkommen würde, hatte sie all ihre Energiereserven einsetzen müssen, um deren Entsetzen, ihre Empörung und ihre Vorwürfe an sich abprallen zu lassen. Danach hatte sie fluchtartig und wie versteinert ihre Wohnung verlassen, um den lauten Schreien und wüsten Beschimpfungen ihrer Tochter zu entkommen, die durch das ganze Treppenhaus schallten.

In den letzten Wochen hatte sie alles für ihre Familie organisiert und geregelt. Dadurch und nicht zuletzt durch ihre

Reisevorbereitungen, die sie allein schon weit über ihre Grenzen hinaus belasteten, wusste sie so manches Mal nicht, wo ihr der Kopf stand. Deshalb hatte sie ihre Diagnose und den bevorstehenden endgültigen Abschied von Mann und Tochter verdrängt und war in dem Moment, als sie es ausgesprochen hatte, fast ebenso fassungslos von der Ungeheuerlichkeit ihres Vorhabens wie ihre Familie. Das erste Mal hatte sie es ausgesprochen. »Ich bin unheilbar krebskrank und werde schon sehr bald sterben.« Dadurch war es auch für sie selbst unfassbare, unverrückbare Realität geworden. Ihr wurde kalt, der Hals eng, ihr Magen flatterte. Sie hatte es ja nicht erwartet, aber insgeheim von Alex und Yvonne doch eine Spur von Mitgefühl und Sorge um sie und ihr Leben erhofft. Sie hatte ihren Mann und ihre Tochter Hilfe suchend angesehen, doch da war nichts, kein Schimmer von irgendeinem Gefühl, als sei sie eine Fremde für sie. Ihre Sehnsucht und ihr Bedürfnis nach Wärme und Mitgefühl waren an dieser Mauer klirrender Kälte abgeprallt. Verzweiflung hatte sich wie ein dunkler Mantel über sie gelegt. Und da hatte sie es noch einmal unmissverständlich ausgesprochen. »Ich reise nach Indien, um zu sterben. Ich kann euch nicht mehr helfen. Ihr müsst jetzt alleine mit eurem Leben fertig werden.«

Als sie endlich in dem Taxi saß, das sie zum Flughafen brachte, zwang sie sich dazu, nicht an die Szenen des frühen Morgens zu denken, sie zwang sich, in der keifenden Stimme, die sie immer noch verfolgte, nicht die süße kleine Yvonne zu hören, sondern die lebensunfähige, aggressive und fordernde Frau, die aus ihr geworden war. Francine unterdrückte ihren Schmerz und ihre Tränen. Diesen Weg, weg von ihrem Zuhause, weg von ihrem Gefängnis der letzten Jahre, hin zu ihrem Traumland Indien, wollte sie mit aller Bewusstheit wahrnehmen, derer sie fähig war.

Bevor sie das Flughafengebäude betrat, hatte sie schnuppernd so viel Luft in ihre Lungen eingesogen und so viele Gerüche identifiziert, wie es ihr möglich war. Sie verließ Europa und würde das Land, in dem sie geboren war, nie mehr wiedersehen. Dies hier war der Anfang von *nie mehr* – der Anfang vom Abschied. Deshalb hatte sie begierig die letzten Eindrücke gesammelt, sich einen Ruck gegeben und dann die Abflughalle betreten auf der Suche nach ihren Freundinnen.

Das Zusammentreffen mit ihnen und die Abflugformalitäten ließ sie unbeteiligt über sich ergehen.

In der allgemeinen Aufregung des Aufbruchs – Babettes und Anna-Maries Familien waren zum Flughafen mitgekommen, es gab viel Lärm, viele Umarmungen, Küsse und Ermahnungen – achtete niemand auf Francine, und ihr war das sehr recht.

Joe hatte in allerletzter Minute und völlig aufgelöst die Abfertigungshalle erreicht. Sie kam direkt von der Weinlese in Frankreich. Fast hatte es so ausgesehen, als ob sie das Flugzeug verpassen würde, und das hatte den allgemeinen Adrenalinpegel noch mal gepuscht.

Und nun saß Francine hier in dieser Lounge. Alles war bequem und behaglich, die Geräusche waren gedämpft. Sie fühlte sich so geborgen wie in einem Kokon.

Im Moment hörte sie nur das leise Klirren der Gläser. Die Kabinencrew hatte sie mit Champagner empfangen.

Francine musste lächeln. Bernarda war eine Überraschung gelungen. Sie hatte die Holzklassetickets der Freundinnen in Businessclasstickets umgewandelt. So genossen sie nun den besonderen Service, die bequemen Liegesitze und den eigenen Fernsehbildschirm. Der Purser kündigte ein Mittags- und ein Abendmenü an, die jeweils von einem Sternekoch kreiert waren. Eines musste man Bernarda lassen: Sie wusste, wann sie verloren hatte, und sie war nicht knickrig. Vielleicht hatte sie ja doch so etwas wie ein Gewissen.

Babette vertiefte sich bereits in den Menüplan für den nächsten Monat, und so war sich Francine in ihrer Fensternische völlig selbst überlassen. Sie schloss die Augen und konzentrierte sich auf ihren Atem und auf diesen einzigartigen Augenblick, von dem sie lange geträumt und der doch jetzt so eine unfassbar andere Bedeutung für sie bekommen würde. Sie versuchte, die Angst und die Bilder in ihrem Kopf vorbeiziehen zu lassen, ohne sich mit ihnen zu identifizieren.

Bernarda und Leo saßen auf der anderen Seite der Mittelreihe. Bernarda war in Begleitung eines ihrer Lover am Flughafen eingetroffen und hatte sich von der Gruppe ferngehalten, so lang das möglich gewesen war.

»Ich betrinke mich jetzt.« Bernarda hatte ihr Glas bereits geleert und klingelte nach dem Steward. »Ich hasse es, so fremdgesteuert zu sein. Ich hätte auf euch pfeifen und die Reise absagen sollen. Drecksindien.« Sie spuckte das Wort förmlich aus.

»Jetzt reg dich ab und sei froh, dass du nicht abgesagt hast. Du hättest völlig dein Gesicht und den Respekt der Mädels verloren. Kneifen passt überhaupt nicht zu deinem Stil.«

»Vieles andere auch nicht«, dachte Leo, aber darüber würde sie bei passender Gelegenheit ausführlich mit Lady B. reden.

Leo ließ ihr Glas ebenfalls nachfüllen. Sie freute sich auf die Reise, vor allem auf den zweiten Teil, die Tempelrundreise in Tamil Nadu. Sie beschäftigte sich schon lange mit den östlichen Weisheitslehren, sie meditierte regelmäßig. Yoga gehörte zu ihrem Leben. Sie hätte es noch spannender gefunden, die erste Woche in einem Ashram zu verbringen, aber da wäre Bernarda sicher völlig ausgeflippt. Auch bei Joe ging das Interesse trotz ihrer regelmäßigen Yogapraxis nicht so weit, dass sie auf alle Annehmlichkeiten eines Hotels verzichtet hätte. Und Babette war sowieso nur mitgekommen, weil die indische Küche sie interessierte und sie ganz wild darauf war, Gewürze einzukaufen und Rezepte zu ergattern.

Von den mittleren Sitzen war auf einmal ein lautes Schluchzen zu hören. Ausnahmsweise kam es einmal nicht von Anna-Marie. Der attraktive junge Inder neben ihr sah eine indische Soap und heulte hemmungslos drauflos.

Anna-Marie hatte bereits tröstend den Arm um seine Schulter gelegt und tätschelte seinen Kopf. Dass sie selbst noch beim Start Angstattacken gehabt hatte, es war immerhin ihr erster Flug, hatte sie offenbar völlig vergessen vor lauter Anteilnahme für ihren sentimentalen Sitznachbarn.

»Ich wette, bis wir in Chennai landen, haben sie die E-Mail-Adressen ausgetauscht, und sie ist bis über beide Ohren in ihn verknallt.«

»Schamlos!«, murmelte Bernarda in ihr Champagnerglas.

Leo ignorierte das. Sie blickte zu Joe, die eine Armlänge von ihr entfernt auf der anderen Seite am Gang saß. Sie mussten beide grinsen, irgendwie war wohl ein ganzer Schwarm Schmetterlinge als unsichtbare Passagiere mit an Bord gekommen. Man konnte sich einbilden, ihr federleichtes Flügelschlagen und ihr leises Schmetterlingskichern zu hören.

Nach neun Stunden wurden sie gnadenlos aus ihrem luxuriös behaglichen Mikrokosmos geworfen, in dem scheinbar die Zeit stehen geblieben war. Sie waren in Indien!

ᗜ ᗜ ᗜ

Endlich, dachte Francine, so lang hatte sie darauf gewartet, immer in der Gewissheit, dass irgendwann einmal der richtige

Zeitpunkt dafür kommen würde. Warum war er nur so verdammt spät gekommen? Aber jetzt war sie ja hier. Sie würde alles so annehmen, wie es geschah. Sie hatte sich etwas erholt und war jetzt voller Neugier und Vorfreude.

Sie warteten eine Ewigkeit am Kofferband. Die Ankunftshalle war erfüllt von aufregenden, ungewohnten Geräuschen, natürlich der fremden Sprache, dumpfer Feuchtigkeit und Gerüchen nach feuchten Achselhöhlen und verschwitzter Kleidung. Ausdünstungen, die sicher auch die andere Art der Ernährung verursachte, schwängerten die Luft. Es herrschte ein undurchdringliches, beängstigendes Menschengewimmel.

Anna-Marie stand mit dem jungen Inder Hand in Hand, sie sahen sich tief in die Augen, für sie konnte es anscheinend gar nicht lange genug dauern.

Doch dann war es so weit, alle Gepäckstücke waren da.

Die kleine Frauenkarawane strebte zum Ausgang.

Joe und Leo mit Bernarda in ihrer Mitte bildeten den kichernden und leicht schwankenden Abschluss. Der Champagner hatte es in sich gehabt. Der indische Kofferträger freute sich sichtlich, dass diese verrückten weißen Frauen ihr Gepäck nicht mehr selbst tragen konnten.

Nach der Zoll- und Passkontrolle stand ein netter Inder mit einem Namensschild zum Empfang bereit. Durch eine Menschenmenge, als sei mindestens der Dalai Lama gelandet, wurden sie zu einem Kleinbus geleitet, das Gepäck verstaut.

So fuhren sie in einer sehr warmen, schwülen und prickelnd exotischen Nacht durch Chennai, das früher einmal Madras hieß, ohne auch nur das Geringste von der Stadt gesehen zu haben.

Nach einer guten Stunde Autofahrt wurden sie im SURYA Palace Hotel mit Muschelketten begrüßt und direkt auf ihre Zimmer verteilt.

Die Zimmer waren ebenerdig, alle lagen nebeneinander, und so trafen sie sich noch im Garten vor den Terrassen.

Leo hatte ihren Whisky bereits ausgepackt, der handliche Flachmann wanderte von Hand zu Hand. »Na, denn Prost, ihr Mädels, auf einen schönen Urlaub! Und dann ab in die Betten!« Bis zum Frühstück konnten sie noch ein paar Stunden schlafen.

Erwacht im Paradies

»Juhu, ist das geil hier, ich bin in Indien, ich bin in Indien, Indien, ich komme!« Anna-Maries Schrei hatte die Frauen aus ihren Träumen gerissen. Sie tanzte in ihrem T-Shirt zwischen den Rasensprengern einen verrückten, ausgelassenen Tanz, sie war klatschnass und sah aus wie eine aus dem Wasser gezogene Katze.

Babette, die Frühaufsteherin, und die anderen sahen ihr lachend zu. Der erste Blick nach dem Aufstehen hatte ihnen gezeigt, dass sie am Ziel ihrer Traumreise angekommen waren. Palmen, große Rasenflächen, Hibiskusblüten so groß wie Teller, der Blick auf das Meer direkt vor ihnen, Probesitzen in den Schaukelstühlen. Eine gepflegte Hotelanlage, die Sterne waren angemessen.

»Ich weiß ja nicht, wie ihr diesen Tag verplempern wollt, aber ich gehe jetzt frühstücken.« Babette bewegte ihren Körper, um den sie einen farbenfrohen Pareo geschlungen hatte, schwingend Richtung Restaurant. Die leicht zitternden Bewegungen ihrer geblähten Nasenflügel zeigten an, dass ihr Geruchsnavigator funktionierte. Auf den gepflegten Wegen begegneten ihr wunderschöne junge Inderinnen mit Samtaugen, die bunte Blüten in flachen Bastkörben trugen. »Gauguin lässt grüßen«, murmelte sie, »nur die Frauen wirken hier zarter.«

Nach und nach folgten ihr alle, schlafen konnte keine mehr, dazu waren sie viel zu gespannt, was sie erwartete.

Im Frühstücksraum lernten sie die Referentinnen kennen. Susanne, die Reiseleiterin, eine hagere blonde Deutsche in indischer Kleidung, die schon viele Jahre in Indien lebte, und Katharina, die Yogalehrerin, die die Gruppe auf der Tempelrundreise ebenfalls begleiten würde.

Francine und Katharina fielen sich in die Arme, sie kannten sich von einigen Seminaren und fanden offensichtlich sofort wieder einen Draht zueinander.

»Seht euch das an, ein warmes und kaltes Büfett, und das am frühen Morgen. Wie köstlich das duftet.« Babette war in ihrem Element. Sie hob alle silbernen Hauben hoch, unter denen die exotischen Gerichte schlummerten. »Ich werde von allen probieren, und wenn es mir kotzübel wird.« Die Speisen sahen wirklich toll aus, und sie sahen scharf aus, diese farbenfrohen Currys, Chutneys und Raitas. Außer den typisch indischen Gerichten gab es Mengen von bunten exotischen Früchten und alles, was das Herz sonst noch zum Frühstück begehrte.

»Ich brauche nichts zu essen, ich berausche mich an den Düften und diesen traumhaften Hibiskusblüten. Solche Riesenblüten habe ich noch nie gesehen. Seht doch nur diese abgefahrene Blumendeko hier, echt krass!« Anna-Marie, deren Haare noch nass waren, drehte sich verzückt im Kreis und holte ihr Handy aus der Hosentasche.

»Hibiskusblüten und Schmetterlinge im Bauch.« Leo setzte sich zwischen Bernarda und Joe und stellte ihre Kaffeetasse auf den Tisch. »Wir müssen ein bisschen auf die Kleine aufpassen, sie verliert sonst den Boden unter den Füßen.«

»Ich glaube, sie kann ganz gut selbst auf sich aufpassen, Anna-Marie ist durch ihre Familie und die Musik gut geerdet. Sie ist einfach nur sehr emotional und süchtig nach Zuwendung.« Joe hatte einen Teller voller exotischer Früchte vor sich stehen und machte sich darüber her.

»Hey, ich bin hier die Psychotussi.« Leo stibitzte einen Schnitz Mango von Joes Teller.

»Nimm sie nicht noch in Schutz«, knurrte Bernarda. »Sie ist schamlos, flirtet mit allem, was nur annähernd nach Testosteron riecht, und sie ist verlogen, wenn sie obendrein behauptet, wie sehr sie ihre Kinder und ihren Kerl zu Hause vermisst.«

»Das musst gerade du sagen! Sie ist harmlos und rein wie eine Kinderseele. Lass sie in Ruhe, du bekommst es sonst mit mir zu tun!« Joes Warnung kam prompt, sie war offenbar noch immer stinksauer auf Bernarda.

Babette legte eine kleine Pause ein, im Affenzahntempo hatte sie alle duftenden Currys probiert, abgeschmeckt und analysiert. Jetzt war sie satt. Pappsatt! Sie bedauerte das sehr und begann umgehend damit, die Speisen zu fotografieren. Dabei geriet sie in einen wahren Farbenrausch bei der Vorstellung, die Fotos als Inspiration für ihre gemalten Bilder zu nehmen. Schade, dass sie nachts schlafen musste.

Ich muss unbedingt Gewürze einkaufen. Sie schrieb im Geist schon eine Einkaufsliste und konnte es kaum abwarten, in die kleine Händlerstadt zu kommen. Sie dachte ernsthaft darüber nach, die Begrüßungsrunde zu schwänzen, doch sie musste nur Bernarda ansehen, da verging ihr bereits der Freiheitsdrang. Auf deren spitze Bemerkungen war sie überhaupt nicht scharf.

»Blöde Begrüßungsrunde, ich kann mir das esoterische Gefasel lebhaft vorstellen. Am liebsten würde ich schwänzen und mir stattdessen eine ayurvedische Synchronmassage gönnen.« Bernarda war mit Leo und Joe auf dem Weg zum Seminarraum, wo die Begrüßung stattfinden sollte. Sie war gekleidet wie zu einem hochoffiziellen Anlass, sie trug ein eng anliegendes Seidenkleid und Sandalen mit hohem Absatz.

»Alle zusammen oder gar nicht«, erinnerte Leo sie an die Regeln. Sie fand Bernardas Aufzug einfach nur lächerlich.

»Du kannst dich doch auch am Nachmittag noch verwöhnen lassen.«

Francine kam mit Anna-Marie von einem kurzen ersten Spaziergang am Meer zurück.

Leo sah sich suchend um. »Wo ist denn Babette geblieben?«

Francine lachte. »Ich hab sie gerade in der Restaurantküche verschwinden sehen. Dort diskutiert sie sicher heftig mit den indischen Köchen. Bin gespannt, ob sie pünktlich zum Empfang erscheint.«

»Hebt einatmend den Kopf, die Arme und die Beine, legt ausatmend alles wieder auf der Wasseroberfläche ab.« Katharina sagte ein Yoga-Asana an, das sie *Seestern* nannte. »Und wenn Katharina es will, dann bist du dieser Seestern, du überlässt dich den Wellen, lässt dich vom Meerwasser tragen und bist glücklich darüber, auch wenn du in Wirklichkeit ganz profan auf einer Gummimatte auf dem Boden liegst«, dachte Francine.

Referentinnen und Teilnehmerinnen hatten sich einander vorgestellt, und die insgesamt zwölf Frauen der Gruppe lagen jetzt bäuchlings auf ihren Matten und ließen sich von Katharinas angenehmer Stimme in eine Yogaparallelwelt beamen. Bei einer der Frauen saß ein kleines blondes Mädchen auf der Matte und malte in einen Zeichenblock.

Das surrende Geräusch der riesigen altmodischen Deckenventilatoren vermischte sich mit dem Plätschern des künstlichen Bachlaufs im tropischen Garten des Hotels. Trotz der Hitze waren die Flügeltüren des großen Seminarraums geöffnet, und die Baumwollgardinen bewegten sich wie Vögel im sanften Wind. Durch den schönen, großzügig gestalteten Raum zog der Duft exotischer Blüten.

Leo genoss die Atmosphäre, blickte, als sie ihren Kopf hob, in die Runde und konnte sich ein Kichern nicht verkneifen. Sie sah, wie Babette ihr gegenüber platt wie eine Flunder auf dem

Boden lag und auf ihrem Bauch hin und her schaukelte. Sie bekam den Kopf nicht hoch und fuchtelte wild mit Armen und Beinen in der Gegend herum.

Da fing Babette ihren Blick auf und begann laut zu lachen, so heftig, dass ihr molliger Körper schwankte wie ein Schiff bei hohem Wellengang. Ihr Kopf war hochrot, und sie dampfte wie ein Wasserkessel kurz vorm Pfeifen. Babette hasste alles, was auch nur im Entferntesten nach Sport aussah. Wahrscheinlich war für sie bereits jetzt Yoga abgeschrieben, und sie konzentrierte sich für den Rest der Zeit auf die indische Küche. Ihr Lachen war so ansteckend, dass sich plötzlich alle bogen und kugelten vor Lachen. Der Bann war gebrochen, die Fremdheit unter den Teilnehmerinnen aus dem Raum verbannt, und Katharina machte weiter in ihrem Programm.

Einzig Francine, die ihre Übungsmatte neben der von Katharina ausgerollt hatte, blieb bewegungslos liegen. Es schien, als schliefe sie. Doch vielleicht genoss sie einfach die Yogapraxis und Katharinas wunderbare Stimme und blendete alles andere schlichtweg aus.

Nach einer Weile fiel Leos Blick zufällig auf Bernarda, und sie konnte nicht glauben, was sie da sah. Ihre italienische Freundin saß mit aufrechtem Rücken wie versteinert in ihrem schicken Seidenkleid auf ihrer Matte, kein einziges Härchen löste sich aus ihrer kunstvollen Frisur. Ihre dichten Augenbrauen begegneten sich an der Nasenwurzel und rahmten ihren wildwütenden Blick ein, mit dem sie Leo jetzt strafte. Das war pure Provokation. Zicke, sie hätten sie doch zu Hause lassen sollen!

»Willst du nicht dein Haar lösen? Wenn du die Übungen nicht mitmachen möchtest, kannst du doch wenigstens ein wenig entspannen«, sagte Katharina leise, nachdem sie zu Bernarda gegangen war.

Die holte gerade tief Luft, um ihrer Empörung über irgendetwas freien Lauf zu lassen, als die kleine Pauli, die eigentlich

Pauline hieß, sich zu ihr auf ihre Matte setzte und ihr ein Blatt Papier unter die Nase hielt. Sie begannen eine leise geflüsterte Unterhaltung, und Katharina überließ Bernarda Paulis Überredungskunst.

Leo folgte dem weiteren Verlauf der Yogastunde. Dafür war sie ja schließlich hier. Als die Stunde zu Ende war und alle wieder zum Sitzen kamen, saß Bernarda auf ihrem Platz mit einem wunderschönen geflochtenen Zopf, der ihre dicken, kräftigen schwarzen Haare zur Geltung brachte und sie um Jahre jünger aussehen ließ. Das Mädchen hatte ohne großes Aufheben ein kleines Wunder vollbracht.

Leo verkniff sich eine ironische Bemerkung, die ihr auf der Zunge lag. Immerhin war es ein Anfang.

Pauli saß immer noch bei Bernarda. Sie malte wieder, und in höchster Konzentration wanderte ihre Zungenspitze flink zwischen ihren Lippen hin und her.

Leo nahm sich vor, Paulis Zeichnungen gelegentlich etwas näher zu betrachten.

Sie war gespannt auf Pauli und vor allem auf deren Mutter. Martina. Die war offensichtlich schusselig, hatte wohl bei der Buchung vergessen, dass Pauli ein Schulkind war und dass sie in den Ferien irgendwo untergebracht werden musste. Warum also nicht ein Yogaseminar in Indien, zusammen mit vierzehn erwachsenen Frauen? Wird schon irgendwie gehen, hatte sie wohl gedacht und sie kurzerhand mitgeschleppt.

Leos Kinderschutzblick hatte das Mutter-Kind-Team gescannt und für glücklich eingeordnet. Vorläufig. Sie wollte aber gut auf die beiden aufpassen und sie genau beobachten.

Die kleine Händlerstadt

Endlich, der nachmittägliche Workshop *Die Mythologie Indiens* war vorbei. Nichts wie raus aus dem schönen und gepflegten Hotelambiente und rein in das pulsierende Indien, in die kleine Händlerstadt Mahabalipuram, seit Kurzem umbenannt in Mamallapuram.

»Nehmen wir uns zusammen ein Tuctuc?« Joe hatte Anna-Marie in der Hotellobby getroffen und hob jetzt die Hand, um einen der Fahrer der überdachten Dreiräder auf sich aufmerksam zu machen, die für wenige Rupien die Touristen überall hinfuhren.

»Die armen Männer!« Anna-Maries Kulleraugen glänzten schon wieder verräterisch.

»Jetzt sei nicht albern. Unserer ist bestimmt froh, dass er zwei so Dürre wie uns erwischt hat. Stell dir vor, er müsste zwei so Dicke wie Babette fahren, dann könnte er einem vielleicht ein bisschen leidtun.« Sie konnte sich ein Grinsen nicht verkneifen.

Joe lehnte sich im Sitz zurück und sah sich um. Ihr erster Eindruck: Hektik, Hupen, Geschrei, Dreck, Müll, Gestank, ein Gewimmel von Menschen und meist klapprigen Autos, ebensolchen Bussen und Unmengen der kleinen Tuctucs, deren Fahrer sich in abenteuerlichem Tempo kreuz und quer zwischen den motorisierten Fahrzeugen hindurchschlängelten.

»Ach, guck doch mal, Affenschaukeln, wie süß.« Anna-Marie war offensichtlich in einem anderen Film und bemerkte den Unrat überhaupt nicht. Sie zeigte auf Mädchen in wunderschöner Schulkleidung, Saris in einheitlichen Farben und gleichem Karomuster. Sie hatten ihr glänzendes dickes Haar seitlich zu Zöpfen geflochten und hochgebunden zu früher so bezeichneten Affenschaukeln. Im nächsten Moment zeigte Anna-Marie bereits auf die farbenprächtigen Saris und Kurtas der Frauen, durch die das Straßenbild bunt und schillernd wurde.

Eine Hütte stand neben der anderen, die meisten mit Palmwedeldächern, überall wurden Waren feilgeboten, mehr oder weniger laut. Karren mit Obst und Gemüse, Garküchen, Stände mit Blütenkränzen. Es roch nach Gewürzen, Gekochtem, Blumen, Müll und Autoabgasen. Und überall in dieser doch von Einfachheit und Armut geprägten Kulisse befanden sich Attribute einer ganz anderen Welt, eines modernen Indien, der Wirtschaftsmacht Indien: Werbung! Riesenplakate von Computern und der Glitzerwelt von Film und Fernsehen. Bollywood. Luxuriöse Beach-Resorts. Designerklamotten.

»Huhu!« Aus einem anderen Tuctuc winkte Leo mit ihrem Safarihut im Tigerprint. Neben ihr Bernarda, steif wie ein Stock. Die Haare hatte sie wieder streng nach oben gestylt. Das Tuctuc hielt direkt neben dem ihren und zwang den Fahrer, ebenfalls anzuhalten.

»Lasst uns doch zusammen zu Fuß weitergehen.« Leo hatte sich geschickt und blitzschnell aus dem Dreirad herausgeschlängelt und den Fahrer bezahlt, bevor Bernarda überhaupt bemerkte, dass sie standen.

»Keinen Schritt gehe ich hier zu Fuß! All die Hunde, und sieh doch mal, diese dreckigen Babys. Die lassen sie hier überall splitternackt herumlaufen, die pinkeln und kacken überall hin. Der Gestank hier bringt mich um.« Bernarda umklammerte ihr Taschentuch vor ihrem Mund und befahl dem Fahrer, zum Hotel zurückzufahren.

Doch der musste zuerst einer Herde Kühe ausweichen,

bevor er sein Gefährt in die andere Richtung lenken konnte. Bernarda fuchtelte wild mit den Armen herum, vermutlich verscheuchte sie die Fliegen, die die frei herumlaufenden Kühe in Schwärmen begleiteten.

»So, die bin ich endlich los, jetzt will ich all die köstlichen indischen Speisen probieren, will die Läden sehen, die Saris, den Silberschmuck und will den fleißigen Schneiderlein zusehen. Und außerdem soll es hier mitten in der Stadt ein riesiges Felsenrelief geben, das den Mythos der Herabkunft des Ganges auf die Erde darstellt.«

Joe bewunderte Leo für ihre ungebremste Unternehmungslust, ihre Unvoreingenommenheit und ihre Bereitschaft, offen zu sein für diese exotische Welt.

Sie ließen sich treiben von einem Laden zum anderen, sie befühlten edle Stoffe, probierten die kleinen Köstlichkeiten der ambulanten Garküchen, kauften Blütenkränze und schmückten sich damit. Sie traten zu den Frauen, die einfach am Straßenrand im Staub saßen, vor sich ihre Ware ausgebreitet. Sie versuchten, sich mit Händen und Füßen mit den Menschen zu verständigen. Am besten gelang ihnen das mit den Händlern, die sehr geschäftstüchtig, aber auch sehr freundlich waren und ein wenig Englisch sprachen.

Anna-Marie war auf der anderen Seite der Straße zurückgeblieben, inmitten einer Meute von Kindern. Sie verteilte kleine Tüten mit Gummibärchen, und die Kinder wurden fast handgreiflich, sie rissen an ihrer Umhängetasche, rissen an ihrer Jeans und versuchten, in ihre Hosentaschen zu grapschen. Es wurden immer mehr, blitzschnell war ein Riesenpulk daraus entstanden, man konnte Anna-Marie kaum noch erkennen. Alle wollten so viel wie möglich von ihren Schätzen ergattern.

Leo eilte ihr zu Hilfe. Sie war schon öfter in asiatischen Ländern gewesen. Es war ein Spiel, und sie kannte die Spielregeln. Auch Joe wusste, dass man nur eine begrenzte Menge von kleinen Geschenken mitnehmen durfte. Außerdem musste man den Kindern mit Bestimmtheit und Autorität entgegentreten. Spürten sie dein Mitleid, war man verloren.

Joe und Leo beobachteten etwas später, wie Anna-Marie die Kinder fotografierte und ihnen anschließend die Fotos auf ihrer digitalen Kamera zeigte. Wie immer suchte sie die Nähe zu Kindern. Sie ging strahlend durch die Straßen und Gässchen und war wie berauscht von dieser anderen Welt, diesem anderen Stern, auf dem sie hier gelandet war.

»Das heißt *Arjuna's Penance*, ich weiß das, meine Mutter ist nämlich Yogalehrerin, und da muss ich mich ja auch auskennen.« Pauli saß auf einem halbhohen Geländer vor dem riesigen Felsenrelief mitten in Mahabalipuram, schaute wichtig drein und erzählte einigen Touristen, zu denen sich auch Teilnehmerinnen aus der Gruppe gesellt hatten, mit weit ausholenden Gesten die Geschichte des Ganges, der durch den senkrechten Spalt in dem hohen Felsen dargestellt wurde.

»Da oben links, das ist der Asket Baghirata.« Pauli sah altklug in die Runde. »Ein Asket ist eine Spaßbremse, sagt meine Mama, einer, der an nix im Leben Spaß hat und anderen ihren Spaß am Leben verdirbt. Aber er hatte ganz doll viel geübt, der Asket, und stand so lange auf einem Bein, bis er den heiligen Fluss so beeindruckt hatte, dass der beschloss, auf die Erde herunterzukommen. Da feierten alle ein großes Fest. Himmelswesen, Götter, Menschen und alle Tiere der Erde machten mit, und seht mal, wie süß die Tierkinder aussehen. Also, ich finde den kleinen Elefanten zu Füßen seiner Mama, der noch nicht so richtig laufen kann und stolpert, am allercoolsten.«

»So kann man das auch sehen.« Leo amüsierte sich über Paulis Sicht der Dinge, und sie deutete auf eine kleine Katze, die die Meditationshaltung des Asketen karikierte.

Als sie mit Joe weiterging zu dem *Ganesha-Ratha*, einem zweistöckigen rechteckigen Schrein, der mit Löwen verziert und dem Elefantengott Ganesha geweiht war, trafen sie auf Francine, die in Begleitung von Katharina war und zusammengekauert auf einem Stein saß. Sie war leichenblass, und ihr Gesicht glänzte vor Schweiß.

»Was ist los mit dir?« Leo hatte sich zu Francine auf den Boden gehockt und bot ihr ihre Wasserflasche an.

»Ich bin gleich wieder okay, es ist nur die Hitze«, wehrte Francine Leos Besorgnis ab. »Wir sind am Strand entlanggegangen und hatten den weiten Rückweg nicht einkalkuliert.«

Katharina hatte Joe zur Seite genommen. »Ist sie krank?«, erkundigte sie sich, »ich kenne Francine ja schon eine ganze Weile, und wir zwei sind immer gerne zusammen gelaufen. Normalerweise hat sie eine super Kondition. Wie hat sie sich denn so furchtbar heruntergewirtschaftet? Außerdem hat sie dramatisch abgenommen.«

Joe war wie vor den Kopf geschlagen und ziemlich ratlos. Sicher, es war ihnen allen aufgefallen, dass Francine sich so merkwürdig verhielt. Sie zog sich noch mehr zurück als sonst, und sie wirkte schon sehr erschöpft in letzter Zeit. »Wenn man sich öfter sieht, fällt es einem vielleicht nicht so auf, aber wenn du es so ansprichst, sehe ich auch, dass sie stark abgenommen hat.«

»Ich mache mir Vorwürfe, dass ich Francine nach dem Strandlauf auch noch zu einem Besuch der *Mahishasuramardini-Höhle* überredet habe. Aber sie war begeistert von den beiden herrlichen Reliefs gewesen.« Katharina geriet ins Schwärmen. »Das Erste, ein Prunkstück der Pallava-Baukunst, stellt die Göttin Durga auf ihrem Löwen dar, wie sie den arrogant aussehenden Dämon mit dem Büffelkopf besiegte. Und das zweite wunderbare Relief muss man als Yogini unbedingt gesehen haben, es stellt den Gott Vishnu liegend auf der Weltenschlange dar. Es gibt eine Yogahaltung, die danach benannt ist, und es ist ein unglaubliches Gefühl beim Ausüben dieses Asana, wenn man das Relief einmal im Original gesehen hat.«

Katharina blickte auf Francine. »Ich habe den Eindruck, als sauge sie Indien mit allem, was dazugehört, förmlich ein.« Katharina war für Francine genau die richtige Reisebegleitung. Joe bewunderte deren unglaublichen Wissensschatz über dieses Land, seine Mythologie, seine Menschen und vor allem über Yoga, ihre große Leidenschaft.

Francine hatte sich etwas erholt. Sie beschlossen, ein Taxi zum Hotel zu nehmen.

Doch vorher mussten sie noch Anna-Marie retten. Sie war mit einer ganzen Meute Kinder im Schlepptau aufgetaucht, die sie regelrecht verfolgten. Sie war völlig fertig wegen der professionellen kleinen Bettler.

Im Hotel trafen sie Bernarda und Babette wieder.

Bernarda rekelte sich am Hotelpool, neben sich ein junger indischer Kellner, der ihr eine Mango-Lassi reichte und den sie in ein Gespräch verwickelt hatte.

Babette war auf der Restaurantterrasse damit beschäftigt, den Aufbau des Büfetts zu beobachten. »Ihr glaubt nicht, was hier heute Abend alles aufgefahren wird.« Sie leckte sich die Lippen und beschrieb alle indischen Speisen in den höchsten Tönen.

Und sie sollten nicht enttäuscht werden. Die Präsentation und der Genuss dieses indischen Abendessens unter einem strahlenden, unglaublich romantischen Sternenhimmel war ein besonderes Highlight ihrer Reise. Sogar Bernarda war gnädig gestimmt und zuckersüß. Wahrscheinlich hatte sie schon einige Gläser des unanständig teuren Rotweins intus, den es hier gab. Die Jungs in der Hotelboutique waren ebenfalls auf ihre Kosten gekommen, wie Babette zu berichten wusste. Bernarda hatte einige umfangreiche Tüten mit Klamotten auf ihr Zimmer geliefert bekommen.

Die Frauen aus der Gruppe hatten offensichtlich ebenfalls ausgedehnte Raubzüge durch Mamallapuram hinter sich, denn sie hatten sich wunderschön zurechtgemacht, trugen farbenfrohe Saris oder Kurtas und sahen aus wie Prinzessinnen aus *Tausendundeiner Nacht*. Die Stimmung unter ihnen war sehr liebevoll und freundschaftlich. Am schönsten jedoch sah Pauli in ihrem Kindersari aus. Doch sie saß, sich ihrer Erscheinung noch völlig unbewusst, tief in ihre Malerei versunken mal an diesem, mal an jenem Tisch und bezauberte durch ihre Fantasie und durch ihr Feenwesen, das man intuitiv erkannte.

Jenseits von Raum, Zeit und Begehren

Ein Traum wurde wahr, Francines Traum. Yoga am Golf von Bengalen. Klischeehaft und kitschig wie ein Reiseprospekt, und doch war es für Francine und ihre Freundinnen für eine Woche ihr wirkliches Leben.

Morgens um sieben war die Luft am Strand frisch, und über dem Meer waberte ein leichter Dunst. Dhaus, indische Fischerboote, lagen am Horizont aufgereiht wie Perlen einer Halskette. Im Vordergrund wiegten sich Kokospalmen leicht im sanften Wind. Sie saßen im Kreis, in Meditation vereint über den Atem.

Diese Morgenstunden öffneten die Sinne für den ganzen Tag.

Es war aber nur ein Teil von Francines Traum. Sie konnte es kaum erwarten, den wirklich spirituellen Teil ihrer Reise anzutreten, das Indien der Tempel und der Götter zu erleben. Das hier war ein Urlaubstraum, und nach den ganzen Aufregungen der letzten Monate, die sehr an ihrer Widerstandskraft gezehrt hatten, taten ihr der Luxus des Hotellebens und die Zeit, die sie hatte, um über alles nachzudenken, sehr gut.

Diese frühen Morgenstunden am Meer waren ein besonderes Erlebnis. Das Meeresrauschen begleitete den Atem und die Meditation, und Francine erlebte viele kleine Momente der Freude und des Glücks darüber, diese Atmosphäre genießen zu dürfen. Es war ihr schwergefallen, aufzustehen, der Schlaf hatte in der Nacht einfach nicht kommen wollen. Der Husten und die Atemnot wurden immer schlimmer. Sie hoffte sehr, dass

Anna-Marie wirklich so fest schlief, wie es ihr leises Schnarchen vermuten ließ. Das klang sehr melodisch, selbst im Schlaf ließ die Musik sie offenbar nicht ganz los.

Nach der Meditation war eine Stunde Poweryoga mit Katharina angesagt. Das brachte Francines Energien wieder zurück, obwohl sie einige Übungen ausgelassen hatte, die sie in ihrer eingeschränkten Verfassung überfordert hätten. Katharinas Unterricht war mit den Jahren noch besser geworden. Sie war ein Glücksfall, vor allem für eine erste Indienreise. Das galt auch für Susanne, die den Workshop leitete.

Diese beiden wundervollen und mitreißenden Frauen mit ihrem unglaublich großen Wissensschatz führten die Gruppe in die Geschichte und die Mythologie Indiens ein, dass Francine manchmal die Tränen kamen.

Sie war sehr froh darüber, dass Susanne mit im Team war, und hoffte auf Insidertipps. Sie hatte sich für den Nachmittag mit ihr verabredet. Francine nahm zwar an allen gemeinsamen Aktivitäten teil, doch sonst distanzierte sie sich von der Gruppe. Sie wollte vor allem nicht mit Bernarda zusammentreffen, deren Wut sie fast körperlich spüren konnte. Hoffentlich ging das während ihrer Busreise in der folgenden Woche gut.

Die Praxis des indischen Arztes lag etwas abseits im Park, der zum Hotelgelände gehörte. Francine lief langsam die Wege, die mit wunderschönen Pflanzen gesäumt waren, zurück zum Hotel. Sie schlenkerte den jetzt leeren Stoffbeutel in ihrer Hand – und plötzlich, überwältigt von einem Gefühl von unermesslicher Freiheit, ließ sie ihren ganzen Arm kreisen, schneller und schneller, ließ los und sah zu, wie der Fetzen Stoff zögernd wie eine große weiße Wolke durch die Luft schwebte und hinter einem dichten Busch verschwand.

Der nach den Prinzipien des Ayurveda, der Lehre vom

Leben, arbeitende Arzt hatte ihr versprochen, ihr bis zum Ende ihres Aufenthalts im Hotel seine Empfehlungen über eine Ernährungsumstellung zusammenzustellen. Er zeigte Verständnis dafür, dass sie die Chemotherapie in Form von Tabletten, die sie den Onkologen der Klinik in Deutschland noch mit viel Überredungskunst abgeschwatzt hatte, um einer stationären Behandlung zu entgehen, nun doch nicht durchführen wollte. Sie hatte ihm den Inhalt ihres Beutels zur Entsorgung überlassen. Der Arzt hatte ihr eindringlich erklärt, dass er die Medikamente für sie aufbewahren würde, doch diese Tatsache wischte sie einfach beiseite. Ihr Entschluss stand fest, sie hatte lange genug darüber nachgedacht.

Sie vollführte ein paar Tanzschritte und drehte sich im Kreis. Frei! Frei wie ein Vogel, frei in meinen Entscheidungen, jubelte es in ihr.

Dass Anna-Marie auf der Bank saß, an der sie vorbeitanzte, bemerkte sie nicht.

»Na, hast du im Lotto gewonnen? Oder hast du erfahren, dass du Oma wirst? Du siehst so glücklich aus!« Anna-Marie stand von der Bank auf, klappte ihr Handy zu und nahm Francine am Arm, die sich auf einmal so schlaff fühlte, als sei, wie bei einem alten Luftballon, alle Luft und alle Spannkraft aus ihr entwichen. Sie war zu Tode erschrocken.

Anna-Marie bemerkte es nicht einmal. »Stell dir vor, die Roaminggebühren sind hier so teuer wie nirgendwo sonst auf der Welt. Der Anruf neulich von Bastian und den Kindern über Skype auf meinem Handy hat fast sechzig Euro gekostet. Die haben sie doch nicht alle«, entrüstete sie sich. »Das ist eine absolute Katastrophe. Ich will sofort nach Hause. Ich halte das hier nicht aus, wenn ich nicht mal mit meiner Familie sprechen kann.« Ihre Affenschaukeln machten ihrem Namen alle Ehre, sie schaukelten affenartig, und ihr Gesicht war mal wieder knallrot. Gleich würde sie anfangen zu heulen.

»Dann quatsch halt nicht immer so lange, dann wird's auch nicht so teuer!« Francine schüttelte Anna-Marie ärgerlich ab und lief einen Seitenweg entlang. Sie musste jetzt alleine sein.

Anna-Marie hatte sie zwar unabsichtlich, aber umso brutaler in ihre Sorgenwelt zurückkatapultiert. Wie gerne wäre sie Oma geworden, eine große Familie war immer ihr Traum gewesen. Doch manche Träume erfüllten sich eben nicht. Andere dafür aber schon, dachte sie trotzig. Bevor das Bild von Yvonne aus ihrem Unterbewusstsein hochgekrochen kam, atmete sie ein und … aus. So kam ein Fitzelchen von der Leichtigkeit zurück, die Anna-Marie ungewollt zertrampelt hatte.

Am Nachmittag würde sie mit Susanne in einem kleinen Guest House am Strand Tee trinken und sie um Tipps für ihren Aufenthalt in Indien bitten. Sie hatte sich dazu entschlossen, ganz offen und im Vertrauen mit ihr über ihre Krankheit zu sprechen, und hoffte, vielleicht sogar in Auroville, wo Susanne schon seit vielen Jahren lebte, eine Unterkunft für sich zu finden. Doch sie unterdrückte den Impuls, vorauszudenken und zu planen, sie konzentrierte sich jetzt ganz auf den Augenblick und die Ayurveda-Massage, für die sie sich angemeldet hatte. Alles andere würde sich finden.

»Oh Mann, was ist das denn für ein Mist!« Babette schlidderte Francine entgegen, als wäre sie betrunken. Sie war eingepackt in ein kornblumenblaues Badetuch, und der Grund, warum sie so besonders strahlend aussah, lag vor allem darin, dass ihre Haut rundherum von Öl nur so triefte und glitzerte. Die Haare waren zwar hochgebunden, aber das Öl tröpfelte ihr von den Ohrläppchen runter. »Dabei war ich schon unter der Dusche, und das war lebensgefährlich, weil rutschig.« Sie kicherte und hielt sich an Francine fest, weil ihre Füße in den Flipflops, die ebenfalls voller Öl waren, keinen Halt fanden. »Du kannst dir das nicht vorstellen. Du liegst auf einem Riesenholztisch, da würden wir locker zu viert draufpassen, und zwei süße, zarte Inderinnen kneten und massieren dich mit Unmengen von Öl und einer Kraft von gestählten Kerlen, dass dir Hören und Sehen vergeht. Ihre Bewegungen sind völlig synchron, das fühlt sich so fantastisch an, dass du völlig vergisst, wo du bist und dass du nicht allein bist. Im Hintergrund läuft eine wunderschöne Musik, und wenn dann der Stirnguss kommt, denkst du, du bist bereits im Himmel angekommen.«

Babette rubbelte sich mit dem Handtuch das Öl von den Füßen. »Aber sobald alles zu Ende ist, musst du aufstehen, der Tisch ist voll mit Öl, obwohl er eine Ablaufrinne hat, und Aufstehen ist absolut unmöglich.« Vor Lachen wabbelte alles an ihr, und Francine musste mitlachen. Babette war einfach unwiderstehlich. »Sie mussten noch zwei Mädchen zu Hilfe holen, ich wäre sonst nicht von diesem Monstrum von Tisch runtergekommen, bin hin und her geglitscht wie ein Fisch, der von der Angel rutscht, vor lauter Fett und Öl.«

Sie hielten sich im Arm und lachten so unbeschwert wie schon lange nicht mehr.

»Gehst du auch da rein?«

Francine nickte.

»Super, das wird dir guttun. Dann geht's dir gleich wieder besser. Ich mach mir nämlich ein bisschen Sorgen um dich. Wir müssen unbedingt einmal miteinander reden. Aber jetzt genieß deine Massage. Also ciao, ciao, bis später.« Babette strich behutsam und liebevoll Francines kupferrote lockige Mähne zurück und rutschte auf ihren schmatzenden Flipflops den blumengesäumten Weg entlang Richtung Hotel.

Irgendwann würde sie mit ihr reden, aber jetzt noch nicht. Sie schaffte es noch nicht. Francine gab sich einen Ruck und öffnete mit Schwung die Tür des Pavillons, in dem die Massagepraxis untergebracht war.

Haute Couture in Indien

Die Haare, dünn vom häufigen Tönen und Färben, standen elektrisiert von Leos Kopf ab wie ein Wischmopp. Sie hatte nicht damit gerechnet, doch zum Anprobieren des maßgeschneiderten Anzugs musste sie ihren eleganten Tigerturban abnehmen. Eine Umkleidekabine gab es nicht in dem vollgestopften kleinen Schneiderladen, aber die zahlreichen Stoffrollen boten ihr Schutz vor neugierigen Blicken.

»Das glaub ich jetzt nicht, Joe, das musst du dir ansehen.« Sie suchte Blickkontakt zu Joe, die ebenfalls in eine Hose gestiegen war, die das tapfere Schneiderlein über Nacht für sie nach Maß angefertigt hatte. Joe versuchte offenbar, einen hysterischen Lachanfall zu unterdrücken.

Beide verließen ihre Deckung und trafen vor der altmodischen Singer-Nähmaschine zusammen.

Es war unglaublich! Die Schneider hatten am Vortag penibel jeden Millimeter der beiden Frauenkörper vermessen und glaubhaft versichert, sie verstünden ihr Handwerk perfekt, und so gut sitzende Anzüge hätten die beiden weißhäutigen Damen aus dem fernen Europa noch nie besessen. Und jetzt das, die Hosen zu kurz und zu weit, die Oberteile hatten hängende Schultern, waren zu weit, die Ärmel zu kurz. Eine Katastrophe! Vor allem für die zwei tapferen Schneiderlein, die mit wackelnden Köpfen und rotgeränderten Augen dabeistanden und es nicht fassen konnten, dass Joe und Leo sich vor Lachen nicht mehr einkriegten. Sie zupften und nestelten an den Kleidungsstücken herum und beteuerten in ihrem ulkigen Englisch, dass alles völlig in Ordnung sei.

»Die sind nicht übernächtigt, die sind total zugekifft.« Joe zog sich um und schleuderte die Klamotten weit von sich. »Nix wie raus hier!«

Leo verhandelte mit einem dritten Inder, der den Laden gerade betreten hatte. Offenbar war das der Chef. Der Boss erkannte das Problem auf den ersten Blick, hatte blitzschnell ein Maßband herbeigezaubert, maß Leos schlanken, sportgestählten Körper aufs Neue und zischte den beiden erschrockenen Schneidergehilfen wohl schreckliche Dinge zu. Sie waren völlig erstarrt, sogar die Köpfe wackelten nicht mehr.

»Oh Gott, das täte mir leid, wenn er sie feuert! Komm, Joe, lass dich auch noch mal vermessen, dann kriegen sie vielleicht noch eine zweite Chance.« Joe bekam Mitleid mit den beiden gramgebeugten hübschen Jungs, folgte dem Wunsch ihrer Freundin und bestellte gleich fünf kurze Hosen.

»Tomorrow is finish, tomorrow, Ladies, very sure.« Dankbare Blicke, Verbeugungen und Versprechen in den höchsten indischen Tönen folgten ihnen, als sie ihren Weg durch die kleine Stadt fortsetzten.

Heute hatten sie einen ganz anderen Eindruck von der Stadt, weniger heruntergekommen und hässlich, heute waren sie in Straßen mit schöneren Läden, mit Bäumen und Sträuchern neben palmengedeckten kleinen Hütten, einfachen Restaurants mit gemütlichen Terrassen, winzigen Steinhäusern, türkis und rosa gestrichen wie in der Karibik. Dazwischen Fahrräder, Mopeds und die allgegenwärtigen Tuctucs. Leo kaufte einer alten Inderin Blumenketten ab und schmückte sich und Joe damit.

Joe nahm Leos Arm. »Allmählich fasziniert mich diese wunderbare fremde Welt doch sehr. Es gibt zwar die schreckliche Armut der Menschen, aber sie besitzen trotzdem Würde und Anmut. Schau dir die Frauen an, sie sind so sanft und immer freundlich. Ich frage mich, ob tatsächlich die starke spirituelle Ausrichtung als Lebensgrundlage diese Menschen so friedlich macht. Wenn das zutrifft, dann fehlt uns Europäern eine wichtige Voraussetzung zum Leben! Wie grundlegend anders wären der Zustand dieser Erde und das Befinden der Menschen, hätten alle diese Plattform oder Ausgangssituation einer funktionierenden, in die Gegenwart transferierten Mythologie. Dass diese Zufriedenheit und Schicksalsergebenheit recht angenehm für die Nutznießer der vorhandenen Machtstrukturen sind, sei mal dahingestellt, das ist ein anderes Thema.«

»Und«, sagte Leo, »auch das ist eine interessante Frage, die Susanne uns gestellt hat, nämlich, wie sieht es denn mit unserer eigenen Mythologie aus?«

»Schau mal, ist das da vorne nicht Bernarda?« Leo beschleunigte ihre Schritte, doch Joe schnappte nach ihrem Ärmel und hielt sie zurück. »Lass sie, in ihrer Nähe krieg ich Pickel, und außerdem ist sie nicht allein. Ist das nicht die Kleine von dieser Martina? Also, ich sag's dir, die ist ja ganz schön schräg, die Frau, wie kann man denn sein eigenes Kind vergessen?«

Das blonde Mädchen versuchte gerade, Bernardas Hand zu nehmen, doch unwillig, fast so, als hätte ein Blitz sie getroffen, zog diese ihre Hand zurück.

»Sie heißt Pauli. Sie wird ungefähr so alt sein wie Aurelia. Doch was für ein Unterschied zu der kleinen Schneeflocke. Pauli ist ein zutrauliches, glückliches Kind, so viel kann ich schon sehen. Was mit dieser Martina los ist, das krieg ich noch raus. Da läuft etwas Besonderes zwischen Mutter und Kind …«

»Für mich ist sie eine Rabenmutter, die ein Riesenglück mit ihrem Kind hat.«

»Huch!« Joe wäre fast in Bernarda hineingelaufen, die an einem Kleiderständer stehen geblieben war.

»Da werden die Boutiquejungs aber traurig sein, wenn du fremdgehst und hier die billigen Fummel kaufst.«

»Ich kaufe nicht, ich gucke nurr.« Sie rollte das R besonders stark, wenn sie wütend war, hier in Indien rollte sie dauernd und war auch dauernd wütend.

»Meine Mama ist mit Katharina in dem Schmuckladen da vorn, sie will unbedingt so ein silbernes Armband, das aussieht wie eine Schlange. Ich find das stinklangweilig, da geh ich lieber mit Bernie.« Die Kleine sah strahlend zu Bernarda hoch und nahm wieder ihre Hand – und diesmal hatte sie Erfolg.

»Sie hat Bernie zu ihr gesagt und hat es überlebt!« Nachdenklich prostete Joe Leo mit ihrer Espressotasse zu. Sie standen an der Hotelbar und hatten ihre Tüten vor Erschöpfung einfach auf den Boden fallen lassen.

»Und Bernie hat ihre Hand nicht mehr abgeschüttelt.« Leo prostete zurück und rückte sich umständlich den Barhocker zurecht. Es gab eben Dinge im Leben, die kleinen Menschen wie ihr größere Probleme machten als anderen.

Sie sahen sich wie vom Blitz getroffen an, als Bernarda mit Pauli an der Hand in flachen Sandalen, ihre Haare wieder zu einem dicken Zopf geflochten, in der Lobby des Hotels erschien. Sie beugte sich zu dem Mädchen hinunter und hörte ihm aufmerksam zu.

Und sie hörten, welch ein Wunder, Bernardas Lachen, als die beiden zusammen Richtung Pool verschwanden.

ᘎ ᘎ ᘎ

»Mensch, bin ich froh, dass ich dich sehe, meine Anna! Du musst mir unbedingt helfen, ich komme hier mit dem WLAN nicht zurecht und muss dringend meine E-Mails abrufen.«

Babette zerrte Anna-Marie in das kleine Internetkabuff neben der Rezeption. Bis zu den Zimmern reichte das WLAN nicht, und selbst hier, in dem dafür vorgesehenen Bereich, unterlag das Zustandekommen einer Verbindung eher dem Zufallsprinzip. Doch, oh Wunder, es klappte gleich beim ersten Versuch.

»Mist, jetzt hab ich meine Brille in der Strandtasche vergessen. Anna-Marie, du musst mir vorlesen.«

Anna-Marie leierte die Mails runter, doch plötzlich stockte sie. »Hier ist ein Schreiben von einem Verlag, einer Lektorin, sie entschuldigt sich, dass es so lange gedauert hat und sie dich jetzt in deinem Urlaub stört. Sie bittet dich, das Manuskript mit ihren Verbesserungsvorschlägen so schnell wie möglich zu bearbeiten und zurückzuschicken. – Babette, hast du wieder ein Buch geschrieben?!«

»Wehe, du verrätst mich!« Babette glühte, obwohl der kleine Raum zu einem Tiefkühlfach klimatisiert war. »Es soll eine Überraschung sein, doch erst dann, wenn das Buch gedruckt in meinen Händen liegt. Und, na ja, vielleicht gibt es zusätzlich noch ein E-Book.«

»Hey, das ist ja geil! Was ist es denn, ein neues Kochbuch? Du hast doch bei deinem letzten auch nicht so ein Geheimnis daraus gemacht.«

»Nein, kein Kochbuch. Es ist ein Thriller. Deshalb wollte ich erst mal abwarten, ob es überhaupt verlegt wird. Ich geb es dir zum Lesen, aber ich dreh dir den Hals rum, wenn du auch nur ein Sterbenswörtchen davon verrätst.« Babette legte spielerisch ihre Hände um Anna-Maries Hals. »Frag an der Rezeption, ob sie das lektorierte Manuskript für mich ausdrucken können, hier in der Kälte kann ich auf keinen Fall arbeiten. Außerdem ist es sicherer, was in der Hand zu haben, nachher bricht die Technik hier zusammen, und ich guck in die Röhre.«

»Okay, ich sag denen an der Rezeption Bescheid. Außerdem

möchte ich kurz noch was mit dir besprechen, hast du eine Minute?«

Babette nickte.

»Dann geh schon mal vor an die Poolbar, aber nur, wenn sonst keine von unserer Clique dort ist. Es geht um Francine, und ich möchte unter vier Augen mit dir darüber reden.«

Anna-Marie hatte beobachtet, dass Francine jede Menge Medikamente einnahm. Und sie hatte sie nackt gesehen. Sie hatte bestimmt zehn Kilo abgenommen. Herr Lagerfeld wäre entzückt von ihren »Idealmaßen«. Sie hatte einen Körper wie ein Junge.

Fly me to the moon

»Ausgerechnet Sinatra hier zu begegnen, mitten in Indien, das ist doch krass!« Martina machte einige Tanzschritte und steuerte auf die Bar zu, aus der leise Klaviermusik auf die Terrasse blubberte.

Joe, Pauli und einige andere aus der Gruppe, die mit ihr aus dem Restaurant gekommen waren und die eigentlich noch einen Strandspaziergang machen wollten, um die indischen Frauen zu besuchen, die dort wunderschöne Seidentücher anboten, zog es ebenfalls in die Richtung, aus der die Musik ertönte.

»Fly me to the moon and let me play among those stars«, trällerte Martina. »Hört doch mal, das klingt aber nicht wie Frankieboy, das ist eine Frau! Ich werd verrückt, die singt ja live!«

»Das ist Anna-Marie, und das hört sich eher wie Diana Krall an.« Joe hatte die Stimme ihrer Freundin sofort erkannt.

Martina riss ihre blauen Augen auf. »Ist ja geil! Die Frau hat ja richtig Talent, die könnte glatt eine Superkarriere hinlegen.«

Sie zog Joe und die anderen mit sich in die abgelegene Ecke der Hotelbar, in der Anna-Marie am Nachmittag das alte Piano entdeckt hatte.

»Und seht nur, Klavier spielen kann sie auch. Ich dachte, das käme von einer CD.«

»Ja, sie ist wirklich eine großartige Künstlerin, unsere Anna-Marie. Aber sie hat ihre Passion in der Arbeit mit Kindern gefunden, man kann sogar sagen, dass sie therapeutische Arbeit leistet.« Joe erzählte Martina in Kurzform von Anna-Maries Erfolg bei Aurelia.

Joe traute ihren Augen kaum. Hätte sie Anna-Marie nicht an ihrer Stimme erkannt, sie hätte sie für eine andere Frau gehalten. Anna-Marie trug einen wunderschönen Sari und hatte ihr dickes dunkles Haar von der Enge des Zopfes befreit, sodass es nun in üppigen Wellen über ihren schmalen Rücken bis zur Taille floss. Ihre Augen glänzten wie zwei dunkelgrüne Teiche, als sie tief in ihr Klavierspiel versunken *Narrow Daylight* von Diana Krall sang.

»Entered my room, shining hours were brief.«

Der leise Wind, der vom Meer her kam, trug ihre ausdrucksvolle Stimme durch den Raum und hinaus in den Garten. Plötzlich strebten die Gäste des Hotels von allen Seiten heran, angezogen von der Musik wie die Motten vom Licht.

Auch die indischen Mitarbeiter der Rezeption kamen auf Hörweite heran, der Manager strahlte von einem Ohr zum anderen, und alle wiegten sich im Rhythmus der Musik. Eine verzauberte Atmosphäre verband die Menschen in diesem Raum miteinander.

»Sie ist eine Zauberin, all die Liebe, die in ihr ist, trägt sie großzügig in die Welt«, brachte es Babette auf einen Nenner.

»Ha! All die Liebe in ihr, wenn ich das schon höre! Eine Hure ist sie, eine verdammte, verlogene Hure!« Bernardas Absätze klackerten auf dem harten Marmorboden, und ihre eingefrorene Seele knisterte wie gecrushtes Eis, als wäre es die Begleitmusik zu einer gelungenen Bühnenszenerie.

Sie sagte es in Englisch, für alle im Raum verständlich, und sie sagte es laut. Sie spie es förmlich aus wie ein Gift, das sie innerlich auffraß.

Die Menschen im Raum hielten den Atem an, nur Anna-Marie, die versunken in ihre Musik auf dem Klavierhocker saß, verpasste Bernardas Auftritt. Der Text, den sie sang, stand in irrwitzigem Kontrast zu Bernardas harten Worten.

Doch die gut aussehende Frau hörte nicht auf, die Worte sprangen weiter aus ihrem Mund wie hässliche Kröten. Sie zeigte mit dem Finger auf Anna-Marie. »Ich habe sie genau beobachtet, sie spricht schamlos alle Männer an. Heute Morgen ist sie aus einem der umgedrehten Boote unten am Strand herausgekrochen. Die Schlampe hat wohl mit einem der Hotelboys eine wilde Nacht gehabt, und jetzt sitzt sie hier wie ein Unschuldslamm, lässt sich feiern, und zu Hause warten ihr Mann und ihre zwei kleinen Kinder auf sie. Sie hat sie nicht verdient, man müsste ihr das Sorgerecht entziehen!«

»So, das reicht! Halt jetzt einfach nur die Klappe!« Joe war zu Bernarda getreten, packte fest ihren Arm und zerrte sie in den Garten, während Bernardas Gemeinheiten noch in der Luft hingen wie giftiger Sprühnebel.

Leo hörte Joe wütend auf Bernarda einreden, während sie mit Babette und Francine zu Anna-Marie ging. Sie stellten sich wie zum Schutz hinter ihr auf.

»Bésame, bésame mucho«, sang Anna-Marie mit Inbrunst und viel Temperament. Es war gespenstisch; dieses Lied, das normalerweise die Zuhörer dazu brachte, mitzusingen und zu tanzen, verpuffte im betretenen Schweigen der Gäste, die sich, peinlich berührt, unauffällig verkrümelten.

»Warum ist Bernarda denn so böse, und auf wen ist sie so böse? Sie ist doch sonst immer so cool?« Pauli war mit ihrer Mutter zu der kleinen Gruppe dazugekommen. Auch Katharina und Susanne gesellten sich mit besorgten Gesichtern zu ihnen.

Leo runzelte die Stirn. Das fehlte noch, Stunk in ihrer Gruppe. Wie sollte das denn in der folgenden Woche werden, wenn alle von morgens bis abends zusammengepfercht waren und es keine Fluchtmöglichkeiten gab? Sie war völlig fertig und hatte ein schlechtes Gewissen. Immer wieder hatte sie den Freundinnen gesagt, dass sie an Bernardas guten Kern glaubte. Gerade in den letzten Tagen hatte sie, vor allem in Verbindung mit der kleinen Pauli, eine Weichheit bei Bernarda gespürt, die sie vermuten ließ, dass ihre italienische Freundin auf einem guten Weg war, sich zu öffnen. Vielleicht kämpfte sie ja seit Langem damit, sich jemandem anzuvertrauen. Doch immer, wenn sie anscheinend kurz davor war, brannte irgendeine Sicherung durch. Sie nahm Anstoß an einer harmlosen Kleinigkeit, und schon explodierte sie wie eine Handgranate, und die Gelegenheit war verloren. Da kämpfte sozusagen die linke gegen die rechte Gehirnhälfte, das Gute gegen das Böse.

Aber heute hatte sie wirklich der Teufel geritten. Das war unverzeihlich.

ꝺ ꝺ ꝺ

»Ich hab schon immer davon geträumt, mal eine Nacht an einem Strand zu schlafen. Ich hatte mich dicht an die Mauer gelegt, um ein bisschen Schutz zu haben, aber ich hatte nicht damit gerechnet, dass es hier nachts so kalt wird. Eigentlich hat mich nur meine Angst davon abgehalten, den Weg zum Hotel im Dunkeln zurückzugehen. Da erschienen mir diese umgekippten Fischerboote wie ein geschützter Raum, entsprechend lang habe ich dann auch heute Morgen gepennt. Ihr müsst mir glauben …«

»Natürlich glauben wir dir, Liebes. Ich wollte nur wissen, warum du so was Idiotisches machst. Dir hätte sonst was passieren können, ich darf da überhaupt nicht drüber nachdenken! Das war oberleichtsinnig, und das weißt du auch«, regte sich Babette auf.

Sie hatten Anna-Marie, die völlig arglos war und sich nur gewundert hatte, wohin die ganzen Leute aus der Bar verschwunden waren, auf Babettes Terrasse gebracht, hatten ihr von Bernardas Auftritt berichtet, ihr einen Whisky eingeflößt und versucht, der Tränenflut Herr zu werden, bevor sie alle darin ertranken.

Dabei war es eine so wunderschöne Nacht, es war warm, das Mondlicht spiegelte sich in den Wellen des Meeres in Form Millionen kleiner Lichter und machte aus dem exotischen Hotelgarten mit den Palmen, den exotischen Blüten und den atemberaubenden Düften eine Traumkulisse, zu der das Thema *Bernarda* ganz und gar nicht passte.

Joe besänftigte ihre Wut auf Bernarda mit Whisky. »Ich kann mich kaum daran erinnern, dass wir irgendwann in letzter Zeit unbeschwert Spaß miteinander hatten. Jedenfalls nicht, wenn Lady B. dabei war. Wie hat die kleine Pauli gesagt, der Asket ist eine Spaßbremse. Logische Konsequenz daraus: Bernarda ist ein Asket!« Joe alberte herum und lachte sich schlapp, was auf jeden Fall besser war als ihre Wut auf Bernarda.

»Ich bin schuld, ich wollte unbedingt, dass sie mitkommt nach Indien. Ich dachte, Indien würde etwas bei ihr bewirken, etwas aufbrechen, sie zugänglicher machen. Wir kennen uns schon so lange. Ich wollte nicht einfach kapitulieren, unsere Runde auflösen und sie rausschmeißen, sondern das Kapitel in aller Freundschaft abschließen, na ja, soweit das mit Bernarda möglich ist.« Francines krauses rotes Haar sah im Mondlicht aus wie der wilde Schopf eines Piraten. Ihre raue Stimme war kaum zu verstehen, sie wirkte verstört und unendlich traurig. Aber das waren alle nach dem hässlichen Intermezzo während Anna-Maries Auftritt.

»Morgen ist unser letzter Tag hier am Golf von Bengalen. Ich möchte so gerne, dass wir alle noch eine harmonische

Yogastunde und eine friedliche Atmosphäre erleben, bevor wir aufbrechen«, sagte Francine.

ɑ ɑ ɑ

Bei ihrem sorgenvollen Gespräch über Francine hatten Babette und Anna-Marie beschlossen, mit der Freundin zu sprechen, jedoch noch keine Gelegenheit gefunden. Wie wenn sie es ahnte, ging Francine ihnen aus dem Weg, entglitt ihnen, war wie ein Schatten, der sich auflöste, wenn man sich ihm näherte.

»Francine …? Francine, schläfst du schon?«, flüsterte Anna-Marie.

Anna-Marie wusste, sie spürte, dass Francine wach war, ebenso wie sie selbst. »Ich hab dich lieb«, flüsterte sie leise in die Nacht.

Francine liefen die Tränen übers Gesicht, versickerten in ihrem Kopfkissen und hinterließen nasse Flecke. Morgen, morgen musste sie mit ihr reden. Mit ihr und Babette. Morgen war die letzte Gelegenheit. Sie würde in dieser Nacht nicht schlafen können, es war so schwer, das alles loszulassen, die Familie, die Freundinnen.

Das Leben.

Und die Erinnerungen, die sie quälten.

Die Treppe knarrte und ächzte, als sie Schritt für Schritt die letzten Stufen zum Dachgeschoss ertastete. Ihre Hände suchten an der Wand nach einem Lichtschalter, es war stockdunkel, und sie hatte völlig die Orientierung verloren.

Doch die Langsamkeit ihrer Bewegungen kam nicht nur von der Dunkelheit. Der Gedanke und die Angst vor dem, was sie erwartete, wenn sie die nächste Tür öffnete, ließen sie zögern.

Seit sie dieses Haus betreten hatte, fühlte sie sich wie in einem

Albtraum. Es war das sogenannte Gemeindehaus ihres Stadtteils. Ein Bekannter hatte ihr erzählt, er habe gesehen, wie ihre Tochter dieses Haus betrat.

Immer wieder berichteten ihr Leute, sie irgendwo gesehen zu haben. Nur sie selbst suchte und suchte und fand sie nicht. Ziellos fuhr sie mit dem Wagen umher oder durchkämmte zu Fuß die abgelegensten Winkel dieser Stadt. Ihre Augen lernten, in Sekundenbruchteilen alles zu scannen, was sie wahrnahmen. Doch was sie wünschte zu sehen, erfassten sie nicht. Nichts. Keine Spur von ihr.

Doch jetzt war sie in diesem Haus, ihre Hände waren feucht, die Angst schnürte ihre Kehle zu, in ihren Ohren rauschte es.

Sie hatte im Erdgeschoss an der Wohnungstür geklingelt, wollte eigentlich schon wieder gehen, als die Tür aufgerissen wurde und ein Mann in Unterhosen mit wildem Blick aus rot geränderten Augen und einem langen Stock in der Hand vor ihr stand. »Was willst du hier? Was willst du von mir, hau ab und lass mich in Ruh! Verpiss dich, Alte!« Nur mit Mühe hatte sie ihm verständlich machen können, dass sie von ihm nichts wollte, sondern ihre Tochter suchte.

Sie hatte ihre Frage mehrmals stellen müssen, er war total bekifft und offensichtlich auch betrunken gewesen. Endlich hatte er dann verstanden, was sie wollte. »Die Schlampe ist oben in dem Rattenloch auf dem Dachboden und wälzt sich in ihrem eigenen Dreck.« Die Tür flog mit einem Schlag donnernd ins Schloss.

»Und jetzt verpiss dich!« Noch einmal hatte sich die Tür einen Spalt geöffnet, und sein irres, dreckverkrustetes, bärtiges Gesicht und eine hochgereckte Faust erschienen. »Bleib, wo der Pfeffer wächst, hast du mich verstanden!«

Es gab nur eine einzige Tür zum Dachboden.

Sie atmete tief ein und öffnete. Es war finster im Raum. Ein kleines Fenster ließ ein wenig Tageslicht herein. Es stank fürchterlich. Am Boden unter dem Fenster ein Haufen aus Decken und

Lumpen, darunter eine Gestalt, nur Haare schauten heraus, sonst konnte sie nichts erkennen.

Sie überwand sich, hielt den Atem an und hob einen Zipfel der Decke ein wenig hoch.

Stöhnen. »Lass mich in Ruhe! Lasst mich alle einfach nur in Ruhe!« Die Gestalt grunzte, rülpste und zog die Decke wieder über den Kopf. Es war tatsächlich Yvonne.

»Yvonne! Ich bin's! Ich hol dich hier raus. Komm mit mir nach Hause. Bitte! Bitte, Yvonne, wir kriegen das schon wieder hin. Ich helfe dir. Komm, steh doch auf, meine Kleine.«

Die Tränen liefen ihr übers Gesicht. Sie musste daran denken, wie sie dem kleinen Mädchen Zöpfe geflochten hatte, pinkfarbene Haarspangen mit Glitzer, Glitzer musste unbedingt sein. Sie dachte daran, wie sie ihre Nase immer in ihren seidigen Haaren, direkt am Haaransatz, vergraben hatte, um den typischen Babygeruch, süß und doch würzig, einzuatmen. Wie Yvonne dampfte und strahlte, wenn sie, eingewickelt in ihr Badetuch mit einem Turban auf dem Kopf, auf dem Sofa lag und Geschichten hören wollte. Immer noch eine und noch eine und, Mama, nur noch eine klitzeklitzekleine.

»Spar dir die Kleine, hau ab, verpiss dich!« Sie knurrte wie ein Hund. Bei ihrem Versuch, die Decke wieder etwas anzuheben, schlug sie nach ihr.

Nach ungezählten Versuchen hatte sie das mitgebrachte Essen auf dem Boden neben dem Lumpenbündel abgestellt, das von ihrer Tochter übrig geblieben war. Sie hatte leise die Tür hinter sich zugezogen und war gegangen.

Wie sie es bei Greeta gelernt hatte, versuchte Francine nun, die belastenden Bilder in ihrem Inneren mit jeder Ausatmung kleiner werden zu lassen, so lange, bis sie ganz verschwanden.

Sie lauschte Anna-Maries Atem und spürte, wie sehr sie diese junge Frau in ihr Herz geschlossen hatte.

»Ich hab dich auch sehr lieb.« Ihre Worte vermischten sich mit der Schwüle der indischen Nacht, und ihr Atem verband sich mit dem der schlafenden Anna-Marie.

»Alle sind eins. Alles ist eins.« Sie spürte, wie sie ruhiger wurde. Nach einer Weile empfing sie dankbar den Schlaf des frühen Morgens.

Gespenster der Nacht

Zwei Zimmer weiter lag Bernarda auf ihrem Bett und kämpfte gegen ihre Verzweiflung. Sie rang die Hände und drehte sich von einer Seite auf die andere. Der Alkohol half dieses Mal nicht. Sie verfluchte den Tag, an dem sie sich bereit erklärt hatte, diese idiotische Reise in dieses dreckige Land mitzumachen.

Sie hatte eine Riesenwut auf Anna-Marie, auf Francine und überhaupt auf alle, und doch war sie sich völlig klar darüber, dass sie heute zu weit gegangen war. Sie wusste, dass sie ihre Freundinnen nach diesem Abend für immer verlieren würde. Sie hatte im Schutz eines üppig blühenden Oleanderbaums auf ihrer Terrasse gesessen, unweit von Babettes Terrasse, und hatte jedes Wort mit angehört, das gesprochen wurde.

Sie wusste ja selbst, dass sie kompensierte. Dieser abgrundtiefe Hass, der sie innerlich auffraß, entsprang ihrer Verzweiflung, die tief in ihrem Unterbewusstsein festsaß wie eine giftige Vogelspinne und die weder mit Anna-Marie noch mit Francine etwas zu tun hatte. Es hatte mit ihrer Vergangenheit zu tun, die sie rigoros aus ihren Erinnerungen gestrichen hatte, die jedoch immer wieder tief aus dem dunklen Meer des Unterbewusstseins in die Wirklichkeit an Land geschwemmt wurden wie Treibholz und Unrat.

Die grenzenlose Freiheit aber, die sie sich mit der Verdrängung ihres alten Lebens scheinbar geschaffen hatte, verunsicherte und ängstigte sie. Diese Freiheit unterschied sich von wirklicher Freiheit, es war nur eine grenzenlose Leere. Sie litt an einer unbenannten Angst, die wie im Nebel in ihr eingeschlossen war. Ein Teil von ihr sah zu, wie sie ihr Leben ausfüllte, das substanzlos war. Sie spielte die exaltierte, kalte, selbstbewusste und berechnende Frau für ihre Freunde, für ihre Feinde, für sich selbst. Und ahnungslos, wie sie waren, spielten alle mit, ihr Spiel, und beherrschten es mit der Zeit besser als sie. Die anderen befreiten sich Stück für Stück daraus, während sie immer mehr zu einer Gefangenen wurde, deren Kerkermeister sie selbst war.

Die Sehnsucht, die ebenso wie der Hass tief in ihr feststeckte, war aufgebrochen wie ein eitriges Geschwür, das Sauerstoff brauchte, um zu heilen. Und das nur, weil eine klebrige, feuchte Kinderhand sie berührt hatte.

Bernarda schüttelte heftig den Kopf. »NEIN. NEIN. Ich will diese Erinnerungen nicht!«

Doch wir alle haben unsere Schattenseiten, und die Erinnerungen fallen uns zuweilen an wie reißende Raubtiere.

Sie betrachtete das Profil des Mannes an ihrer Seite, dessen schwarzes Haar von einzelnen weißen Fäden durchzogen war, viel zu früh, er war gerade Anfang dreißig. Kantiges Kinn, gerade, ausgeprägte Nase, sinnliche Lippen.

Er war ihr Mann.

Er hatte die Augen geschlossen und lauschte aufmerksam und konzentriert den Worten des Priesters, der die heilige Messe zelebrierte. Sie spürte ihn noch, den Blick seiner dunklen Augen auf sich gerichtet. Letzte Nacht. Sie sah die Lust und das Begehren und auch die grenzenlose Liebe, die aus seinen Augen sprachen.

Wenn sie den Kopf ein wenig zur Seite neigte, konnte sie seinen Duft wahrnehmen, der ihr die Erinnerung an die vergangene Nacht zurückbrachte. Sie erinnerte sich an die federleichte und prickelnde Berührung seiner Hände auf jedem Quadratzentimeter ihres Körpers. Seine Stöße in ihrem Leib, die sanfte Gewalt ihrer

Vereinigung, ihre beiden Körper, die zu einem harmonischen und dabei sehr aufregenden Ganzen verschmolzen.

Das Leben mit ihm machte sie wunschlos glücklich.

Das Leben mit ihnen, verbesserte sie sich und drückte die Hand ihres kleinen Sohnes, der neben ihr auf der schmalen Kirchenbank saß und seine Beine baumeln ließ. Er untersuchte die Ablage, auf der das Gesangbuch lag, und bohrte seine kleinen Finger in die geschnitzte Rückseite der Bankreihe vor ihnen. Sie spürte seine Ungeduld und war stolz, dass er sie so gut beherrschte.

Ihr älterer Sohn saß an der Seite des Vaters. Er saß still, hörte ernsthaft zu und schien ebenso konzentriert. Er bewunderte seinen Vater und kopierte ihn.

Die junge Frau ließ ihren Blick durch das prächtige Gotteshaus schweifen. Eine Kathedrale, im gotischen Stil erbaut. Die Sonntagsmesse war wie immer gut besucht. Die alteingesessenen Familien erschienen an Sonn- und hohen Kirchenfeiertagen vollzählig, niemand hätte es sich gestattet, dem Gottesdienst ohne wichtigen Grund fernzubleiben.

Auch die Familie ihres Mannes, die Eltern, die drei Brüder mit ihren Ehefrauen und den Kindern, saß auf den mit reichlichem Schnitzwerk und ihrem Familienwappen versehenen Bänken des Chors seitlich des Altars. Diese Sitzreihe war nach alter Tradition seit vielen Generationen für die Familie reserviert. Ihr Blick blieb an einer Sitzreihe im hinteren Teil der Kirche hängen; ihre Schwiegermutter hatte ihr erzählt, dass dieses einfache Gestühl ohne Rückenlehne in früheren Zeiten Hurenstühle genannt wurde, es war für Frauen vorgesehen, die nicht eheliche Kinder erwarteten. Diese armen, einsamen und verstoßenen Frauen!

Wie wohl und geborgen sie sich dagegen in dieser Familie fühlte. Sie war ein anerkanntes Mitglied geworden und hatte ihren Platz gefunden, auch wenn die moderne und liberale Erziehung, die sie genossen hatte, sich so manches Mal an den strengen Auffassungen und Traditionen ihrer angeheirateten Familie gestoßen hatte.

Sie hatte immerhin erreicht, dass sie nach dem Schuleintritt ihrer Söhne ihren Beruf wieder ausüben konnte. Die Schwiegereltern und ihre Schwägerinnen waren zunächst entsetzt darüber, doch ihr Mann hatte sich für sie eingesetzt und ihr über das Kultusministerium eine Teilzeitstelle als Mitarbeiterin des Direktors eines großen Museums vermittelt. Sie liebte ihren Beruf als Kunsthistorikerin und die Strukturiertheit des Berufsalltags. Sie erstellte Expertisen von Gemälden, Statuen, aber auch von antiken Möbeln. Der Direktor hatte sehr schnell erkannt, dass das Glück ihm eine Expertin auf diesem Gebiet beschert hatte. Sie hatte viel Kontakt mit den Studenten der Kunstakademie und genoss den Austausch mit den jungen Leuten. Die Kontakte zu ihren Freundinnen und Freunden waren seit ihrer Heirat weitgehend eingeschlafen, und Geschwister hatte sie nicht. Ihr Mann und sie unterhielten gesellschaftliche Kontakte mit jungen Familien der Oberschicht. Zu mehr blieb kaum Zeit, denn auch die familiären Verpflichtungen und Zusammentreffen beanspruchten ihre ganze Zeit.

»Du wirst dich fügen, dem Willen der Familie fügen müssen«, sagte er gerade, und seine schönen, sinnlichen Lippen waren ganz schmal geworden.

»Jetzt komm, das kann doch nicht dein Ernst sein, es war nie die Rede davon, dass wir sie so früh schon in ein Internat geben.« Sie kraulte seine Haare, die etwas zu lang waren und über den Kragen seines Polohemds fielen. Sie mochte es, wenn die Länge seiner Haare nicht ganz korrekt war. Damit sah er umwerfend sexy aus. »Und du weißt, ich habe mich noch nie in meinem Leben in etwas fügen müssen.« Sie lächelte ihn von der Seite her an.

»Dann wirst du es lernen. Deine Eltern waren viel zu nachsichtig mit dir, sie haben dich zu sehr verwöhnt.« Er nahm seine Hand von ihrem Oberschenkel und drehte sich um zu den beiden Jungen, die im Fond des Wagens saßen.

»Jetzt ist aber Schluss mit den Kappeleien, und etwas leiser, bitte, ihr seid ja nicht allein hier drinnen.« Er war selbst sehr laut geworden, und der ältere Junge, er war gerade acht, war zusammengezuckt und saß jetzt wie versteinert auf seinem Sitz. Er fand es furchtbar, dass sein Vater böse auf ihn war. Der Jüngere dagegen protestierte und trat gegen die Vordersitze.

»Ruhe! Du hörst sofort damit auf!« Der kleine Junge zuckte zusammen und fing an zu weinen. »Willst du wohl aufhören! Ein Schulkind weint doch nicht mehr!« Der Vater reagierte unangemessen aggressiv, er warf seiner Frau wütende Blicke zu. Er kompensierte mit seinem Verhalten seine Zerrissenheit zwischen seinen eigenen modernen Vorstellungen von Erziehung und der traditionellen Ansicht seiner Eltern.

»Sei nicht so streng, er ist doch noch klein. Er beruhigt sich schon wieder.« Sie griff zwischen den beiden Vordersitzen nach hinten und streichelte die Beine ihrer Kinder.

Es war warm in der Limousine, die Klimaanlage lief auf Hochtouren, die Hitze in der Stadt war fast nicht auszuhalten gewesen.

»Du fällst mir in den Rücken und untergräbst meine Autorität, ich finde das unerhört!« Er war wütend und trat das Gaspedal weiter durch.

Wie so oft betrachtete sie das Profil ihres Mannes. Und erschrak, als sie plötzlich erkannte, dass sich – klammheimlich wie ein blinder Passagier – so etwas wie Fremdheit zwischen ihnen eingenistet hatte.

»Meine Brüder und ich waren auch in diesem Internat. Seit Generationen gehen die Jungen meiner Familie genau auf diese Privatschule. Es ist ein Privileg, dort aufgenommen zu werden, es ist ein Eliteinternat. Uns hat es nicht geschadet, wir haben eine erstklassige Schulbildung und Persönlichkeitsbildung genossen, haben Freundschaften und Verbindungen für ein ganzes Leben geschlossen, und wir haben alle vier Karriere gemacht.«

Sie saß wie erstarrt neben ihrem Mann. Unfähig, etwas zu sagen, hörte sie ihm zu.

»Gut, es ist noch ein wenig zu früh, aber du wirst dich dem Willen des Familienrats beugen müssen!«

Das war… das war… das war unerhört! Wut und Widerspruch regten sich in ihr. »Jetzt hörst du mir einmal zu!« Ihre Stimme war um einige Oktaven höher geworden. »Ich bin eine erwachsene Frau, ich füge mich nicht, und ich beuge mich nicht. Wenn es um meine Kinder geht, treffe ich Entscheidungen, die ich für richtig halte. Und bisher dachte ich, dass wir beide zusammen über das Leben unserer Kinder entscheiden. Nur wir beide und nicht der ganze Familienclan! Das ist doch völlig antiquiert!«

»Wenn du in diesem Ton mit mir sprichst, weigere ich mich, weiter mit dir zu diskutieren, noch dazu im Beisein der Kinder.«

Die beiden Söhne waren völlig verstummt und saßen auf ihren Sitzen wie leblose Puppen.

»Daran hättest du mal früher denken können.« Die Vorfreude auf das Wochenende auf dem Landgut der Familie war ihr völlig verdorben. Am liebsten würde sie zurückfahren in ihre Wohnung in der Stadt, da müsste sie niemandem aus der Familie begegnen und nicht Harmonie heucheln, die sie jetzt nicht empfand. Wie gut, dass sie sich nach der Geburt ihrer Kinder so hartnäckig geweigert hatte, in das Stadtpalais der Familie zu ziehen. Dort, wo alle unter einem, wenn auch ausladenden, Dach lebten, waren die Angelegenheiten der einzelnen Familienangehörigen selbstverständlich auch Angelegenheiten der ganzen Familie.

Ganz schrecklich war ihr der Gedanke, dass wohl schon hinter ihrem Rücken über die Zukunft ihrer Kinder gesprochen worden war. Es machte sie wütend. Wie konnte ihr Mann sie so hintergehen? Das war Verrat!

»Das wollen wir doch mal sehen«, dachte sie, »ich werde nicht zulassen, dass meine Babys von mir getrennt werden. Niemals! Ich werde kämpfen wie eine Löwin, ich werde ihn davon überzeugen,

dass nur wir beide über die Zukunft unserer Kinder entscheiden können. Wenn das so ist, dann kann mir die Familie gestohlen bleiben.«

»Dreh um, fahr zurück! Fahr sofort zurück!« Sie fasste das Lenkrad. Ihre Stimme war schrill geworden. Sie spürte, dass ihre Kinder vor Schreck den Atem anhielten. Sie ließ wieder los, setzte sich aufrecht hin und versuchte, ihre Wut etwas zu zügeln.

Ihm gelang das viel besser. »Wenn du keine Lust auf ein Wochenende mit der Familie hast, mache ich dir einen anderen Vorschlag«, sagte er mit leiser Stimme, in die sich so etwas wie Kälte und Verachtung geschlichen hatten. »Du fährst allein zurück in die Stadt und versuchst, dich zu erholen und deine Hysterie in den Griff zu bekommen. Die Jungs und ich kommen am Sonntagabend mit der Familie zurück, so wie wir das geplant haben.«

Sie schluckte, sah mit leeren Augen aus dem Fenster, war wie erstarrt. Selbst wenn die Kinder nicht dabei gewesen wären, hätte sie nicht geweint. Wie wohltuend wäre es gewesen, weinen zu können, doch sie hatte nicht einmal Tränen.

»Papa, was ist Hysterie? Ist das was ganz Schlimmes? Ist die Mama krank?« Ihr Ältester hatte vor Angst ganz große Augen.

»Nein, sie ist nicht krank. Und jetzt sei ruhig, wir sind bald da!«

Er schenkte ihr einen kalten Blick, den sie stumm erwiderte. Die Liebe der letzten Nacht war aus seinen Augen und ihrem Herzen verschwunden, als hätte es sie nie gegeben. Ein einziger Augenblick hatte genügt, um aus einem geliebten Menschen einen Fremden, einen Feind zu machen.

Natürlich fuhr sie nicht alleine zurück in die Stadt, und sie bestand nicht darauf, dass die Kinder sie begleiteten. Sie hatte sehr schnell intuitiv erfasst, dass ihr ab heute ein schwerer Kampf bevorstehen würde, sie würde ihre Kinder auf keinen Fall allein in den Fängen der Familie lassen. Also, warum nicht gleich an diesem Tag, an diesem Wochenende im Kreise der Familie damit anfan-

gen. Sie würde lernen, ihre Aufmerksamkeit für Zwischentöne und ihre Wachsamkeit zu trainieren.

Sie sah der Zukunft mit einer Angst entgegen, die tief aus ihrer Mitte kam und die sie nie wieder verlassen sollte.

Am frühen Morgen, während sie noch zusah, wie ein fahles Licht in den Raum und in die indische Gegenwart kroch, das allmählich heller wurde und die Dunkelheit auffraß, wusste Bernarda, was sie zu tun hatte. Sie würde sich bei Anna-Marie entschuldigen, und sie würde die Busreise, entgegen ihrem ursprünglichen Plan, mitmachen.

Sie lauschte der Musik der Rasensprenger, die die halbe Nacht liefen, und hörte Hunderten von Krähen zu, die den beginnenden Tag begrüßten. Sie wünschte, sie könnte sich genauso auf den neuen Tag freuen wie diese schwarzen Gesellen.

Heilige Kühe

Bernarda hatte sich der kleinen Gruppe am Strand genähert und sich auf eines der umgedrehten bunt bemalten Fischerboote gesetzt. Katharina, Susanne und die Frauen der Yogagruppe saßen noch tief in die Meditation versunken in einem Halbkreis dem Meer zugewandt.

Pauli saß auf Katharinas Matte und war, wie meistens, vertieft in eines ihrer kleinen Aquarelle. Sie verwischte die Farben der Aquarellstifte gekonnt mit ihren mit Spucke angefeuchteten Fingern, und es entstanden zauberhafte kleine Kunstwerke. Das Mädchen war sehr begabt und sollte gefördert werden. Bernarda traute Martina jedoch absolut nicht zu, dass sie hierfür die richtigen Entscheidungen treffen könnte. Sie würde die Kleine im Auge behalten, nahm sie sich vor. Verdammt, eigentlich könnte ihr das doch egal sein, was ist nur los mit ihr?

Als Pauli Bernarda entdeckte, ging ein Strahlen über ihr erhitztes Gesicht. Sie winkte, ließ ihren Malblock fallen, stand auf und rannte durch den Sand auf sie zu. Die Absicht, Bernarda um den Hals fallen zu wollen, stand ihr deutlich ins Gesicht geschrieben. Doch dann ging ein Ruck durch ihren Körper, sie stoppte plötzlich und stand ganz verlegen vor ihr.

»Na!«, war alles, was sie rausbrachte. Hinter ihrer Stirn arbeitete es sichtbar fieberhaft, und Bernarda konnte sich ein kurzes bedauerndes Lächeln nicht verkneifen.

»Na!«, antwortete sie ebenso knapp.

Doch Pauli sah sie nur stumm an und bewegte sich nicht vom Fleck.

»Jetzt spuck's schon aus! Ich seh dir doch an, dass du sauer auf mich bist. Es ist wegen gestern Abend, oder?«

Pauli nickte nur und trat von einem Fuß auf den anderen. »Du musst dich bei Anna-Marie entschuldigen. Unbedingt musst du das tun. Sie ist ganz traurig, und die anderen auch.«

»Ich weiß, Pauli, deshalb bin ich ja hier. Ich wollte nur warten, bis sie alle fertig sind mit ihren Übungen, und dann entschuldige ich mich bei Anna-Marie und auch bei den anderen Frauen.«

»Yeahhh, Bernie, das ist geil!« Ihr Gesicht strahlte. Pauli warf beide Arme um Bernardas Hals und drückte sie so fest, als wollte sie sie umbringen.

Bernardas Augen wurden feucht, und sie spürte in ihrem Brustkorb, direkt hinter ihrem Brustbein, ein leises Flattern, wie die Berührung von Schmetterlingsflügeln.

»Du siehst so schön aus heute.« Pauli sah prüfend den bunten Kaftan an, den Bernarda trug, und auf die flachen Sandalen, die sie auf dem Boot abgestellt hatte. »Das war doch ein heißer Tipp von mir, oder? Viel besser als deine hohen Tussischuhe. Ich will dir einen Zopf flechten, so wie meiner. Bitte!«

Pauli fiel es nicht auf, dass Bernarda ihr nicht antwortete. Pauli brauchte keine Antworten, sie war sichtlich erleichtert, alles sprudelte aus ihr heraus, und schon war sie dabei, Bernardas komplizierte Frisur zu zerstören. Sie schmiss Spangen und Klämmerchen einfach in den Sand. »Hey, wie geil ist das denn! Rate, was ich gefunden habe. Ein ganz weißes Haar, und noch eins.« Sie durchkämmte Bernardas Kopf mit ihren Fingern, als wäre sie auf der Suche nach Flöhen. »Jetzt kriegst du genauso schöne Haare wie Joe.« Erschrocken hielt sie sich den Mund zu. »Entschuldige, Bernie, deine schwarzen sind ja auch toll, aber mir gefallen die von Joe auch sehr gut, das sind Engelshaare.«

Bernarda verzog das Gesicht, sagte aber nichts. Im Zusammenhang mit Joe fand sie den Vergleich mit einem Engel nicht gerade treffend, auch wenn es nur um ihre Haare ging.

»Zieh sie raus! Zieh alle raus, die du findest.«

»Echt jetzt? Alle rausziehen?«

Bernarda sah ihr an, dass sie sie nicht lange dazu überreden musste. Die Erlaubnis, Haare ausziehen zu dürfen, juckte die Kleine offensichtlich in den Fingern. Sie fing gleich damit an, und zack, hatte sie weitere fünf weiße Haare eliminiert. Pauli flocht einen dicken Zopf – und im Nullkommanichts war aus Bernarda eine immer noch attraktive, aber sehr viel weichere, fraulichere Erscheinung geworden. »Los! Und jetzt entschuldigst du dich.« Die Frauen hatten ihre Meditation beendet. Einige packten ihre Kissen und Matten zusammen, andere redeten noch miteinander. Pauli nahm Bernardas Hand und zog sie energisch näher zu der Gruppe. »Kneifen ist uncool.«

»Keine Angst, ich kneife nicht«, doch als sie bei der Gruppe angekommen waren, war es Bernarda, die die feuchte kleine Hand ganz fest hielt und nach Worten suchte, die in ihrer langen Liste der wichtigsten Wörter kaum vorkamen.

»Anna-Marie, hast du mal einen Moment?« Sie stellte sich Anna-Marie in den Weg, als diese zusammen mit Joe den Weg zum Hotel einschlug. Trotz ihrer Aufregung bemerkte Bernarda, dass Joe die Hände zu Fäusten ballte und eine kämpferische Haltung annahm. »Entspann dich, Joe, ich tu ihr nichts. Kann ich dich unter vier Augen sprechen, Anna-Marie? Bitte!«

»Was willst du von mir?« Anna-Marie war rot geworden, und ihr Blick wich ihr aus. »Gestern Abend hat es dir doch auch nichts ausgemacht, mich vor versammelter Mannschaft zu verleumden und zu beleidigen, also kann Joe ebenso gut bleiben.«

Doch Joe hatte sich abgewandt und ließ die beiden allein.

»Meine Attacke gegen dich gestern Abend tut mir sehr leid, ich weiß nicht, was in mich gefahren ist. Ich bin im Moment so durcheinander, diese Reise wühlt mich sehr auf. Ich habe völlig die Kontrolle verloren.«

»Mir ist egal, wie du dich fühlst. Ich trau mich vor Scham kaum noch aus meinem Zimmer.«

»Wenn du willst, entschuldige ich mich auch vor allen Gästen, aber bitte, Anna-Marie, versuch mir zu verzeihen!«, schluchzte Bernarda, sie war plötzlich außer sich.

»Hey, Bernie, was ist denn los mit dir, so kenn ich dich ja nicht.« Anna-Marie sah sie erschrocken an und streckte die Hand nach ihr aus. »Wenn dir dein Auftritt wirklich leid tut, dann ist das für mich in Ordnung. Gib mir nur ein bisschen Zeit. Unterwegs auf der Reise haben wir genug Gelegenheit, die Sache aus der Welt zu schaffen.«

Bernarda berührte Anna-Marie zaghaft an der Schulter. »Es tut mir unglaublich leid. Danke, Anna-Marie.« Sie sah Anna-Marie lange nach und drehte sich dann zu Pauli um, die noch bei den Booten stand und sie die ganze Zeit von Weitem beobachtet hatte. Auf diesem kleinen Fleckchen Strand am Golf von Bengalen war am frühen Morgen die Welt ein klitzekleines bisschen friedlicher geworden.

ᘔ ᘔ ᘔ

»Dabei wollte ich doch heute nur relaxen!« Katharina stapfte am Strand entlang. »Ab morgen wird es anstrengend, Mädels. Ihr solltet euch am Nachmittag noch einige Runden im Pool und einen Power-Nap unter Palmen gönnen.«

Sie kam mit einer Gruppe Teilnehmerinnen von einer Tempelbesichtigung zurück. Die sogenannte *Shore-Tempelanlage* aus dem 8. Jahrhundert lag einen guten Kilometer von ihrem Hotel entfernt direkt am Strand, und Katharina hatte einer Besichtigung nicht widerstehen können. Ihre ganze Leidenschaft galt dem Yoga, der Yogaphilosophie, Indien und seiner Mythologie und allem, was damit zusammenhing.

Die drei Tempel, von denen zwei Shiva und ein dritter, zwischen den beiden eingekeilt, Vishnu geweiht waren, waren in ihrer Form und Bauweise aus großen Steinquadern das Vorbild für alle Tempel, die sie auf der bevorstehenden Rundreise besichtigen würden.

»Aber warum sind denn die Tempel nur den Männergöttern gewidmet, es gibt doch auch Göttinnen, oder?« Pauli hatte Katharinas Hand genommen. Sie musste offenbar immer die Person berühren, mit der sie sprach. »Shakti ist doch die Frau von Shiva, wieso hat dann Shiva zwei Tempel und Shakti keinen? Das ist doch voll ungerecht!« Ihr erhitztes rundes Kindergesicht schaute grimmig drein.

Katharina, die keine Kinder hatte, aber Kinder liebte, fand es erstaunlich, wie interessiert die Kleine war und wie viel sie während der Workshops von dem Stoff aufnahm, obwohl es den Anschein hatte, als sei sie total vertieft in ihre Malerei.

»Es gibt auch Tempel für Göttinnen, wahrscheinlich werden wir morgen schon einen Shakti-Tempel besuchen. Du weißt, für die Hindus gehören Shiva und Shakti zusammen wie Sonne und Mond, Tag und Nacht, Himmel und Erde, so wie alles im Universum zwei Qualitäten, zwei Polaritäten hat. Susanne wird beim nächsten Workshop noch einiges dazu erzählen.«

»Mhm.« Pauli trottete weiter neben Katharina her, die Stirn wie ein kleiner Schimpanse in Falten gelegt. Für sie war dieser Urlaub offenbar alles andere als langweilig. Sie war sehr zutraulich und schloss sich den Grüppchen an, die die Frauen bildeten, je nachdem, was sie interessierte.

An dem, was ihre Mutter interessierte, nahm sie weniger Anteil. »Shopping, wie stinklangweilig.« Sie verdrehte die Augen und sah dabei genervt in den Himmel.

Martina stand in dem Kreis von Frauen, der sich um die Inderinnen gebildet hatte, die am Strand ihre Seidentücher feilboten. Es waren schöne farbenfrohe Tücher, und sie fanden reißenden Absatz.

»Sie hat bestimmt schon zehn Stück davon und kauft immer noch mehr«, flüsterte Pauli Katharina zu, wobei sie den Mund mit der Hand verdeckte. »Aber nix verraten, sie ärgert sich immer, wenn ich was sage.« Nun rannte sie zu ihrer Mutter und umarmte sie von hinten. »Hallo, Mama, hast du was Schönes gefunden?« Sie drehte sich zu Katharina um und zwinkerte ihr verschwörerisch zu.

»Durchtriebenes kleines Ding«, dachte Katharina, sie amüsierte sich über die Achtjährige und musste lächeln.

»Pass auf, geh nicht so nah ran, manchmal treten sie einen«, warnte Katharina.

Pauli war zu der Kuhherde gelaufen, die den Strand entlangtrottete.

»Glaub ich nicht! Guck doch mal, was die für sanfte große Augen haben. Und guck mal, wie sauber die sind. Sie sehen aus wie frisch geduscht und mit Nivea eingecremt.« Von der einen Woche am Meer war Pauli braun gebrannt, ihre blonden Haare waren fast weiß. Sie hüpfte voller Energie wie ein Ball zwischen den Kühen herum.

Katharina wurde es mulmig bei dem Anblick.

»Du brauchst keine Angst zu haben, schau, sie sehen so glücklich aus, und wenn jemand glücklich ist, tut er niemandem was.« Besonders beruhigend fand Katharina diese philosophische Schlussfolgerung nicht gerade.

»Und sie sind glücklich, obwohl sie nicht lila sind.«

»Sie veräppelt mich«, dachte Katharina.

»Warum sind die Kühe in Indien heilig?«, wollte Pauli nun wissen.

»Weil sie bei den Indern als Lebensspenderinnen gelten. Sie geben den Menschen Produkte, die ihr Leben erhalten. Erstens die Milch; sie trinken sie selten pur, so wie wir, sondern im Chai. Den hast du im Hotel doch auch schon getrunken. Die Teeblätter werden längere Zeit in der Milch und mit den Gewürzen gekocht, dadurch verliert der Tee seine starke anregende Wirkung, und auch Kinder können ihn trinken. Er ist ein Nationalgetränk.«

»Mmh, und diese tollen Mango-Lassis. Joghurt ist ja auch von der Milch, den lieb ich, ich könnte zehn Stück davon trinken.« Paulis vorwitzige Zungenspitze schleckte ihre Lippen.

»Und vergiss nicht die wunderbaren Joghurt-Raitas, die den scharfen Currys die Schärfe nehmen.« Katharina lief selbst das Wasser im Munde zusammen. Sie freute sich auf das Büfett am Abend und hoffte, dass es wieder auf der Terrasse aufgebaut würde. »Aber es gibt noch mehr Produkte von den heiligen Kühen wie den Kuhdung. Er wird zum Heizen und beim Hausbau als Ersatz für Mörtel verwendet, wobei er Lehm und Stroh miteinander verbindet. Und der Urin der Kühe ist antiseptisch, er heilt Wunden, und die Inder verwenden ihn zur Zahnpflege.«

Pauli sah angewidert zu ihr auf. »Ist das wirklich wahr, Katharina, die gurgeln mit Kuhpipi?«

Katharina nickte.

»Pfui Teufel, dann werde ich nie, nie, niemals einen Inder küssen, wenn ich groß bin!«, sagte Pauli im Brustton der Überzeugung.

»Sie nennen die Kuh *aghnya*, die Unantastbare«, griff Susanne, die mit einigen Frauen aus der Runde hinter den beiden lief, das Thema auf. »Auch bei jenen, denen sie nicht heilig ist, ist sie doch ein wichtiges Symbol, und das Töten von Kühen und natürlich auch das Verzehren sind für die meisten Hindus, und nicht nur für die Vegetarier unter ihnen, undenkbar. Im

Mahabharata, dem großen indischen Volksepos, steht geschrieben, dass Fleischesser und Menschen, die Kühe schlachten, so viele Jahre in die Hölle kommen, wie die Kuh Haare hat. Das gilt vor allem für den Süden, wo die Menschen mit und nach diesen alten Schriften leben, denn immerhin ist Indien weltweit der Hauptlieferant für Rindfleisch, und das ist nur einer der gewaltigen Gegensätze, die dieses Land gefühlt in zwei getrennte Kontinente teilt.«

»Katharina!« Pauli schielte zu ihr hoch, und sie spürte, wie die feuchte und immer etwas klebrige kleine Hand aus ihrer größeren Hand schlüpfte.

»Was willst du diesmal wissen?«

»Nix! Ich will nur mal schnell nach meiner Mama sehen. Die ist sonst traurig, ich hab versprochen, sie zu einem Mango-Lassi einzuladen. Ich hab nämlich von meinem Taschengeld noch nichts ausgegeben.«

Katharina nickte. »Lauf nur, ich seh dich nachher am Pool.« Von ihrer Mutter hatte Pauli das Sparen sicher nicht gelernt. Sie sah zu, wie das Mädchen so schnell durch den Sand flitzte, dass sich hinter ihren Flipflops bei jedem Schritt eine kleine Sandfontäne bildete.

Katharina lief barfuß durchs Wasser und verband das Ein und das Aus ihres Atems mit dem Auf und dem Ab der Wellen. Sie liebte diese Seminarreisen, aber sie kosteten sie auch sehr viel Kraft. Daher genoss sie jede Sekunde des Alleinseins, um wieder Energie zu tanken. Doch das Zusammensein mit diesem zauberhaften Kind hatte auf sie eine ähnlich belebende Wirkung.

Die Kleine hatte trotz ihrer etwas pummeligen Gestalt, des runden Gesichts mit den prallen Wangen und ihres gelegentlichen Ungestüms so etwas feenhaft Zartes. Sie berührte einen tief drinnen im Inneren. Und genau das drückten auch ihre kleinen Aquarelle aus, sie berührten die Seele des Betrachters. Katharina hatte anfangs ziemliche Bedenken gehabt, ob und wie Pauli sich integrieren würde. Das war schon mal Überraschung Nummer eins. Sie war gespannt, welche Überraschungen sie noch erleben würde, wie die Reise verlaufen und was in der Gruppe alles in Bewegung kommen würde.

Die Luft flimmerte in der Mittagshitze, über dem Meer lag ein leichter Dunst, die Luftfeuchtigkeit war hoch. Katharina mochte das, sie hatte das Gefühl, es tat ihren Bronchien gut.

Der Geruch nach Fisch, nach Tang und den Geheimnissen des Meeres vermischte sich mit dem betörenden Duft der exotischen Blüten. Sie hatte das Hotel erreicht und bewunderte die Blumenpracht des großzügig angelegten Gartengeländes. Wie viel Wasser für diesen Luxus verbraucht wurde, daran wagte sie nicht einmal zu denken.

Immer wieder faszinierten sie die fast brutalen Gegensätze in diesem Land. Direkt neben dem Luxusresort des Hotels konnte man immer noch die Spuren des Tsunamis sehen, der vor einigen Jahren auch hier verheerende Schäden angerichtet und viele Häuser zerstört hatte. Sie hatte dort Frauen gesehen, die schwere Steine auf dem Kopf trugen. Frauen, die trotz der anstrengenden körperlichen Arbeit, die sie leisteten, in ihren farbenfrohen Saris hübsch anzusehen waren. Die schweren Gewichte auf ihren Köpfen bewirkten, dass ihr Gang aufrecht, graziös, ja fast hoheitsvoll wirkte.

Die Aufräumarbeiten gingen nur langsam voran. Männer waren keine auf der Baustelle zu sehen, geschweige denn an der Aufräumaktion beteiligt.

An einer anderen Stelle lag seit Tagen der angeschwemmte Kadaver eines riesigen Fisches. Katharina hatte Pauli nur mit Mühe davon abhalten können, mit einem Stock in dem toten Tier herumzustochern. Sie hatte unbedingt wissen wollen, was das für ein Fisch war, doch das Tier befand sich bereits in einem starken Verwesungszustand, man konnte nichts mehr erkennen. Kein Mensch käme hier auf die Idee, den Kadaver wegzuschaffen.

»Oh, du malst ja auch! Ich bin hier wohl nur von Künstlern umgeben.« Katharina war an einem der Pavillons stehen geblieben, von denen es einige in dem Hotelgarten gab.

»Sie haben mich hochkant aus der Küche rausgeworfen, ich bin ihnen auf die Nerven gegangen.« Babette grinste. Sie hatte sich häuslich niedergelassen und ihre Zeichenmappe, ihre Fotoausrüstung und einige Kopien von Fotos auf dem Tisch ausgebreitet. »Hauptsächlich beschäftige ich mich mit Kochen und Essen, wie man sieht.« Sie fuhr mit den Händen ihre üppigen Kurven nach und lachte. »Doch wenn ich satt bin, muss ich in Farben schwelgen, dann male ich das, was ich gekocht habe.«

Katharina war näher herangetreten, um zu sehen, was Babette dort tat.

»Ich mache hier nur Skizzen und Fotos, zu Hause setze ich das alles um. Ich male meine Bilder mit Acryl, riesengroßes Format und farbenfroh. Sie machen auch satt!« Babettes Doppelkinn wackelte. Sie sah Katharina augenzwinkernd an.

»Darf ich?«

Babette nickte nur und hielt Katharina ihr Reisetagebuch hin.

»Das ist ja großartig.« Sie blätterte in dem handgeschriebenen Buch, das voll war mit Zeichnungen, Federn, Blättern, Gewürzproben und anderen Fundstücken. Hier konnte sie das Menü der letzten Tage in Bildern sehen, mit wenigen Strichen hingeworfene Zeichnungen von Fischständen auf dem Markt, von Gewürzpyramiden, von Menschen, die am Straßenrand in offenen Garküchen aßen, von bergeweise exotischen Früchten. Und fast alles hatte mit Essen oder Kochen zu tun. Fast, denn Babette hatte auch einige Szenen im Yogaraum festgehalten, sie erkannte sich selbst im Meditationssitz auf ihrer Matte.

»Dann hat sich die Reise für dich ja doch gelohnt, in den Workshops habe ich dich jedenfalls selten gesehen.«

Babette zuckte mit ihren nackten Schultern und errötete leicht.

»Sehr charmant bei einer Frau ihres Alters. Sie ist nett«, dachte Katharina. Sie machte sich auf den Weg zum Massagepavillon, der einzige Ort außer ihrem Hotelzimmer, an dem sie wirklich ungestört war.

»Hier geht's zur Letzten Ölung«, witzelte die Leopardenfrau, die gerade mit ihrer Freundin Katharinas Weg kreuzte. Und richtig, heute trug sie getigerte Leggings. Katharina hatte noch keines der Accessoires im Raubkatzenprint zweimal an ihr gesehen. Irgendwie witzig.

»Keine Angst, in mindestens zwei der Hotels, in denen wir übernachten, werden auch Ayurveda-Massagen angeboten«, beruhigte sie Eleonor, die von ihren Freundinnen Leo genannt wurde.

Katharina überlegte, dass diese Gruppe den Altersdurchschnitt ihrer Teilnehmer deutlich nach oben schnellen ließ. Doch alle Frauen waren auf eine besondere Art außergewöhnlich und interessant. Und sie freute sich, dass sie Francine mal wieder mit dabei hatte, sie schätzte die Luxemburgerin sehr und hoffte, ein wenig mehr Zeit für sie zu haben, denn sie machte einen sehr bedrückten und traurigen Eindruck. Vor allem aber war Katharina gespannt auf die attraktive, geheimnisvolle und oberzickige Italienerin. Das würde noch einige heikle Situationen geben mit ihr, sagte ihr Bauchgefühl.

Die dichte und spirituell prall aufgeladene Atmosphäre während der Busreise hatte in der Vergangenheit schon zu den erstaunlichsten Erlebnissen geführt. Doch Katharina war die Gelassenheit in Person, sie hatte viel Erfahrung mit Gruppen und freute sich auf jede Herausforderung.

Sie betrat die Massagehütte. »Bin gespannt wie ein Flitzebogen«, sagte sie mehr zu sich selbst, grinste die zarte Inderin im Sari an und schwang sich auf den mächtigen Massagetisch, an dem sich die junge Frau dann als zwar zart, aber zupackend und kompetent erwies.

Katharina ließ alle Gedanken, Erfahrungen, Erwartungen und Vorstellungen los und überließ sich ganz dem Augenblick, der wunderbaren Hintergrundmusik und den kundigen Händen ihrer Masseurin.

Somewhere over the rainbow

Dieser blöde Schlüssel. Wieder einmal nahm sie sich vor, ihn immer ins vordere Innenfach ihrer Handtasche zu stecken. Jetzt rutschte auch noch der Riemen der Handtasche von ihrer Schulter. Die Haustür klemmte. Als sie sie aufgestoßen hatte, stellte sie zuerst ihren Fuß vor die Tür, und danach stellte sie die beiden schweren Einkaufstaschen im Flur ab. Sie angelte nach ihrem Regenschirm, der noch aufgespannt draußen auf dem Boden lag, schloss ihn, und natürlich entstand eine Riesenpfütze am Boden, und auch ihr Mantel war jetzt klatschnass. Schnell schlüpfte sie ganz ins Treppenhaus und ließ die Haustür zufallen. Im Erdgeschoss vermischte sich der Modergeruch des Kellers mit dem Duft von frischen Bratkartoffeln aus der mittleren der drei Wohnungen.

Sie war hungrig und müde. Und sie war verzweifelt. Am frühen Morgen, noch vor Sonnenaufgang, hatte sie Zeitungen ausgetragen, und anschließend war sie im Krankenhaus bei dem Onkologen gewesen, der sie seit geraumer Zeit behandelte. Er hatte mit ihr die weitere Vorgehensweise besprochen. Eine OP war nicht mehr möglich und wäre auch nicht sinnvoll gewesen, doch der Arzt hatte ihr ans Herz gelegt, unbedingt eine Chemotherapie zu machen. Sie solle das in aller Ruhe mit ihrer Familie besprechen, hatte er gesagt und sie so einfühlsam dabei angesehen, dass sie in Tränen ausgebrochen wäre, hätte sie nicht fluchtartig sein Sprechzimmer und die Klinik verlassen, wäre sie nicht gerannt, als sei der Teufel hinter ihr her. Das war er ja wohl auch. Definitiv.

Sie wünschte, jemand würde ihr die Tür zu dieser Wohnung im Erdgeschoss öffnen, sie in den Arm nehmen und zu einem gedeckten Tisch führen. Bei dem Gedanken an die Bratkartoffeln lief ihr das Wasser im Mund zusammen. Bei dem Gedanken an eine tröstliche Umarmung wurden ihre Augen feucht. Doch dann gab sie sich einen Ruck, sammelte ihre Sachen ein und stieg die Treppe hinauf.

Sie musste nur in den ersten Stock, doch die Taschen waren schwer und schnitten in die Innenseiten ihrer Hände. Der Einkauf war umfangreicher als sonst, alle Vorräte waren aufgebraucht gewesen.

Mit hängenden Armen stand sie vor ihrer Wohnungstür und musste erst mal verschnaufen. Den nassen Regenschirm und die beiden Einkaufstaschen hatte sie einfach fallen lassen.

Sie gab ihrem Atem Zeit für das Ein und das Aus, vor allem für das Aus, was eine gewisse Leere in ihrem Inneren entstehen ließ. Eine Leere, die ihr die Kraft verschaffen sollte, das, was sie jetzt in ihrer Wohnung erwartete, aushalten zu können.

Yvonne war wieder aufgetaucht. Am Abend zuvor hatte sie schlafend auf der Treppe vor der Wohnung gehockt. Francine hatte sie bereits gerochen, bevor sie das zusammengesunkene Häuflein Mensch gesehen hatte.

Es war wie jedes Mal gewesen, sie zitterte wie Espenlaub, war völlig verdreckt, ausgehungert und auf Notentzug. Sie war selbst zum Betteln zu schwach, und Freier bekam sie in diesem Zustand auch nicht. Francine machte sich keine Illusionen mehr, wie ihre Tochter das Geld für Drogen und Alkohol beschaffte. In den letzten Jahren hatte sie die Stadtteile gemieden, in denen Yvonne sich einfach auf eine schmutzige Decke auf die Erde legte, einen Teller aufstellte und an das Mitleid ihrer Mitmenschen appellierte. Sie versuchte auch nicht mehr, sie nach Hause zu holen. Sie fühlte sich dafür nicht mehr stark genug.

Aber ihr die Tür weisen und sie wegschicken, das brachte sie nicht übers Herz.

Sie schloss die Wohnungstür auf und wich instinktiv einen

Schritt zurück, als ihr der Geruch entgegenwaberte, ein Geruch, der sich an ihr festkrallte, ein Geruch, der in jede ihrer Poren drang. Der Geruch, aus dem ihr Leben gestrickt zu sein schien.

Und sie wollte nur noch eines: so weit wie möglich weg von hier.

Doch ihr Körper straffte sich, wie ein Soldat nahm sie Haltung an und betrat ihre Wohnung, und wie ein Soldat nahm sie den Kampf auf. Es war wie jeden Tag, nur waren es zur Abwechslung mal wieder zwei Menschen, die gegen sie kämpften.

»Da bist du endlich, ich warte schon seit einer Ewigkeit. Wo hast du dich rumgetrieben, warst du bei einem anderen Kerl, du Luder? Ich verhungere fast, meine Einlage ist voll, und niemand kümmert sich um mich. Ich bin dir völlig egal. Krank. Überflüssig. Es wäre besser, ich wäre tot. Ich bin dir eine Last. Wie wenn ich das nicht spüren würde. Jetzt mach schon, beeil dich, ich sterbe vor Hunger.«

Er lallte, sie konnte ihn kaum verstehen. Er hatte den Pflegedienst mal wieder zum Teufel gejagt. Wie ein gewaltiger Fleischberg lag er in dem Pflegebett, ächzte und stöhnte. Ein Riesengewicht legte sich auf ihre Schultern, jetzt musste sie auch noch die Morgenpflege erledigen. Aber die Kosten würden ihr trotzdem berechnet.

War das noch ihr Mann? War das noch Alex? Der Mann ihrer Träume?

Je näher sie ihm kam, desto schlimmer wurde der Gestank. Bestialisch. Er hatte Schnaps getrunken. Er hatte zusammen mit Yvonne getrunken. Er brauchte wirklich dringend eine frische Windel.

Sie versuchte, sein Gebrabbel zu verdrängen, und verstaute die Einkäufe in der Küche. Dabei stolperte sie über eine der Flaschen, die dort standen. Wenn es darum ging, Nachschub zu besorgen, scheute Yvonne keine Mühe.

Sie ging in das angrenzende Wohnzimmer und riss ein Fens-

ter auf, um frische Luft hereinzulassen. Der schale, abgestandene Geruch nach Bier, Schnaps und Zigarettenrauch, nach Essensresten, Erbrochenem, Exkrementen und Schweiß nahm ihr den Atem. Sie beugte sich weit aus dem Fenster und sog gierig die frische Luft in ihre Lungen.

Sie blickte nach unten in den Hof. Wie tief mochte es sein, vielleicht ist es nicht tief genug – es wäre so einfach. Doch dann sah sie die Kinder, die dort unten Verstecken spielten, und der Gedanke flog davon wie ein großer schwarzer Vogel.

»Hey, du Miststück, wo kommst du so spät her? Wir haben auf dich gewartet, Papa und ich.«

Francine erschrak. Sie hatte Yvonne, die eingewickelt in eine Decke auf dem Sofa lag, hier nicht erwartet, sie hatte gedacht, sie wäre in ihrem alten Kinderzimmer. Yvonne nahm eine halb gerauchte Zigarette vom überquellenden Aschenbecher und zündete sie an. »Ich brauche Zigaretten, und ich hoffe für dich, dass du was Gescheites zum Essen gekauft hast. Und mach das verdammte Fenster wieder zu, es wird saukalt in der Bude.« Und sie trank aus der Bierflasche, die vor dem Sofa auf dem Boden stand. Einen langen Schluck. Sie rülpste.

Francine hatte noch kein Wort gesagt. Niemand erwartete, dass sie irgendetwas sagte.

Sie ging ins Badezimmer. Bevor sie die kleine Plastikwanne und einen frischen Waschlappen aus dem Wandschrank nahm, drehte sie den Schlüssel der Badezimmertür um und setzte sich kurz auf den geschlossenen Toilettensitz.

Sie fühlte sich wie in einem dunklen Loch, einem Tunnel, dessen Ausgang am anderen Ende verschüttet war. Die Verzweiflung überfiel sie wie ein Mantel aus Eis, und der See in ihrem Inneren gefror. Sie stützte ihre Ellbogen auf die Knie, das Gesicht in die Hände und schloss ihre Augen.

Sie beobachtete das Fließen ihres Atems, bis ihr Herz ruhiger geworden war.

Sie ging ins Schlafzimmer. Mit geübten Griffen entkleidete sie ihren Mann, entfernte die benutzte Windel und wusch ihn sorgfältig. Mit zusammengebissenen Zähnen und ohne Luft zu holen berührte sie die Haut des Mannes, den sie einmal geliebt hatte, nur dort, wo es unbedingt notwendig war.

Die Erinnerungen an das erregende Gefühl von Haut an Haut, die sie manchmal noch überfielen, und die Gemeinheiten der Gegenwart, die aus seinem Mund quollen wie stinkender Unrat, versuchte sie auszublenden. Sie wäre sonst verrückt geworden.

»Die dusselige Kuh macht ein Gesicht, wie wenn's blitzt.« Alex saß in frischen Klamotten, gewaschen und rasiert in seinem Rollstuhl, prostete Yvonne zu und nahm wie diese einen tiefen Schluck aus der Bierflasche.

»Lach doch mal, du Spielverderberin, immerhin ist unser liebes Töchterchen mal wieder heimgekehrt.«

Francine hatte in aller Eile das Mittagessen zubereitet und stellte es jetzt auf den Tisch.

Yvonne lümmelte auf einem Stuhl, sie war immer noch ungewaschen, und Zähne hatte sie wohl schon Monate nicht mehr geputzt. Einem Vorderzahn fehlte eine Ecke. Das war neu. Einige Backenzähne fehlten schon länger, doch sie war nicht dazu zu bewegen gewesen, zum Zahnarzt zu gehen.

»Was is'n das schon wieder für'n Grünfraß? Pflegste immer noch deinen Gesundheitstick? Viel genützt hat es dir nich, siehst scheußlich aus, richtig grün im Gesicht, was, Papa?« Sie kicherte und tätschelte Alex' Hand. Beide wollten sich – verbunden in ihrem Suff – nun ausschütten vor Lachen.

Francine konnte sich kaum noch auf den Beinen halten. Nur schnell das alles hinter sich bringen und dann nichts wie weg hier. Sie hielt dieses Elend keine Stunde länger aus. Sie konnte die beiden sowieso nicht am Saufen hindern. Alex hatte Yvonne mit

Sicherheit Geld für Schnaps, Zigaretten und Gras gegeben. Wenn sie sich einmischte, würde es in wüste, unflätige Beschimpfungen ausarten. Von beiden. Wenn sie nur wüsste, wo sie die Nacht verbringen könnte. Aber konnte sie die beiden in diesem Zustand überhaupt allein lassen? Sie wusste keine Antwort, keinen Rat, sie wusste nur, dass es keinen Ausweg mehr gab, für Alex nicht, für Yvonne nicht und auch nicht für sie.

Nach ihrer Flucht aus der Wohnung war Francine ziellos durch die Straßen der Stadt gelaufen, hatte lang auf einer Bank auf einem Spielplatz gesessen und die Mütter mit ihren Kindern beobachtet. Sie hatte versucht, sich zu beruhigen, und hatte nach und nach einzelnen Bruchstücken ihres Gespräches mit dem Arzt erlaubt, in ihr Bewusstsein zurückzukommen.

Schließlich machte sie sich auf den Weg zu Greetas Yogaschule, sie hatte das Bedürfnis nach einer Yogastunde. Außerdem wollte sie Greeta noch einmal wegen der Indienreise befragen. Wenn sie nur wüsste, woher sie das Geld dafür nehmen könnte. Aber das war nur eine von vielen Fragen, die sich der Erfüllung ihres Traumes in den Weg stellten.

Nach Hause konnte sie heute auf keinen Fall, das würde sie nicht durchstehen. Francine überlegte, ob sie nicht Babette fragen sollte, ob sie über Nacht zu ihr kommen könne. Doch dann verwarf sie diesen Plan, lieber nahm sie sich ein preiswertes Zimmer in einer Pension. Sie musste unbedingt über ihre Situation nachdenken. Sie konnte den Freundinnen nicht erzählen, wie es bei ihr zu Hause zuging, auch Babette nicht. Sie schämte sich für ihre Familie und dafür, dass sie nicht in der Lage war, die Situation in den Griff zu bekommen.

»Jetzt wisst ihr alles.«

Die drei Frauen lagen auf dem Bett und hielten sich in den Armen.

Anna-Marie und Babette hatten Francine in ihre Mitte genommen.

Sie hatten lange geweint.

Sie hatten lange geschwiegen.

»Warum nur hast du dich uns nicht anvertraut? Wir sind doch Freundinnen, so lange schon. Es hätte dir sicher geholfen. Wie einsam musst du dich gefühlt haben.« Anna-Marie schluchzte immer noch. Sie weinte auch um das vergeudete Leben ihrer Jugendfreundin Yvonne.

»Ich habe immer gedacht, einmal müsse es doch vorbei sein; ich habe gedacht, es sei eine Phase. Ich habe gedacht, sie bekomme irgendwann einmal einen Job, und dann würde sie die Kurve kriegen.«

Francine hatte in all den Jahren mehrmals in der Suchtberatung Hilfe gesucht und war regelmäßig zu den Anonymen Alkoholikern gegangen. Doch Yvonne hatte es abgelehnt, eine Therapie zu machen. Man hatte Francine gesagt, sie müsse ihre Tochter fallen lassen (O-Ton: in ihrer eigenen Scheiße liegen lassen), doch das hatte sie nicht übers Herz gebracht. Immer wieder hatte sie ihr geholfen, hatte sie wieder aufgenommen, wenn sie von ihrem selbst gewählten Leben auf der Straße nach Hause gekrochen kam, halb verhungert und krank an Körper und Seele. All die Jahre hatte sie Verständnis für Yvonne gehabt, die mit dem Unfall und der Veränderung ihres Vaters nicht fertig wurde.

Bei Alex war keine Besserung in Sicht, er hatte immer mehr dichtgemacht, ließ niemanden an sich ran. Er war verbittert und die Atmosphäre in ihrer Wohnung immer quälender geworden. Nur im Alkoholrausch verstanden sich Vater und Tochter, da waren sie ein starkes Team gegen die Mutter, gegen die Ehefrau. Francine hatte all die Jahre ihr Möglichstes gegeben, um die Familie zu ernähren und zusammenzuhalten.

Ihre Krankheit hatte sie endlich zur Besinnung gebracht.

Wie ein Erdbeben erlebte sie ihre Erkrankung und die Diagnose. Ihre ganze Welt lag in Trümmern wie nach einem Tsunami. Sie hätte so dringend Hilfe gebraucht, sie war ausgebrannt, hatte keine Energie mehr. Sie hätte jetzt Menschen an ihrer Seite gebraucht, die sie liebten und respektierten, die ihr raten könnten. Doch die Menschen, die sie ihre Nächsten nannte, bemerkten nicht einmal, dass es ihr schlecht ging. Mit ihnen konnte sie nicht reden. Sie verhöhnten sie. Der Alkohol und die Drogen hatten die Menschen zerstört, die sie einmal geliebt hatte. Es hatte lange gedauert, bis sie erkannte, dass sie ihr fremd geworden waren.

Ihr blieb nur noch wenig Zeit. Nach langen Meditationen war ihr klar geworden, dass sie es sich und ihrer Existenz schuldig war, sich mit der Kraft, die ihr noch blieb, um sich selbst zu kümmern und dieses Leben, das ihr geschenkt worden war, in Würde, Bewusstheit und Dankbarkeit zu Ende gehen zu lassen. So, wie es ihr vorbestimmt war. Sie war dankbar, dass sie ihren großen Traum von Indien noch erleben durfte und dass sie noch einige Tage mit ihren Freundinnen hatte. Sie vertraute darauf, dass es für alles eine Lösung geben würde.

»Was willst du denn mutterseelenallein in Indien? Du brauchst doch jemanden, der sich um dich kümmert, wenn es dir irgendwann schlechter geht. Komm mit uns zurück, Francine, Anna-Marie und ich kümmern uns um dich.« Babette sah ebenfalls ganz verheult und zerrupft aus in ihrem Kummer.

Doch Francine bestand darauf, sie wollte in Indien bleiben. Susanne hatte ein Zimmer für sie in Auroville besorgt, und fürs Erste hatte sie eine Auftragsarbeit für einen Verlag – einen längeren Bericht über Verbrennungen und Vergewaltigungen junger indischer Frauen und Mädchen. Finanziell konnte sie zunächst auf eine größere Vorschusszahlung zurückgreifen. Sie versprach Babette und Anna-Marie aber, sich zu melden und eventuell zurückzukommen, falls sie ihre Hilfe benötigte.

»Jetzt möchte ich nicht mehr darüber reden, ich habe euch gegenüber ein ganz schlechtes Gewissen, dass ich euch die Rundreise verderbe. Aber ich bin ausnahmsweise egoistisch, ich möchte die Zeit mit euch genießen und auch zwischendurch mit euch über meine Ängste reden können.« Sie ließ sich versprechen, dass die beiden den anderen nichts darüber erzählen würden, wie Yvonne und Alex sie behandelt hatten. »Ich werde ihnen heute Abend sagen, wie es um mich steht und dass ich nicht nach Deutschland zurückkehren werde. Sonst brauchen sie nichts zu wissen. Sie kennen meine Tochter und Alex auch gar nicht.« Francine hatte allerdings Angst vor Bernardas bitterbösen Kommentaren. »So, und jetzt putzt euch die Nasen, meine Mädchen. Solang die Bar noch leer ist, möchte ich, dass wir jetzt dorthin gehen. Ich wünsche mir, dass du mein Lieblingslied ein letztes Mal für mich spielst, Anna-Marie. Und bitte, keine Tränen mehr, wir wollen die Schönheit der Stunde feiern und sonst nichts.«

Somewhere over the rainbow, way up high
There's a land that I heard of, once in a lullaby
Somewhere over the rainbow, skies are blue
And the dreams that you dare to dream, really do come true

Anna-Marie saß am Flügel, ihre dunklen Haare fielen ihr wie ein Vorhang über die Schultern und verdeckten ihr Gesicht. Sie sang aus der Tiefe ihres Herzens den Text, den Judy Garland einst gesungen hatte, und die Tränen strömten über ihre Wangen.

Babette hatte Francine im Arm, sie standen hinter Anna-Marie, sie wiegten sich im Rhythmus und sangen den Text mit.

Someday I'll wish upon a star
And wake up where the clouds are far behind me

Where troubles melt like lemon drops away above the
chimney tops
That's where you'll find me

(Eines Tages werde ich einen Wunsch an einen Stern schicken und dort aufwachen, wo ich die Wolken ganz weit hinter mir lassen kann, wo Sorgen und Ärger einfach so schmelzen wie Zitronenbonbons. Ganz hoch oben über den Schornsteinspitzen, da wirst du mich finden. Irgendwo da oben, über dem Regenbogen.)

Joe, Leo und Bernarda waren dazugekommen, sie sangen leise den Text mit.

Francine löste sich aus Babettes Umarmung und trat auf die Frauen zu. »Ich muss euch etwas sagen.«

Aufbruch zu den Göttern

Francine war schon lange wach, sie hatte kaum geschlafen. Es war noch dunkel, als sie leise, um Anna-Marie nicht zu wecken, ihr Zimmer verließ und zu dem kleinen Pavillon unten am Strand ging. Sie meditierte lange und beobachtete dann, wie die Sonne über dem Golf von Bengalen aus ihrem Versteck von der anderen Seite der Welt auftauchte. Francine lächelte, als sie daran dachte, dass dieser Stern, oder als was man die Sonne sonst bezeichnete, doch ein sehr selbstbewusster war. Er setzte sich mit so viel Tamtam in Szene, dass die Menschen ganz vergaßen, dass er diese Show schließlich jeden Tag abzog, jeder Tag begann mit dem Wunder des Sonnenaufgangs. So sollte man sein Leben leben. Wir haben Augen, die Abertausende Abstufungen von Farben und Formen, die das Lachen eines Menschen sehen können. Wir haben Ohren, die das Plätschern eines Baches, das Summen einer Biene oder den Herzschlag unseres Kindes hören können. Wir können den Duft von frisch gemähtem Gras und von Regen wahrnehmen, der sich mit dem Staub der Trockenheit verbindet. Francine nahm sich vor, ihre Zeit in Indien mit der ganzen Kraft ihrer Gedanken und ihrer Fähigkeit zur Bewusstheit zu einer Zeit der täglichen Wunder werden zu lassen.

Sie beobachtete, wie Hunderte von Krähen wie an jedem Morgen in die Gartenanlage des Hotels einfielen. Jeden Morgen hatten sie sie geweckt, und Anna-Marie hatte einmal noch ganz verschlafen gemurmelt, dass sie dieses Geräusch von nun an mit ihren Erinnerungen an Indien und an ihr gemeinsames

Zimmer verbinden würde. Sie hatte Francine angelächelt. »Ich finde es so schön, hier mit einer meiner Ersatzmamas zusammen zu sein. Babette ist dabei, und sosehr ich meine Kinder vermisse, so sehr genieße ich es, mich selbst mal wieder als Kind zu fühlen. Das habe ich schon lange nicht mehr erlebt.« Sie hatte sich in ihre Bettdecke gekuschelt und vor Behagen geschnurrt.

Francine war gerührt gewesen.

Ein schöner Gedanke. Ein tröstlicher Gedanke. Vielleicht würde auch sie in den Erinnerungen ihrer Freundinnen weiterleben wie Nora, Anna-Maries Mutter, die auch nach so vielen Jahren noch ihren Platz in ihrer Mitte und in ihren Herzen behalten hatte.

Das Plätschern des Wasserfalls, das leise *rt-rt-rt* der Wassersprenger. Der Nebel der Verdunstung, der über der dschungelartigen Bepflanzung der offenen Halle den betörenden Duft der exotischen Blüten bereitwillig in sich aufgenommen hatte und den Raum erfüllte.

Die zarten, freundlichen Inderinnen in ihren bunten Gewändern, die in den riesengroßen wassergefüllten Messingtabletts auf den Beistelltischen komplizierte Muster aus verschiedenfarbigen Frangipaniblüten legten.

Das alles machte den besonderen Zauber des sehr frühen indischen Morgens in diesem Hotel aus.

Aus allen Richtungen der weitläufigen Hotelanlage kamen nun die Teilnehmerinnen der Rundreise heran. Alle wirkten noch so merkwürdig zurückgezogen in sich selbst, waren noch wie von einem Mantel eingehüllt in die nächtliche Aura ihrer Einsamkeit.

In der Hotelhalle war Katharina mit den Angestellten der Rezeption im Gespräch vertieft.

Joe saß im Bereich der Bar. Sie hatte einen Chai vor sich stehen und tippte eifrig in ihr iPad. Man musste die Gelegenheiten des freien Internetempfangs nutzen, sie waren selten. Da gab es Jacques und die Weinlese auf ihrem Gut in Frankreich. Am liebsten würde sie sich zweiteilen. Zum einen war es ihre erste Ernte, das allein war schon unglaublich spannend und neu; doch bei ihrer Rückkehr aus Indien würde es weitergehen. Die Lese ging bis weit in den November hinein. Andererseits möchte sie auf keinen Fall diese Reise mit ihren Freundinnen missen, obwohl Bernarda ein harter Brocken war.

Joe hatte sich von der schweren Arbeit im Weinberg erholt. Vor Verlassen des Zimmers hatte sie sich eingehend im Spiegel betrachtet. Ihre gebräunte Haut stand in einem attraktiven Kontrast zu ihrem kurzen weißen Haar, und die bequeme indische Kleidung ließ sie weicher und weiblicher erscheinen.

Überall in der Lobby standen Koffer herum.

Leo schlenderte heran, sie war schon etwas länger unterwegs. Sie schlief nicht mehr so gut und hatte die Frische des Morgens genossen. Sie traf auf Francine, nahm sie fest in den Arm und hielt sie lange. Alles war gesagt, es bedurfte jetzt keiner Worte mehr zwischen ihnen.

ठ ठ ठ

Anna-Marie hatte Babette beim Kofferpacken geholfen. Babette hatte sich eigentlich von der Rundreise abgemeldet, lieber noch eine Woche im Hotel bleiben und die sanfte Freundlichkeit der indischen Kollegen weiter strapazieren wollen. Doch als sie von Francines Krankheit erfahren hatte, entschied sie spontan, die Fahrt doch mitzumachen. Sie wollte die wenigen Tage, die noch blieben, mit der Freundin verbringen. Sie war immer noch fassungslos, dass Francine ihr Geheimnis so lang für sich behalten hatte und dass sie ganz allein in Indien sterben wollte.

ठ ठ ठ

»Ich glaub's ja nicht!« Joe schlenderte mit Francine und Leo aus der Lobby. Sie waren reisefertig und trugen bequeme indische Kurtas und Leinenhosen. Sie kicherten los, als sie Bernarda bemerkten, die, umgeben von ihrer Louis-Vuitton-Kofferkollektion, am Eingang des Hotels vor dem himmelblauen, bunt bemalten Bus stand. Sie trug ein schwarzes Etuikleid, hochhackige Sandalen und Schmuck wie zu einem Staatsempfang. Als die Hotelboys das Gepäck auf das Dach des Busses hievten und die Koffer mit Seilen auf dem sehr fragil wirkenden Dachgepäckträger festzurrten, bekam ihr Gesicht den verächtlichen und abweisenden Ausdruck, der anzeigte, dass ein kleiner Vulkanausbruch unmittelbar bevorstand.

Leo lief rasch zu Bernarda und nahm ihr den Wind aus den Segeln, indem sie ihr vorschlug, ihre teuren Koffer samt Inhalt in dem *stoore-room* unterzustellen, den das Hotel zur Verfügung gestellt hatte. »Wir sind in einer Woche wieder zurück und bleiben hier dann noch eine Nacht. Ich lasse außer meiner Reisetasche auch alles hier. Ich habe zwei bequeme Sets dabei, und was mir fehlt, kaufe ich unterwegs.«

Leo hatte ihren Satz noch nicht beendet, da bellte Bernarda bereits Befehle an die indischen Jungs, ließ ihr Luxusgepäck zur Rezeption zurückbringen und stöckelte hinter ihnen her.

»Hoffentlich bleibt sie jetzt ganz hier oder von mir aus da, wo der Pfeffer wächst«, sagte Joe. »Ich hab nicht im Traum daran gedacht, dass sie mit uns kommt.« Sie hatte im Bus neben Babette Platz genommen.

Leo saß auf der anderen Seite des Gangs und versuchte vergeblich, ihren Sitz in eine bequemere Position zu bringen. Winzige Sitze aus rotem Plüsch, blütenweiß bezogen, waren in halber Liegeposition arretiert. Was zur ersten Irritation führte, denn in dieser Position konnte man weder bequem lesen noch schlafen noch aus dem Fenster sehen noch sich unterhalten. Man konnte nur hinausgeschleudert werden, denn Sicherheitsgurte gab es keine. Das konnte heiter werden.

Doch dann hatten auch die anderen einen Platz gefunden. Fast alle.

Der Busfahrer stieg ein, da kam Pauli angerannt, im Schlepptau Bernarda. Eine ganz andere Bernarda. Sie trug einen bequemen Leinenanzug, und ein dicker Zopf baumelte auf ihrem Rücken.

»Mama!«, Pauli winkte Martina, die weiter hinten saß, »ich setze mich hier vorn zu Bernie.« Sie hatte vor Aufregung ganz rote Wangen.

Martina nickte, und Pauli schlüpfte auf den Fensterplatz, ihr Lunchpaket fest in der Hand. »Mama!«, sie war wieder aufgestanden und hatte sich zu ihrer Mutter herumgedreht, »hab dich lieb.«

»Ja, ja, ich dich auch.« Martina war gerade in ein Gespräch mit Andrea vertieft, einer Kursteilnehmerin, die in Deutschland auch Kurse für Kinder anbot.

Der Bus setzte sich in Bewegung. Katharina und Susanne verhandelten wortreich mit dem indischen Busfahrer. Der wurde laut und immer lauter. Plötzlich stoppte er den Bus, sprang aus seinem Fahrersitz und plusterte sich vor den beiden Frauen, die noch im Gang standen, auf. Er war kleiner als Katharina und Susanne und tat sich sichtlich schwer, seiner Autorität eine Form zu geben. Er stampfte mit dem Fuß auf, und seine Stimme wurde schrill.

Susanne straffte die Schultern und erhob ebenfalls ihre Stimme.

Doch es achtete niemand außer Pauli wirklich auf das

Kompetenzgerangel. Die anderen verarbeiteten noch Katharinas Ankündigung, dass es keine Klimaanlage im Bus gab. Sie gestikulierten und diskutierten lebhaft. Wenigstens ließen sich die Fenster öffnen.

Inzwischen hatten sie sich vorn im Bus wohl geeinigt, denn er fuhr wieder an.

»Unser Fahrer hat keine Genehmigung für einen längeren Stopp in Puducherry (früher Pondicherry) bekommen«, verkündete Katharina. »Wir können die Stadt leider nicht besichtigen. Es gibt lediglich die Lizenz für eine Stunde Parkzeit vor einer Textilfabrik. Ihr seht, geschäftstüchtig sind sie, die Inder, auch hier im Süden. Unser Fahrer hat sich aber durch gutes Zureden unsererseits«, Katharina und Susanne wechselten einen Blick und grinsten, »dazu bereit erklärt, eine kleine, inoffizielle Stadtrundfahrt einzulegen, damit ihr einen Eindruck von dieser Stadt bekommt, die im 18. Jahrhundert als französische Kolonie gegründet und erst 1954 an Indien zurückgegeben wurde. Hier befindet sich auch der Ashram von Sri Aurobindo, den ich euch gern gezeigt hätte, er ist sehr beeindruckend.«

Bedauernde Kommentare wurden laut.

ɓ ɓ ɓ

»Ganz in der Nähe liegt auch Auroville, die Stadt der Morgenröte, wo ich demnächst wohnen werde.« Francine saß neben Anna-Marie und erzählte ihr von Sri Aurobindo und seiner Philosophie, seiner Vision von einer Siedlung von Menschen aus aller Welt, die versuchen, friedlich und auf ökologischer Basis in einer spirituellen Gemeinschaft zusammenzuleben. In den Sechzigerjahren wurde Aurobindos Vision von Mira Alfassa umgesetzt. Sie wurde auch *die Mutter* genannt und war die spirituelle Partnerin von Aurobindo. Sie hatte Auroville gegründet. Heute leben etwa zweitausendzweihundert Menschen dort, und Aurobindos Vision hat sich auf wunderbare Weise erfüllt. Susanne ist schon viele Jahre Mitglied der Gemeinde dieser erstaunlichen Stadt, die von der UNESCO zur Aufnahme in die indische Vorschlagsliste zum Weltkulturerbe vorgeschlagen wurde.«

Anna-Marie hatte Francine mit großen Augen zugehört. »Ich finde dich unglaublich mutig, ganz allein so weit weg von zu Hause einfach neu anzufangen, mit so einer schweren Krankheit. Ich bewundere dich.« Sie drückte Francines Hand.

»Täusch dich nicht«, Francine fühlte sich ganz verzagt, »das ist der Mut einer Verzweifelten. Ich habe sehr große Angst und auch immer wieder Zweifel an meiner Entscheidung.«

ठ ठ ठ

Von den vorderen Sitzen ertönten lautes Lachen und Gekicher. Katharina und Susanne waren von ihren Sitzen aufgestanden und sahen über Bernardas Schulter, deren Lachen am lautesten war, zu Pauli.

»Bernarda lacht.« Joe sah Leo fast erschrocken an.

»Hab ich's nicht gesagt, Indien knackt ihren Panzer«, sagte Leo euphorisch. »Warum lacht sie denn so?«

In diesem Moment ging Katharina mit Paulis Zeichenblock durch den Gang, und bald lachte der ganze Bus. Das Mädchen hatte Katharina und Susanne während ihres Streits mit dem Fahrer gemalt. Den Inder allerdings stellte ein kleiner, dicker, aufgeplusterter Hahn mit geschwollenem hochrotem Kamm dar, der verzweifelt versucht, sich zu den Frauen emporzurecken. »Sie hat es genau erfasst, der kleine Macho in Höchstform.«

Pauli grinste verlegen nach hinten. Es war ihr offensichtlich peinlich, dass Katharina ihr Bild herumzeigte.

»Du brauchst dich überhaupt nicht zu verstecken.« Bernarda strich ihr über ihren Kopf. »Das hast du wunderbar gemacht, du bist eine begabte kleine Künstlerin.«

Pauli wurde schon wieder knallrot. So viel Beachtung war sie anscheinend nicht gewohnt.

Die Stimmung im Bus entspannte sich ein wenig. Katharina hatte eine ihrer wunderbaren CDs eingelegt, Musik zum Chillen und Träumen hatte die etwas aufregende und ungewohnte indische Musik abgelöst.

»Möglichst nichts essen, höchstens abgepackte Sachen, Kaffee geht, kalte Getränke nur aus Dosen oder verschlossenen Flaschen!«, erklärte Katharina, als sie bei einem heruntergekommenen kleinen Hotelrestaurant die erste Rast einlegten. Die Frauen, die sich zuerst aufs Klo getraut hatten, kamen kreidebleich wieder heraus.

»Das hier sind die südindischen sanitären Highlights, erst das, was danach kommt, erfordert starke Nerven.« Katharina blickte herausfordernd zu Bernarda, die mit Pauli auf einer quietschenden, rostigen Hollywoodschaukel am Rand eines stinkenden Teichs saß und auf einem trockenen Keks herumkaute. Doch es kam kein Kommentar von Bernarda, keine Beschwerde, kein Wort.

Seltsam.

Plötzlich ertönte ein Schrei. Der Fahrer und ein Mann vom Hotel eilten zum Bus. Auch die anderen rannten jetzt zum Bus. Hohe, durchdringende, aggressive Schreie und ein Riesentumult. Eine Herde der scheinbar so süßen Affen hatte mit sprichwörtlicher affenartiger Geschwindigkeit einen Frontalangriff auf die Bananenvorräte in den Hutablagen des himmelblauen Busses gestartet. So schnell konnte man nicht gucken, da waren sie wieder draußen, sprangen aufs Hoteldach, saßen nebeneinander und verzehrten ihre Beute. Einer der Affen hatte einen Schal geklaut und wickelte sich ihn um den Kopf. Einige der Affen klatschten in ihre Hände und machten heisere, gackernde Geräusche, als würden sie lachen. Die Bananenschalen schmissen sie nach der Reisegesellschaft, die jetzt wieder in den Bus stieg und erschüttert das Tohuwabohu betrachtete, das die Affen angerichtet hatten.

»Sie sehen so süß aus und sind so böse«, sagte Pauli bedauernd. »Wo kriegen wir denn jetzt neue Bananen her?«

Etwas später fuhren sie durch Puducherrys baumbestandene Prachtstraßen. Alle öffentlichen Gebäude und die Parkanlagen zeugten noch immer vom Einfluss der französischen Kolonialherren und bildeten einen spannenden Kontrast zu dem üblichen indischen Mix aus Hektik, Lebendigkeit, dem Lärm der Händler, dem Gestank der Autoabgase, dem Duft nach Früchten und Gewürzen und dem Durcheinander von Fahrrädern, Rikschas und Fußgängern.

In der Textilfabrik wurden Susanne, Katharina und ihre Gruppe freundlich empfangen.

»So ein Mist, jetzt habe ich fast mein ganzes Reisegeld schon in Mamallapuram ausgegeben!«, hörten sie Martina sagen, die wie alle anderen Frauen glänzende Augen bekam, als sie das Angebot im Verkaufsraum der Fabrik sahen. Außer Pauli fielen sie wie ein Schwarm Heuschrecken über den Laden her. Sie hatten nur eine Stunde. Danach waren die Angestellten sicher eine lange Zeit damit beschäftigt, wieder Ordnung in den Regalen zu schaffen. Anscheinend waren Susannes Schützlinge doch noch nicht so weit auf ihrem spirituellen Weg, dass Konsum und der Besitz von schönen Dingen sie völlig kalt lassen würde. Susanne und Katharina ging es nicht anders.

Beflügelt, müde und besänftigt von ihrem Kaufrausch ließen sie sich schließlich auf den beachtlichen Rest der Strecke ein und kamen sehr spät in ihrem Hotel in Thanjavur an, das für die nächsten drei Tage ihre Unterkunft sein würde.

Unterwegs sein in Indien

Ein Sonnenstrahl hatte sich ins Zimmer geschlichen und malte Muster auf die dünne Bettdecke.

Francine lag auf der Seite, die Knie angezogen, eine Hand unter ihrer Wange auf dem zerknüllten Kopfkissen. Sie war schon lange wach und hatte Anna-Marie angesehen, die seitenverkehrt und ihr zugewandt in der gleichen Position lag. Francine betrachtete liebevoll das friedliche Gesicht der jungen Frau, das im Schlaf an das rundliche Kindergesicht des kleinen Mädchens von einst erinnerte.

»Guten Morgen.« Anna-Marie öffnete blinzelnd erst mal vorsichtig nur ein Auge. Sie begann sich zu rekeln und zu dehnen, sie knurrte und gähnte wie eine Katze und legte dann eine Hand ganz federleicht an Francines Wange.

Sie schwiegen lange, die beiden Frauen.

Die ältere Frau, die Abschied nahm vom Leben, und die jüngere Frau, die Abschied nahm von einer, die sie so sehr liebte, wie sie ihre eigene Mutter geliebt hatte.

Und während sie sich ansahen, drehte sich in ihren Köpfen ein Karussell der Erinnerungen, ein Film lief ab über die Strecke des Lebens, die sie gemeinsam gegangen waren.

Als Francine den Abschiedsschmerz und die Tränen bei Anna-Marie spürte, lange bevor sie sie sah, gab sie sich einen Ruck und richtete sich auf. »So, genug geträumt, wir haben ein Programm.« Sie nahm eines der vielen bunten Kissen und warf es nach Anna-Marie.

Die reagierte sofort und warf es zurück. »Weißt du noch,

unsere legendären Kissenkämpfe durch euer ganzes Haus. Yvonne und ich, du und Alex?«

»Ich kann das heute immer noch!« Sofort entbrannte eine herrlich ausgelassene Kissenschlacht. Wie zwei Kobolde tobten sie durchs Zimmer, hüpften auf dem großen geschnitzten Holzbett herum und lachten und alberten, bis sie vor Lachen Seitenstechen bekamen.

Völlig erschöpft fielen sie aufs Bett und lagen mit ausgestreckten Armen und Beinen wie die Maikäfer nebeneinander.

Francine wandte den Kopf. »Und jetzt ab mit dir unter die Dusche. Weißt du, was wir jetzt machen? Wir lassen Yoga heute sausen und gehen frühstücken. Nur wir beide, es ist noch früh. Wir werden den Frühstückssaal ganz für uns haben, wir stehlen uns Zeit füreinander.«

Bevor sie ihr Zimmer verließen, hielt Anna-Marie Francine zurück. »Ich werde mich um Yvonne kümmern, wenn ich zurück bin. Ich lasse nicht zu, dass sie ihr Leben so vergeudet, das verspreche ich dir, Francine.«

Hand in Hand gingen sie durch das Hotelgelände und bewunderten die gepflegte Anlage im Kolonialstil, die direkt an einem Fluss gelegen war, die weitläufigen Gärten, den Springbrunnen und die weite offene Lobby, die überging in die verschiedenen Bereiche, auch das Restaurant und den Frühstücksraum.

Erstaunlich, dachte Francine, so weit im Süden und in so direkter Nachbarschaft mit der Armut der Menschen, die hier lebten, hatte sie so ein gepflegtes Hotel nicht erwartet.

Am frühen Nachmittag rollte der himmelblaue Bus wieder. Sie waren unterwegs nach Thanjavur. Sie wollten dort die *Art Gallery* besuchen und anschließend zu dem bekannten *Brihadesvara-Tempel* fahren.

Die Strecke war nach Kilometern bemessen nicht weit,

und doch war sie anstrengend. Es war sehr heiß und die Straße katastrophal. Tiefe Löcher und große Steine oder Bäume, die einfach so auf der Straße lagen und die niemand wegräumte, behinderten ihre Fahrt. Raja, ihr Fahrer, musste immer wieder aussteigen, um die Hindernisse aus dem Weg zu räumen. Außerdem war die Hitze in dem nicht klimatisierten Bus kaum zu ertragen.

War die Straße frei, raste Raja wie ein Irrer, überholte an völlig unübersichtlichen Stellen und brachte den Bus zum Schaukeln. Dann hielten alle ihre Gesichter in den Fahrtwind, der so heiß war, als käme er aus einem Backofen, und hofften, heil an ihrem Ziel anzukommen.

Susanne und Katharina führten immer wieder Diskussionen mit Raja wegen seines Fahrstils.

Vorn im Bus gab es einen kleinen vergoldeten Schrein, in dem nebeneinander kleine Figuren von Jesus, dem indischen Gott Ganesha und einer Moschee, wohl stellvertretend für den Islam, angebracht waren. Auf den Schutz dieser drei heiligen Mitfahrer vertraute Raja wohl, wenn er sich mal wieder zu einem riskanten Überholmanöver entschloss.

Bernarda hatte in der zweiten Reihe Platz genommen, der Bus hatte keine Sicherheitsgurte, und so war Pauli, die sich oft zu ihr setzte, wenigstens ein bisschen durch den vorderen Sitz geschützt. Bernarda nahm sich vor, nach einem stabilen Tuch zu suchen, mit dem sie Pauli notdürftig an ihrem Sitz festbinden konnte.

Das kleine Mädchen war in der Hitze des frühen Nachmittags eingeschlafen und sank langsam zur Seite. Als Bernarda die Berührung und das Gewicht von Paulis Kopf und Oberkörper auf ihrem Schoß wahrnahm, löste sich ein Ton, der wie ein Schluchzen klang, aus ihrer Kehle, und sie hob erschrocken ihre Hände. Doch was blieb ihr schon übrig, als das Kind zu berühren, es zu halten, das Streicheln kam ganz von allein.

Pauli lutschte im Schlaf ihren Daumen, und dieses leise, schmatzende Geräusch, der Duft, der aus ihren Haaren aufstieg, und die Berührung des zarten und schutzbedürftigen Körpers überfluteten Bernardas Herz und machten es ihr schwer zu atmen.

Die Wucht, mit der die Erinnerungen zurückkamen, die sie längst verdrängt zu haben glaubte, zwang sie, ihre Gefühle zuzulassen. Der gefrorene See in ihrem Inneren knirschte und bekam Risse, das Eis splitterte und begann, langsam zu schmelzen. Doch sie war noch nicht bereit, sie wehrte sich, sie wollte das alles nicht mehr haben.

»Drecksindien«, stieß sie aus.

»Was hast du gesagt, Bernie?«

»Nichts, mein Liebes, schlaf ein bisschen, es ist alles gut.« Sie strich dem Kind die feuchten Strähnen hinters Ohr und tauchte ein in die Welt der Erinnerungen, die sie eigentlich vergessen wollte.

»Der *Thanjavur Royal Palace* wurde 1600 erbaut von den Najaks. Die Kunstgalerie wurde 1951 gegründet und hier untergebracht. Die *Rama-Chowdam-Halle*, in der wir hier stehen, war eine Privataudienzhalle der Najaks und enthält Chola-Bronzen von sehr hohem Wert. Hier steht das für mich schönste Stück«, Bernarda zeigte auf eine Vitrine in der Mitte der Halle, »der *Vrishavahana Shiva und seine Gefährtin Parvati*.«

Bernarda hatte die Führung übernommen, nachdem Susanne gestürzt und ihr Knöchel so dick angeschwollen war, dass Katharina sich auf die Suche nach einer Apotheke gemacht hatte, um wenigstens eine elastische Binde anlegen zu können.

Pauli stand mit offenem Mund neben Bernarda, und auch die Freundinnen konnten ihre Verwunderung nicht verbergen.

»Woher weißt du das denn alles?«, wollte Pauli wissen.

»Das ist mein Beruf«, sagte Bernarda steif, fast schon abweisend.

Doch Pauli ließ sich davon nicht beeindrucken. »Das weiß ich ja gar nicht«, sagte sie mit einem kleinen Vorwurf in der Stimme.

»Ich auch nicht«, staunte Anna-Marie.

»Ist dir noch nicht aufgefallen, dass wir alle überhaupt nichts von Bernarda wissen?«, fragte Joe giftig. »Wer weiß, welche Leichen sie im Keller hat.«

»Ich bin Kunsthistorikerin und kenne mich mit den Kunstgegenständen hier zufällig aus. Ich wollte nur helfen. Wer an den anderen Sammlungen interessiert ist, kann mir folgen, du musst dir das ja nicht antun, Joe, wenn du ein Problem damit hast.«

»Ich habe kein Problem, du bist das Problem.« Joe war laut geworden, doch Bernarda nahm Pauli an die Hand und ging einfach davon.

»Parvati ist eine von vielen Erscheinungsformen von Shakti. Du weißt, wir hatten darüber schon gesprochen, dass Shiva und Shakti eins sind. Diese wunderschönen Bronzefiguren stellen *Vrishavahana, Shivas und Shakti's Hochzeit*, ihre Vereinigung, dar, die Skulptur ist weltweit bekannt«, erklärte sie dem Mädchen äußerlich ungerührt, doch vor ihrem inneren Auge waren Hochzeitsbilder eines anderen Paares aufgetaucht, die seit Jahrzehnten in ihrem Unterbewusstsein eingestampft waren. »Vielleicht bist du noch ein bisschen jung, um das zu verstehen, aber ich glaube es eigentlich nicht, du bist ein kluges kleines Mädchen.« Sie blickte liebevoll auf das Kind an ihrer Hand und lächelte ihm zu.

Leo, Babette, Joe, Francine und Anna-Marie blieb sichtlich entgeistert der Mund offen stehen.

Dann folgten sie Bernarda und den anderen Frauen ihrer Gruppe zum *Indira Madir*, einem Turm, in dem die verschiedenen Formen von Gott in Stein gearbeitet zu sehen waren.

In einer anderen Halle war ein wunderschöner und sehr ausdrucksvoller Nataraja, Shiva als Tänzer, in einem Feuerrad mit einem Durchmesser von fast zwei Metern dargestellt. Pauli setzte sich einer riesengroßen Buddhafigur zu Füßen, eine Bougainvilleablüte im Haar, und alle Frauen mussten den großen und den kleinen Buddha tausendfach fotografieren, so hinreißend sah die Kleine aus. Martina war außer sich vor Stolz.

Vor der *Saraswati-Bibliothek* trafen sie auf Katharina, die Susanne zurück zum Bus begleitet hatte. Katharina war sehr froh, dass Bernarda die Führung übernommen hatte, und bedankte sich bei ihr. »Du steckst voller Überraschungen, ich bin gespannt, was wir noch alles mit dir erleben.«

Bernarda wandte sich wortlos ab und lief davon, sie wollte darauf keine Antwort geben. Katharina sah ihr kopfschüttelnd nach.

ö ö ö

Bei ihrem fröhlich bemalten Bus angekommen, erwarteten die Gruppe ein riesiges Geschrei und Handgemenge. Einige Einheimische hatten versucht, in den verlassenen Bus einzubrechen. Sie hatten den Fahrer dabei so verletzt, dass er an der Stirn blutete. Susanne, die unbemerkt hinten im Bus gesessen und ihren Fuß hochgelegt hatte, war Raja zu Hilfe gekommen. Sie hatte einem der Banditen einen so heftigen Kinnhaken verpasst, dass dieser rückwärts aus dem Bus gestürzt und heftig auf dem Boden aufgeschlagen war. Die ganze Meute hatte sich daraufhin eilig aus dem Staub gemacht.

»Wow!« – »Wie krass!« – »Du bist eine toughe Frau«, so feierten sie Susanne für ihre mutige Aktion. Raja blickte voller

Ehrfurcht zu ihr auf. »Du bist eine starke Frau. Du hast mir das Leben gerettet. Ab jetzt werde ich dein Sklave sein!«

Susanne konnte sich ein Lächeln nicht verkneifen. Mein Sklave? Dieser Macho? Doch höchstens für den Rest des Tages!

Sie fuhren nur ein kurzes Stück, ehe der Bus vor dem gewaltigen Tor der großflächigen Tempelanlage des *Brihadesvara-Tempels* hielt. Sadhus und Verkäufer von Blumenketten und anderen Opfergaben warteten auf die Besucher und ihre mildtätigen Gaben.

Sadhus nennt man die heiligen Männer, die, nachdem sie ihre Pflicht als Erzeuger und Versorger der Familie getan haben, ihr Heim und die mehr oder weniger gesicherte Existenz verlassen, die Bettelschale nehmen und nur noch für ihre geistige und spirituelle Entwicklung existieren. Sie sind auf ständiger Wanderschaft oder leben in absoluter Bedürfnislosigkeit zurückgezogen und meditierend in einer Höhle oder einem Tempel. In ganz Indien ist es üblich, dass sich kurz vor der Abenddämmerung die Sadhus, die sich eines großen Ansehens erfreuen, vor den Tempeln einfinden, um sich ihre Schale mit Nahrung füllen zu lassen.

»Ein Elefant, Mama, sieh doch mal, ein Elefant! Der ist ja süß, Mama, guck doch mal, wie cool!« Pauli war nicht zu bremsen. Dieser Tempelelefant war aber auch ganz besonders. Er hatte eine wunderschöne Zeichnung. Außer seinem normalen Dickhäutergrau war er am Kopf, den Beinen und am Rüssel von einem ganz zarten Rosa mit dunklen Pünktchen gesprenkelt. Teile des großen Kopfes und die Ohren waren mit geheimen Zeichen bemalt. Alle Frauen der Gruppe ließen sich mit ihm zusammen fotografieren. Natürlich für Rupien – die Besucher legten sie in den Pünktchenrüssel, und der Elefant warf sie gekonnt und treffsicher seinem Führer in einen Korb. Danach hob er seinen Rüssel wie einen Duschkopf über den Kopf des Spenders und war bereit für das begehrte Foto.

»Igitt! Der hat mir auf den Kopf gerotzt!« Pauli schüttelte sich vor Ekel, den sie jedoch ganz schnell wieder vergaß, als sie zusammen mit ihrer Mutter auf dem grauen Riesen eine Runde durch den Tempelhof reiten durfte. Natürlich wollte der getüpfelte Elefant dafür ein paar Extrarupien haben. Er war ein talentierter Profibettler und seinem Herrn treu ergeben.

Und dann war es so weit, alle hatten sich eingedeckt mit Blumenketten und Kokosnüssen als Opfergaben für die Götter. Für Shiva und Shakti, für Murga, den zweiten Sohn Parvatis, und für Ganesha, den niedlichen, verspielten Gott, der wegen seiner Vernaschtheit und Tollpatschigkeit so sehr geliebt wurde.

Ihre Schuhe hatten sie in einem extra Raum am Eingang abgegeben, und so betraten sie barfuß und in ihren schönen indischen Gewändern, mit Blumen geschmückt, einen der bedeutendsten Tempel Indiens, der der hinduistischen Gottheit Shiva geweiht war.

Der Haupt- und die Nebentempel mit ihren Gärten, den Rundgängen und Höfen lagen im goldenen Licht der untergehenden Sonne. Was für ein berührender und faszinierender Anblick, was für eine wunderbare Atmosphäre, die es vorübergehend vermochte, die menschlichen Seelen von ihren dunklen Schatten zu befreien. Susanne, die schon so oft hier gewesen war, erlag immer wieder der Faszination dieses Zaubers.

Der *Vimana*, der pyramidenförmige siebzig Meter hohe Turm im Zentrum der Anlage, reflektierte das tief stehende Sonnenlicht und legte es wie eine rotgoldene kostbare Stola über den weitläufigen Gebäudekomplex.

Es wimmelte jetzt nur so von Besuchern und Gläubigen. Susanne und Katharina versuchten, ihre Gruppe zusammenzuhalten. Katharina klatschte in die Hände. »Durch Susannes gute Beziehungen haben wir alle die Gelegenheit, mehrere Opferrituale, man nennt sie *Pujas*, zu besuchen. Normalerweise bekommen Touristen diese Bereiche des Tempels niemals zu sehen. Es gibt sogar Inder, die von einer solchen Gelegenheit, wie wir sie haben, nur träumen können.«

»Aber seht euch vorher unbedingt die tollen Fresken aus der Epoche der Cholas an den Innenwänden des Sanktums an«, übernahm Susanne das Wort. »Dort sind die verschiedenen Inkarnationen Shivas abgebildet. Von Shiva als Nataraja, ihr erinnert euch, das ist der Tänzer, sind einhundertacht verschiedene Tanzpositionen dargestellt. Nehmt euch Zeit für die beeindruckenden Malereien, die riesigen Skulpturen und die anderen Wandreliefs in ihrer ungeheuren Fülle und Perfektion. Ich muss meinen Fuß etwas schonen und gehe deshalb nicht mit. Wir treffen uns in einer Stunde im Säulenpavillon vor dem großen Shiva-Tempel, in dem Shivas Begleittier zu sehen ist.«

ϭ ϭ ϭ

»Ich weiß, was die Eier beim Stier sind, und ich weiß auch, warum du sie anfassen willst!«

Martina zuckte zusammen. Sie war gerade an Nandi, dem Stier, der der Legende nach dem Gott Shiva als Begleittier gedient hatte, vorbeigeschlendert und hatte sich etwas nach oben gereckt, da die Statue drei Meter hoch war. Sie hatte nicht damit gerechnet, dass Pauli hören könnte, was sie Joe zuflüsterte.

»Du bist so ein Freak, Mama, sag doch einfach Hoden, das ist das korrekte Wort. Und damit du es nur weißt, flüstern kannst du gar nicht mit deiner lauten Stimme. Ich höre immer, was du sagst.« Pauli kicherte und strich sich ihr feuchtes Haar aus der Stirn.

Martina wusste nicht, ob die Röte im Gesicht ihrer Tochter von der Hitze kam oder sie etwa doch ein bisschen verlegen war.

»Und!«, Pauli hob den Zeigefinger, »man soll ihn unauffällig dort berühren, das öffnet angeblich die Energie für Shiva und Shakti, erlaubt den spirituellen Zugang«, fügte sie altklug hinzu. »Von wegen unauffällig, du springst natürlich an ihm hoch, sodass alle es sehen können, wie du nach seinen Hoden grapschst.« Pauli grinste frech.

Martina spürte, dass sie anlief wie eine hochreife Tomate. Pauli machte, dass sie aus der Gefahrenzone kam, und steuerte auf Bernarda zu.

Joe konnte sich kaum das Lachen verkneifen. »Wie alt ist sie? Acht? Nicht zu fassen! Wie kommst du nur zu so einem Kind? Sie ist einfach umwerfend.«

»Ich verrate dir ein Geheimnis, Joe. Die unbefleckte Empfängnis war es nicht, aber der Mann war es nicht wert, Vater von Pauli zu werden. Er ist abgehauen und soll dort bleiben, wo der Pfeffer wächst. Wir brauchen ihn nicht.«

»Oh, oh, darüber solltest du vielleicht doch noch mal nachdenken. Ich bin auch ohne Vater aufgewachsen, und ich habe sehr darunter gelitten, dass meine Mutter ohne Respekt und Achtung von ihm gesprochen hat. Ich hab das irgendwie auf mich bezogen, so als ob ich dadurch weniger wert sei. Später erst habe ich gemerkt, dass sie recht hatte. Er war ein Arschloch, aber ich hätte das lieber beizeiten selbst herausgefunden. So habe ich ihn mein Kinderleben lang glorifiziert und vermisst.«

»Am Anfang war es hart für mich, so ganz alleine dazustehen. Meine Familie war entsetzt über meine Schwangerschaft, sie waren sauer und nicht bereit, uns zu helfen. Wir beide haben das ganz alleine geschafft, wir sind ein gutes Team geworden. Pauli ist das Beste, was mir im Leben passieren konnte. Sie ist mein kleiner Buddha, sie sagt mir immer, wo's langgeht.«

ʊ ʊ ʊ

Francine wollte sich von den anderen entfernen, da hakte sich plötzlich Katharina bei ihr unter. »Hey, nicht weglaufen! Ich kann ja verstehen, dass du lieber allein diese Tempelatmosphäre erleben willst, aber ich finde, du solltest bei der Gruppe bleiben. Vor allem nachher während der Pujas möchte ich, dass ihr alle zusammenbleibt.«

Francine hatte sich einer alten Bettlerin zugewandt und steckte ihr ein paar Rupien zu.

»Darf ich dir einen Tipp geben? Du musst das unauffälliger machen. Siehst du den Typen da vorne? Der hat dich genau im Visier, und sobald wir außer Sicht sind, wird er der Frau das Geld wieder abknöpfen. Der ist wie ein Zuhälter, er schreckt auch vor Gewalt nicht zurück.«

»Oh, das habe ich nicht gewollt.« Francine war erschrocken. Wer denkt aber auch hier, in einem Tempel, an so etwas?

»Ich hab ein paar gute Tricks drauf, um diese Dreckskerle auszubooten. Den alten Frauen hier geht es wirklich dreckig, und sie können jede Rupie dringend gebrauchen.«

Francine entschlüpfte ein Seufzen.

Katharina sah sie kritisch an. »Dir geht es schlecht, seh ich das richtig? Möchtest du darüber reden?«

»Nicht hier, danke, Katharina. Du musst dich um die Gruppe kümmern. Aber lieb, dass du mich fragst. Vielleicht hast du ja während der Fahrt mal Zeit zum Reden.«

»Klar, das machen wir. Aber wie ist das heute? Fühlst du dich stark genug für die Pujas? Du bist sensibel und spirituell, aber körperlich nicht gerade gut drauf. Gerade für dich kann das ein sehr aufwühlendes Erlebnis werden. Versprich mir, dass du die ganze Zeit in meiner Nähe bleibst. Bitte!«

Katharina berührte Francine nur ganz zart an ihrer Schulter, und schon zerrten deren Emotionen sie im Zickzack durch den Augenblick.

»Da, schau, das ist die andere Seite, dieses Bild ist so symptomatisch für dieses Land.« Katharina wies auf eine alte Bettlerin, die in Lumpen gehüllt am Boden saß. In der einen Hand hielt sie ein Handy, in das sie mit weit geöffnetem zahnlosem Mund lauthals hineinschrie, die andere Hand hielt sie hoch, die Handfläche nach oben gerichtet in der typischen Geste des Bettelns um eine milde Gabe.

Das Lachen sprang Katharina und auch Francine so unvermittelt an, dass sie sich abwenden mussten, um die alte Frau nicht zu brüskieren.

»Das ist so komisch und gleichzeitig so traurig«, brachte Francine mühsam hervor.

Sie lachten Tränen. Francine kam es vor, als seien sie zwei alberne Schulmädchen auf dem Schulweg. So nahe lagen hier Lachen und Weinen beieinander.

Langsam gesellten sie sich zu den anderen. Es wurde Zeit, zum Treffpunkt zu gehen.

»Super! Gut so! Und jetzt musst du nur noch das andere Bein heben, dann kommst du in den Himmel, bei all der Religiosität hier. Ach nee, Himmel stimmt ja hier nicht, hier wirst du reinkarniert als…« Joe zog die Stirn in Falten und beobachtete Anna-Marie, die vor einem Fresko mit einer Tanzposition Natarajas auf einem Bein stand, sich nach vorne beugte und dabei hinter ihrem Rücken den rechten Fuß fasste und nach oben hob. »Was möchtest du sein, wenn du wiedergeboren wirst, Schwein, Schlange oder Huhn?«

Sie giggelten und kicherten.

»Wenn ich schon die Wahl habe, dann als Hahn, endlich mal das Leben mit Testosteron-Turboantrieb genießen.«

Francine und Katharina waren dazugekommen.

»Jeweils eine Frau aus der Gruppe darf den einzelnen Göttern die Opfergaben darbieten. Leo opfert Ganesha. Anna-Marie, du wolltest Shiva, Francine habe ich für Shakti vorgesehen, und jetzt suche ich noch eine Frau für den Shiva-Lingam«, sagte Katharina.

»Ist das nicht der Phallus von Shiva? Dann muss unbedingt unsere italienische Grande Dame das Opfer bringen. Sie liebt Penisse in allen Erscheinungsformen.« Joe prustete ausgelassen und laut los, und Francine stieß sie in die Seite, die Leute drehten sich schon zu ihnen um.

Katharinas Mundwinkel zuckten ebenfalls, doch sie musste da unbedingt etwas richtigstellen. »Das Linga hier im Tempel ist eines der bekanntesten. Es ist vier Meter hoch, besteht aus geschliffenem Basalt und steht im Sanktum des Vimana, im Heiligtum des pyramidenförmigen Turms. Mich ärgert es, dass, je mehr die östlichen Weisheitslehren auch den Westen erobern, solche oberflächlichen und oft sogar sexistischen Unwahrheiten verbreitet werden.«

Katharina mochte Joe sehr, sie hielt sie für eine sehr kluge Frau, doch jetzt schoss sie ihr einen Blick entgegen, der diese schuldbewusst zu Boden blicken ließ.

»Den Shiva-Linga als Penis zu bezeichnen ist einfach zu platt, er wird assoziiert mit der männlichen Schöpferkraft, man interpretiert ihn auch als Symbol des Phallus. Er wird als Gottheit verehrt. Wie um alle anderen Götter ranken sich tausend Geschichten auch um seine Gestalt. Einer bekannten Legende zufolge wird der Lingam zudem als Feuersäule bezeichnet, in der Shiva auf die Erde gekommen ist.«

»Darf ich ihm das Opfer bringen? Ich habe mich sehr mit dieser Symbolik auseinandergesetzt, es würde mir sehr viel bedeuten.« Isabelle, eine bildschöne und sehr zurückhaltende junge Yogalehrerin aus Wien, war mit einigen anderen Frauen zu der kleinen Gruppe um Katharina gestoßen.

»Okay, dann hätten wir das geklärt, dann geht es jetzt los.«

Es war finster im Tempel, Tausende von Butterlämpchen brannten, verrußten die Luft und warfen geheimnisvolle Schatten von Skulpturen und Säulen an die verräucherten dunklen Wände.

Joe ging Hand in Hand mit Francine. Joe war in Urlaubslaune, sie war hier viel entspannter als in ihrem Alltagsleben. Vielleicht wirkte sie in den indischen Gewändern auch weniger streng als in ihren Businessklamotten, auf jeden Fall wirkte sie jünger. Und irgendwie stach sie den ganzen Tag schon der Hafer.

»Wie hast du eigentlich Bernarda den Vibrator überreicht? Wir haben da nie drüber geredet.«

»Ach das, irgendwie hatte ich das fast schon vergessen.« Francine grinste, als sie sich an die Situation erinnerte. »Ich habe sie angerufen und gefragt, wann ich das Teil vorbeibringen kann. Da ist sie total ausgeflippt. So sei das nicht gemeint gewesen, sie wolle das Ding auf keinen Fall haben, es sei ihr nur darum gegangen, dass ich die Aufgabe erledige, und das hätte ich ja getan. Auf die Frage, woher sie denn wisse, dass ich den Auftrag wirklich erledigt hätte, brüllte sie mich an, ich sei spitzfindig und hinterhältig, und knallte den Hörer auf. Ich habe sie dann abgepasst, als sie mit einem ihrer Lover nach Hause kam. Ich wartete, bis sie drinnen waren, hab das Päckchen vor die Wohnungstür gestellt, geklingelt und bin abgehauen.«

»Und du hast dir vorgestellt, wie sie das Päckchen in Anwesenheit des Jungen öffnet und wie sie sich vor Verlegenheit windet. Gib's zu, Francine. Das war aber wirklich sehr hinterhältig von dir. Chapeau, das hätte ich dir nicht zugetraut.«

Francine schmunzelte. Die beiden Frauen bemühten sich, bei der Gruppe zu bleiben, und sehr bald wurde auch Joes ausgelassene Stimmung von der geheimnisvollen Atmosphäre des Tempels verschlungen.

Die rauchige Luft, die in den Augen brannte, war erfüllt von einem permanenten Gemurmel, das immer mehr anschwoll. Aus Lautsprechern tönten von überall her Mantrarezitationen. Die dunklen Gänge der Tempelanlage mit den vielen Nischen waren wie ein Labyrinth, in dem man leicht die Orientierung verlieren konnte.

Viele der Frauen hielten sich an den Händen, Katharina und Susanne bemühten sich, niemand aus den Augen zu verlieren.

In einem dunklen, engen Raum, der eher einer Höhle glich und zu dem man einige Stufen hinabsteigen musste, legte eine der Frauen ihr Blumenopfer nieder. Sie kniete vor der Statue des Murga, Sohn der Parvati, und empfing die Segnung des Priesters, der die heiligen Handlungen der Zeremonie durchführte. Er murmelte leise all ihre Namen, die die Frauen der Gruppe ihm vorsagen mussten, berührte sie und malte jeder von ihnen ein Aschezeichen auf die Stirn. Dabei rezitierte er heilige Texte, und viele der Gläubigen wiederholten die Worte, die so viele Tausend Jahre alt sind.

Der Tempel, in dem die Ganesha-Statue stand, war größer, doch ebenso dunkel, heiß und stickig. Ganesha galt als der Gott des Wohlstands, und die vielen lustigen Geschichten über diesen verspielten und drolligen Kindergott machten ihn sehr beliebt. Viele Gläubige drängten in den Raum, die verräucherte Luft machte das Atmen schwer.

Francine wurde eng an Katharina gedrückt. Die Nähe war ihr unangenehm, und dennoch vermittelte sie ihr ein Gefühl von Sicherheit. Sie würde sehr einsam sein am Ende dieser Reise in einem fremden Land ohne einen vertrauten Menschen in ihrer Nähe. Immer wieder kamen ihr Zweifel an der Richtigkeit ihrer Entscheidung. Doch sie brauchte sich nur an die letzten Szenen mit ihrer Familie zu erinnern, und schon wusste sie, dass alles richtig war. Bliebe doch wenigstens eine ihrer Freundinnen bei ihr. Doch das waren Hirngespinste, sie hatten alle ihr eigenes Leben, weit weg von Indien.

Die Opferzeremonie hatte begonnen, ein anderer Priester zelebrierte das Ritual. Er nahm die Opferlämpchen, die Blumenketten und die geschmückten Kokosnüsse von Leo entgegen. Er zertrümmerte die Kokosnüsse, dass die Milch nur so spritzte. Der Boden war übersät von einer klebrigen und muffig riechenden Masse von Blumen, Nussschalen, Fruchtfleisch, Obst und anderen undefinierbaren Opfergaben. Der dicke nackte Bauch des Priesters wogte über dem Dhoti, dem typischen Beinkleid der Inder, den er um die Hüften geschlungen hatte, als er mit dröhnender Stimme die heiligen Texte sang.

»Was für eine Verschwendung! Schade um die schönen Lebensmittel. Was für köstliche Sachen hätte ich damit machen können. Für so viele hungernde Menschen!«, empörte sich Babette, die, von der Menschenmenge geschoben, neben Francine aufgetaucht war. Sie legte den Arm um Francine, deren Beine sich ziemlich wacklig anfühlten und die sich an ihren weichen Busen sinken ließ. Dankbar sog sie Babettes vertrauten Duft ein, bevor diese so fremdartige, erregend mystische Welt sie wie in einem Strudel verschlang. Babette erdete sie, wie schon so oft in ihrem Leben.

Durch die finsteren Gänge folgten sie dem Sog in die allerheiligsten Bereiche. Die Gruppe um Katharina und Susanne stand eng aneinandergedrängt im Tempel der Shakti. Die Frauen hatten Tränen in den Augen, als Francine sich vor der Göttinnenstatue niederließ und die Stirn auf den Boden legte in einer Geste voller Hingabe und Demut.

Sie fühlte sich in diesem Augenblick tief verbunden mit der Göttin, die den weiblichen Aspekt allen Lebens in dieser Welt symbolisierte.

Der Priester schien ihre Verbundenheit und ihre Verzweiflung zu spüren. Er kniete sich neben sie, und als sie sich aufrichtete, sah er ihr in die Augen, verharrte in dieser Position, berührte lange ihre Stirn und malte ein rotes Bindi dorthin, wo der Sitz des dritten Auges, der Sitz von Ajna-Chakra, sein soll. Im Sanskrit bedeutete Bindu »der Tropfen«.

Francine erhob sich, sah noch einmal auf die Göttin und ließ sich Arm in Arm mit Babette von der Menge der Gläubigen, ohne jegliches Empfinden für Zeit und Raum, in das Heiligtum, das Sanktum des Shiva-Tempels, schieben, wo sie den Opferritualen für Shiva und den Shiva-Lingam folgten.

Anna-Marie brachte Shiva ihr Opfer, und Francine staunte, wie gefasst sie war, ausnahmsweise keine Tränenflut. Doch es war nicht zu übersehen, wie blass und ernst sie war, wie abwesend und durchscheinend.

Isabelle opferte dem riesigen Shiva-Lingam, und es war eine Augenweide, diese schöne junge Frau im Sari, mit Blumen geschmückt, in ihrer Andacht zu sehen, wie sie dem Ritual folgte, in dem Ghee, Sandelholzöl und Milch über das Lingam gegossen wurden. Auch die Inder sahen gebannt zu der jungen Europäerin, die mit solcher Hingabe Shiva-Lingam verehrte, und in der Akustik des hohen Raumes schwoll der Sprechgesang an. Francine war überzeugt, dass sich niemand, auch keiner der Skeptiker und Ungläubigen unter ihnen, dieser unfassbar emotionalen Ergriffenheit zu entziehen vermochte. Hier konnte man spüren, alle und alles ist eins.

Die Frauen verließen das Tempelgelände in einem tiefen Schweigen, dem etwas Magisches innewohnte. Sie verteilten noch ein paar Rupien an die Bettler und gingen zu dem Bus, wo Raja auf sie wartete.

Bernarda war die Letzte auf dem Weg zum Bus. Sie trug eine süße, aber schwere Last. Pauli war bei einem der Rituale eingeschlafen, und Martina hatte sie huckepack getragen. Für die letzte Strecke hatte sich Bernarda angeboten.

Da trabte auf einmal Joe neben ihr her. »Für dich muss das hier doch das Paradies sein.«

»Wie meinst du das?«

»Na, die vielen Penisse hier!« Sie provozierte sie offenbar absichtlich. »Schau, dort haben sie sie extra angestrahlt. Wusstest du, dass zweihundertfünfzig große Lingams in die Mauer rund um den Tempel integriert sind? Da schlägt dein männermordendes Herz doch sicher höher, oder?«

Bernarda atmete schwer. Mit Pauli auf ihrem Rücken war ein Ausweichen unmöglich, und Joe nutzte die Situation gnadenlos aus.

»Warum lässt du mich nicht einfach in Ruhe, Joe? Du langweilst mich.«

»Ich finde, du solltest dich bei Francine entschuldigen. Du hast sie mit deiner blöden und kindischen Mutprobe in eine unmögliche Situation gebracht, noch dazu mit ihrer schweren Krankheit.«

»Kein Mensch wusste damals, dass sie krank war. Außerdem, warum spielst du dich eigentlich so auf? Bist du ihre Anwältin, oder was?«

»Nein, ich bin ihre Freundin! Das wiegt viel schwerer, und ich lasse dich nicht eher los, bis du tust, wozu jedes Kind fähig wäre.«

Pauli nuschelte im Schlaf vor sich hin.

»Sie wüsste das.«

»Hau einfach ab und weck das Kind nicht auf!«

Joe entfernte sich. Sie murmelte im Weggehen herausfordernd: »Zweihundertfünfzig große, kostbare, blumenbekränzte Lingams, wie überaus erregend.« Sie kicherte und verschwand in den Schatten des Tempelhofs.

Wie primitiv! Und doch spürte Bernarda ein leises Ziehen

in ihrer Brust, wenn sie an Francine dachte und das, was sie ihr zugemutet hatte.

Leo ließ ihren Blick über die Frauen gleiten. Auch im Bus, der durch die schwüle indische Nacht rumpelte und sich mühsam seinen Weg zurück auf teilweise unbeleuchteten Straßen suchte, herrschte ein tiefes Schweigen. Die Nacht war schwarz, in kleineren Siedlungen leuchteten die Holzfeuer der primitiven Grills, die vor jeder Hütte standen, in größeren Orten blendete das grelle Licht der Leuchtreklamen. Im Bus saßen die meisten Frauen allein, viele hatten ein Tuch um den Kopf gebunden, man hätte denken können, dass sie schliefen.

Martina und Pauli lagen ineinander verschlungen in ihrem Sitz, und Pauli gab schnarchende, schmatzende Geräusche von sich.

Der Tag war lang und anstrengend gewesen, sie hatten viel Neues und Aufregendes erlebt.

Leo spürte eine Fremdheit, die nicht nur mit der räumlichen Entfernung zu ihrer realen Welt zusammenhing.

Das Licht war hier so anders. Die Farben des Himmels, wenn der Tag zu Ende ging, und der Sternenhimmel waren so anders.

Die Menschen, die in unvorstellbarer Armut lebten und die dennoch Zufriedenheit und Freundlichkeit ausstrahlten, waren anders. Sie hatten ein Lächeln für die Fremden, das auch ihre Augen erreichte, es kam von Herzen.

Die Konfrontation mit dem kompromisslosen, tiefen Glauben der Menschen hier war gewaltig.

Man hörte so oft das Wort AURA. Hier, in den Tempeln, hatte das Wort seine Berechtigung. Hier hatte Leo diese gewaltige spirituelle Ausstrahlung und Präsenz gespürt. Starke Emotionen setzen ungeheure Energien frei, und genau das war es, was sie fast körperlich spürte, sie konnte sich den Spuren nicht entziehen, die Millionen von Gläubigen in diesen Tempeln hinterlassen hatten, hier hatten sie sich fühlbar materialisiert.

Leo hatte auf dem Rückweg vom Tempel geweint wie schon seit Jahren nicht mehr. Sie hatte es nicht kontrollieren können, das Schluchzen war aus ihr herausgeströmt.

Sie war davon überzeugt gewesen, ihre vierundsiebzig gelebten Jahre auf diesem Planeten hätten sie abgeklärt werden lassen. Auf diese Wucht der Gefühle war sie nicht vorbereitet.

Katharina hatte sie aufgegabelt und sich im Bus zu ihr gesetzt. Sie hatte ihre Hand gehalten und abgewartet, bis das Schluchzen aufgehört hatte und Leo wieder fähig war zu reden.

»Zu blöd!«

»Gar nicht blöd!«

»Aber gerade ich …«

»Ja, gerade du …«

»Ich bin Naturwissenschaftlerin!«

»Eben drum!«

Leo sah Katharina erstaunt an. »Ich habe mich gefreut, dass ich die Opfer für den herrlichen Ganesha bringen durfte, und bin in diese Zeremonie gegangen wie ein Kind, das weiß, dass es das Christkind ja eigentlich nicht gibt, das aber trotzdem auf ein Wunder wartet. Das heißt, so ein winziges Ganesha-Erlebnis hatte ich schon erhofft, und was war? Nix! Absolut nix!«

»Ach, und ich dachte …«

»Nein. Nicht Ganesha; während der Puja im Shakti-Tempel hat es mich kalt, nein, besser heiß erwischt mit einer in ihrer Intensität nicht für möglich gehaltenen Wahrnehmung von einem glühend heißen Funkenregen. Ich hatte das Gefühl, dieses strahlende Licht durchströmt nicht nur meinen Körper, sondern mein ganzes Wesen, es füllte mich völlig aus.«

»Du weißt schon, dass es einige Physiker gibt, die im Zuge ihrer wissenschaftlichen Arbeit Erkenntnisse beschrieben haben, die sie zurück zu ihrer Religion, einer anderen Religion oder einer anderen spirituellen Praxis geführt haben?«

Leo nickte. »Hab davon gehört, ja.«

»Vielleicht kennst du es ja, es gibt ein Buch von dem Physiker Fritjof Capra, in dem er dieses Phänomen, das du erlebt hast, ziemlich genauso beschreibt. Er schrieb: ›Als ich mir plötzlich meiner Umgebung als Teil eines gigantischen kosmischen Energie-Tanzes bewusst wurde, wusste ich, dass dies der Tanz Shivas war, des Gottes der Tänzer, den die Hindus verehren.‹«

»Danke, Herr Capra, genau das war es!« Leo war jetzt wieder ganz die Alte. »Besser hätte ich es nicht formulieren können, doch der kleine Unterschied zwischen ihm und mir ist der, dass es mir die Göttin der Weiblichkeit angetan hat. Genauso wie im wirklichen Leben.«

Katharina schaute Leo aufmerksam an. »Ich hab mir so was schon gedacht. Bist du mit Joe zusammen?«

»Nicht mehr, leider, das ist eine alte, wunderschöne Geschichte. Joe ist wie ein Schmetterling, sie pendelt zwischen den Geschlechterwelten. Aber wir sind sehr gute Freundinnen geworden«, sagte sie etwas bedauernd, so ganz war die Geschichte für sie nicht abgeschlossen.

»Geht es dir jetzt besser?«

Leo nickte. »Ich hatte nicht damit gerechnet, aber ich bin glücklich darüber, dass die Göttin mein Leben um diese Facette außergewöhnlicher Erfahrungen in Indien bereichern wird.«

»Fixiere dich lieber nicht so auf Shakti, denn da, wo sie ist, ist Shiva nicht weit«, erwiderte Katharina augenzwinkernd. »Wir mit unserem überwiegend analytischen Denken bekommen diese Götterwelt nicht so richtig sortiert. Bei den Indern, vorwiegend hier im Süden, leben die Götter mit ihnen zusammen in ihrem Dorf, in ihrer Hütte. Es gibt hunderttausend wunderbare und grausame Geschichten von allen Göttern. Für die einfachen Menschen hier sind es Götter zum Anfassen. Doch dabei geht es lediglich um Lebenskonzepte. Bei dem Shiva/Shakti-Mythos geht es allein um das Konzept der Polarität. Shiva repräsentiert die in sich ruhende männliche Kraft, deren Unveränderlichkeit den Fortbestand der Menschen sichert. Und Shakti verkörpert die energetische Mobilität, die Handlungskraft im Erschaffen, die Bewegung, das Leben. Das ist jetzt nur ein kurzer Abriss. Du kennst sicher auch die unterschiedlichen Erscheinungsformen und ihre Deutungen.«

»Schon, aber das Thema ist sehr interessant. Sprich bitte weiter.«

»Weißt du, es erstaunt mich, dass du das Shakti-Erlebnis hattest, dass du das zugelassen hast, keinen Widerstand gegen die weibliche Energie aufgebaut hast. Entschuldige, ich weiß, du bist Psychiaterin, du kennst dich sicher viel besser in diesem Metier aus als ich, aber bei sich selbst hat man manchmal ein Brett vor dem Kopf. Das weiß ich aus eigener Erfahrung. Deine Vorliebe für die unbestritten sehr charmanten und attraktiven Accessoires im Raubkatzenlook wirkt auf mich, als würdest du deine Weiblichkeit unter dem Fell eines gefährlichen Raubtiers verstecken, damit bloß alles schön sortiert bleibt. Was wäre denn, wenn du dich plötzlich mal in einen Mann verlieben würdest?«

Leo lachte hellauf. »Danke, dein Bekehrungsversuch in allen Ehren, aber soll ich dir ein Geheimnis verraten? Obwohl ich das Thema nach Joe eigentlich schon abgeschlossen hatte, habe ich mich hier noch einmal verliebt. In eine Frau. Und wenn ich die Zeichen richtig deute, dann ist das nicht ganz einseitig. So einfach ist das.«

»Wie sehr mich das freut«, sagte Katharina herzlich, drückte Leo kurz, stand auf und ging nach vorne zu ihrem Platz neben Susanne. Der Bus fuhr gerade am Hoteleingang vor.

Das Tor zum Paradies

»Blöde Currys! Ich kann sie nicht mehr riechen. Ich sehne, sehne, sehne mich nach Nudeln!« Pauli drehte sich vor dem aufgebauten Frühstücksbüfett im Kreis. Sie drehte Pirouetten, dass ihre Flipflops quietschten, und es fehlte ihr nur noch ein rosa Tutu.

Martina lachte und bediente sich bei den Currys, die hier im Hotel grenzwertig scharf gewürzt waren. Die Auswahl war, je weiter südlich sie gekommen waren, weniger üppig, das Essen landestypischer geworden.

»Hier, nimm dir doch von den Fladenbroten und iss von dem Bananen-Raita dazu.« Sie drückte Pauli kurz an sich. »In ein paar Tagen sind wir wieder zu Hause, dann koche ich drei Tage hintereinander Nudeln für dich, meine Süße.«

»Cool! Einen Tag Spaghetti mit Tomaten, einen Tag Gemüselasagne und einen Tag Makkaroni.« Pauli rollte ihre Zunge zusammen und demonstrierte, wie sie mit den Makkaronis die Soße schlürfen würde.

»Hey, du machst ein perfektes *sithali*. Weißt du, was das ist, Pauli?« Katharina hatte einen Chai in der Hand und ließ ihren Blick etwas unentschlossen über das indische Frühstück schweifen.

»Klar weiß ich das, das ist eine Atemübung für wenn's zu heiß ist draußen oder für die Wechseljahre. Stimmt doch, Mama, oder?« Alle grinsten, vor allem Martina.

»Ich schwänze heute, ich bleibe hier und versuche, die Küche zu rocken, und dann werde ich sehen, was ich für dich tun kann, Pauli. Vielleicht lassen sie mich ja Nudeln für dich machen.« Babette war aufgekreuzt. Sie fühlte sich nicht besonders und wusste nach dem morgendlichen Blick in den Spiegel, dass sie schrecklich aussah. Ihre Marzipanhaut war grau, sie hatte Ringe unter den Augen, und sie bewegte sich so schwerfällig wie eine Schildkröte.

»Was ist los mit dir, Königin der Küche?« Anna-Marie sah sie fragend an.

»Ach, ich hab nicht geschlafen.«

»Du? Ich glaub's ja nicht. Max sagt, du schläfst noch, wenn das Haus abbrennt.«

Sie setzten sich an einen Tisch.

»Ich hab Albträume«, flüsterte Babette, »ich träum von Helene.« Sie stocherte lustlos auf ihrem Teller herum. Alarm! Das war ein massiver Hilfeschrei. Wenn ihr der Appetit abhandenkam, war es ernst.

»So schrecklich ist sie doch auch wieder nicht. Immerhin wohnst du ja seit Jahren mit deiner Mutter unter einem Dach.«

»Das allein ist ja schon ein Oberalbtraum.« Babette grinste dünn. »Nein, im Traum sehe ich ihr Skelett tief unter mir in einer Grube liegen. Ich hab den Traum schon ein paarmal gehabt. Das ist doch schrecklich, sie ist doch meine Mutter. Ich glaub, diese ganze Göttergeschichte hier ist nix für mich. Es macht mich einfach nur depressiv.«

»Ich versteh nicht, warum du dich so aufregst. Im Wachzustand machst du doch was ganz Ähnliches. Du schreibst einen Thriller, in dem sehr alte Frauen reihenweise auf grausamste Art abgemurkst werden. Da muss man ja nicht Psychologe sein, um zu wissen, was das heißt! Sprich doch mal mit Katharina darüber oder mit Leo. Die kann dir bestimmt was dazu sagen, die ist doch die Seelentussi!« Anna-Marie hatte Joe entdeckt und stand vom Tisch auf. Sie musste Joe dringend was fragen. Sie murmelte »entschuldige«, und weg war sie.

ᘔ ᘔ ᘔ

Sie waren unterwegs nach Trichy, so wurde die Stadt Tiruchirapalli genannt, zur Tempelinsel Srirangam. Für die fünfundfünfzig Kilometer würden sie auf der schlechten Straße Stunden benötigen. Raja war in seinem Element, er hopste auf seinem Sitz herum und navigierte den Bus wie ein Cowboy, der ein Wildpferd einreitet.

»Unterwegs sein in Indien!« Katharina saß neben Francine. »Ich komme jetzt schon so lange hierher, und immer wieder muss ich diese Ungeduld in mir zügeln. Es dauert genau einen Tag, bis ich nicht mehr nur schnell von Punkt A nach Punkt B kommen will, sondern es genieße, einfach nur durch die Gegend zu schaukeln und zu beobachten. Da! Schau! Wie zauberhaft!«

Eine Hütte, armselig, mit Palmblättern gedeckt. Die Hütte war umgeben von Reisfeldern, sie war so niedrig, dass kein Mensch darin aufrecht stehen konnte. Statt einer Tür gab es nur ein großes Loch. Eine junge Frau wand sich gebückt aus dieser Öffnung. Sie trug einen wunderschönen, prächtigen, farbenfrohen Sari. Sie richtete sich auf, der Sonne entgegen, entfaltete sich wie ein Schmetterling, der aus der Raupe schlüpft. Sie stand einfach nur da, in der Haltung einer Königin, und die Hütte verwandelte sich, sie sah auf einmal viel weniger schäbig aus!

Francine wusste mit Tränen in den Augen, dass sich diese Szene tief in ihr einprägen würde.

Katharina wandte sich ihr zu. »Das wird eine sehr schwere Zeit für dich werden. Für einen Urlaub ist Indien ja wirklich toll, aber zum Leben, ich weiß nicht. Mit der Zeit vermisst man dann doch ein wenig den Komfort. Und du wirst ganz allein sein. Du weißt nicht, wie sich die Krankheit entwickelt. Ich bin froh, dass Susanne einen Platz für dich gefunden hat. In Auroville leben außergewöhnliche Menschen mit außergewöhnlichen Schicksalen. Du wirst dich dort sicher wohlfühlen. Dort herrscht eine Atmosphäre großer Menschlichkeit, genau wie Aurobindo es sich einst erträumte.«

Sie schwiegen eine Weile.

»Willst du mir erzählen, wie es dazu kam, dass deine Familie so stark auseinanderbrach, dass sie überhaupt kein Mitgefühl für dich aufbringt, dich im Grunde hängen lässt?«

Francine nickte.

»Aber wirklich nur, wenn du dich gut genug fühlst. Vielleicht hilft es dir ja, wenn du die Dinge mal aussprechen kannst.«

Francine schaute auf die Landschaft, die vorüberzog, erinnerte sich und begann die Geschichte von Alex, Yvonne und sich zu erzählen und wie ihre Familie mittendrin im prallen Leben zerbrach …

»Gleich krieg ich einen Scheidenkrampf«, mindestens zweihundert Mal hatte sie Mula Bandha gemacht, eine Verschlussübung aus dem Yoga/Pranayama. In der Schwangerschafts-Rückbildungsgymnastik wurde damit der Beckenboden trainiert, und im Kamasutra *wird es als Technik für mehr Genuss für Mann und Frau beim Sex beschrieben.*

Alex wusste die Nebenwirkungen ebenfalls sehr zu schätzen. Es geht doch nichts über Muskeln an Stellen, an denen man sie nie und nimmer vermuten würde. Sie grinste, drehte sich um und kurbelte auch das hintere Autofenster nach unten. Achtundzwanzig Grad im Schatten. Sie stand schon seit einer gefühlten Stunde in der brütenden Nachmittagssonne im Stau, und seit einer Viertelstunde ging gar nichts mehr. Von überall her tönte Musik, die meisten Wagentüren standen weit offen, einige Leute waren aus ihren Autos gestiegen und liefen mit Wasserflaschen auf der Autobahn herum, um zu sehen, was weiter vorn los war.

»Idioten.« Ein paar Motorradfahrer schlängelten sich durch die stehenden Autos und verpesteten mit ihren Abgasen die stickige Luft.

Francine drehte am Radio herum, und erwischte gerade noch die Verkehrsmeldung: »... fünfzehn Kilometer Stau auf der A 7 wegen eines schweren Unfalls, es wird empfohlen, die Autobahn an der nächsten Ausfahrt zu verlassen und den Umleitungsempfehlungen zu folgen.« Na toll, wie sollte sie wohl zur nächsten Ausfahrt kommen? Querfeldein oder wie?

Ausgerechnet heute. Sie musste Yvonne vom Fechtunterricht abholen und wollte sie zu Babette bringen. Sie durfte heute bei Melly übernachten. Dadurch hatten sie und Alex sturmfreie Bude. Später! Vorher hatten sie sich mit Freunden im Biergarten verabredet, es war das perfekte Biergartenwetter. Sie freute sich riesig. Alex war am Morgen mit dem Motorrad und mit glänzenden Augen zur Arbeit gefahren. Es war der erste richtig heiße Sommertag. Er hatte die Maschine die letzten Tage geputzt und poliert, bis sie glänzte wie neu. »Darf ich dich heute Abend zu einer wilden Fahrt in den Sommer einladen?« Er hatte sich eng an sie gedrängt, und sein stürmischer Kuss hatte sie atemlos und zittrig werden lassen vor Verlangen. Er hatte ihr zugewunken, sich in den Sattel geschwungen und Gas gegeben, dass die Maschine röhrte und aufheulte wie eine Harley. »Kindskopf!«, hatte sie ihm hinterhergerufen. Doch genau für diese Jungenhaftigkeit liebte sie ihn.

»Ratratratratrat« dröhnte es über ihr, und ihr Wagen fing an, in der Luftströmung zu beben – ein Hubschrauber! Das unangenehme Geräusch der Rotorenblätter verband sich mit dem beklemmenden Gefühl einer unbestimmten Angst. Irgendeinen armen Teufel hatte es mal wieder erwischt, womöglich auf einer Fahrt ins verlängerte Feiertagswochenende. Francine hoffte, dass es nieman-

den das Leben gekostet hatte. Sie war nicht besonders religiös, doch ihr Mitgefühl ließ sie an die Betroffenen denken.

Dann ergab sich auf einmal ganz schnell eine Möglichkeit, voranzukommen, einige Autofahrer fuhren auf dem Seitenstreifen, und sie schloss sich ihnen an. Ihrem Gefühl nach dürfte die nächste Ausfahrt nicht sehr weit sein.

Sie erreichte die Sporthalle mit nur wenigen Minuten Verspätung, lud Yvonne ein, die ausgelassen und supergut gelaunt war. Das Training hatte Spaß gemacht, und sie freute sich riesig auf das Mädelstreffen bei Melly und deren Schwester Kathy. Anna-Marie, die Tochter von ihrer und Babettes so früh verstorbenen Freundin Nora, war mit von der Partie, und die vier würden die ganze Nacht nur rumalbern, Musik hören, Klamotten anprobieren und über Jungs quatschen und und und…. Sie freute sich für die Mädchen. Die gepackte Übernachtungstasche ihrer Tochter hatte Francine schon mitgebracht, damit sie gleich weiterfahren konnten.

Francine freute sich auch auf einen kurzen Frauentratsch mit Babette. Yvonnes Mund stand keine Sekunde still, sie war ein sehr fröhliches, temperamentvolles Mädchen, zwölf Jahre alt, beliebt in der Schule und in ihrem Sportverein, dem auch Alex schon seit seiner Kindheit angehörte. Er kümmerte sich um das Nachwuchstraining, sooft es seine Zeit erlaubte. Das war nur leider nicht so oft, wie er sich das wünschte. Alex war Architekt und hatte mit seinem besten Freund ein Architekturbüro aufgebaut. Die Freizeit war knapp bemessen.

Sie hatte geduscht, trug ein neues Top und darunter ein hauchzartes hocherotisches Nichts, oh, là, là, Alex würden die Augen rausfallen – als es klingelte.

»Du bist spät dran, Chérie.« Sie riss die Tür auf. Vor ihr standen ein Mann und eine Frau in Polizeiuniform.

Und ihr Leben verlor seinen Glanz, und nichts mehr sollte so sein, wie es vorher einmal gewesen war.

Alex war nicht tot. Nein.

Er war auch nicht zu schnell gefahren. Er war ein guter Fahrer, einer, der kein Risiko einging. Er fuhr hinter einem Lkw, gefolgt von einem anderen Lkw, dessen Fahrer eingeschlafen war und der das Motorrad mit Alex ungebremst auf den vorderen Laster schob.

Er hatte seine Motorradkluft angehabt und deshalb überlebt. Er überlebte auch, weil die Unfallchirurgen gute Arbeit geleistet hatten. Das Rückenmark war so stark gequetscht und verletzt worden, dass er außer mehrfachen komplizierten Knochenbrüchen und einem Beckenbruch eine tiefe Querschnittslähmung von der Hüfte abwärts davontrug. Er lag ein halbes Jahr in einem Gipsbett und im künstlichen Koma.

Als er erwachte, war er ein Fremder.

Für seine Frau. Für sein Kind.

Und offensichtlich war er auch sich selbst fremd geworden. Alles, was er vorher an Liebe, Humor, Lebensmut und Zärtlichkeit in sich getragen hatte, war weg.

Sein Lachen war gestorben.

Francine wollte es lange nicht glauben. Sie kämpfte mit all ihrer Kraft, ihrer Liebe und all ihrem Mut einen aussichtslosen Kampf. Viele Jahre.

Dabei verlor sie ihren Mann, und sie verlor auch ihre Tochter. Sie kamen beide mit diesem Leben danach nicht mehr zurecht, und Francine schaffte es nicht, sie in das Reich der Lebendigen zu retten.

Die Unfallrente, die Alex erhielt, reichte nicht hinten und nicht vorne, und so arbeitete Francine viel, viel zu viel, um die Lebensgrundlage ihrer Familie zu sichern, wobei sie sich meistens mehr tot als lebendig fühlte. Nur mithilfe ihrer besten Freundinnen verzweifelte sie nicht völlig. Doch keine von ihnen wusste wirklich, wie ihr Leben danach aussah.

Francine erzählte auch, wie es danach bergab ging mit Alex und Yvonne, wie die letzten Monate, in denen sie so sehr die Hilfe ihrer Familie gebraucht hätte, verlaufen waren und wie sie sich schweren Herzens dazu entschieden hatte, alle Kontakte abzubrechen und nach Indien zu gehen.

Katharina war eine gute Zuhörerin, und Francine wusste, dass ihre Geschichte bei ihr sicher war.

Katharina saß lange neben ihr und berichtete ihr von Auroville als moderner Stadt, in der sie ihrem Beruf nachgehen könne. Dort sei es nicht so kompliziert, einen Internetzugang zu bekommen. Die Lebenshaltungskosten seien genauso niedrig wie etwa in Puducherry oder Mamallapuram.

Allmählich wuchs in Francine die Zuversicht, dass sie von dem Geld, das sie hatte, und dem, was sie noch verdienen konnte, lange Zeit in Indien ihren Lebensunterhalt bestreiten konnte.

Tja, mein lieber Krebs, da staunst du, was? Vielleicht überlebe ich dich ja doch. Auf jeden Fall genieße ich hier meine Zeit. Fühl dich nur nicht so verdammt sicher, ich sag's dir noch mal: Verpiss dich endlich! Francine hatte sich angewöhnt, sich mit den Zellen, die in ihr so rasant und unkontrolliert wuchsen, zu unterhalten. Es waren heftige, einseitige Streitgespräche.

ŏ ŏ ŏ

Susanne hatte sich neben Bernarda in den Sitz plumpsen lassen und einfach die abwehrend gehobene Hand der Italienerin ignoriert. Sie wusste nicht, was die Frauen in dieser Gruppe für Probleme mit Bernarda hatten, und es war ihr auch egal. Sie fand diese Frau trotz ihrer abweisenden Art und ihres Eklats in der Hotelbar besonders interessant. Sie schien sich mit Kunst allgemein und, wie man gesehen hatte, ja auch mit indischer Kunst gut auszukennen. Und irgendwie fand sie sie trotz allem sympathisch. Wie sie mit Pauli umging, das war einfach süß, andererseits war das keine Kunst, Pauli brachte alle Herzen zum Schmelzen.

»Warst du schon mal in Indien, Bernarda?«

»Ja, aber das ist schon lange her, das war in einem anderen Leben. Und ich möchte nicht darüber reden.«

»Kennst du die Tempelinsel Srirangam, die wir heute besichtigen?«

»Nein.«

Kommunikativ war sie nicht gerade. Doch Susanne ließ sich nicht irritieren.

»Es ist das größte Vishnu-Heiligtum in Südindien. Die Insel liegt zwischen dem Fluss Kaveri und Kollidam. Der *Raganatha-Tempel* wurde der Legende nach bereits im Zeitalter der indischen Epen gebaut. Der ganze Komplex stellt eine regelrechte Tempelstadt dar, in der innerhalb von sieben konzentrischen Mauern sieben Höfe liegen.«

Susanne sah Bernarda von der Seite an. Sie hörte ihr offenbar interessiert und sehr konzentriert zu, deshalb fuhr sie fort.

»Auf mich wirken die Höfe dieser Tempelstadt wie die Evolution des Menschen, wie die aufsteigenden Chakren. Den Anfang macht der äußere Hof, der quirlig ist wie eine kleine Stadt und den Händlern vorbehalten. Hier findet das elementare Leben statt. Es gibt Familien, die noch niemals diesen Hof verlassen haben. Obst, Gemüse, Gewürze, kleine Garküchen, Schneiderwerkstätten, Kochgeschirr und alle anderen Dinge, die man täglich braucht, werden hier mit viel Geschrei und Hallo angeboten. Es wird gefeilscht, gestikuliert, geschimpft, gedroht, betrogen, gelacht, gegessen und getrunken. Der Torturm, der Hauptgopuram am Südeingang, verkörpert diese elementare Ebene ebenso. Die einzelnen Figuren sind kunterbunt und in ihren Formen sehr sinnlich und prall, das Leben springt einen förmlich an. Man glaubt, einzelne Szenen des *Kamasutra* zu erkennen.«

»Oh, là, là! Jetzt wird es interessant!« Bernarda schien sich zu amüsieren; verspottete sie Susanne etwa?

»Bei Tempelstädten findet man im Allgemeinen diese Türme in alle vier Himmelsrichtungen ausgerichtet, sie wurden erbaut, um den heiligen Bezirk weithin sichtbar nach außen abzugrenzen. Je weiter man kommt, desto weiter entfernt man sich von der grobstofflichen und nähert sich immer mehr der spirituellen Ebene. Im vierten Hof, zum Beispiel in der Tausend-Säulen-Halle, werden viertausend vishnuitische Verse der heiligen Gesänge des Mittelalters rezitiert. Wenn wir Glück haben, sehen wir Tänzer, die zu diesen Gesängen ihre anmutigen Tänze aufführen. Die Tänzer sind die in ganz Indien berühmten Arayars. Die Pferdehalle im nächsten Hof zeigt Riesensäulen mit faszinierenden Skulpturen von Reitern auf sich aufbäumenden Pferden. Das ist total beeindruckend, du solltest dir die Skulpturen unbedingt ansehen.«

Der Bus war auf einen großen Parkplatz gefahren, und Raja hatte Mühe, ihn in die kleine Lücke einzuparken. »Ich muss dann mal, wir sehen uns gleich«, brach Susanne ihren Vortrag ab, stand auf, stieg aus und blickte in das Gewimmel vor der Tempelanlage. Hier warteten Hunderte von Bettlern auf Opfer. Sie wies die Mädels beim Aussteigen an, keinem Bettler, wirklich keinem einzigen Bettler auch nur eine einzige Rupie zu geben, sonst würden sie alle hier in eine riesige Rauferei geraten. Katharina schaute Susanne, die etwas sorgenvoll um sich sah, grinsend an. »Das schaffen wir, give me five!«

Zwei jüngere Frauen aus der Gruppe hatten das Paradies bereits gesehen. Und Anna-Marie wollte es unbedingt auch. Das Paradies sehen. Und sie würde es ebenfalls schaffen. Denn um dieses Paradies sehen zu können, musste man sehr gelenkig sein.

Die anderen Frauen aus der Gruppe standen um sie herum und feuerten sie an. Katharina und Susanne hielten sie alle zusammen wie eine Schafherde. Und das war auch gut so. Menschenmassen drängten durch das Tempelgelände, da konnte leicht mal jemand verloren gehen. In den Boden war eine riesige Lotosblume aus Messing eingelassen mit Löchern, in die man die Finger in einer bestimmten Anordnung steckte. Der Punkt, an dem die Füße stehen mussten, war genau vorgegeben. Mit den richtigen, nur entfernt an Yoga erinnernden Verrenkungen, und nur wenn der Hals sehr biegsam war, konnte man um die Ecke schauen und erblickte die sogenannte *Tür zum Paradies*, ein reich geschmücktes geschnitztes Tor in wunderbaren Pastellfarben, das gut zu dem Farbkonzept des Goparam passte.

»Du musst den Kopf ganz entspannt hängen lassen und dann erst drehen, schau nach deiner Nasenspitze – mehr! – noch mehr! – ja! Und jetzt den Kopf heben – Ohr nach links! – Ja! – Super! – Und?«

»WOW!« Anna-Maries Zopf hing nach unten, und ihr Gesicht färbte sich rot.

»Oh Gott, bitte nicht.« Joe rang die Hände. Das fehlte gerade noch, dass sie wieder heulte.

Noch einmal »WOW!«, und Anna-Marie kippte zur Seite und fing an zu lachen und zu lachen. Sie rollte mit angezogenen Knien über den Boden, und ihr Lachen war so ansteckend, dass auch die anderen in ein Riesengelächter ausbrachen.

Doch es war noch nicht vorbei.

»Ich hab's doch gewusst!« Joe und Francine setzten sich zu ihr auf den Boden und umarmten sie.

Anna-Maries Schultern zuckten vor Schluchzen nur so.

»Ich hab mich im Brautkleid dort gesehen, stellt euch das vor. Und Aurelia war mein Blumenmädchen. Ach, die kleine Schneeflocke.« Anna-Marie schluchzte und zitterte am ganzen Körper.

»Das ist die ganze Atmosphäre hier im Tempel, die indische Musik, die Mantrarezitationen, das Fremde, die vielen Menschen, die stickige Luft. Am besten, du gehst an die frische Luft. Wir kommen gleich in den nächsten Hof, da kannst du verschnaufen.« Susanne half ihr auf und ging voran. »Hier gibt's auch eine Toilette, wie überall hier à la française. Aber ich warne euch, so etwas habt ihr auch in der tiefsten französischen Provinz noch nicht erlebt.«

»Hey, hey, hey, jetzt überleg dir gut, was du sagst. Ich habe französische Wurzeln, und ich werde die französischen superhygienischen wunderbaren Stehklos bei meiner Berufsehre verteidigen bis aufs Messer!« Joe fiel auf, dass sie schon seit ein paar Tagen nicht mehr an die Weinlese gedacht hatte. Und an Jacques. Das konnte doch nicht sein, sie hatte nicht mehr an Jacques gedacht!

Isabelle wartete mit Anna-Marie in der Schlange vor dem Toilettenhäuschen. »Was ist so schlimm an einer Hochzeit? Du bist doch so gut wie verheiratet und hast zwei Kinder, hab ich das richtig verstanden?«

»Mädchen wollen heiraten, weil ihre Mütter sich das wünschen. Meine Mutter ist früh gestorben. Bei mir war das nie ein Thema. Und mein Vater war nur mit viel Überzeugungskraft dazu bereit, mir eine vernünftige Ausbildung zu ermöglichen. Die Kosten für eine Hochzeit hätte er nicht auch noch übernommen.« Doch Anna-Marie wusste schon, warum sie diese eindringlichen Bilder gesehen hatte. Sie musste unbedingt auch noch mit Leo reden, Joe hatte ihr die rechtlichen Möglichkeiten einer Adoption vorhin im Bus bereits erläutert.

ᘓ ᘓ ᘓ

Auf dem Weg durch die nachfolgenden Höfe zum Vishnu-Heiligtum erlebten sie wieder Opferrituale, von Rauch geschwängerte Dunkelheit, Gesänge, eine wunderbare, archaisch anmutende Tanzvorführung und wurden mehr und mehr in diese mystische Welt hineingezogen. Sie waren fast erleichtert, wenn es zwischendurch barfuß über das von der Sonne aufgeheizte, glühend heiße Pflaster ging, sodass sie Bodenhaftung behielten und sich selbst in der irrealen Zwischenwelt unterschiedlicher Bewusstseinsebenen nicht verloren gingen.

Bernarda kam angerannt mit Martina im Schlepptau. »Sie ist weg! Pauli ist weg! Habt ihr Pauli gesehen?«

»Pauliiine!« Martina schrie. Sie war schneeweiß, die Augen riesengroß.

»Ist sie nicht bei euch?« Bernarda raufte sich die Haare und sah panisch um sich. Eine Sirene hätte nicht eindringlicher sein können als der Ruf nach Pauli. Alle waren auf einmal zur Stelle, alle schauten erschrocken.

Das Kind war verschwunden. Hier im Tempel. Nicht auszudenken! Eine Katastrophe! »Jetzt mal langsam!« Susanne behielt, zumindest nach außen, die Ruhe. »Wer hat sie zuletzt gesehen, und wenn ja, wo? Mit wem war sie zusammen? Bernarda, vorhin habe ich sie noch an deiner Hand gesehen.«

»Sie wollte mit Martina zur Toilette. Ich Idiotin!« Ihre Stimme wurde ganz schrill. »Ich hätte sie keine Sekunde von meiner Hand lassen dürfen. Madonna mia Santa! Mea culpa! Mea culpa!« Bernarda trommelte sich mit den Fäusten auf den Brustkorb.

Susanne verdrehte die Augen, bloß keine Hysterie, das half jetzt nicht. Die Situation war brenzlig. »Ruhe!«, fuhr sie dazwischen. »Martina, konzentrier dich! Sie war bei dir? Wart ihr zusammen auf dem Klo? Los, sag schon!«

Martina schluchzte. »Wir waren zusammen dort, sie hat sich so sehr geekelt, dass es ihr schlecht wurde. Sie wollte schnell zurück zu Bernarda. Sie hatte ihren Rucksack mit dem Wasser bei ihr gelassen.«

Bernarda hielt den kleinen Rucksack in die Höhe. Sie war grau im Gesicht und sah mit einem Mal so alt aus, wie sie tatsächlich war. Blitzschnell organisierte Susanne eine Suchaktion, jeweils zwei Frauen bekamen einen Bereich im Tempel zugeteilt, in dem sie suchen sollten. Ein Treffpunkt wurde vereinbart, und alle machten sich mit bangem Herzen auf die Suche nach dem kleinen blonden Mädchen.

Je später der Nachmittag wurde, desto mehr Menschen drängten sich in den Gängen. Überall waren jetzt auch Bettler. Kranke, die einfach auf dem gestampften Boden lagen, in Lumpen gehüllt. Kleine Kinder, die mit Spielhandys imaginäre Telefongespräche führten, oder waren es echte Handys? Hier im Tempel? Susanne wünschte, Pauli hätte so ein echtes Handy dabei. Das Stimmengewirr nahm frenetisch zu, die Mantragesänge waren plötzlich beängstigend und machten, dass die Herzen der Frauen vor Furcht schneller schlugen.

Da, der Tempelelefant! Vielleicht hatte Pauli ihn ja auch entdeckt.

Keine Pauli! Das Mädchen war wie vom Erdboden verschluckt!

Susanne traf mit Martina auf Bernarda und Katharina.

»Die Pferdehalle!«, riefen sie gleichzeitig und stürmten weiter.

Pauli liebte Pferde und hatte sich auf die Skulpturen gefreut, von denen sie ein Foto im Reiseführer gesehen hatte.

Und tatsächlich, vor einer dieser beeindruckenden Säulen saß sie. Ein Sonnenstrahl beleuchtete die Szene wie ein Scheinwerfer. Ein kleines weißes Mädchen im Sari, die langen blonden Haare geschmückt mit einem Kranz aus Jasminblüten, saß allein und völlig versunken auf dem Boden und malte. Dort, wo die Sonne den magischen Kreis am Boden der Halle begrenzte, standen Männer. Dunkle Gestalten. Ein Kreis von Männern, deren Augen unter den Turbanen begehrlich leuchteten.

»Mama! Bernarda!« Pauli stand auf, lief auf sie zu, umarmte die beiden und wollte sie gar nicht mehr loslassen.

Die Männer wichen zurück und zerstreuten sich unauffällig.

»Ich hab euch auf einmal nicht mehr gesehen. Ich hatte so dolle Angst, dass ihr mich nicht findet. Aber das hab ich doch richtig gemacht, Mama, oder? Bin genau da geblieben, wo ich mich verirrt habe, und bin keinen Schritt weitergegangen, so wie du es mir immer sagst. Mama!«

Katharina und Susanne hielten sich ebenfalls im Arm. Sie lachten, sichtlich erleichtert.

»Das war knapp!«, sagte Susanne. »Das hätte ganz schön in die Hose gehen können. Hast du die Typen gesehen? Sie lauern einfach überall. Ein kleines blondes Mädchen, allein im Tempel, und schon spielen sie verrückt. Ich darf gar nicht weiter drüber nachdenken!«

»Nee, lieber nicht, aber wir müssen daraus lernen, mehr auf Sicherheit zu achten. Vor allem, wenn Kinder dabei sind, was sonst ja eigentlich nie vorkommt!«

»So, jetzt aber los, jetzt müssen wir zum Treffpunkt, damit die anderen die Suche abbrechen können.«

»Pauli, mit dir müssen wir noch ein Wörtchen reden, wenn wir in unser Hotel zurückkommen. Jetzt erklär erst mal deiner Mama, wie das passieren konnte.«

Auf dem Rückweg durch die Tempelhöfe blieben sie alle nah beieinander. Der Schreck stand ihnen ins Gesicht geschrieben. Im letzten Hof kauften sie Bananen für die Fahrt, sammelten in der Schuhkammer ihre Schuhe wieder ein und stiegen in ihren himmelblauen Reisebus, sichtlich erleichtert, dass alles doch noch so glimpflich ausgegangen war.

Unterwegs sein in Indien. Noch war es hell, doch die Sonne würde bald untergehen. Es war Erntezeit. Fuhrwerke, gezogen von Ochsen, deren Hörner bunt angemalt waren, begegneten ihnen.

»Mama, sieh doch mal, die Männerkühe dürfen hier arbeiten, dafür haben sie aber superschöne Hörner gemalt bekommen, guck doch mal, wie geil ist das denn!«, hörte Francine Pauli leise sagen.

Der Bus überholte zehn oder zwölf solcher Wagen, hoch mit Getreide beladen, überladen. Ein wunderschönes Bild, archaisch, wie eine Szene für einen Film! Die bemalten Ochsenhörner wirkten inmitten der sanften gedeckten Farben von Stroh und Himmel wie Kunstobjekte.

Wie die Vibratoren in dem Sexshop. Francine grinste schläfrig. Na ja, fast, der Vergleich hinkte gewaltig. Wie weit hatte sie das schon hinter sich gelassen.

»Die Getreideberge an den Straßen sind von der Regierung eigentlich verboten worden«, erklärte Susanne der Gruppe. Aber die Menschen sagen: *Die Straße gehört uns.* Sie legen das bereits in einem Arbeitsgang gedroschene Getreide auf die Straße, damit die Autos drüberfahren und die feinere Trennung vom Stroh und dem Teil erledigen, der als Viehfutter verwendet wird.«

Bernardas Gemurmel von den vorderen Sitzen war immer lauter geworden und hörte sich, dafür, dass sie ganz alleine dort saß, sehr bedenklich an.

Katharina war aufgestanden und beugte sich über sie. Doch sie konnte einen Ausbruch nicht verhindern, der sich so plötzlich entlud wie ein schweres Sommergewitter.

Bernarda fing an zu schluchzen.

Die Frauen im Bus reckten die Hälse. Die, die geschlafen hatten, waren jetzt hellwach.

»Alles meine Schuld. Mea culpa! Mea culpa! Ich hätte auf sie aufpassen müssen. Idiota! Ich bin zu blöde, um auf Kinder aufzupassen. Ich bin sogar unfähig, meine eigenen Kinder zu beschützen, ich habe es nicht verdient, Kinder zu haben. Sie hatten recht, sie mir wegzunehmen! Madonna mia Santa! Vergib mir! Meine armen Babys! Ich habe Schuld! Ich habe sie im Stich gelassen!« Jetzt schrie sie laut, sie schluchzte und raufte sich die Haare.

Katharina stand hilflos daneben.

Francine war bereits auf dem Weg, sie setzte sich neben Bernarda und nahm ihre Hand. Sonst nichts. Sie nahm ihre Hand und hielt sie fest. Nach einer Weile wurde Bernardas Stimme leiser. Und immer leiser. Sie murmelte nur noch vor sich hin. Lange Zeit saßen die Frauen schweigend beieinander. Keine sagte ein Wort. Das Gerumpel des Busses vermischte sich mit den leisen Tönen der CD, die Katharina aufgelegt hatte.

»Warum tust du das? Du musst mich doch hassen nach allem, was ich dir angetan habe?« Bernarda sprach, ohne Francine anzusehen.

»Ich hasse dich nicht. Ich habe dich nie gehasst. Ich kann dich nur nicht wirklich verstehen.«

»Würdest du mir zuhören, wenn ich versuche, es zu erklären? Manchmal verstehe ich mich ja selbst nicht.« Ein Schluchzen löste sich aus ihrem Brustkorb.

»Lass dir Zeit, wir haben noch ein paar Tage. Erhol dich erst mal von dem Schrecken. Dich trifft keine Schuld, dass Pauli weggelaufen ist. Red dir das nicht ein!«

Und Francine blieb, als sei dies das Normalste von der Welt, einfach neben Bernarda sitzen. Sie schloss ihre Augen, lauschte den Klängen der Musik, spürte, wie entspannt sie auf einmal war, und hielt weiterhin Bernardas Hand. So einfach war das mit dem Frieden, Gandhi hatte recht.

Die Atmosphäre war besonders dicht in der geschlossenen kleinen Welt des himmelblauen Busses. Ein Mikrokosmos. Die Stille, die nun herrschte, war magisch, sie war getränkt von Dankbarkeit. Die Frauen bildeten eine geschlossene Einheit, und auf ihren Gesichtern lag ein leises Lächeln, wenn Pauli mit ihrer Begeisterung ihre Mutter auf irgendetwas aufmerksam machte, was sie in der zunehmenden Dämmerung als besonders wahrnahm.

Und als eine der Frauen leise das Mantra *OM nama shivaja*, ein heiliges Mantra, anstimmte, fielen nach und nach alle ein, und Raja sang am lautesten.

Der Bus, in dem Frieden, Liebe und Vergebung möglich schienen, fuhr schwankend und erfüllt von Gesängen, die mehrere Tausend Jahre alt waren, durch die schwüle indische Nacht.

Katharina stand auf. Das Hotel lag in Sichtweite. »Morgen zur gewohnten Zeit Yoga am Pool, es wird die letzte Stunde sein, also überlegt euch gut, ob ihr der Versuchung *ausschlafen* widerstehen wollt. Der Tag ist sonst zur freien Verfügung. Am Abend findet ein festliches Dinner am Fluss mit indischer Sitarmusik statt. Denkt an Moskitoschutz, auch langärmelige weiße Kurtas schützen euch. Übermorgen haben wir eine anstrengende Fahrt vor uns, wir werden den ganzen Tag im Bus sitzen.«

Pflücke die Wunder

Francine lag seit Sonnenaufgang auf ihrer Yogamatte am Pool und genoss die Frische und das Erwachen des frühen Morgens. Es hatte sehr früh an ihrer Tür geklopft, eine Nachricht für Anna-Marie. Auch in diesem Hotel gab es auf den Zimmern kein WLAN, sondern nur in der Nähe der Rezeption ein fensterloses kleines Kabuff mit Internetanschluss, in dem man zwar ungestört war, jedoch wegen der Enge Platzangst und Atemnot bekam. Anna-Marie war vor Aufregung herumgeflattert wie eine Motte. Bastian hatte an der Rezeption eine Nachricht hinterlassen, dass sie sich bereithalten solle für einen wichtigen Anruf. Dreimal war das Internet schon zusammengebrochen, und Anna-Marie war nahe daran gewesen, ebenso zusammenzubrechen.

Francine hatte ein Schmerzmittel genommen, sie wollte die letzte Yogastunde mit Katharina genießen. Erst war sie die gepflegten Wege des Hotels entlanggelaufen, hatte sich dann ein schönes Plätzchen am Pool ausgesucht und in der Stille des beginnenden Tages meditiert.

Sie hörte, wie nach und nach alle Frauen eintrudelten. Sie hielt ihre Augen absichtlich geschlossen und versuchte an den Geräuschen zu erkennen, wer die Poolterrasse betrat.

Aha, Babette hatte Küchenverbot! Francine grinste, als sie ein vertrautes leises Stöhnen und Ächzen hörte, mit dem sich Babette auf ihre Matte niederließ, direkt neben ihr. Francine öffnete ein Auge und griff nach Babettes Hand. »Wie schön, dass du auch kommst, letztes Mal heute«, sagte sie leise. Sie setzte sich auf und sah, wie Katharina Joe ein Zeichen gab. Ein Augenzwinkern und ein Blick zu Leo, die auf ihrem getigerten Handtuch mehr auf der Matte ihrer Nachbarin saß als auf ihrer eigenen.

Joe folgte Katharinas Blick, hob die Augenbrauen und einen Daumen nach oben.

Sarah, eine Fotografin, Teilnehmerin ihrer Gruppe, saß neben Leo. Eine moderne Nomadin, die ein ungewöhnliches Leben führte. Seit Jahren unternahm sie lange Reisen nach Nepal und in den Himalaja. Sie war bereits mit einem Fotoband bekannt geworden, und von den Einnahmen aus dem Verkauf finanzierte sie ihre weiteren Reisen.

Wenn sie in Deutschland war, quartierte sie sich bei Freunden ein. Sie hatte außer ihren Klamotten, ihrer Fotoausrüstung und wenigen persönlichen Dingen keinen materiellen Besitz. Alles passte in ihren geräumigen Rucksack, und so war sie immer bereit, zu neuen Zielen aufzubrechen. Sie praktizierte das bereits seit mehreren Jahren, es schien bestens zu funktionieren. Sie strahlte eine tiefe Ruhe und Zufriedenheit aus. Entweder war Sarah ein extrem rücksichtsvoller Gast, oder ihre Freunde waren extrem belastbar. Francine hatte beobachtet, dass sie und Leo in den letzten Tagen lange Unterhaltungen geführt hatten. Leo war schon einige Male in Nepal gewesen, da gab es sicher viel interessanten Gesprächsstoff. Doch offensichtlich lag das jeweilige Interesse nicht nur am Gesprächsstoff. Es lag ein gewisses *Ksss Ksss*, ein Flimmern, in der Luft. Leo hatte so lange um Joe getrauert, Francine gönnte ihr einen aufregenden Flirt, vielleicht wurde ja auch mehr daraus.

Katharina verstand es, die Stimmung der flatternden Schmetterlinge aufzugreifen, und so wurde es eine Yogasession mit dem besonderen Kick, sie zauberte allen ein Lächeln ins Gesicht.

»Boooooah, so krass! Hast du sie gemacht, Babette?« Pauli kaute auf beiden Backen. »Geil, die Nudeln, ich liebe sie. Ich habe nur Ghee draufgemacht, weißt du, das ist Butter ohne Schaum.« Pauli fiel Babette um den Hals und schmatzte sie ab. »Danke, danke, danke, Babette, dich lieb ich auch!«

Babette strahlte, schnupperte den vielfältigen Duft nach kleinem Mädchen direkt nach dem Aufstehen und dachte an Louis und Klara, die ebenfalls dem Fanklub der Pastafreunde angehörten. Sie konnte es kaum erwarten, ihre Enkel wiederzusehen.

Im nächsten Moment versank sie wieder in den Genuss eines Halwa, das sie auf dem Frühstücksbüfett entdeckt hatte. Ein typisch indisches Dessert aus Weizenvollkornmehl, Zucker, Öl, Nelken, Kardamom, Rosenwasser, Rosinen und gehackten Nüssen, das in der Zubereitung allein zwanzig Minuten gerührt werden muss. Die Mühe hatte sich gelohnt, es schmeckte köstlich. Sie würde Louis damit überraschen – und Max. Sie waren beide Leckermäuler und konnten nichts Süßem widerstehen.

Ach ja, Max, die Distanz war ja ganz wohltuend, doch jetzt nach zehn Tagen sehnte sie sich wieder nach seiner Nähe. Verrückt, nach vierzig Ehejahren war sie immer noch so verliebt in ihn.

»Ah, du hast es auch entdeckt! Ich hatte gehofft, dass keiner es findet.« Katharina hatte sich einen Stuhl herangezogen. »Dafür mache ich auch zwölf Mal Surya Namaskar extra, das sind Sonnengrüße, liebe Babette, von denen du noch nie was gehört hast.« Mit geschlossenen Augen löffelte sie genießerisch die süße, klebrige Köstlichkeit und schwelgte mit Babette in völliger Übereinstimmung.

»Ich habe lange in Frankreich gelebt und liebe die französische Küche und den Wein«, sagte Katharina. »Im Gegensatz zu vielen anderen Yogaanhängern bin ich keine Vegetarierin, ich esse, was mir schmeckt. Und das sieht man ja auch. Durch meine regelmäßige Yogapraxis und die vielen Unterrichtsstunden, die ich gebe, bin ich zwar dennoch üppig, aber straff.«

Babette nickte anerkennend. Sie hatte ihr von den Albträumen erzählt, die hier in Indien angefangen hatten und die sie fast jede Nacht heimsuchten.

»Das ist eine interessante Geschichte, und das hat, glaube ich, nichts damit zu tun, dass du dich an deiner Mutter rächen willst«, hatte sie zu Babettes Erleichterung gesagt. »Also, ich meine jetzt deinen Traum. Was deinen Thriller angeht und das grausame Morden, das finde ich irgendwie noch witzig und originell. Diese Mutter-Tochter-Nummer ist ja nichts Außergewöhnliches. Wahrscheinlich findet dein Thriller reißenden Absatz durch begeisterte Töchterleserinnen.«

Katharina leckte sich die Lippen. »Was deinen Albtraum betrifft, fiel mir gerade ein, dass es eine buddhistische Meditationsform gibt, in der man visualisiert, dass man sich selbst als Skelett in einer Grube liegen sieht. Die Buddhisten sehen das als Vorbereitung auf die Ablösung des Geistes im Sterben und im Tod. Jedes Wesen wird, wenn das Bewusstsein den Körper verlässt, mit seinen Gewohnheiten konfrontiert. Deshalb übt man mit dieser Visualisierung, alles loszulassen, was den Körper, den materiellen Besitz, Beziehungen und sogar auch Gefühle und Gedanken betrifft. Sich selbst zu reduzieren auf das, was am Ende des Lebens bleibt. Die nackten Knochen. In Bezug auf deinen Traum glaube ich allerdings, dass du dich im Unterbewusstsein mit der Ablösung von deiner Mutter beschäftigst. Ich glaube, da beginnt so etwas wie ein Prozess der Vergebung. Du bist auf einem guten Weg, für dich wäre es in jedem Fall gut, dass du dich abnabeln und gleichzeitig deiner Mutter vergeben kannst, solange sie noch lebt.«

Babette stieß vor Erleichterung die Luft aus, die sie angehalten hatte, stand auf und drückte Katharina einen schnellen Kuss auf den Scheitel.

»Sprich doch mal mit eurer Tigerfrau, die ist doch der Profi. Ich könnte mir vorstellen, dass sie es ähnlich sieht wie ich.«

»Die Tigerfrau ist extrem abgelenkt, und bei jedem anderen Thema außer Sarah bekommt sie glasige Augen.« Babette grinste schief.

Katharina stand abrupt auf und schnappte sich ihre Tasche. »So, und jetzt gehe ich zu den Mädchen mit den sanften Händen. Außer in der Massagehütte fühle ich mich hier nirgendwo vor euch komplizierten Frauen sicher!« Sie lachten sich zu. »Danke.« Babette bedauerte, dass das Halwa so massiv war. Sie hätte sich gerne noch mit irgendetwas Leckerem belohnt.

»Treulich geführt, da da dada!« Anna-Marie wirbelte herein, sie hatte sich ein weißes Tuch um den Kopf drapiert und intonierte den *Hochzeitsmarsch*.

»Ich werde heiraten! Stellt euch das vor! Anna-Marie heiratet! Basti hat mir gerade einen Heiratsantrag gemacht! Per Skype, der Verrückte! Der Liebe! Er hat sich sogar hingekniet. Und meine Buben waren frisch gewaschen, hatten die Haare gegelt, und gestrahlt haben sie wie Honigkuchenpferde. Da da dada!«

Sie strahlte selbst wie eines dieser Pferde. Es gab einen kleinen Tumult am Büfett, alle Frauen der Gruppe fingen an zu klatschen und Glück zu wünschen, und Anna-Marie wanderte von Arm zu Arm, ließ sich drücken und heulte Rotz und Wasser. Sie ging zu Leo.

»Bastian hat sich auf dem Jugendamt erkundigt. Wenn wir heiraten, haben wir eine große Chance, dass wir Aurelia in Pflege nehmen dürfen. Stell dir vor, das war gar nicht abgesprochen, er wollte mich überraschen. Er hat sie genauso lieb wie ich!« Leo umarmte sie. »Das ist die beste Neuigkeit der Welt. Du glaubst nicht, wie sehr ich mich freue. Dann kann ich Aurelia bei euch besuchen, sooft ich will.« Auch ihre Augen glänzten verdächtig.

»Leo, du wirst die Oma von allen, auch von den Buben, wir adoptieren dich und werden eine große Familie.«

Babette und die anderen hatten das Bild der kleinen Rapperin vor Augen, die nur durch die Musik das Elend ihres kurzen Lebens mitzuteilen wusste.

Joe schüttelte den Kopf.

»Stimmt was nicht?«, fragte Leo besorgt.

»Doch, doch, ich wundere mich nur, auch mal was Positives von den Behörden zu hören. Du weißt doch selbst, wie schräg das manchmal läuft.«

Impulsiv drückte sie Leo an sich: »Ich freu mich für dich, ich weiß, wie viel dir Aurelia bedeutet.«

Sie drückte ihr einen Kuss ins Haar und schob sie ein wenig von sich weg. »Und ich freue mich auch wegen Sarah, sehr sogar, sie ist eine tolle Frau.«

»Komm, du bist doch nur froh, dass du dein schlechtes Gewissen verabschieden kannst. Gib's ruhig zu!«

Joe lächelte schief. Irgendwie stimmte das. Leo hatte recht, sie fühlte sich sogar sehr erleichtert.

ʊ ʊ ʊ

Sie war noch einmal zurückgegangen in die Wohnung. Sie hatte ihre Kreditkarten vergessen. Er saß auf dem Sofa. Er telefonierte. Er redete, gestikulierte. Er lächelte. Er amüsierte sich. Das Lächeln erstarb, er unterbrach das Gespräch in dem Moment, als er sie in der Tür stehen sah. Er hatte sein Handy benutzt. Ich lade es auf, sagte er.

Er war verlegen. Er wand sich wie ein Aal.

Er hatte gelogen, und die Lüge breitete sich zwischen ihnen aus wie ein giftiger Nebel.

Ihr Blick suchte seine Augen, suchte sein Gesicht.

Die Erinnerung an seine Augen, an sein Gesicht.

Sein Gesicht, wenn er lachte, wenn er wütend war, zärtlich, glücklich, wehmütig, übermütig, besorgt, müde.

Sein Gesicht, wenn er verlegen war, abwesend, arrogant, verletzend.

Sie sah nichts davon. Sein Gesicht war so fremd, seine Augen so kalt.

Sie logen, die Augen. Dieses Gesicht, sie kannte es nicht.

»Mit wem hast du telefoniert?«, fragte sie.

»Ich habe nicht telefoniert. Was soll das, spionierst du mir nach?«, sagte er.

Wieder log er. Und ihr Leben verlor seinen Sinn.

Sie nahm die Spuren seines Verrats auf, bevor sie wusste, dass sie auch Jägerin sein konnte. Sie musste herausfinden, was Wahrheit und was Lüge war. Sie fand alle klassischen Beweise: Hotelrechnungen, SMS, E-Mails, Spuren von Make-up, fremde Düfte. Fühlte er sich so sicher? Vertraute er ihr so sehr? Oder war es ihm gleichgültig, ob sie ihn enttarnte?

Sie hatte nie so sein wollen, es passte nicht zu ihr, zu schnüffeln, zu kontrollieren, zu spionieren.

Sie hatten ein Modell gehabt für ihre Liebe, für ihr Leben. Vertrauen gehörte dazu. Und nun war es weg. Das Vertrauen war gestorben. Doch sie brauchte Sicherheit. Nicht nur für sich. Sie brauchte sie für ihre Kinder.

Zu seiner Familie ging er nun öfter allein. War sie dabei, fehlte die Vertrautheit von früher. Das Klima war eine winzige Spur kühler geworden. Eine unsichtbare Mauer war entstanden. Unüberwindbar.

Sie schliefen noch miteinander. Und sie verachtete sich dafür.

Sie wollte, dass er sich erinnerte. An die Liebe. Doch seine Augen blieben kalt. Und jedes Mal dachte sie, es könnte das letzte Mal gewesen sein. Und jedes Mal starb die Liebe ein wenig mehr. Aus dem starken Wir waren zwei Ichs entstanden.

Sie wartete ab, wie es weiterging, sie wusste ja nicht, wie stark ihr Ich war. Sie nahm sich vor, achtsam zu sein.

Über die Schulpläne für ihre Söhne hatten sie nie wieder gesprochen, er hatte es auf später verschoben.

Doch eines Tages war es zu spät. Sie hatte die Zeichen nicht erkannt. Sie war nicht achtsam genug gewesen. Ihre kleinen Söhne waren weg. Ihr Mann hatte sie nach einem Besuch bei den Großeltern nicht wieder zurückgebracht. Er beantwortete keine ihrer Fragen mehr. Nie wieder beantwortete er ihre Fragen.

Ihre Söhne blieben verschwunden. Sie sind ohne sie erwachsen geworden. Sie hat sie bis heute nicht wiedergesehen. Sie hatte sich nicht von ihnen verabschieden können.

Sie verlor fast ihren Verstand. Und sie verlor jeden Bezug zur Realität.

Ihr Mann hatte die Wohnung verlassen. Er hatte die Scheidung eingereicht. Hier, im südlichen Teil Italiens, erzwang ein junger Familienvater die Scheidung von seiner Ehefrau, nachdem er die gemeinsamen Kinder ohne Angabe eines Grundes entführt hatte! Er stammte aus einer traditionsbewussten und tiefgläubigen Familie. Er ließ ihr durch seine Anwälte mitteilen, dass ihr zwei Monate blieben, um den Haushalt aufzulösen, er habe die Wohnung verkauft.

Das Stadtpalais der Familie war uneinnehmbar wie eine Festung. Es wirkte unbewohnt. Stunden und Tage verbrachte sie auf der Treppe vor dem stattlichen Gebäude, sie hämmerte an die Türen, rief ihre Namen. Doch es war, als wäre die Familie ausgelöscht.

Ihr Anwalt machte ihr große Hoffnungen. Italien sei nicht Afrika oder Saudi-Arabien, hier dürften Kinder nicht einfach ver-

schwinden. Nach italienischem Recht stehe ihr das Sorgerecht für ihre Kinder zu. Doch im Laufe der Zeit wurde seine Miene immer bedenklicher, er wurde immer abweisender und unzugänglicher. Er konnte sie nicht mehr ansehen, sein Blick huschte hin und her, er roch förmlich nach Angst. Bis er sie überhaupt nicht mehr empfing und ihr durch seine Sekretärin mitteilen ließ, er könne ihre Interessen nicht mehr vertreten, sie müsse sich anderweitig rechtliche Unterstützung suchen.

Ihr Vorgesetzter, der Direktor des staatlichen Museums, mit dem sie immer ein sehr herzliches kollegiales Verhältnis verbunden hatte, änderte seine Haltung ihr gegenüber. Er wurde unfreundlich und unnahbar, und eines Tages erhielt sie per Post ihre schriftliche Kündigung mit sofortiger Wirkung. Sie erhielt eine Abfindung mit der Begründung, ihre Stelle sei vom Ministerium gestrichen worden.

Sie kämpfte, doch was immer sie tat, sie rannte gegen Mauern. Mauern des Schweigens. Ihre Kinder waren wie vom Erdboden verschluckt. Die Familie wob ihre Fäden im Dunkel der unterirdischen Netzwerke, die seit Jahrhunderten bestanden im Namen von Glauben und Tradition.

Die Presse machte einen Rückzieher, als der Name der Familie bekannt wurde. Sie hatte, auch mit der Unterstützung ihrer eigenen Familie, alles versucht, um ihre Kinder wenigstens sehen zu können, ihnen schreiben zu dürfen – und hatte nach einem Jahr krank an Körper und Seele das Land verlassen und war nach Deutschland gezogen. Da war sie längst geschieden.

Ihr Vater hatte gesagt: »Du liebst dieses Land, du bist hier zu Hause, lauf doch nicht weg. Wir lieben dich, wir sind deine Familie, du gehörst zu uns, wir werden dich unterstützen.«

»Lass mich in Ruhe, Vater, mach es mir doch nicht noch schwerer. Mein Herz ist ein tiefer See geworden, in dem alle Liebe ertrunken ist. Ich habe aufgehört zu lieben. Ich habe aufgehört zu leben. Ich hasse dieses Land, es hat mir alles genommen. Ich habe

meinen Frieden verloren und werde ihn erst wiederfinden, wenn ich meine Kinder in meinen Armen halte.«

In Deutschland heiratete sie den Anwalt, der ihre Interessen vertrat. Und als ihr Mann gestorben war, heiratete sie einen sehr vermögenden Staatsanwalt. Sie wollte auf Nummer sicher gehen. Doch es gab keine Sicherheit für sie. Und kein Erbarmen. Ihr Kampf ging so lange, bis ihre Babys volljährig waren. Lange Jahre voll Hoffnung, voll Sehnsucht, voller Liebe und Träume, die Erfüllung suchten. Sie fand sie nicht. Ihre nun erwachsenen Söhne verweigerten die Annahme ihrer Briefe. Auch der nächste Mann starb und hinterließ ihr ein riesiges Vermögen. Doch das änderte nichts an ihrem Unglücklichsein.

Der See in ihrem Inneren war längst zugefroren. Die geschmiedeten Eisenringe um ihr Herz waren wie ein Käfig, nichts konnte zu ihr durchdringen. Ihr Herz war uneinnehmbar.

Bernarda und Francine hatten zwei Liegen in einen der Pavillons gerollt und lagen nebeneinander. Es war später Nachmittag, die Hitze hatte etwas nachgelassen.

Irgendwann, während Bernarda erzählt hatte, hatte Francine ihre Hand genommen.

Bernarda drückte jetzt Francines Hand, ließ sie los und richtete sich auf. Sie sah Francine bittend an. »Meinst du, du wirst mir irgendwann einmal verzeihen können? Es würde mir sehr, sehr viel bedeuten!«

»Ich kann dich sehr gut verstehen, Bernarda. Ich habe ebenfalls mein Kind verloren, wenn auch auf eine andere Weise. Ich konnte es niemandem erzählen und bin darüber krank geworden. Ich verstehe sehr gut, dass du wütend und böse auf die ganze Welt warst und um dich geschlagen hast. Ich verzeihe dir von ganzem Herzen. Und morgen, auf der Fahrt im Bus, werde ich dir, wenn du willst, meine ganze Geschichte erzählen.« Francine schüttelte ihre rote Mähne und lachte ihr tiefes Lachen. »Die rollende himmelblaue Psychotherapieinsel ist dann wieder unterwegs.«

Bernarda half Francine beim Aufstehen. Sie lächelte zaghaft und hielt schnell ihre Wange an Francines. »Danke! Du glaubst nicht, wie befreit ich mich fühle.« Sie war etwas unbeholfen und suchte noch nach Worten. Es waren viele Schichten von festgelegten Mustern und Verhaltensweisen, die sie ablegen musste, ablegen wollte. Ihre Rückverwandlung würde ein langer, ein schmerzhafter Prozess werden.

Unsere Schattengespenster verursachen dann, wenn wir sie zurück ins Licht lassen, genau das Leid, dessentwegen wir sie einst in die Dunkelheit verbannt haben.

ʊ ʊ ʊ

»Für ein weißes Brautkleid bin ich zu alt, oder?« Anna-Marie saß auf einem Rattansessel auf Babettes Terrasse im ersten Stock, die dunklen Haare fielen ihr offen über den Rücken, ihre nackten Füße lagen auf dem Geländer aus Holz. Sie trank den heißen Chai, den Leo von der Bar mitgebracht hatte. »Zu alt und zu wenig unschuldig«, lästerte Leo, die auf der Treppe hockte und über den gepflegten Dschungel des Hotelgartens zum Fluss hinübersah. Die Tür zu Babettes Apartment stand weit offen, ihre Umrisse auf dem Bett unter dem Moskitonetz konnte man nur erahnen.

»Babette, raff dich endlich auf, dein Chai wird kalt! Der Ingwer darin wird dir guttun, er hilft gegen die Hitze.« Babettes sonst so ausgeglichener Seelenzustand war ziemlich ins Wanken gekommen in den letzten Tagen. Doch der ausgedehnte Mittagsschlaf hatte sie offenbar erfrischt, sie schwang sich aus dem Bett, schlang ihre weißblonden Locken zu einem etwas unordentlichen Dutt und tappte barfuß auf die Terrasse.

»Hm, lecker, danke, Leo. Ich hätte nie für möglich gehalten, dass dieses heiße Gesöff einem hilft, diese extreme Hitze zu ertragen. Mir graut schon vor morgen. Habt ihr Francine gesehen? Hat sie sich auch ein bisschen hingelegt, Anna-Marie? Sie sieht so elend aus!«

»Sie liegt schon seit dem Lunch zusammen mit Bernarda in dem Pavillon am Fluss. Ich mach mir schon Sorgen, hoffentlich weiß Lady B., was sie tut und, vor allem, was sie sagt.«

Leo schlürfte den letzten Rest der Gewürzmilch aus ihrer Tasse. »Ich finde es großartig, wie Francine reagiert, dass sie Bernarda so schnell verzeihen kann.«

»Die hat das nicht verdient, die Zimtzicke, ich hätte sie viel länger zappeln lassen.« Babette war immer noch stinksauer auf die Italienerin.

»Francine hat eine besondere Perspektive zum Leben. Sie wird bald sterben, da verschieben sich die Werte, alles bekommt eine andere Bedeutung«, murmelte Leo.

»Sie wird mich nicht als Braut sehen! Stellt euch das mal vor! Ich hab doch schon meine Mutter verloren, und jetzt muss ich mich in drei Tagen von Francine verabschieden und weiß genau, dass ich sie nie wiedersehen werde.« Seitdem sie in Indien waren, hatte alles, was bisher Anna-Maries Leben ausgemacht hatte, rasant an Fahrt aufgenommen und war in einem heftigen Tornado verwirbelt worden. Sie musste so oft an Basti und die Jungs denken. Und an Aurelia, die kleine Schneeflocke.

Babette hockte sich zu Leo auf die Treppe und sah ihr in die Augen, die beiden älteren Frauen mussten nicht aussprechen, was sie empfanden. Babette wäre am liebsten ständig mit Francine zusammen gewesen. Wenn sie es dann war, zerriss es ihr Inneres, weil sie Francine nicht festhalten konnte, weil sie wusste, dass sie in ihr eigenes Leben zurück musste und nicht für Francine da sein konnte. Sie war ihre Freundin und musste sie dennoch verlassen. Babette war patent und tatkräftig und daran gewöhnt, in Krisenzeiten Lösungen zu suchen und auch zu finden. Mit Situationen wie dieser, in der sie überhaupt nichts tun konnte, kam sie nur schwer zurecht. Einzig die Tatsache, dass sie Anna-Marie, die so jung war und wieder einen Menschen verlieren würde, der ihr sehr nahestand, beschützen wollte, bewahrte sie davor, ihre eigene Verzweiflung und Trauer zu sehr zu zeigen.

Leo stand auf und sammelte die Teebecher ein. »Wir müssen von Francine lernen. Wie sie mit ihrer Situation umgeht, zeigt unglaubliche Größe und vor allem Mut. Wir müssen sie unterstützen, indem wir unseren Gefühlen nicht zu sehr freien Lauf lassen. Die drei Tage, die uns noch mit ihr bleiben, sollten ein einziges Fest sein, also strengt euch an.«

»Ach, und übrigens, Anna-Marie, auf der Terrasse am Fluss bauen die Musiker für heute Abend schon ihr Equipment auf. Sie werden sicher demnächst einen Soundcheck machen. Das willst du dir bestimmt nicht entgehen lassen. Ich hab gehört, dass ein in Indien sehr berühmter Sitarspieler heute Abend dabei sein wird.« Sie grinste. »Ich hab jetzt noch ein kleines Tête-à-Tête, und dann muss ich mit der Restaurierung meiner äußeren Gestalt beginnen, bei mir dauert das etwas länger als bei euch jungem Gemüse!«

»Viel Erfolg, gib dir Mühe, die Frau ist toll«, sagte Babette.

»Find ich auch, du machst, glaub ich, keinen Fehler, wenn du ihr anbietest, zwischen ihren Reisen bei dir zu Hause mit dir zusammen zu chillen, deine Wohnung ist groß genug«, sagte Anna-Marie.

Leo drehte sich um. »Hey, hey, macht mal langsam, ich will nichts überstürzen.«

»Schnapp sie dir, du wirst ja auch nicht jünger!«, rief Babette. Sie lachte und zwinkerte Anna-Marie zu. »Komm her!« Sie zeigte auf den Platz neben sich auf der Treppe, und Anna-Marie ging zu ihr, legte ihren Arm um ihre Taille und ihren Kopf auf ihre Schulter und kuschelte sich ganz nah an sie.

Sie sprachen nicht mehr. Die beiden so unterschiedlichen Frauen gaben einander ohne Worte Nähe, Wärme und ein tröstendes Gefühl von Vertrautheit.

Acht pinkfarbene Papierherzen waren auf einem kleinen Beistelltisch gestapelt. »Sechs fehlen mir noch, kannst du mir vielleicht helfen? Ich schaff das sonst nicht.« Pauli schwitzte vor Anstrengung und schnaufte dabei ein bisschen.

»Klar, sag mir nur, was ich machen soll.« Joe sah belustigt zu, wie Pauli ihre Zunge in ihrer vorderen unteren Zahnlücke drehte, als wolle sie sie auswringen, während sie versuchte, die Herzen so aus der Pappe auszuschneiden, dass sie die vorgezeichneten Linien nicht durchschnitt.

»Könntest du die Herzen fertig ausschneiden? Dann kann ich weiter ausmalen.« Pauli strich zart über Joes Arm und sah sie zutraulich an. »Bitte!«

»Was hast du denn mit den Herzen vor?«

»Die leg ich heute Abend allen Mädels aus unserer Gruppe auf den Teller, denn es gibt ein festliches indisches Menü, sogar mit Livemusik. Dann muss doch auch die Deko stimmen. Du darfst aber nix verraten! Versprochen?«

»Großes Ehrenwort.«

Pauli strahlte Joe an. »Du bist auch nett«, sagte sie und hörte überhaupt nicht mehr auf zu schauen, so lang, bis Joe zuerst ihren Blick senkte.

»Wer ist denn die Netteste von uns?«

»Meine Mama«, kam es wie aus der Pistole geschossen, »aber gleich danach kommt – hey, das ist unfair, so was zu fragen, und ich sag's dir auch nicht.« Jetzt schaute sie richtig vorwurfsvoll drein, und Joe gluckste vor Lachen. Die Kleine war einfach unwiderstehlich.

Francine kam durch die große offene Halle auf die beiden zu. Mit ihrem gebräunten Teint und der langen weißen indischen Kurta sah sie heute so strahlend und erholt aus. Joe spürte einen leisen Stich dort, wo ihr Herz war. Ein leichter Wind von den Deckenventilatoren zog durch den offenen Raum und bewegte die Pflanzen, die man hier Elefantenohren nannte und die in großen Kübeln überall in der Halle standen. Nur vereinzelt waren die Sitzgruppen belegt, die großzügig in dem Raum verteilt standen.

»Salut, ihr zwei. Oh, ihr macht aber hübsche Sachen. Wofür sind die Herzen?«

»Für so liebe Menschen wie dich.« Pauli strahlte Francine an und streckte ihr ein pinkfarbenes Herz entgegen.

»Das ist aber süß von dir, Pauli, das ist mein zweites Wunder heute. Ich sammle sie neuerdings, pflücke sie wie Blumen, mache einen Kurs in Wundern. Und das größte Wunder ist, je aufmerksamer man ist, desto mehr entdeckt man davon.«

Sie zwinkerte Joe zu, die aufstand und sie sanft in den Arm nahm. »Ich hab von dem einen Wunder gehört, und ich finde es ganz großartig von dir.«

»Ach was, Bernarda war einfach reif dafür, es wurde ja auch Zeit. Sie hat ein ganz schreckliches Schicksal. Die Geschichte hat mich umgehauen. Sie wird sie euch auch erzählen. Und ihr werdet alle verstehen, warum sie ist, wie sie ist. Und jetzt freu ich mich einfach auf heute Abend, vielleicht erlebe ich ja noch ein Wunder, wer weiß das schon. Danke Pauli, Salut.«

»Jetzt fehlt aber ein Herz für die Deko.«

»Macht nichts, hab ja eine Hilfskraft, also beeil dich mal ein bisschen!« Pauli hob ihre Hand zu einem »give me five« und zeigte grinsend ihre Zahnlücke.

Die indische Musik, die doch sehr fremd für westliche Ohren klang, verwob sich mit den Geräuschen der Nacht. Es war eine traditionelle Carnatic-Music-Gruppe mit Trommeln, Flöte, Sitar und einer Sängerin.

Die Yogamädels sahen in ihren indischen Gewändern sehr festlich aus. Die einzelnen Gänge des köstlichen Menüs waren von jungen Indern in traditioneller Kleidung inklusive Turbanen serviert worden. Man sah auf den Fluss, an dessen Ufern ebenso wie im gesamten Garten Fackeln aufgestellt worden waren. Es war sehr romantisch. Und es fühlte sich an wie ein vorgezogener Abschied. Nur noch drei Tage bis zu ihrem Rückflug.

Während des Essens hatten die Musiker sich sehr zurückgehalten, die Lautstärke war für indische Verhältnisse sehr dezent gewesen. Doch jetzt kamen, wie angekündigt, der bekannte Sitarji, wie man Sitarspieler nennt, und ein Musiker, der die Tabla, eine Trommel, spielte. Der Sitarji saß im Schneidersitz etwas erhöht. Die Sitar, eine Art Laute, deren Klangkörper aus einer Kalebasse besteht und die einen langen, hohen Hals mit verschiebbaren Messingbünden hat, ruhte auf dem linken Fuß auf der rechten Seite des Spielers.

Katharina beugte sich zu Anna-Marie. »Ist dir Ravi Shankar ein Begriff, ein sehr berühmter Sitarji?«

»Ja, klar, das ist doch der, der auch mit den Beatles, mit George Harrison, so viel zusammengearbeitet hat.«

»Oh ja, ich weiß, *Norwegian Wood*.« Martina bekam einen schwärmerischen Blick.

»Genau, und in dem Album *Sgt. Pepper's Lonely Hearts Club Band* spielten sie komplette indische Titel ein, wie in *Within you, Without you*.«

»Ravi Shankar ist der Vater von Norah Jones, wusstet ihr das?«

»Nee jetzt, echt? Das hab ich nicht gewusst, ist ja interessant. Ich find die ja toll, die Norah Jones. Geile Mucke! So was müsstest du auch singen, Anna-Marie!« Martina war also auch ein Musikfreak.

»Ich hab einiges von Norah Jones in meinem Repertoire, schade, dass sie hier kein Klavier haben, sonst hätte ich euch mal wieder eine kleine Kostprobe gegeben.« Im Geheimen dachte Anna-Marie an ihr letztes Privatkonzert, und in der Erinnerung überlief es sie kalt. Sie hatte Bernarda noch nicht ganz verziehen. Sie sah zu ihr hinüber. Ihre Blicke trafen sich, und Bernarda zog im selben Moment bedauernd die Schultern hoch. Sie hatte wohl Anna-Maries Gedanken erraten.

Später, die Musiker hatten ihre Instrumente eingepackt, war es in ihrer Runde ganz still geworden. Die sechs Frauen hatten sich von dem Rest der Gruppe getrennt und saßen auf einer kleinen Holzterrasse direkt über dem Fluss.

Bernarda erzählte endlich allen ihre traurige Geschichte. Eine Geschichte, die so grausam war, dass man sie fast nicht glauben konnte. Eine Geschichte, die ihr die Gewissheit gegeben hatte, dass ihr Leben leer und sinnlos geworden war. Eine Geschichte, die dazu geführt hatte, dass sie ihr Herz verschloss, sich in Zynismus und Ironie flüchtete und um ein Haar nicht erkannt hätte, was diese Frauen ihr trotz ihrer boshaften Attacken entgegenbrachten: Freundschaft.

Sie waren einander sehr nah an diesem Abend. Nie hatte das Band der Freundschaft sie und jedes ihrer Schicksale so eng miteinander verbunden wie heute. Und als Anna-Marie eine Sternschnuppe am Himmel entdeckte und drängte: »Schnell, wünscht euch was!«, sagte Francine leise: »Machen wir doch mal was völlig anderes als immer nur das Wünschen von noch mehr Dingen, schicken wir doch mal ein Dankeschön dort hinauf für das größte Geschenk, das wir schon erhalten haben: das Geschenk unserer Freundschaft. Ich bin so froh, dass es euch gibt.«

Alle hoben ihre Gläser und sahen in den Himmel.

Schweigend und Arm in Arm gingen sie danach zu ihren Zimmern, und es glitzerten nicht nur die Sterne am Himmel, auch in ihren Augen glitzerte es, und ihre Herzen wogen zentnerschwer.

Küssen Inder anders?

»Es ist so wie immer, ich spüre diese verflixte innere Zerrissenheit. Ich genieße das hier, die Schönheit des neuen Tages, das Gefühl, ausruhen zu können«, Sarah drehte sich um die eigene Achse, »und gleichzeitig spüre ich die Triebfeder, den Turbomotor in mir, der mich pusht und der macht, dass ich raus will, dass ich weg will, dass ich die Wunder der Welt entdecken will. Ich befürchte, ich werde immer noch der Sonne folgen in die entferntesten Winkel dieser Welt mit nichts als meinem Rucksack auf dem Rücken, wenn ich mal neunzig bin.«

Sie hielt ihre Kamera auf die Vorderseite des fast schon legendären himmelblauen Reisebusses, auf die ein riesiger Tigerkopf aufgemalt war. Und sie fotografierte Leo, die sich an den Bus angelehnt hatte. Leo trug zu ihrem weißen Leinenanzug runde Ohrclips im Raubkatzenlook, und sie sah sehr verliebt aus.

»Pass bloß auf, Leo, sonst landest du in Sarahs neuem Fotoband über die wildesten Raubtiere der Welt.« Bernarda wirkte das erste Mal auf dieser Reise entspannt – nicht wütend. Sie lachte und zog ihre neuerdings kleine, bescheidene Reisetasche hinter sich her.

»Raja, es kann losgehen, alle Frauen sind an Bord«, sagte Katharina. Fauchend und mit stinkendem Auspuff setzte sich der himmelblaue Bus langsam in Bewegung, und das ermöglichte den Frauen noch einen letzten Blick auf den dschungelartigen Garten des Hotels mit den exotischen Blüten, deren verführerischer Duft zusammen mit dem Geruch nach feuchter, fruchtbarer Erde durch die offenen Fenster hereinströmte.

Im Bus herrschte eine wunderbare Stimmung von gelassener Heiterkeit, und doch summte es wie in einem Bienenstock. Durch die intensive Nähe, die diese Reise ihnen aufzwang, war eine gewisse Vertrautheit und Offenheit entstanden, die Gespräche untereinander sehr schnell sehr persönlich werden ließ.

Katharina machte sich an dem alten CD-Player zu schaffen, und die ersten Takte der Musik erklangen.

»Norah Jones«, rief Anna-Marie, »hey, du hast meine Lieblings-CD von Norah dabei!« Sie hüpfte begeistert auf ihrem Sitz herum, und schon füllte die außergewöhnliche Stimme der Jazzsängerin den Bus.

»Come away with me«, sang Katharina laut mit, »come away with me on a bus«, das passte doch wie die Faust aufs Auge, »come away where they can't tempt us with their lies …«

Alle summten leise vor sich hin, doch als dann »Turn me on« erklang, sangen sie lauthals mit. Alle kannten den Text, der Rhythmus war mitreißend, und keine hielt sich zurück. Nur Pauli sah mit offenem Mund von einer Frau zur anderen. Besonders groß sah sie Bernarda an, die ebenfalls mitsang, »like a flower, waiting to bloom, like a lightbulb in a dark room …«.

Katharina lehnte sich zufrieden zurück. Sie waren wieder unterwegs und ließen Indien rechts und links wie eine Kulisse an sich vorüberziehen.

ŏ ŏ ŏ

»Schlaf ein bisschen, ruh dich aus, du siehst müde aus.« Babette kämpfte mit ihrem viel zu kleinen Sitz. Sie musste eine

Position finden, in der sie längere Zeit sitzen konnte. Sie war so eingequetscht, dass sie kaum alleine aufstehen konnte. Blöde magere Inderhintern, sie kam sich wie ein Walross vor.

Francine lächelte ihr zu, und Babette brach es fast das Herz. Sie mussten nicht mehr viel reden, Babette wollte einfach nur ganz nah bei ihr sein.

Sie sahen die Landschaft vorbeiziehen in einem so satten, schillernden Grün, dass man an der Echtheit der Farben zweifeln oder eine höhere Instanz für die Bedienung der Palette verantwortlich machen könnte. Reisfelder, so weit das Auge reichte. Und wie Farbkleckse verteilt in diesem Grün viele malerisch bunte Gestalten: Frauen.

»Wunderschön, nicht?«, sagte Francine.

Babette nickte nur.

»Doch wie so oft im Leben trügt auch hier der Schein. Diese Frauen – ein Mann würde sich hier niemals zu einer solchen Arbeit herablassen – stehen den ganzen Tag gebückt bis zu den Waden im Wasser, sie arbeiten mit den Händen im Wasser, das weit über die geltenden Grenzwerte hinaus mit Pflanzenschutzmitteln kontaminiert ist. Sie werden krank von den giftigen Dämpfen, die von den schlammigen Böden aufsteigen. Es gibt Schlangen und Moskitos, also auch Malaria. Wenn man das weiß, bekommt dieses schöne Bild doch einen gewaltigen Riss. Ich werde furchtbar wütend, wenn ich das sehe!«

»Und der verseuchte Reis wird in alle Welt exportiert, die Grenzwerte werden ständig manipuliert, nur damit einige wenige, die zwei oder drei Lebensmittelkonzerne, die weltweit die Hand auf allem haben, ihren Gewinn optimieren. Und hier und überall auf der Erde verhungern Menschen.«

»Das wird mein nächstes Projekt werden, hoffentlich bleibt mir genügend Zeit dafür. Ich möchte noch so viel tun.«

Babette nahm ihre Hand und schloss die Augen. *Sie ist*

jetzt in Indien, es war immer ihr Traum, und nur das zählt. Gestern ist Vergangenheit, und morgen ist noch weit.

ᘓ ᘓ ᘓ

Susanne spürte die leichte Unruhe im Bus, einige Frauen waren aufgestanden, liefen im Gang hin und her. Der letzte Stopp war schon eine ganze Weile her. Es war schwierig, hier anzuhalten, in letzter Zeit hatte es Überfälle gegeben. Sie hatte bestimmte Stellen, die sie mit ihren Gruppen anfuhr. Eine davon würden sie gleich erreichen.

Der Bus hielt am Straßenrand vor einem Friedhof.

»Ladys, ihr müsst jetzt stark sein! Bitte, sucht euch einen Grabstein oder einen Busch, dies ist ein sicherer Ort zum Austreten. Shiva ist hier mit euch.«

Susanne wusste, wie heikel die Sache war, besonders diesmal. »Das ist die letzte Pinkelpause, bevor wir Tiruvannamalai erreichen. Überwindet euch bitte, nirgendwo anders seid ihr so sicher wie hier. Wenn euch das hilft, betet ein Vaterunser, oder bittet euren persönlichen Gott um Vergebung.«

Es blieb ihnen nichts anderes übrig, als auszusteigen und sich zwischen den Grabsteinen, unter dem riesigen Banyanbaum oder zwischen den wenigen Büschen einen Platz zu suchen.

Die Frauen betraten nur zögernd und unsicher den Friedhof.

»Komm, Mama, ich geh mit dir.« Mutig hielt Pauli die zögernde Martina an der Hand und zog sie beherzt zu einem Busch. Fast könnte man sich fragen, wer denn nun die Mutter ist, wer das Kind, dachte Susanne.

Nach einer Weile sah sie nur noch die Köpfe zwischen den Grabsteinen. Hier gab es Gräber, die ähnlich aussahen wie in Europa, doch das Gelände war stark verwildert, die Gräber vernachlässigt und ungepflegt. Man musste genau hinsehen, wo man hintrat.

»Huch!« Babette schnellte erschrocken aus der Hocke hoch. »Das ist ja ein Totenschädel.« Sie zerrte ihre Hose hoch und rannte wie ein geölter Blitz zurück zum Bus.

Francine hatte einen Blütenzweig gepflückt, sie strich mit der Hand leicht über einen völlig überwucherten Grabstein und legte den Zweig davor ab. Anna-Marie trat neben sie und legte ihren Arm um ihre Schulter. Sie weinten beide.

Still und in sich gekehrt kamen die Frauen zum Bus zurück. Sie nahmen ihre Plätze ein. Susanne fühlte förmlich, wie das Schweigen die Frauen wie eine steingraue Decke einhüllte, die sie für eine lange Zeit gefangen hielt.

Als sie in Tiruvannamalai ankamen, besichtigten sie den Ashram von Ramana Maharshi, einem der größten indischen Heiligen. Der Ashram war beeindruckend in seiner Weitläufigkeit und Gepflegtheit. Es gab mehrere größere Gartenanlagen und bewirtschaftete Gemüsegärten. Der Ashram war von einem dichten Wald umgeben, von dem aus der Pilgerweg auf den heiligen Berg startete. Überall auf dem Gelände stolzierten wunderschöne Pfauen frei herum.

Die Frauen besuchten die Grabstätte des Heiligen und den sogenannten Nirvana-Raum, in dem er seine letzten Tage verbracht hatte. In dem Buchladen, der außer einem großen Angebot an Büchern auch ein winziges Internetcafé bot, hatte sich eine Schlange von Rucksacktouristen vor einer Infowand gebildet. Es gab für Reisende einfache Unterkünfte und eine Großküche, die preiswerte Mahlzeiten anbot. An Gedenktagen oder sonstigen Feierlichkeiten konnten hier bis zu dreitausend Menschen verköstigt werden.

Besonders Babette war davon sehr beeindruckt.

Francine sah schmunzelnd zu, wie Katharina sie nur mit List und Tücke wieder von dieser gigantischen Küche loseisen konnte.

Die Sadhus wurden hier wie überall vor Sonnenuntergang kostenfrei verköstigt.

Vor der riesigen *Neuen Meditationshalle*, in der sich Hunderte von Anhängern aufhielten, hatten sie einen jungen Priester, einen Freund von Susanne, getroffen. Er wies ihnen Plätze in der Halle zu, und sie erlebten eine beeindruckende Zeremonie.

Irgendwann am Nachmittag, Francine hatte jegliches Gefühl für Zeit verloren, saßen sie in einem kleinen, verschwiegenen Innenhof, der *Geheimgarten* genannt wurde, im Kreis zusammen, der Priester in ihrer Mitte. Er war jung und sah umwerfend aus. Seine gedrehten dunklen Haare trug er im Nacken geknotet. Seine fast schwarzen Augen wirkten geheimnisvoll wie zwei tiefgründige Seen. Seine Stirn war mit geheimen Zeichen bemalt, und er hatte den bekannten roten Punkt in Höhe des Ajna-Chakras in der unteren Mitte der Stirn. Er trug einen Dhoti, das traditionelle Beinkleid der Inder, das aus einem langen Stück Stoff bestand. Sein Oberkörper war nackt bis auf eine Perlenschnur, die von einer Schulter aus quer über den Brustkorb bis zur Hüfte reichte.

»Er heißt Tarun Sharma, und er ist ein Freund«, hatte Susanne gesagt. »Er ist eine einmalige Gelegenheit für euch. Ihr dürft ihn alles fragen, nur eines bitte nicht, fragt ihn nicht nach seiner Frau.«

Und sie hatten sehr viele Fragen, die neugierigen Frauen aus Europa.

»Warum bist du Priester geworden?«, wollte Anna-Marie wissen.

Er stammte aus einer Brahmanenfamilie und war mit den

Ritualen und der Gelehrtensprache Sanskrit aufgewachsen, Priester zu werden war sein eigener Wunsch gewesen.

»Was bedeutet diese Perlenschnur, die du trägst?«, fragte Babette.

Francine hatte nicht richtig zugehört. Vage hing Babettes Frage noch in der Luft. Irritiert hob sie den Kopf und begegnete dem Blick des Priesters, der tief in ihr Inneres einzudringen schien. Aller Augen waren auf sie gerichtet, sekundenlang schien es, als hielten alle den Atem an. Tarun Sharma gab sich einen Ruck und nickte ihr zu, als sie lächelnd auf ihren Brustkorb deutete.

»Die Perlenschnur erhält ein Brahmanenknabe im Alter von fünf, sieben oder neun Jahren, und sie weist ihn als *Drija* aus, als Zweimalgeborenen.« Er räusperte sich, offensichtlich um Fassung bemüht.

»Was bedeutet der rote Punkt auf deiner Stirn?«, warf Martina ein.

Susanne sah sie scharf an. Ihr Blick war unübersehbar eine Warnung.

»Der rote Punkt heißt *bindi*, bedeutet Tropfen, besteht aus rotem Puder und Sandelholzpaste, die kühlend wirkt, der Geist soll dadurch ruhig und klar werden. Außerdem ist der Punkt ein Symbol für den Status *verheiratet*.«

Ungefragt erläuterte der Priester, dass zu den Bedingungen, Priester zu werden, auch gehörte, dass er verheiratet sein musste. Und zwar mit einer Frau seines Standes, der gleichen *jati*, was Geburt heißt. Und er musste Vegetarier sein.

Fragen und Antworten wechselten sich ab wie ein Pingpongspiel. Katharina und Susanne bedankten sich nach einer Weile bei dem Priester. Sie wollten aufbrechen.

»Küssen Inder anders als Europäer?«, kam die Frage, die Francine beinahe das Herz stillstehen ließ. Martina mal wieder! War ja klar!

Pauli stöhnte laut und hielt sich beide Hände vor die Augen. Sie wünschte sich bestimmt, unsichtbar zu werden.

Und wieder spürte Francine seinen Blick. Als sie ihn erwiderte, konnte sie das Feuer sehen, das in seinen Augen brannte.

»Äh, ich meine, geben indische Paare sich auch Zungenküsse, ähm, verstehst du, French Kisses?«

Pauli krümmte sich auf ihrem Kissen. Sie hatte die ganze Zeit in ihren Block gemalt und geschrieben.

Die anderen verdrehten die Augen, doch der Priester nahm keinen Anstoß an Martinas Frage. Sehr ernsthaft erklärte er ihr, dass, anders als in Europa, in Indien Küsse und Umarmungen in der Öffentlichkeit verpönt seien, dass die Erwähnung sexueller Praktiken weder in Zeitschriften noch in Büchern noch in Filmen erlaubt sei.

Er sah Martina lächelnd an. »Bei uns werden die intimen Praktiken zwischen zwei Menschen als Geheimnis bewahrt, das erhält den Zauber einer Beziehung.«

Sein Lächeln war magisch, alle Frauen saßen mit völlig verklärten Blicken auf ihren Sitzkissen, und Susanne musste ein zweites Mal die Fragestunde für beendet erklären.

Als Anna-Marie plötzlich »küssen verboten« trällerte, sagte Martina: »Oh ja, wisst ihr noch, die Prinzen.« Da brachen sie alle in Gelächter aus, und der Bann war gebrochen.

Susanne verabredete sich mit dem Priester für den nächsten Tag im Tempel.

Sie gingen über den großen offenen Hof des Ashrams unter den schattigen Bäumen Richtung Ausgang. Francine hatte weiche Knie, sie wusste, auch ohne sich umzudrehen, dass sein Blick ihr folgte.

Plötzlich ertönte ein lautes Kreischen, und es entstand Gerangel. Einer der frechen kleinen Affen, die hier beheimatet waren, hatte Paulis Plastiktüte erspäht, war blitzschnell aus dem Baum heruntergesprungen, über die Kleine hergefallen und hatte ihr die Tüte, in der ihre Malsachen waren, weggerissen. Es dauerte keine Sekunde, da erklang ein so schriller, spitzer, lauter Schrei, dass der Affe vor Schreck wie erstarrt auf der Stelle verharrte. Pauli, die einen Spurt hingelegt hatte, den Francine dem pummeligen kleinen Mädchen niemals zugetraut hätte, riss dem frechen kleinen Kerl die Tüte aus der Hand und schrie ihn noch mal an.

Der dreiste Dieb war so schnell verschwunden, wie er gekommen war.

Pauli drehte sich um, grinste breit durch ihre Zahnlücke und hob ihren Daumen. »Geht doch!«

ठ ठ ठ

»Dieser Priester! Wow!«

»Was? Was ist mit ihm?«

»Der hat Augen! Zum Verlieben!«

»Anna-Marie! Lady B. hatte recht, du bist schamlos!«

Francine und Anna-Marie lagen nebeneinander auf dem extrabreiten Doppelbett und blickten durch das Panoramafenster auf den Arunachala, den heiligsten Berg Südindiens. Die Sonne war schon lange untergegangen, und doch waren die Umrisse des Berges deutlich zu sehen. Es hieß, das Licht Shivas solle den Berg wie eine Aura umgeben. Er sah noch schwärzer aus als schwarz, furchterregend nah und geheimnisvoll. Die dunkle Masse wurde nur ab und zu unterbrochen durch winzige Lichter, die Feuer von Fackeln wahrscheinlich.

»Nein, ich bin nicht schamlos, ich flirte nur gerne. Weißt du nicht, was Bastian immer sagt?«

»Non!« Francine schüttelte den Kopf.

»Er sagt von mir: Die Frau ist nix zum Heiraten, sie schaut nach jedem Kerl, sie ist die Königin des Flirtens und die Kaiserin der Tränen.« Sie lachte. »Und jetzt heiratet er mich doch, yippiiiie!«

»Er weiß doch ganz genau, dass du ihn liebst und ihm treu bist wie Gold.«

»Soll ich dir was sagen, von wegen flirten? Der Priester hat weder mich wahrgenommen, noch hat er irgendeine von den anderen Mädels gesehen, der hatte nur Augen für dich.«

»Quatsch! Das bildest du dir ein. Ich bin eine alte Frau, und er ist jung, er ist nicht viel älter als du, warum sollte er ausgerechnet mich anschauen.«

Francine ignorierte Anna-Maries Kichern. Sie spürte den Blick des jungen Priesters noch auf sich. Seine dunklen Augen hatten immer wieder zu ihr hingesehen, als hätte ein Magnet sie in ihre Richtung gezogen. Er hatte irritiert gewirkt. Und sie hatte kaum gehört, was gesprochen wurde, die Faszination seiner Ausstrahlung hatte sie wie in Trance versetzt. Erschreckend! Irritierend!

Francine drehte ihren Kopf, Anna-Marie war eingeschlafen. Sie selbst spürte noch das Vibrieren ihres inneren Motors, der sie manchmal nächtelang nicht schlafen ließ. Sie hatte die Arme unter ihrem Kopf verschränkt und fühlte ihr Haar, das unter ihren Händen knisterte. Gut, dass sie es noch hatte. Sie mochte ihre Haare und war froh, dass sie die Chemo nicht gemacht hatte.

Tarun Sharma, was für ein schöner Name.

Ich trage dich bis zum Ende des Weges

Der heilige Berg rief. Er war das absolute Highlight ihrer Reise. Und eine absolute Herausforderung. Für alle.

»Ich geh allein. Wenn ich nicht mehr kann, kehre ich einfach wieder um«, sagte Bernarda.

Susanne hatte vier bis fünf Stunden für den Aufstieg berechnet, bei vierzig Grad.

»Du gehst nicht allein, Bernarda«, Susanne hatte die Stimme erhoben, »keine von euch geht allein. Entweder wir gehen zusammen oder gar nicht. Auch zu zweit oder zu dritt geht es nicht. Der Weg ist gefährlich, es gibt Überfälle und Vergewaltigungen.«

Babette hatte sich bereits dazu entschlossen, im Ashram zu bleiben. Sie hatte ihre Malsachen dabei. Außerdem überlegte sie, wie sie sich Zugang zu dieser Wahnsinnsküche verschaffen konnte.

ᘐ ᘐ ᘐ

»Ich möchte unbedingt auf den Berg, aber ich möchte auch die Gruppe nicht belasten.« Francine beriet sich mit Katharina.

»Hört mal alle her, bitte.« Katharina stand vorne im Bus. »Francine ist im Zweifel, ob sie das schafft, sie möchte aber gerne mit auf den Berg.«

»Wir sind doch alles starke Frauen, zusammen schaffen wir das. Hinauf und wieder hinunter.« Sarah hatte ausgesprochen, was die anderen dachten und durch ihr Nicken bestätigten.

Francine spürte, wie sie rot vor Freude wurde.

Leo sah Sarah mit verklärtem Lächeln an. Amor hatte sie wahrhaftig kalt erwischt.

»Pauli! Ich will dich immer an der Hand eines Erwachsenen sehen, hast du das verstanden?«

Pauli hob ihren Daumen. »Claro!«

»Martina und Bernarda! Ihr seid verantwortlich für Pauli, verstanden?«

Bernarda und Martina hoben beide ihren Daumen. »Claro!«

Es war ein langer und mühsamer Weg. Sie legten große Streckenanteile schweigend zurück. Eine wunderbare Gelegenheit, sich mit sich selbst auseinanderzusetzen, fand Francine.

Sogar Pauli schwieg.

Diese Frauen fangen dich auf, zusammen sind wir stark. Das war vermutlich nicht nur für Francine ein wunderbares Gefühl.

Als sie etwa eine Stunde gegangen waren, schob sich eine kleine Hand in ihre.

Martina, die vorweg ging, drehte sich um und nickte Francine zu. Es war, als hätte sie wie beim Staffellauf symbolisch den Stab an den nächsten Läufer übergeben.

»Warum gehst du so langsam, hast du Schmerzen?« Pauli schaute Francine prüfend an.

»Nein, ich habe keine Schmerzen, ich fühle mich nur ein wenig schlapp.«

»Meine Mama hat mir gesagt, dass du sehr krank bist.«

»Ja, das stimmt, ich bin sehr krank.«

»Wirst du sterben?«

»Ja, ich werde sterben.«

»Ich werde auch sterben, aber das ist noch lange hin.« Paulis Flipflops quietschten. »Vielleicht ja auch nicht. In meiner Klasse ist an Weihnachten ein Mädchen gestorben, die war so alt wie ich. Das mit dem Sterben ist also gar nicht so sicher.«

»Ach, wie traurig. Das mit dem Mädchen meine ich.«

»Ja, stell dir vor, an Weihnachten, die Eltern waren bestimmt doppelt so traurig.«

Francine hatte Mühe, mit Paulis Tempo mitzukommen.

»Alle Kinder meiner Schule waren auf der Beerdigung. Wir alle sollten die Eltern trösten. Glaubst du, dass so was funktianihiiert?« Pauli stolperte über einen Stein.

»Hier für den Berg hättest du Turnschuhe anziehen sollen, in den Gummilatschen fällst du vielleicht noch hin.«

»Du hörst dich an wie eine Mama. Bist du auch eine Mama, hast du auch Kinder?«

»Ja, eins.«

»Mädchen oder Junge?«

»Mädchen.«

»Wo ist die denn, wenn es dir so schlecht geht? Ich würde meine Mama niemals allein lassen.« Eine Weile sagte Pauli nichts mehr. Aber sie akzeptierte Francines Schweigen. Wenn auch nicht für sehr lang.

»Ich möchte nicht, dass meine Mama stirbt. Also, wo ist jetzt dein Kind?«

»Ach, Pauli, das ist eine traurige Geschichte. Meine Tochter ist schon groß, und wir vertragen uns nicht gut. So was kann auch passieren, wenn aus Kindern Erwachsene werden.«

»Hm.« Pauli sah sie ungläubig an, starrte dann auf die Erde und brummelte vor sich hin.

»Jetzt möchte ich mal eine Weile nichts mehr sagen, Pauli, mich strengt das Reden an. Ich bekomme nicht so gut Luft.«

»Okay, dann sag ich auch nichts. Versuch doch mal, mit dem Herzen zu atmen. Stell dir vor, alle Luft strömt sanft in dein Herz und auch wieder raus. Meine Mama ist Yogalehrerin, und die sagt, das hilft.«

»Okay, das versuch ich jetzt. Aber bleib noch ein bisschen bei mir an der Hand. Ich hab das gern, wenn du bei mir bist.« Francine strich sanft über Paulis verwuschelte Haare, atmete ihren Kleinmädchenduft tief ein und lächelte wehmütig. *Mit dem Herzen atmen! Warum nicht!*

Sie rasteten und meditierten auf einem riesigen Plateau mit einem hinreißenden Blick auf die Stadt und die vier großen und einige kleinere Tempel, verbunden mit dem weitläufigen Hof in der Mitte. Die Sonnenstille hier oben zu erleben im Bewusstsein der gegensätzlichen Geschäftigkeit der Stadt, die ganz im Dunst der vielen Holzfeuer wie im Nebel lag, war seltsam und machte die Stille besonders wertvoll.

Und dann stand er auf einmal vor Francine, wie aus dem Boden gewachsen. Tarun Sharma. Der junge Priester. Und wie sehr sie sich auch bemühte, mit dem Herzen zu atmen, genau dieses Herz raste und klopfte, dass ihr ganz schwindlig davon wurde.

»Bonjour!«

Gestern schon hatte er sie in Französisch angesprochen. Stand auf ihrer Stirn geschrieben, dass Französisch ihre Muttersprache ist?

»Ich fass es nicht, Shari, dich schickt mir der Himmel oder die Götter oder wer auch immer!« Susanne umarmte den Inder stürmisch. Sie wirkte erleichtert. »Katharina und ich hatten uns gerade überlegt, ob wir vielleicht nach der Hälfte der Strecke umkehren.«

»Why?« Sie sprachen Englisch.

»Because the interests of the Old Boxes!«, sagte Leo, sie stand bei Katharina und Susanne und grinste.

Der Priester grinste zurück.

»Nein, aber die Gruppe ist tatsächlich sehr gemischt, und dann müssen wir auch auf Pauli besonders aufpassen. Wir zwei hatten gerade ziemliche Zweifel, ob wir nicht ein zu großes Risiko eingehen«, ergänzte Susanne.

Das, was von den Lunchpaketen übrig geblieben war, wurde wieder in den Rucksäcken verstaut, die letzten Fotos wurden geschossen, und dann begann die nächste Etappe auf dem Pilgerweg, der im Uhrzeigersinn um den Berg herumführte.

»Wie geht's dir, Francine, wirst du den Aufstieg schaffen?« Bernarda hatte sich ein Tuch um den Kopf gewickelt, die Sonne stand jetzt schon ziemlich hoch.

»Die Pause war gut, jetzt kann ich wieder besser atmen. Pauli hat mir empfohlen, mit dem Herzen zu atmen, und das hat mir wirklich geholfen. Die Kleine ist entzückend.«

»Ich glaube, sie war der Schlüssel zu meinem eingefrorenen Herzen, sie hat mich geknackt wie eine harte Nuss.«

»Lass uns einfach eine Strecke zusammen gehen, Bernarda. Ich weiß, ich wollte dir noch einiges von mir erzählen, doch lass uns morgen auf der Rückfahrt zum Hotel etwas ausführlicher reden. Das Laufen strengt mich doch sehr an und zehrt an meiner Energie. Und ich möchte unbedingt Maharshis Hütte sehen.«

Bernarda nickte, strich Francine mit einer fast zärtlichen Geste über den Arm und passte sich ihrem Lauftempo an. Sie beide bildeten den Schluss der Gruppe, nur der Priester lief hinter ihnen.

Sie erreichten die *Virupaksha-Höhle* nach mehreren kleinen Rasten um die Mittagszeit. Die Strecke war anstrengend gewesen, auch für die jüngeren Frauen, und sogar Pauli wirkte erschöpft und war ganz schweigsam geworden.

Mit einem Aufseufzen ließ Francine sich auf einer Bank in der Nähe des Eingangs nieder. Sofort versammelten sich die

Freundinnen um sie. »Geht's dir gut?« »Möchtest du was trinken?« »Leg doch die Beine hoch.«

»Hey, das geht schon wieder, lasst mich einfach mal ein bisschen in Ruhe. Ich hab es hier hochgeschafft, und das macht mich sehr zufrieden. Also, ab mit euch in die Höhle.«

»In dieser Höhle hat Maharshi von 1899 bis 1916 gelebt. Die Höhle ist ziemlich groß, sie wird in Ordnung gehalten, und es kostet Eintritt, sie zu besichtigen.« Doch es gab in der Umgebung der Höhle wenig Schattenplätze, hatte Susanne erklärt und gesagt, dass sie hier nur eine kurze Rast einlegen und dann noch eine etwas höher gelegene Höhle besuchen würden. »In den heißen Monaten hat Maharshi in dieser anderen Höhle gelebt, wo es durch große Mangobäume ringsum Schatten gibt und der nahe gelegene Fluss auch in heißen Monaten Wasser führt.«

Der Priester hatte sich zu Francine auf die Bank gesetzt. Er nickte ihr nur freundlich zu, streckte die Beine aus und redete kein Wort.

Francine fühlte sich zuerst unbehaglich in seiner Gegenwart, sie konnte ihre Reaktion von gestern nicht wirklich einordnen. Sie spürte, dass sie den Atem anhielt. Doch das war kein Mann auf der ganzen Welt wert, fand sie, sie brauchte ihre Luft für sich. Sie atmete bewusst ein und aus, und nach einer Weile entspannte sie sich. Und nicht nur das, sie fühlte sich mit einem Mal wohl in seiner Gegenwart. Sehr wohl sogar! Er verströmte einen Duft nach Kaffee und noch etwas, etwas, etwas … Unbekanntem und doch Vertrautem. Und nach etwas Aufregendem. Nach Mann.

Als sie wieder zu sich kam, lag ihr Kopf an seiner Brust. Ruckartig hob sie ihren Kopf. Den Göttern sei Dank, heute trug er eine Kurta über dem Dhoti. Seine nackte Brust wäre ihr noch peinlicher gewesen. Sie hatte geschlafen und fühlte sich jetzt frisch und erholt. Da war wieder sein aufregender Geruch. Sie musste dringend Paulis Rat befolgen. Mit dem Herzen atmen.

»Du hast nicht lange, aber fest geschlafen, geht es dir besser?« Seine Stimme war plüschig wie Samt, wenn er Französisch sprach. Und sie traf wie ein Pfeil in ihre Seele und andere körperliche Regionen. Sie rückte hektisch von ihm weg, und in der Sekunde, in der sie seine Körperwärme nicht mehr einhüllte wie ein schützender Mantel, fühlte sie sich elend, kalt und verlassen. Sie widerstand ihrem Drang, sich wieder an ihn zu lehnen, und stand abrupt auf. »Wieso sprichst du so gut Französisch?«

»Meine Familie lebt in Pondicherry, die Amtssprache dort ist Französisch.«

»Du sprichst aber auch ein fantastisches Englisch, Welten entfernt von dem Englisch deiner Landsleute.« Francine gab ein paar Brocken Pidginenglisch zum Besten, wackelte mit dem Kopf und grinste.

Der Brahmane lachte schallend über ihre Parodie. »Ich bin in England zur Schule gegangen, ich war dort in einem Internat.«

ठ ठ ठ

Nachdem sie aus der Höhle zurückgekehrt waren, trieb Susanne ihre Mädels wie eine Herde Schafe an. Sie hatten noch eine ziemliche Strecke vor sich und mussten schließlich von dem Berg wieder herunter, wenn der Weg zurück auch sehr viel kürzer war. Am späten Nachmittag stand noch das besondere Tempelerlebnis an, und morgen ging es zurück nach Mamallapuram. Susanne seufzte. Das war eine wirklich tolle Gruppe. Trotzdem würde sie froh sein, wenn der morgige Tag überstanden war. Sie musste sich auch noch um Francine kümmern und hoffte, dass alles so klappte, wie sie es mit ihrer Freundin in Auroville telefonisch besprochen hatte.

Francine brauchte wirklich Unterstützung. Sie bewunderte die Luxemburgerin für ihren Mut, in ihrer Situation einen Neuanfang zu wagen. Sie war eine toughe und sehr interessante Frau. Alle waren sie interessant, diese Canastafrauen. Sie hätte nie erraten, dass ausgerechnet so ein komisches Kartenspiel die Verbindung zwischen diesen so unterschiedlichen Frauen war. Na ja, es gab immer wieder solch überraschende Zusammenhänge.

Sie würde Katharina sehr vermissen, es war ein tolles gemeinsames Projekt. Es würde sicher längere Zeit dauern, bis sie so etwas wiederholen konnten. Die Zusammenarbeit mit der Kollegin war einfach großartig.

»In der nächsten Höhle, *Skandasramam*, hatte Ramana Maharshi von 1916 bis 1922 gelebt.« Susanne ließ ihren Teilnehmerinnen sehr viel Zeit, um sich vor dem Abstieg zu erholen, zu meditieren und die Atmosphäre der Einsiedelei auf sich wirken zu lassen. Es war ein idyllischer, schattiger, ein mystischer Platz, mit einigen Mangobäumen und blühenden Sträuchern. Sogar Farne wuchsen hier. Die ganze Vegetation ließ ahnen, dass der Fluss, von dem Susanne gesprochen hatte, in unmittelbarer Nähe war.

ʊ ʊ ʊ

Francine saß auf einer Steinbank im Schatten eines großen Mangobaums in dem Bewusstsein, dass hier, genau hier auf dieser Bank, der Heilige gesessen und den gleichen Blick auf die Stadt genossen hatte wie sie in diesem Moment. Die vielen Jahre dazwischen waren wie weggewischt, sie konnte seine geistige Präsenz so deutlich spüren, dass ihr die Tränen kamen. *Ich habe deine Botschaft verstanden, alter, weiser Mann.*

Der Körper stirbt, aber der Geist, der ihn übersteigt, kann vom Tod nicht berührt werden, hatte Maharshi mit siebzehn Jahren während einer Todeserfahrung erkannt.

Ein wenig von ihr entfernt saßen Leo und Sarah zusammen auf einem großen Stein.

Der Priester stand in der Nähe an einen Baum gelehnt.

Die drei sahen ebenfalls auf die Stadt hinunter, die durch den Rauch wie in Nebel eingehüllt war.

Francine glaubte, ihn bis hier herauf wahrzunehmen.

Pauli versuchte gerade, mit zwei kleinen indischen Mädchen ins Gespräch zu kommen. Sie bemühte sich sehr, sogar mit ein paar Brocken Englisch versuchte sie es.

Francine beobachtete die Körpersprache des Mädchens. Es schien immer so, als lausche sie nach innen, als hörte sie eine innere Melodie, nach der sie sich bewegte. Es war faszinierend. Francine erhaschte einen nachdenklichen Blick von Leo, die Pauli ebenfalls beobachtete. »Wie sehr sie in sich ruht. Wie sehr sie sich von Aurelia unterscheidet, findest du nicht?«

Das stimmte.

Pauli zog zwei der verknitterten rosa Pappherzen aus ihrem Rucksack, hielt sie erst vor ihren Brustkorb und reichte sie dann den beiden kleinen Inderinnen, die intuitiv Paulis Geste erfassten und ihre Hände zu einem *Namasté* zusammenlegten, bevor sie Paulis Geschenk annahmen.

»From heart to heart«, sagte Tarun Sharma.

»Das war eine schöne Idee gestern Abend mit den Herzen«, lobte Sarah die Kleine, »du kannst ganz toll malen. Willst du später mal Kunst studieren?«

»Hey, das weiß ich doch jetzt noch nich, ich bin acht und habe mein ganzes Leben noch vor mir!«, antwortete sie cool und ein bisschen genervt, packte ihren Rucksack zusammen, flipfloppte mit dem schmatzenden Geräusch ihrer Sohlen davon und machte sich auf die Suche, wahrscheinlich nach ihrer Mutter.

Sarah blieb der Mund offen stehen. »Sie hat vollkommen recht, wie blöd von mir, sie so was zu fragen! Das Kind ist erstaunlich.«

ʊ ʊ ʊ

Francine betrat zögernd die Höhle. Nur der schwache flackernde Schein weniger Butterlämpchen durchbrach die dumpfe Dunkelheit. Es roch nach feuchter Erde, Weihrauch und nach verbranntem tierischem Fett. Sie spürte, wie ihre Bronchien sich zusammenzogen wie die empfindlichen Fühler einer Schnecke. Sie hatte Mühe zu atmen. Dennoch zog es sie in diesen Raum, dessen Wände die Anwesenheit, den Atem und die Geisteskraft eines Menschen, die Aura des heiligen Mannes, in den langen Jahren seines Rückzugs überwältigend spürbar gespeichert hatten. Noch niemals in ihrem Leben hatte Francine so übermächtig und fast körperlich nah die Gegenwart eines Menschen gespürt.

Sie fand einen Platz auf einem natürlich gewachsenen hohen Podest. Als ihre Augen sich an die Dunkelheit gewöhnt hatten, erkannte sie Leo, Sarah und Anna-Marie und wunderte sich über die Anwesenheit Bernardas. Die saß mit gekreuzten Beinen und geschlossenen Augen nicht weit von ihr entfernt.

Francine gelang es sehr schnell, die Bewegungen ihres Geistes zur Ruhe kommen zu lassen. Am Rand bemerkte sie, dass der junge Priester neben ihr seinen Sitz eingenommen hatte. Sie verlor sich im Zustand vollständiger Losgelöstheit, tauchte ein in ein Vakuum, das sie Raum und Zeit völlig vergessen ließ.

Nur widerwillig kam sie aus ihrer Versenkung zurück. Sie

konnte es nicht überhören, das Schluchzen, das zunehmend lauter wurde. Bernardas Schluchzen. Schon wieder. Francine öffnete vorsichtig die Augen und sah, wie Bernarda sich hin und her schaukelte wie ein Kind.

Ihre Augen waren geschlossen, es schien so, als sei sie nicht richtig bei Bewusstsein, als sei sie in Trance. Als die Geräusche, die sie machte, immer lauter wurden, stand der Priester auf und bedeutete den anderen Frauen, die Höhle zu verlassen. Er setzte sich neben Bernarda.

»Es gibt solche spirituellen Krisen«, sagte Katharina, »und bei den Verlusten, die eure italienische Freundin erlitten hat, ist es kein Wunder, dass sie jetzt zusammenbricht.«

»Ich bin heilfroh, dass Shari mitgekommen ist.« Susanne wirkte erleichtert.

»Siehst du, du dumme Gans, er ist nur mitgekommen, um Susanne und Katharina bei unserer Betreuung zu unterstützen«, schalt sich Francine. Bei der Betreuung der *Old Boxes*. Sie lachte innerlich immer noch über Leos Scherz. Und sie wunderte sich, dass sie so gelassen geblieben war, trotz dieser wirklich hochemotionalen Stimmung in und um die Höhle. Sie spürte die Distanz, die sie unbewusst zwischen sich und den Freundinnen aufbaute, morgen noch, und dann musste sie sie sowieso alle loslassen. Wahrscheinlich war das eine Art von Selbstschutz.

Doch ihre Gelassenheit hielt nicht lange an. Francine hatte schnell bemerkt, dass der Abstieg ihr sehr viel mehr abforderte, als sie leisten konnte. Es ging in direkter Richtung steil nach unten. Ihre Knie wackelten bedenklich, ein Zittern lief durch ihren Körper. Die von Tränen und Panik erstickte Stimme von Bernarda, die neben ihr lief, machte es nicht gerade leichter.

Sie blieb ein wenig hinter den anderen zurück, setzte sich auf einen Stein, holte eine Flasche Wasser aus ihrem Rucksack und trank. Als sie sich aufrichtete, um weiterzugehen, wurde sie von zwei Armen hochgehoben, so schnell, dass sie keine Zeit hatte, abzuwehren. Sie hatte nicht bemerkt, dass der Priester und Susanne hinter sie getreten waren.

Susanne nahm ihren Rucksack und gesellte sich neben Bernarda.

»Still!«, sagte der junge Mann, als sie gerade den Mund aufmachte, um zu protestieren. »Du kannst dir deine Worte sparen, petite Luxembourgeoise, ich werde dich tragen bis ans Ende dieses Weges.«

Und wie auf der Bank, als sie neben ihm eingeschlafen war, entspannte sie sich, legte einen Arm um seinen Hals und ließ es zu, getragen zu werden. Sie verfielen beide in ein tiefes Schweigen, das vom Rhythmus seiner Bewegungen begleitet wurde.

Francine versuchte, ihre Gefühle und ihre Gedanken zu disziplinieren, die wie tausend wilde freche Affen über sie herfielen. Es machte sie verrückt, dass sie seinen Geruch, der ihr so vage bekannt vorkam, nicht identifizieren konnte. Außer dem nach Kaffee. Außer dem nach Mann.

Sie hatte die Augen geschlossen, um alles andere auszuschließen. Doch die Hitze ließ sich nicht ausschließen. Sie spürte, wie er unter seiner Kurta dampfte. Sein Schweiß vermischte sich mit ihrem, sein Duft vermischte sich mit ihrem. Sie öffnete ein Auge und sah, wie ein Tropfen Schweiß von seinem Hals in sein Hemd perlte. Ihre Wange lag an seiner Brust, sie könnte die Tropfen mit ihrer Zunge auffangen. Sie hörte sein Herz schlagen, und das und die Hitze verursachten einen köstlichen, ziehenden, schon verloren geglaubten Schmerz in ihrem Inneren. »Vielleicht ist es das letzte Mal in meinem Leben, dass ich einem Mann so nahe komme«, dachte Francine wehmütig. Und gleich danach stahl sich ein frecher Gedanke in ihren Kopf: »Es hätte viel schlimmer kommen können, er ist ein Knüller.« Sie wollte es so gern unterdrücken, doch das tiefe Lachen löste sich aus ihrem Brustkorb und blubberte aus ihrem Mund in das Schweigen des heiligen Berges. Ihr Lachen war ansteckend, er lachte mit ihr, so sehr, dass er sie absetzen musste. Sie sahen sich in die Augen, und wie ein Windstoß fiel das Lachen immer wieder über sie her. Nachdem sie beide etwas Wasser getrunken hatten, hob er sie wieder hoch in seine Arme. Die Zärtlichkeit, mit der er sie ansah, und die Zärtlichkeit seiner Berührungen überwältigten sie. *Wenn dieser Weg doch nie zu Ende ginge!*

»Du solltest dringend eine Therapie machen, wenn wir zurück sind in Deutschland«, sagte Leo zu Bernarda.

Leo, Joe und Anna-Marie hatten sie in die Mitte genommen. Joe trug ihre Tasche, zu einem Rucksack hatte sie sich nicht durchringen können.

Sarah war ebenfalls bei der kleinen Gruppe, die Kamera *standby.*

»Könntest du nicht …«

»Nein, ich könnte nicht!«, unterbrach Leo Bernarda. »Ich arbeite nur mit Kindern, und mit Freunden außerdem prinzipiell nicht!«

Bernarda schwieg. Alles schien so sinnlos und so leer. Ihr ganzes Leben war ohne Substanz. Die Sehnsucht in ihr wurde immer stärker, doch sie war so aussichtslos. Dieses Indien hatte alles aufgewühlt, alles durcheinandergebracht. Wie hatte sie sich nur so gehen lassen können. Pauli hatte sie völlig durcheinandergebracht. Doch mit einem Mal wurde ihr bewusst, was Leo gerade gesagt hatte. *Mit Freunden!* Ein überwältigendes Gefühl von prickelnder Freude breitete sich in Bernarda aus. Wie konnte sie nur so blind gewesen sein, sie war doch überhaupt nicht allein. Die ganze Zeit hatte sie diese wunderbaren Frauen an ihrer Seite und hatte es ihnen so verdammt schwer gemacht. Sie atmete tief ein und aus, sah sich um, und es war, als hätte der Nebel sich ein wenig gelichtet.

ॐ ॐ ॐ

Tarun Sharma zelebrierte zu Beginn die Puja wie üblich zu Ehren Shivas. Doch dann gab es einen Bruch in der Routine des Ablaufs. Es schien, als hätte Tarun Sharma eine neue Choreografie der Opferrituale erfunden, und die führte er einzig und allein für Francine aus. Er huldigte ihr mit jeder seiner Gesten, mit seiner Stimme, mit jedem Blick. Jedem Mantra, das über seine Lippen kam, war es bestimmt, ihre Seele zu berühren.

Susanne, die die Rituale genau kannte und wusste, wie Shari sonst agierte, war irritiert und spürte, dass hier etwas Unglaubliches, etwas ganz Besonderes geschah.

Wie Bräute hatten sie alle ausgesehen in ihren besten Gewändern, mit Blumenketten bekränzt und mit geschmückten Opfergaben in der Hand, als sie den Tempel am späten Nachmittag betreten hatten.

Der Priester hatte sie am Eingang des Shiva-Tempels empfangen und durch geheimnisvolle dunkle Gänge in das innere Allerheiligste geführt. Er war sehr ernst und wirkte unnahbar, fast abweisend. Nur wenn sein Blick Francines Gesicht streifte, wurden seine Züge weich.

Und nun knieten sie hier in einer kalten, unterirdischen, von Mantragesängen und Rauch geschwängerten dunklen Höhle in ihren besten Klamotten im Schmutz, die Stirn am Boden, die Füße rabenschwarz. Sie schwebten in Sphären, die ihre eigene Religion oder Kultur ihnen so noch nie vermittelt hatte. Einige der Frauen weinten.

Katharina liefen eiskalte Schauer über den Rücken. Sie

fühlte diese geballte emotionale Energie, die die Frauen erfasst hatte. Das war die Essenz dieser wundersamen Reise.

Und – es war der Abschied.

Der Abschied von Indien. Der Abschied von Francine.

ठ ठ ठ

»Das ist wirklich krass, der Berg sieht aus wie von hinten beleuchtet.«

Anna-Marie und Francine lagen in ihrem breiten Doppelbett, das fast das ganze Zimmer ausfüllte.

»Sag ich doch! Der weitaus berühmtere Kailash gilt nur als Wohnsitz Shivas. Doch unser Berg hier ist noch heiliger. Denn er ist eine Inkarnation Shivas, und es ist sein heiliger Schein, der unser Bett beleuchtet.« Francine spürte jeden einzelnen Knochen in ihrem Körper. Sie hatte ein starkes Schmerzmittel genommen und war froh, dass sie sich ausstrecken konnte. Sie musste demnächst ihre Ressourcen etwas mehr schonen.

»Was ist das? Hast du das auch gehört?«

Es kratzte an der Tür, Anna-Marie spurtete und riss die Tür auf.

Draußen stand Leo mit Turban. »Schlaft ihr schon? Ich hab noch einen Schlaftrunk gefunden.« Sie hielt triumphierend ihren Flachmann hoch. Whisky.

»Hey, super, das ist genau das, was wir jetzt brauchen.« Francine streckte die Hand danach aus.

»Ist das so gut für dich?« Anna-Marie sah sie skeptisch an.

»Besser als Chemo jedenfalls.« Francine grinste und trank einen herzhaften Schluck. Sie klopfte mit der Hand neben sich aufs Bett, und Leo setzte sich.

»Ihr habt ja ein richtiges Bergpanorama hier! Großartig!« Sie rutschte ans Kopfende an die Wand.

Es rumpelte, die Tür ging weit auf, und Babette kam

herein, im weiten rosa Nachthemd, gefolgt von Joe, die einen Pareo um sich gewickelt hatte. »Das könnte euch so passen, klammheimlich hier die Sundowners kippen. Ich brauch jetzt dringend Stoff!«

Die Matratze ächzte, als Babette und Joe sich ebenfalls Platz verschafften.

Leos Reiseflachmann ging von Hand zu Hand, von Mund zu Mund.

»Den hab ich jetzt wirklich dringend nötig nach so viel spiritueller Energie. Ich hab das Gefühl, ich hebe vom Boden ab.« Joe war den ganzen Tag auffallend schweigsam gewesen.

»Bernie fehlt noch«, sagte Anna-Marie.

»Was dagegen, wenn ich sie hole?«, fragte Leo und war schon unterwegs zur Tür.

»Sie traut sich nicht«, sagte Joe.

»Kann ich gut verstehn«, murmelte Babette.

»Jetzt kommt, Mädels, nehmt euch ein Beispiel an mir und verzeiht ihr. Ihr habt doch ihre Geschichte gehört, sie hat wirklich ein hartes Schicksal.«

»Haben wir doch längst. Ihr verziehen, meine ich.« Babette nahm noch einen Schluck. »Ich hab heute in der Küche des Ashrams in zu viele Töpfe geschaut und zu viele Kostproben genommen, mein Magen rebelliert.«

»Das Bett ist ja breit, aber nicht breit genug für uns alle.« Bernarda stand jetzt etwas unschlüssig und steif neben dem Bett.

»Wetten, dass doch?« Anna-Marie flüsterte etwas, und alle fünf drehten sich auf Kommando in die Löffelchenstellung. »Jetzt komm schon rein, Bernie.« Anna-Marie kicherte, und Leo sagte: »Ja, komm nur näher ran, Bernie, keine Angst, ich tu dir nichts!«

Das Bett wackelte, sie kicherten und giggelten. Dann entstanden dieses besondere Schweigen und die vertraute Nähe, die man nur mit Freunden genießen kann, während sie durch das Panoramafenster auf den heiligsten Berg Indiens sahen.

»Francine?«

»Ja?«

Anna-Marie räusperte sich. »Was ist heute mit dir und dem Priester passiert?«

»Ich weiß es nicht, es fühlt sich an wie ein Wunder.«

»Und wie wird das weitergehen?«

»Gar nicht. Morgen bin ich hier weg. Ich geh nach Auroville, und er bleibt hier im Tempel und bei seiner Frau.«

»Du wirst das nicht verkraften.«

»Mir bleibt ja keine Wahl. Schon vergessen? Ich werde demnächst sterben.«

Ihre Freundinnen versuchten, ihr Schluchzen zu unterdrücken.

»Seid nicht traurig, Mädels. Seht das doch mal so. Mein Traum von Indien hat sich erfüllt, und er ist mir nichts schuldig geblieben. Außerdem habe ich heute eines der wirklich großen Wunder gepflückt. Das Schicksal hat mir heute ein völlig unerwartetes Geschenk, ein Sahnehäubchen, für den Rest meines Lebens gemacht: eine sehr, sehr beglückende und vor allem brandneue erotische Erinnerung.«

Francine konnte nicht schlafen. Im Laufe der Nacht verließ eine nach der anderen das Bett und kehrte zurück in ihr eigenes Bett, zurück in ihre eigene Einsamkeit. *Denn das sind wir letzten Endes in entscheidenden Momenten, auch wenn wir viele Freunde, viele Menschen um uns haben, die uns nahestehen.*

Wir sind allein.

Abschied

Kühe auf der Autobahn! Sie standen schon fast eine Stunde im Stau, könnten längst in ihrem schönen alten Hotel in Mahabalipuram im Pool plätschern, wenn diese blöden Viecher nicht in aller Gemütsruhe hier alles Essbare von der Autobahn schlecken würden. Auf indischen Autobahnen im Allgemeinen fuhren alle kreuz und quer, auf dieser jedoch schlängelten sich Mopeds mit wildem Geknatter um sämtliche Hindernisse, Lkws drehten mitten auf der Fahrbahn um, zwei Busse hatten sich ineinander verkeilt, überall wurde gehupt und geschrien. Und dann liefen da auch noch diese Kühe herum, unberechenbar und heilig. Das bedeutete, niemand würde sie von der Straße vertreiben.

Und dennoch kam Francine die Strecke unglaublich kurz vor, sie merkte jetzt erst, dass sie sich in dieser Woche in einem Radius von nur ungefähr zweihundert Kilometern weiterbewegt hatten, um zu den Tempeln zu gelangen. Das Gefühl der allgemeinen Erschöpfung, das alle auf ihren kleinen Sitzen und im Schweigen gefangen hielt, sprach für eine viel längere Strecke. In der letzten Nacht hatte es geregnet, als käme der Monsun zurück. Der Regen hatte die Farben der Natur noch bunter gemacht, das Grün der Reisfelder schien grüner, das Blau des Himmels blauer. Doch auch das Elend der Städte wurde deutlicher beleuchtet mit all dem Schmutz und Müll, der am Straßenrand einfach liegen blieb und den eventuelle weitere Regenfälle wegschwemmen würden.

Bilder wie im Fernsehen, die armseligen Unterkünfte, in

denen die Menschen hausten, in denen sie aßen, tranken, schliefen, ihre Kinder bekamen und großzogen, ein ganzes Leben lang; dieses ganze bunte Indien raste noch einmal an ihnen vorbei und war fast schon Erinnerung.

ꝺ ꝺ ꝺ

Leise und stetig plätscherte der Regen in die Stille des frühen Morgens.

Der erste Regen seit Wochen für die Menschen hier.

Er wusch den Staub von den Blättern des alten Feigenbaums, unter dem sie saß.

Das Wasser füllte die Risse in der vertrockneten, verdursteten Erde und weckte die Hoffnung auf Auferstehung.

Der besondere Duft, der ihre Lungen füllte, entstand, wenn die Elemente sich nach einer lang anhaltenden Trockenheit vermischten.

Der süße Duft nach Feuchte und Fruchtbarkeit machte, dass die Anstrengungen der Reise, die Traurigkeit der Nacht, die Angst vor dem Abschied und vor der Zukunft von ihr abfielen und die in den Schichten einer bleiernen Müdigkeit versickerte Energie wie ein Lichtstrahl in ihr Leben zurückdrängte.

Francine war schon lange auf. Sie war sehr froh, dass sie sich entschieden hatte, noch einige Tage hier im Hotel zu bleiben, bevor sie sich aufmachte nach Auroville.

Susanne hatte sich bereits in Tiruvannamalai von allen verabschiedet und ihr gesagt, wie sie am einfachsten nach Auroville kommen würde.

Die Zeit nach ihrer Ankunft im Hotel am vergangenen Nachmittag war so rasend schnell vergangen mit In-den-Pool-Springen, Relaxen und Koffer packen. Es hatte ein tolles Abschiedsbüfett auf der Terrasse gegeben, danach hatten alle zusammengesessen und mit Katharina ein Resümee der Reise gezogen.

Joe hatte eine nette Überraschung erlebt. Die tapferen Schneiderlein hatten tatsächlich ihre bestellten Hosen geliefert, und sie hatte sie der Gruppe unter Gelächter präsentiert. Fünf kurze Hosen, denen man deutlich ansah, dass sie nicht von der Stange gekauft waren, die unterschiedlicher nicht hätten sein können. Eine hatte verschiedene Beinlängen, bei der anderen schaute der Reißverschluss aus dem Hosenbund heraus, bei der dritten war eine der Hosentaschen zugenäht, der vierten fehlten die Hosentasche ganz – und eine Hose schließlich war perfekt.

»Die mit der zugenähten Hosentasche ist die originellste!« Francine hatte sich gekringelt vor Lachen und war danach etwas atemlos geworden.

»Dann schenk ich sie dir, als Andenken.« Joe hatte Francine umarmt, und sie hatten Mühe, die Tränen zu unterdrücken. Sie waren alle zusammen noch einmal an den Strand gegangen, hatten unter einem überwältigenden Sternenhimmel im Sand gesessen, und keine hatte den Mut gehabt, irgendetwas zu sagen.

»Soll man reden, soll man schweigen, man weiß es nicht, man hat irgendwie Angst, als Freund total zu versagen«, hatte Anna-Marie Babette anvertraut. »Genauso hilflos fühlen wir uns doch alle.«

»Ich habe mir überlegt, ob ich uns allen diesen Abschied in aller Herrgottsfrühe ersparen und in meinem Zimmer bleiben soll«, hatte Francine auf dem Weg zu ihren Zimmern leise gesagt. »Doch ich glaube, ich will ganz bewusst von euch Abschied nehmen, auch wenn wir alle heulen werden wie die Schlosshunde. Ich finde, wir Menschen brauchen Rituale, um zu trauern, zu feiern oder um Abschied zu nehmen. Ich muss diesen Abschnitt meines Lebens leider abschließen. Ich habe die Entscheidung, hier zu bleiben, selbst getroffen, deshalb nehme ich mit allem Drum und Dran von euch Abschied. Ich will sehen, wie ihr losfahrt. Ich muss es aushalten, zu sehen, wie ihr mir winkt, und ich will euch selbst auch winken. Ich hätte sonst das Gefühl, es nicht richtig gemacht, es versaut zu haben. Es wird uns alle fast umbringen, doch wir sind stark, wir haben die Kraft einer wunderbaren Freundschaft.« Sie hatte geschnieft und ihr besonderes schiefes Lachen gelacht, hatte sich umgedreht und war davongegangen. Verschwunden in der Dunkelheit der Nacht.

Jetzt verließ sie ihren Platz unter dem Feigenbaum und ging durch die Lobby zum Eingang des Hotels. Der himmelblaue Bus stand schon bereit, Raja hatte sich gefreut, dass er sie alle zum Flughafen fahren durfte, die Flugzeiten passten zusammen. Nach und nach füllte sich der Vorplatz mit den Yogamädels. Die meisten trugen ihre indischen Sachen. Sie sahen damit sehr exotisch aus. Sie verabschiedeten sich alle einzeln von Francine. Katharina zählte ihre Teilnehmer durch, und alle außer den Freundinnen stiegen in den Bus, der ihnen so sehr ans Herz gewachsen war in dieser Woche, die ihnen vorkam wie mindestens ein halbes Jahr.

Katharina schloss Francine ganz fest in ihre Arme. »Schreib mir bitte, wann ihr euren Skype-Chat habt, ich möchte ab und zu mit dabei sein.« Beide Hände auf Francines Schultern, sah sie ihr lange in die Augen, sagte »Namastè« und verschwand im Bus.

Jetzt klopfte Francines Herz zum Zerspringen, jetzt war der Augenblick gekommen, den sie so sehr gefürchtet und manchmal auch verdrängt hatte. Doch für ihre Mädels musste sie sich nun etwas beruhigen.

Sie ließ suchend ihren Blick schweifen, und richtig, da stand Pauli noch bei Bernarda. Sie ging zu dem Mädchen und umarmte es. »Danke, Pauli, ich mache Fortschritte in *Mit-dem-*

Herzen-atmen, deine Mama ist eine coole Lehrerin, und du bist ein ganz tolles Mädchen.«

»Warte, ich hab extra ein Herz für dich aufgehoben, damit du uns bloß nicht vergisst, das Atmen und mich!« Sie wühlte in ihrem Rucksack und zog ein völlig verknittertes Pappherz hervor.

Raja hupte, und dann ging alles sehr schnell. Lauter blasse, traurige, tränenverschmierte Gesichter. Eine letzte Umarmung, ein letzter Blick. Alle stiegen ein, Türen zu, und der Bus fuhr ächzend los. Der Duft der Freundinnen hing irgendwie noch in der Luft, vermischt mit den Auspuffgasen, da bog der Bus bereits um eine Kurve und war wie vom Erdboden verschluckt. Niemand hatte gewunken.

Francine stand wie versteinert, ihr war kalt, ihr Magen hatte sich zusammengekrümmt, sie war unfähig zu weinen, sie war kaum fähig zu atmen.

So fühlte es sich also an, das Alleinsein.

Nach dem Abschied von Alex und Yvonne hatte sie sich schon sehr einsam gefühlt, doch jetzt fühlte sie sich wie in einem luftleeren Raum, wie abgeschnitten von der Nabelschnur des Lebens.

Langsam drehte sie sich um und ging Schritt für Schritt und völlig in sich und ihre Wahrnehmung der allumfassenden Leere versunken weiter, ohne zu wissen, wohin sie als Nächstes gehen, was sie als Nächstes tun sollte.

Sie hatte alles ausgeblendet, sie hörte auch nicht das unangenehm wimmernde Geräusch, das entsteht, wenn ein großes Fahrzeug langsam rückwärts fährt. Sie hörte es erst, als die Hupe laut dröhnte. Vor Schreck blieb ihr fast das Herz stehen, sie drehte sich um und sah die Rückseite eines Busses in einiger Entfernung stehen, die Tür ging auf, und heraus purzelten zahlreiche Gepäckteile einer bekannten, besonders exklusiven Designermarke.

Jetzt hörte sie auch das Rufen der Frauen, sie sah die Gesichter an den Fenstern, die bunten Seidentücher, die aus den Fenstern geschwenkt wurden.

Francine blieb der Mund offen stehen, als eine Frau den Bus verließ, die Tür wieder geschlossen wurde und dieses himmelblaue Ungetüm unter Hupen und Schnaufen ein zweites Mal das Hotelgelände verließ.

Bernarda.

Da stand sie, aufrecht und blass, sie bewegte sich nicht. Sie sah Francine nur fragend an und zog ihre Schultern hoch.

Und Francine beschwor ihr Herz, ihr beim Atmen zu helfen. Sie rannte los und direkt in die ausgestreckten Arme der Frau, die sie kannte und doch nicht kannte. Der Frau, die ihr in diesem Moment das dankbare Gefühl von *weniger allein* gab.

Teil 3

Keine Frage der Entscheidung

»Sie haben mir davon abgeraten, selbst mit dem Auto zu fahren, ich werde einen Wagen mit einem Fahrer mieten. Sie empfehlen verschiedene Autovermietungen, die zuverlässige Fahrer beschäftigen.« Bernarda kam von der Rezeption zurück und warf mehrere Prospekte auf ihre Liege, die neben der von Francine im Garten des Hotels stand.

Francine trug einen Badeanzug und hatte sich in den zwei Tagen, die seit der Abreise der Freundinnen vergangen waren, sichtbar erholt. Mit Bernarda hatte sie wieder das Gefühl, im Urlaub zu sein, und war dankbar für den kurzen Aufschub und die Zeit, die sie nutzte, um ihre Gedanken und ihre Gefühle etwas zu ordnen. Die Mädels hatten angerufen, sie waren wieder gut in Deutschland gelandet. Bernarda war sehr rücksichtsvoll, sie erriet offenbar, wann Francine Nähe und wann sie Distanz brauchte. Dennoch hatten sie intensive Gespräche geführt über die Welt und das Leben. Bernarda litt sehr unter der Erkenntnis, dass ihr Leben ohne Sinn und ohne Inhalt war, und da zu Hause niemand auf sie wartete, hatte sie sich vorgenommen, sich noch ein wenig in Indien umzusehen. Sie hatte Francine gesagt, dass sie sie nach Auroville begleiten werde, um sich die Stadt anzusehen. Doch Francine spürte die Beschützerrolle, die Bernarda ihr gegenüber eingenommen hatte, ließ es zu und sah es als ein weiteres Wunder an, das sich in ihrem Leben ereignete.

Es tat irgendwie gut, beschützt zu werden. Sie spürte, wie ihre Energie langsam schwand. Der Druck auf ihren Brustkorb wurde deutlicher, das Atmen fiel ihr zunehmend schwerer. Sie hatte den netten Ayurveda-Arzt des Hotels konsultiert und sich beraten lassen, um durch eine ausgewogene Ernährung ihr Immunsystem ein wenig zu stärken. Auf der Rundreise hatte sie nicht darauf achten können.

Eines der hübschen indischen Mädchen, die hier im Hotel beschäftigt und in karierte Saris aus Seide gekleidet waren, kam mit einem Tablett und reichte Francine eine schriftliche Nachricht, dass sie zur Rezeption kommen solle. »Wahrscheinlich will der Doc noch was von mir«, sagte sie und zog ein Leinenhemd über. »Bin gleich wieder da!«

Sie nahm den Mann, der an der Rezeption stand, nur wie einen Schatten wahr, doch als sie die junge Frau hinter dem Tresen gerade ansprechen wollte, drehte er sich um, und ihr Puls setzte für einige Sekunden aus. Ihr Mund wurde trocken, und der leichte Schweißfilm, der auf ihrer Stirn lag, wurde eiskalt. Er trat auf sie zu und hielt sie am Arm fest, um sie zu stützen.

Er trug eine Jeans und ein weißes Hemd, und die Zeichen auf seiner Stirn waren verschwunden. Ein indischer Priester in Zivil. Tarun Sharma!

Er sah umwerfend attraktiv aus. Und so unglaublich jung! Er nahm sie in seine Arme. Der Duft nach Kaffee, nach Sandelholz, etwas unbestimmt und doch vertraut orientalisch, und nach Mann umfing sie und ließ ihre Knie wacklig werden wie Pudding.

Er gab sie sehr schnell wieder frei und sagte leise: »Bonjour, ma Petite de Luxembourg«, und sie verliebte sich auf der Stelle noch einmal in ihn. Noch einmal hieß, dass sie aus Vernunfts- – zu jung, zu verheiratet, zu sehr Priester – und Krankheitsgründen zwischenzeitlich versucht hatte, sich zu entlieben und ihn zu vergessen. Ein aufregend vergeblicher Versuch!

Francine zog ihn weg von der Rezeption in den üppigen, dschungelhaften Garten und wurde plötzlich sehr verlegen. Seine Empfindungen standen so deutlich in seinem dunklen Gesicht und in seinen Augen geschrieben, am liebsten würde sie ihn küssen, küssen und nie mehr loslassen. Doch sie erinnerte sich an ihr Gespräch in dem Geheimgarten und daran, dass solche Gefühlsäußerungen in der Öffentlichkeit in Indien verpönt seien. Außerdem überfiel sie rasende Angst davor, dass sie seine Reaktion falsch interpretiert haben könnte. Sie würde sich absolut lächerlich machen.

»Ich habe an deinen Mund denken müssen«, sagte er, und in seinen Augen brannten tausend kleine Feuer. »Ich bin gekommen, weil ich es ohne dich und dein Lachen keine Minute mehr aushalten kann und will. Es ist wie ein Tsunami über mich gekommen, und was soll man gegen solche Naturkatastrophen schon tun? Man muss sie in aller Demut empfangen.«

Seine Worte wischten all ihre Bedenken im Bruchteil einer Sekunde weg.

Er legte seinen Kopf etwas schief, sah sie nachdenklich und liebevoll an, und Francine bekam eine Ahnung davon, wie prickelnd es sein könnte, dem Wunsch nach Berührung und Zärtlichkeit zu widerstehen und deren Erfüllung auf einen späteren Zeitpunkt in der absoluten Intimität des Alleinseins zu verschieben. Sie konnte es kaum erwarten, und doch war sie voller Zweifel und Bedenken.

»Oh, Bernarda hat uns entdeckt.« Sie verzog bedauernd ihr Gesicht und deutete auf die Italienerin, die ihnen winkte. »Sie hat in letzter Minute ihren Flug sausen lassen, um noch eine Weile hierzubleiben, wahrscheinlich will sie auf mich aufpassen. Und ich bin sehr froh darüber. Wie man sieht, brauche ich jemanden, der mich davor bewahrt, Fehler zu machen.«

»Das ist ja eine nette Überraschung, der Retter meiner Seele vom heiligen Berg. Ich freue mich sehr, Sie wiederzusehen.« Bernarda war aufgestanden und begrüßte Shari, der sich mit einer formvollendeten knappen Verbeugung über ihre Hand beugte.

Francine war ebenso fassungslos über diese Begrüßung und seine Art, sich zu bewegen, wie offensichtlich auch Bernarda.

Sie sahen ihn beide an wie eine Erscheinung, als er sagte: »Ich habe mir ein paar Tage freigenommen vom Tempeldienst. Ich wollte Francine unbedingt wiedersehen. Ich habe den Eindruck, die Götter wollen mit aller Macht verhindern, dass wir uns wieder aus den Augen verlieren.«

»Wie lange bleiben Sie?«, wollte Bernarda in ihrer direkten Art wissen.

»Drei Tage.«

Die beiden hatten Francine völlig ausgeschlossen aus ihrem Gespräch.

»Das passt perfekt, dann kann ich eine kleine Fahrt nach Puducherry und die Umgebung einplanen, die Stadt interessiert mich.« Bernarda stand auf, packte ihre Badetasche und hatte offensichtlich vor, diesen Plan direkt umzusetzen.

»Pondicherry ist meine Heimatstadt. Heute heißt es ja Puducherry, aber ich kann mich nicht an den neuen Namen gewöhnen. Bitte erlauben Sie mir, Ihnen einige Tipps zu geben. Am besten setzen wir uns an die Bar, nach der langen Fahrt könnte ich einen Tee gut vertragen.«

Francine hatte Gelegenheit gehabt, Shari etwas näher zu betrachten, und war überwältigt von dem, was sie gesehen hatte. Er bewegte sich selbstbewusst, mit einer gewissen Eleganz und einer natürlichen Anmut, die ausdrückte, dass er sich in seinem Körper und auch in dem Rahmen, in dem er sich bewegte, wohlfühlte. Seine Umgangsformen verdeutlichten in dieser internationalen Hotelatmosphäre seine europäische Erziehung besonders.

Bernarda schien von ihm ebenso hingerissen wie sie selbst.

Doch dann stand sie auf, umarmte Francine und sah ihr in die Augen. »In drei Tagen komme ich wieder, genieß es in vollen Zügen, das ist ein Befehl! Arrivederci!« Und weg war sie.

ठ ठ ठ

Sie gingen an dem Strand entlang, an dem sie mit den Mädels und Katharina Yoga gemacht hatte, an dem sie meditiert hatte, den sie etliche Male entlanggelaufen war – und dennoch schien es Francine, als sei sie noch niemals hier gewesen. Sie erlebte den Strand, das Meer, einfach alles aus einer anderen Perspektive, mit anderen Augen, sie erlebte die ganze Welt neu.

Auch den jungen Priester sah sie mit anderen Augen. Shari hatte ein Zimmer genommen, sich umgezogen und lief jetzt in Badeshorts und offenem Hemd neben ihr her, als sei er ein Hotelgast, dem sie hier zufällig begegnet ist. Sie hatte nicht gewagt, ihn näher anzusehen, als er durch den Garten auf sie zugelaufen war. Sie vermutete, sie wäre sonst rot angelaufen. Was tat sie hier? Sie alte Schachtel war wohl völlig durchgeknallt. Sie war todkrank, musste sich schonen, und jetzt spielte ihr Herz verrückt wegen so eines jungen Typen. Er war nicht viel älter als Yvonne!

Es kam ihr vor, als hätte sie ihre Tempelerlebnisse nur geträumt. Ein indischer Traum von einem jungen Priester. Na ja, ein Priester, der verheiratet war und vielleicht sogar Kinder hatte. Ein ziemlich verrückter Traum! Francine begann zu schwitzen. Was hatte sie sich nur dabei gedacht? Aber sie hatte ja überhaupt nichts gedacht. Es hatte sie einfach so überrollt, wie eine Lawine, die nicht zu stoppen war.

»Ich musste kommen, es lag nicht in meiner Macht, es war keine Frage der Entscheidung.« Er hatte es so ausgedrückt, als nähme er ihr die Gedanken aus dem Kopf. Sie blieben stehen und wandten sich einander zu. Und Francine sah in seinen

Augen, dass es die Wahrheit war. Nichts war mehr eine Frage der Entscheidung.

Shari berührte ihr Haar, das die Luft zu einer wilden Mähne aufgeplustert hatte. »Feuerkopf«, sagte er leise und lächelte zärtlich. Es knisterte an seinen Fingerspitzen, so, als würden kleine Stromstöße auf ihn überspringen. Das Licht in ihren braunen Augen ließ ihn in die Tiefe ihrer Seele blicken. Alles war gut. Das musste Magie sein.

In der Nähe des kleinen Shiva-Tempels am Strand fanden sie an einer niedrigen Mauer unter einer Akazie Schutz vor der Sonne und ließen sich mit gekreuzten Beinen einander zugewandt nieder. Sie konnten den Blick nicht voneinander lösen.

Shari legte in einer zärtlichen Geste seine Hand an Francines Wange, fuhr mit seinem Daumen sanft über ihre Lippen.

Sie reagierte, als wäre ihr Körper aus einem tiefen Dornröschenschlaf erwacht. Sie holte tief Luft.

Shari legte einen Finger auf seinen Mund. »Bevor du all deinen Bedenken Worte verleihst, hör mir zu. Bitte! Ich habe euch erzählt, dass man verheiratet sein muss, wenn man Priester werden will. Ich war verheiratet, doch meine Frau ist vor drei Jahren gestorben. Wir waren zusammen aufgewachsen. Uns verband vor allem eine große Freundschaft. Ich habe sie geliebt, und sie gehörte zu meinem Leben. Ich hatte nicht damit gerechnet, dass mir eine neue Liebe begegnet, die wie ein Naturereignis mein Leben auf den Kopf stellt. Ich habe nicht damit gerechnet, doch ich bin dir begegnet, weil es so sein sollte.«

»Aber …«

Schnell verschloss er ihren Mund. »Ich weiß …! Ich weiß es von Susanne, du bist fünfundfünfzig, ich bin zwanzig Jahre jünger. Aber schau, stell dir dies auf einem Blatt Papier geschrieben vor. Es sind Zahlen. Es sind nur Zahlen, die wir Menschen erfunden haben, um Grenzen zu bestimmen. Um zu erfassen, was unserem Gehirn sonst nicht gelingen würde. Wir Menschen kartografieren und klassifizieren alles, was uns in den Weg kommt, und verlieren dabei den Blick für die Wirklichkeit. Wir haben Mauern aufgebaut, die unüberwindlich erscheinen. Diese Zahlen sind abstrakt und haben nichts mit dir und auch nichts mit mir zu tun, sie machen nur unseren Geist von konkreten Dingen frei, von unserem Leben, unseren Gefühlen, unseren Auffassungen.«

Er hatte wohl gespürt, dass sie ungeduldig wurde und etwas sagen wollte. Shari hob seine Hand. »Ich weiß auch, dass du sehr krank bist, dass du sterben wirst. Das tut mir sehr leid, aber es ändert nichts daran, dass ich mit dir leben möchte, solange du lebst. Ich fühle es, wir beide sind zwei uralte Seelen, die sich gefunden haben. Es steht uns frei, die Zeit, die für uns vorgesehen ist, als ein Geschenk anzunehmen. Wenn du das auch so siehst, müssen wir für Zweifel und Bedenken keine Zeit und Energie mehr verschwenden und können uns dem Moment widmen, diesem schönen Moment der Gegenwart. Ich kann es kaum erwarten!« Seine dunklen Augen hatten ihre eigene Sprache.

Francine hatte, während er sprach, ihre Hände leicht auf seine Knie gelegt. Er bedeckte sie jetzt mit seinen Händen, und seine Wärme schoss durch ihren Körper wie ein Feuerstrahl. Sie sagte nichts. Was hätte sie auch jetzt noch sagen können? Doch ihre Augen gaben ihm die Antwort, die er sich erträumt hatte, seitdem er sie in seinen Armen gehalten hatte auf dem Rückweg vom heiligen Berg.

ǒ ǒ ǒ

Die Krähen weckten sie. Hunderte von Krähen. Und das Rrrrttt-rrrttt der Rasensprenger. Sie dachte an Anna-Marie und an einen anderen Morgen in einem anderen Leben. Doch sie fand sehr schnell in die Gegenwart zurück. Er lag an ihren Rücken geschmiegt, sein Atem strömte feuchtwarm über ihren Hals und ihr Ohr. Sie spürte die seidige Wärme seiner Haut. Seine Arme hielten sie, und sein Duft umgab sie beide wie ein schützender Raum. Sie lauschte seinem Atem, den leisen Geräuschen und bemerkte, dass sie vor lauter Glück in einem Zustand der Atemstille verharrte. *Danke, kleiner dicker Gott.* Buddha. Gautama Siddharta. Der Gott, der ihr persönlich von allen Göttern am nächsten war.

Sein Körper erwachte zuerst. Er streckte sich im Zeitlupentempo, es fühlte sich an wie ein Gummiband, das ganz langsam an Spannung gewann. Der Tonus seiner Muskeln nahm kontinuierlich zu. Am Rhythmus seines Atems erkannte sie, wie allmählich auch sein Geist erwachte. Und dann spürte sie seine Zungenspitze an ihrem Ohr, ganz zart nur, doch es kitzelte, und sie konnte das Kichern, das in ihrem Brustkorb begann und nach oben perlte, nicht unterdrücken. Sie löste sich aus seiner Umarmung, drehte sich zu ihm um, legte ein Bein über seine Hüfte und eine Hand auf seine Brust. »Bonjour, Shari-Chérie.« Ihre Stimme war heiser, und ihr Blick tauchte in seinen. Ein köstliches Ziehen in ihrem Inneren weckte Erinnerungen an die vergangene Nacht. Sie spürte, wie sein Herzschlag unter ihrer Hand schneller wurde, wie er mit ihrem Herzschlag übereinstimmte, verschmolz. Er umfasste mit beiden Händen sanft ihr Gesicht. Er keuchte leise. Er rückte näher, noch näher, ihre Körper waren einander so nah, dass ihre Lippen sich berührten, sich öffneten und ihre Zungen ineinanderglitten. Haut rieb sich an Haut. Ihre Finger waren miteinander verschlungen, und ihre Körper fanden den Rhythmus, der so alt ist wie die Welt. Den Rhythmus von Ebbe und Flut, die Urwelle der Natur, den wogenden Tanz der Liebe.

Und während er ihr Inneres ausfüllte und mit ihr zu etwas verschmolz, das weit mehr war als nur zwei nackte Körper, lehrte er sie den köstlichen Genuss der Geduld und der Langsamkeit der Bewegungen. Am Ende dieses Weges warf sie ihren Kopf zurück, und der heisere Schrei, der sich aus ihrer Kehle löste, begleitete sie beide in die Tiefe dieses Augenblicks, der kommen musste, in diesen Augenblick, der bleiben würde. Sie wussten es beide, sie war ein Teil von ihm, für immer.

Am späten Nachmittag zeigte Tarun Sharma Francine *sein* Mamallapuram. Er führte sie zu dem kleinen Götterschrein am anderen Ende der Stadt, der nur für die Einheimischen da war. Die Götter leben hier in enger Nachbarschaft mit den Menschen und sind zuständig für alle Nöte und alle Freuden. Er zeigte ihr die Werkstätten der Steinmetze, denen sie bei der Arbeit zusehen durften.

Shari schenkte ihr eine entzückende kleine Shakti-Statue aus schwarzem Marmor, die sehr kunst- und liebevoll gearbeitet war. Und er ging mit ihr in sein Lieblingsrestaurant, das so versteckt lag, dass es selten von Touristen besucht wurde. In karibischem Türkis gestrichen, umgeben von einem winzigen Garten voller exotischer Pflanzen, enthielt das Häuschen im Erdgeschoss eine Küche, in der auf dem offenen Feuer gekocht wurde. Von der Terrasse im ersten Stock hatten sie einen traumhaften Blick auf das Meer und die untergehende Sonne, die sich dem Horizont näherte und deren Strahlen vom Wasser reflektiert wurden. Jeden Tag ein funkelndes Finale. Hinterher hatte man das Gefühl, die Sonne wäre ins Meer gefallen. Die Dunkelheit kam plötzlich, ein Phänomen, das Europäer immer wieder erstaunte.

Das Essen war fantastisch, doch Francine war völlig abgelenkt von dem zauberhaften flimmernden Sternenhimmel, der so ganz anders war als der Himmel über Deutschland. Indien hatte sie gelehrt, die kleinen Wunder des Lebens wieder zu entdecken, doch das größte aller Wunder sah ihr gerade tief in die Augen, und seine Augen versprachen ihr Dinge, die sie noch viel mehr interessierten als die köstlichen Speisen auf ihrem Teller. Mit einem Mal waren die Vorzüge von Geduld und Langsamkeit nicht mehr so erstrebenswert. *Ich will ihn spüren, will mich in ihm verlieren. Ich will ihn schnell. Ich kann nicht warten, habe keine Zeit zu verlieren.*

ठ ठ ठ

Ein Priester steht Kopf, dachte Francine amüsiert. Wie groß er war. Sie sah ihn bewundernd an. Wie gut er aussah! Sharis sehr lange Haare waren in Dreadlocks gedreht, die er normalerweise im Nacken nur zusammenband. Jetzt dienten sie ihm zusammengewickelt als natürliches Kissen beim Kopfstand. Shari stand lange in Shirshasana, nachdem sie beide die kühle, belebende Luft am Strand während ihrer Meditation genossen hatten. Sie hatte ihr Programm nicht so konzentriert absolvieren können wie sonst. Es war ihre erste gemeinsame Morgenpraxis, es war wunderbar aufregend, und sie konnte all das, was in den letzten beiden Tagen geschehen war, kaum fassen. Das Glück war ihr begegnet, und bisher war sie noch nicht dazu gekommen, über ihre Situation nachzudenken. Nach Sharis Auffassung war das aber auch völlig überflüssig, da vorbestimmt. Doch in diesem rasanten Tempo konnte sie sich ihre westliche Angewohnheit, alles zu hinterfragen, nicht abgewöhnen.

In den wenigen Minuten, in denen sie allein gewesen war, hatte ihr Kopfkino begonnen zu arbeiten und hatte so lang nicht aufgehört, bis Shari seine Übungen beendet hatte und sie zum Umziehen und anschließend zum Frühstück gegangen waren.

»Wie befestigt man denn dieses Tuch, an mir rutscht es immer wieder runter?« Francine versuchte gerade, Sharis Dhoti anzuziehen. Die Tür zum Bad stand offen, Shari war unter der Dusche. Doch was machte er denn da? Er hockte auf dem Boden und schöpfte mit einem kleinen Becher Wasser aus dem großen Eimer und goss es über sich. Wie umständlich war das denn! Die Mädels hatten sich schon immer gewundert und Witze gerissen über die beiden Gefäße in der Dusche. »Ist die Dusche kaputt?«

»Nein.« Er schüttelte den Kopf, schnappte sich ein Handtuch, wickelte es als Turban um seine langen Haare. Er kam triefend nass mit ausgebreiteten Armen ins Zimmer, und Francine versank in einer heftigen und sehr feuchten Umarmung.

Er wies auf den kleinen Boiler über dem Waschbecken. »Das heiße Wasser reicht nicht für eine ausgiebige Dusche, und das Mischen funktioniert nicht, entweder du verbrennst dich, oder das Wasser ist kalt. Keiner benutzt hier die Dusche wirklich. Außerdem spart diese Methode Wasser.«

»Aha, deshalb gibt es auch keinen Duschvorhang. Okay, dann mach ich das in Zukunft auch so.« Francine versuchte wieder, mit dem Stück Leinenstoff so etwas wie einen Dhoti hinzubekommen.

Da zog Shari an einem Ende des Tuchs, und sie stand plötzlich nackt vor ihm. Sie bedeckte ihre Brüste und ihre Scham mit den Händen. Ihre Nacktheit machte sie immer noch etwas befangen.

»Bitte nimm deine Hände weg, ich möchte dich nackt sehen«, bat er. »Du bist schön!« Seine Augen sagten es ihr, und sein Körper bestätigte es. Sie spürte, wie sie rot wurde. Francine war immer sportlich und schlank gewesen. Durch die Krankheit hatte sie noch etwas mehr an Gewicht verloren. Er trat hinter sie, legte das weiße Tuch um ihre Taille, drehte sie blitzschnell hin und her und hatte im Nu mit geübten Handgriffen eine Hose gezaubert. Sie sah darin so zauberhaft aus wie ein rothaariger Kobold aus *Tausendundeiner Nacht*.

Er griff nach ihr.

»Nein, Hände weg! Erst will ich wissen, warum es keine Knöpfe oder Nähte gibt. Das sollte doch nicht so schwer sein, es rutschfest und zu einem seriösen Kleidungsstück zu machen.«

Er alberte ein bisschen herum, versuchte den Stoff wieder zu lösen. »Das hat einen ernsthaften Hintergrund; seit Jahrtausenden heißt es bei uns Hindus, dass der Stoff durch die Berührung von Metall, also durch eine Nadel, unrein wird. Deshalb wird unsere Kleidung traditionell nur gewickelt. Denk an die Saris, daran wirst du nie einen Knopf finden.«

»Oh ja, ich möchte auch einen Sari, aber einen richtig schönen, keinen Touristensari.«

»Du bekommst den schönsten Sari von ganz Indien, mein luxemburgisches Mädchen. Ihr seid doch auf eurer Reise auch in Thanjavur gewesen? Die Stadt ist bekannt für ihre Webereien. Dort gibt es besonders große Webrahmen, die für das Weben großflächiger Seidenstoffe, wie man sie für Saris braucht, geeignet sind. Man kann die Muster selbst entwerfen, es sind Unikate, und sie werden auf Wunsch angefertigt.«

Während er sprach, hatte er sie zu dem großen Bett dirigiert und löste jetzt ungeduldig die Enden des Leinenstreifens.

»Ich will auch solche Hosen, und du bringst mir bei, wie man sie drapiert.«

»Ja, aber nicht jetzt, jetzt hab ich keine Zeit.« Sein heißer Atem streifte ihren Körper, während er die große doppelte Nackenrolle einer anderen Funktion zuführte.

Shari hatte ein Zimmer im ersten Stock bekommen. Dort waren sie ungestört und hatten einen wunderbaren Blick über den Garten zum Meer.

Francine spürte die immer noch frische Luft, die durch die geöffnete Terrassentür vom Meer hereinkam und sanft ihren Körper streichelte, während Shari jeden Zentimeter ihrer

Haut mit seinen Lippen und seiner Zunge erforschte. Sie ließ seine Dreadlocks durch ihre Finger gleiten und spürte, wie ihr Körper auf seine Berührungen antwortete. Ihre Augen waren geschlossen. Ihr Herz setzte für Sekunden aus, als lausche es auf den Rhythmus des anderen Herzens. Als es wieder anfing zu schlagen, waren ihre Körper eins, sie bewegten sich auf einer Welle der Lust, im Rhythmus ihres Atems vereint. Ein und aus. Haut an Haut. Seele bei Seele. Zitternd vor Begehren erwartete sie die Wärme und die Zärtlichkeit seiner Lippen auf ihren Lippen. Sie begegnete dem Blick seiner Augen. Augen voller Zärtlichkeit, Lust und Verlangen. Und sie tauchte ein in die Tiefe seines Blickes.

Ananda. Glückseligkeit.

Als sie zurückkamen aus der Dunkelheit der Erfüllung, spürte sie, wie sich seine Lippen auf ihre Augenlider legten und er ihr die Tränen von ihren Wimpern küsste.

Zeit. Was ist schon Zeit. Sie hielten sie an, die Zeit.

Dieser Augenblick. Für immer.

Shari legte die Rolle wieder zurück ans Kopfende und stapelte die Kissen darauf. Er rutschte nach ganz oben, klopfte auf den Platz neben sich und zog Francine an seine Brust. »Komm, leg dich ein bisschen höher, leg dich zu mir, so ist es bequemer.« Sie hatte sich an die Rippen gefasst, eine leichte Atemnot verspürt. »Vor vielen Jahren in Indonesien fragte ich nach der Bedeutung dieser Rolle, *Bantal Guling* heißt sie dort und ist in jedem Bett in ganz Indonesien zu finden.«

»Hey, woher weißt du das? In wie vielen Betten Indonesiens hast du schon geschlafen?« Er boxte sie spielerisch in die Seite.

Sie kicherte trotz ihres schweren Atems. »Alle haben sie nur sanft gelächelt, verstohlen die Schultern gezuckt und geschwiegen. Doch jetzt hast du mich in das wunderbare Geheimnis von *Bantal Guling* eingeweiht. Wie heißt die Rolle bei euch?«

Er lächelte sanft und zuckte seine Schultern, konnte aber das Lachen nicht halten. Bald kugelten sie sich auf dem Bett, und erneut flackerte Begehren auf.

»Wir müssen mal reden.« Shari rutschte wieder hoch ans Kopfende und kreuzte seine Beine. Francine setzte sich ihm ebenfalls im Schneidersitz gegenüber.

Unausgesprochen hatten sie, nachdem Shari im Hotel eingetroffen war, seine drei tempelfreien Tage freigehalten von Gedanken an die Zukunft. Sie wusste, dass Shari in den Tempel zurückmusste.

»Es ist gut, dass du dir schon vorgenommen hast, beim Duschen Wasser zu sparen«, begann er das Gespräch. »Der Punkt ist der: Da, wo ich wohne, gibt es kein fließendes Wasser. Ich hole mein Wasser täglich von einem Brunnen, der einen kleinen Fußmarsch weit von meiner Hütte entfernt ist. Aber ich habe zumindest auch so einen Eimer und einen Schöpfbecher.« Shari begann, ihr von seinen Lebensumständen zu erzählen.

Als er nach seinem Studium in England und Frankreich zurückgekommen war nach Indien, hatte er geheiratet und in Pondicherry an einem französischen Forschungsinstitut für Sozialwissenschaften und Ökologie gearbeitet. Er entstammte einer Brahmanenfamilie. Sein Vater war ein in der Gegend bekannter Gelehrter. Ein Bruder war mit einer Engländerin verheiratet und lebte in England. Sein anderer Bruder und seine Schwester lebten beide mit ihren Familien in Pondicherry.

Nachdem seine Frau gestorben war, hatte er Pondicherry verlassen, seinen Jugendtraum wahr gemacht und war im Tempel von Tiruvannamalai Priester geworden. Er hatte schon als Kind in der Familie gelernt, die Puja vorzubereiten, schon damals hatte er die Rituale kennengelernt. Schon damals hatte er mit dem Sanskritstudium begonnen. Priester zu sein erfüllte ihn mit Freude und Zufriedenheit. Seine Eltern hatten Verständnis und waren sehr stolz auf ihn. Er arbeitete außerdem noch als freier Mitarbeiter für das Institut. Das ist nicht ungewöhnlich, viele Priester bekleiden ihr Amt nebenberuflich.

Er lebte in einem sehr kleinen Dorf in der Nähe der Stadt in einer mit Palmblättern gedeckten Hütte, die nur aus einem einzigen Raum bestand. In dem Dorf hatte ein italienisches Lehrerehepaar in der alten Dorfschule einige indische Mädchen und Frauen untergebracht, die von ihren Familien verstoßen worden waren, Opfer von Vergewaltigungen und Verbrennungen. Er hatte Sandro und Lucca schätzen gelernt und sich spontan entschieden, sie bei ihrer Arbeit zu unterstützen. Es kamen immer mehr Mädchen, und sie lebten immer beengter dort, obwohl Sandro bereits in allen Richtungen Anbauten an das alte Haus angebracht hatte. Manchmal saßen Mädchen, die aus Angst vor ihren Familien geflohen waren, am Morgen einfach vor ihrer Tür, und Sandro und Lucca brachten es nicht übers Herz, sie wegzuschicken. Das alles kostete viel Geld. Shari bereiste in regelmäßigen Abständen Pondicherry und suchte im Kreise seiner und der Freunde seiner Familie Sponsoren. Doch das war nicht so einfach. Am Anfang waren alle bereit gewesen zu helfen, doch was sie benötigten, waren regelmäßige Zahlungen und fortwährende Unterstützung.

»Das ist ja nicht zu fassen, ein unglaublicher Zufall«, unterbrach ihn Francine aufgeregt. »Stell dir vor, ich habe von einem meiner Verlage den Auftrag, hier einen umfassenden Artikel über diese Mädchen zu schreiben. Shari, das Schicksal hat uns wirklich zusammengebracht. Ich komme auf jeden Fall morgen mit dir, ich kann mich daran gewöhnen, einfach zu leben. Nur … Ach herrje, wie krieg ich denn einen Internetanschluss? Ohne das kann ich das alles vergessen und …«

Shari lachte und küsste sie einfach, um ihren Redefluss zu unterbrechen. »Von meinem Dorf aus ist es nicht weit zum Ashram Ramana Maharshis. Dort kannst du ohne Probleme von der Bibliothek aus ins Internet. Ich habe außerdem im Gästehaus des Ashrams permanent ein Zimmer gemietet, in dem ich während heftiger Regenfälle in Zeiten des Monsuns oder auch, wenn ich späte Tempeldienste habe, leben kann. Es ist einfach und sauber und hat auch eine Dusche.«

Francine entfaltete ihre Beine, rutschte näher zu ihm. Er öffnete seine Beine ebenfalls, und sie setzte sich so vor ihn, dass sie sich an seine Brust kuscheln konnte. Er schloss seine Arme um sie, legte sein Kinn auf ihren Scheitel, zog schnuppernd ihren Duft ein und murmelte: »Hm, du riechst gut, du riechst nach Apfel, das erinnert mich an die Äpfel der Bretagne.« Sie blieben eine ganze Weile so sitzen, jeder in seine eigenen Gedanken versunken.

Vor zwei Wochen hatte sie noch nicht mal eine Ahnung davon gehabt, dass es ihn gab, und jetzt hatte sie ihm spontan gesagt, dass sie mit ihm in einer Hütte leben wolle. Sie war ja völlig übergeschnappt.

Mit einem Ruck setzte sie sich auf. »Wie bist du denn überhaupt hierhergekommen?«

»Mit meinem Auto. Ich hatte es in Pondicherry untergestellt. Ich lebe in Tiruvannamalai so einfach wie möglich. Doch nun sind wir zu zweit, jetzt brauchen wir es.« Er nahm ihre Hand, drehte sie um und küsste ihre Handinnenfläche.

Francine zog nachdenklich ihre Stirn kraus. »Vielleicht sollte ich doch lieber erst auf Bernarda warten. Eigentlich bin ich ihr das schuldig. Ich kann ja dann einen oder zwei Tage später zu dir kommen. Was meinst du?«

»Ich verstehe, dass du auf Bernarda warten willst, aber ich weiß nicht, wie ich es ohne dich aushalten soll. Trotzdem machen wir das so, dann habe ich Zeit und kann noch ein paar Dinge besorgen.« Er rieb seine Nase an der zarten Stelle hinter ihrem Ohr. »Ich vermisse dich jetzt schon, *mon têtê de feu*.«

Sie drehte sich um, schlang ihre Beine um seine Hüften, umschloss sein Gesicht mit beiden Händen und legte ihre Lippen ganz leicht auf seine. Sie schlossen beide gleichzeitig die Augen und überließen ihrer Lust und ihrer Leidenschaft die Choreografie dieses immer wieder neuen Spiels. Später übernahm Shari die Führung und weihte sie ein in die Geheimnisse des tantrischen Liebesspiels, in dem Zeit keine Rolle spielt.

Dennoch verging sie, die Zeit.

»Lass nicht zu, dass Gedanken an das Gestern oder das Morgen uns das Wunder und den Glanz der Gegenwart stehlen«, sagte Shari.

Und Francine versuchte, diese drei Tage als besonderes Geschenk des Lebens anzunehmen.

ō ō ō

Als sie ihn verabschiedete, trug sie seinen Dhoti und eine Kurta. Sie hatte ihre Haare zu einem strengen Knoten zusammengebunden und sah aus, als habe sie sich in ihrem Inneren verkrochen. Sie berührte ihn nicht mehr. Als der alte Land Rover aus ihrem Blickfeld verschwunden war, ging sie in sein Zimmer zurück, warf sich auf das Bett, zog sich das Laken und seinen vertrauten Duft über den Kopf und hielt die Tränen nicht länger zurück. Sie hatte die Theorie von Buddhas Lehre des *Nichtanhaftens* verstanden. Die Praxis musste sie noch üben.

Als sie das Badezimmer betrat, sah sie, dass Shari etwas vergessen hatte, einen Flakon *Samsara* von *Guerlain*. Genau! Das war's! Deshalb hatte sein Duft so etwas Vertrautes, der Geruch nach Kaffee, Sandelholz und *Eau de Samsara*. Dazu sein ganz eigener Körperduft. Sie lächelte verträumt, wie rührend, er war durch und durch ein indischer Priester. Er war so klug, fast weise. Und doch hatte die europäische Lebensart in ihm Spuren hinterlassen. Er war einfach auch ein junger Mann, der die Frau seines Herzens betören wollte. Sie sprühte sich ein wenig Parfum ins Haar, packte den Flakon in ihre kleine Tasche und verließ den Raum.

Die Beschützerin

Bernarda war wieder da. Francine hörte es am Klimpern der silbernen Armreifen, als sie durch die Hotelhalle lief. Sie saß auf einem der großen Rattansofas, hatte einen Kaffee vor sich stehen und las. Es war nur noch der Silberschmuck, der an die Bernarda von früher erinnerte. Sie hatte ihr Haar jetzt so, wie Pauli es auf ihrem Block gezeichnet hatte: zu einem dicken Zopf geflochten. Sie trug eine taillierte, lange weiße Kurta mit Stehkragen aus edlem Leinen und eine dazu passende enge Hose. Sie sah auch in ihrem neuen Outfit elegant aus, aber sehr viel weiblicher und weicher als noch vor wenigen Wochen.

Wie diese Reise doch sie alle und alles verändert hatte. Francine hatte Bernarda im Verdacht, dass sie bereits früher angekommen und nur gewartet hatte, bis Shari losgefahren war. Sie spürte ihr Herz weit werden vor Dankbarkeit, lief auf Bernarda zu und umarmte sie.

Bernarda hielt sie kurz von sich weg, musterte sie kritisch und grinste breit. »Prroprrio«, sagte sie mit tief rollendem *r*. »Genau das hatte ich gehofft!« Bernarda berichtete begeistert von Pondicherry und Francine von ihrem großen und unverhofften Wunder der Liebe. Sie sahen aus wie zwei gute Freundinnen, und es fühlte sich auch so an, als könnte es das werden: Freundschaft.

»Jetzt bist du ganz übergeschnappt! Wie willst du in einer Hütte ohne Strom und Wasser in der südindischen Pampa leben?« Babette plusterte sich auf, sie brauchte fast das ganze Display von Skype für sich. Die anderen Mädels standen um sie herum und nickten stumm und sorgenvoll.

Francine und Bernarda zwängten sich in den kleinen Raum neben der Rezeption und versuchten, sich die Luft zu teilen. Es war schwül und stickig, die Klimaanlage außer Betrieb. Francine lachte. »Macht euch keine Sorgen, Bernarda passt auf mich auf wie ein Exemplar der Hunderasse, die nach ihr benannt ist! Und wisst ihr was? Ich lasse sie gern auf mich aufpassen. Vielleicht ist das ja auch nötig, denn ich bin so knallverliebt, ich kann allein nicht mehr klar denken.«

»Hast du auch ein Schnapsfässchen um den Hals hängen, Bernarda, wie deine lebensrettenden Namensvettern?«, wollte Babette wissen.

Die Mädels im Hintergrund lachten.

Das Ablenkungsmanöver hatte geklappt. Den Göttern sei Dank.

Die Verbindung brach dann irgendwann ab, aber sie hatten alles Wichtige besprochen. Anna-Maries Hochzeitstermin stand fest, und Aurelia konnte schon bald in die Familie aufgenommen werden. Babettes Thriller war durch das Lektorat und würde pünktlich zur nächsten Buchmesse in Frankfurt erscheinen. Sarah war bei Leo eingezogen, und es hörte sich so an, als würde sie ihre nächste Fotoreise bis auf Weiteres verschieben. Joe war auf ihrem Weingut zum Finale der Weinlese und bis über beide Ohren in ihren Jacques verliebt. Francine fragte sich ein wenig bang, unter welchen Umständen sie wohl das nächste Mal mit den Freundinnen telefonieren konnte. Sie wischte den Gedanken schnell beiseite.

Es hatte Francine auf der Zunge gelegen, doch sie hatte es sich verkniffen, nach Yvonne zu fragen. Sie musste dieses vergangene Leben abschließen. Anna-Marie würde ihr berichten, sobald sie etwas wusste, das war sicher.

Aber jetzt nichts wie raus aus dem Kabuff und hinein in den Pool und das Luxusleben.

ϬϬϬ

In der Nacht klopfte es an Bernardas Terrassentür. Es dauerte eine Weile, bis sie aus ihrem tiefen Schlaf herausfand. Sicherheitshalber nahm sie die schwere Taschenlampe, die auf dem Schreibtisch stand, und öffnete die Tür einen schmalen Spalt. Francine. Sie sah im schwachen Lichtschein der Laterne über der Tür kreidebleich aus, keuchte und bekam kaum Luft. Bernarda nahm sie intuitiv in den Arm, dabei spürte sie, dass Francines Haut feuchtkalt war und dass sie zitterte wie Espenlaub. »Leg dich hier rein.« Sie hob die leichte Bettdecke an, nahm eine Wolldecke und ein weiteres Kopfkissen aus dem Schrank, lagerte Francine hoch und deckte sie zu. Bernarda setzte sich zu ihr aufs Bett und streichelte ihre Hand. Sie ließ ihr Zeit, sich zu beruhigen. Die rasselnden Geräusche aus ihrem Brustkorb waren beängstigend. »Hustest du schon lange so?«

»Ja, aber am schlimmsten ist es in der Nacht. Den Göttern sei Dank, in den letzten Nächten hat der Husten mich verschont.«

Bernarda legte sich, als das Rasseln etwas abklang, neben Francine. »Du bleibst heute Nacht am besten hier, dann kann ich dir ab und zu mal einen Schluck aus meinem Schnapsfässchen anbieten.«

Francine konnte gerade nicht darüber lachen. Die Grauen der Dunkelheit saßen offenbar noch immer wie die Geier auf ihrer Brust und hielten sie in ihren Ängsten gefangen.

»Stell dir vor, seine Frau ist so jung gestorben, und jetzt belastet er sich mit mir, die ich so viel älter bin. Und auch meine Tage sind gezählt. Ich darf nicht zulassen, dass er so kurz hintereinander schon wieder eine Frau begraben muss. Wenn er das nicht einsieht, muss wenigstens ich verhindern, dass er wieder so viel Leiden auf sich nimmt.«

»Francine, er ist alt genug, und er weiß genau, was er tut. Du hast mir selbst gesagt, dass Inder im Allgemeinen und die heiligen Männer im Besonderen eine andere Einstellung dem Tod gegenüber haben als wir Europäer. Er liebt dich, das kann man sehen und spüren. Nimm seine Liebe an und denk nicht an morgen. Denk an das, was Greeta und die Buddhisten sagen. Du hast dich lange mit der Philosophie auseinandergesetzt, jetzt ist der Zeitpunkt gekommen, die Theorie in die Praxis umzusetzen.«

»Und dann überleg ich mir auch, ob ich die Chemo nicht doch machen soll.« Sie berichtete, dass sie dem indischen Arzt die Medikamente übergeben und dass er sie für sie aufgehoben hatte. »Ich hatte mich ernsthaft und ganz bewusst gegen eine Minderung meiner Lebensqualität durch die Nebenwirkungen der Medikamente entschieden. Und jetzt werde ich von diesen Schmetterlingen bevölkert, die diese idiotische Hoffnung in mir wachküssen. Scheißhormone, ich dachte, ich hätte das alles abgehakt. Aber ich liebe ihn, ich will mit ihm zusammen sein, und ich will leben, will für ihn leben.«

Francine weinte, und Bernarda nahm einfach nur ihre Hand. »Wenn ich die Medikamente nehme, werde ich mir die Seele aus dem Leib kotzen, alle Schleimhäute gehen kaputt, ich kann ihn nicht mal mehr küssen, und ich werde meine Haare verlieren. Und dann sterbe ich am Ende doch. Weißt du, wie er mich nennt?«

»Nein.« Bernarda schüttelte den Kopf.

»Feuerkopf. *Têtê de feu*. Er ist verrückt nach meinen Haaren. Die kann er sich dann auf sein Kopfkissen legen. Bernarda! Hilf mir! Was soll ich nur tun? Ich will schön und begehrenswert für ihn sein. Diese ganze verdammte östliche Philosophie kann mir einfach nur gestohlen bleiben. *Merde*!« Ein neuer Hustenanfall unterbrach sie.

»Komm, denk an Pauli, atme ein bisschen mit dem Herzen, ich mach das auch und denke dabei an das kleine Mädchen in Deutschland, das meinen inneren Eisblock geschmolzen hat. Lass dir Zeit mit dem Ausatmen, entspann deinen Bauch, lass die Bauchdecke tief zurücksinken, den Atem einströmen. Du kannst das viel besser als ich, jetzt mach es auch, dann wird es dir gleich besser gehen. Und morgen gehst du zu diesem Arzt und holst deine Medikamente zurück. Wir nehmen sie mit, und du kannst dann immer noch entscheiden, ob ja oder nein.«

Francine atmete jetzt leichter und langsamer.

»Wenn du dich für die Chemo entscheidest und deine Haare verlierst, habe ich eine tolle Idee, wie du trotzdem super aussehen wirst. Es gibt hier Tattookünstler aus Kanada. Ich habe deren Atelier in Pondicherry besucht, die malen dir aus Henna ein traumhaft schönes Kronentattoo auf deinen Kopf, ein richtiges Kunstwerk. Wenn wir das nächste Mal ins Internet gehen, zeig ich dir das, du wirst begeistert davon sein. Und wenn du es machst, dann mach ich es auch, diese dicken Haare sind mir sowieso eine Last bei dieser Hitze hier.«

Bernarda lauschte auf Francines Atem. Offensichtlich war sie eingeschlafen. Sie drehte sich auf die andere Seite, dachte an Pauli und stellte sich ihr Herz vor und wie es atmete. Ein … aus … ein … aus …

ठ ठ ठ

Francine lächelte in das Dunkel des Raumes, in dem ihre Atemzüge sich mit denen von Bernarda vermischten. Ihre Tränen liefen ins Kopfkissen, und sie stellte sich Bernarda mit einem Kronentattoo und dem Schnapsfässchen um den Hals vor. Doch jetzt musste sie ein bisschen schlafen. Für den nächsten Tag hatten sie ein volles Programm, und am übernächsten Tag fuhren sie zu Shari.

Okzident trifft Orient

Sie schrien beide gleichzeitig auf, als der Wagen sich in eine scharfe Rechtskurve legte und die Tür auf der Fahrerseite weit aufflog. Der Fahrer hatte Mühe, nicht aus dem Wagen geschleudert zu werden und die Autotür dicht an den Wagen heranzuziehen. Jetzt lag sein Arm wieder auf seinem alten Platz, und er fuhr weiter, als sei nichts geschehen. Er drehte sich zu ihnen herum, sein Gesicht unter dem Turban wirkte schuldbewusst. Der Redeschwall, den er auf sie losließ, war wahrscheinlich eine einzige Entschuldigung. Er sprach Tamil, er konnte nur wenig Englisch.

Bernarda und Francine konnten sich nicht beruhigen, sie lachten immer noch.

»So ein blöder Macho, habe ich gedacht, als er die ganze Zeit seinen Arm aus dem Fenster gehalten hat«, sagte Bernarda und wischte sich die Lachtränen aus den Augen.

»Ich auch!« Francine kicherte noch immer.

»Konnte ja keiner ahnen, dass er die Tür festhalten muss. So eine Schrottkarre! Und der vorherige Wagen war eine noch größere Katastrophe. Spätestens in Pondicherry wagen wir einen weiteren Versuch und wechseln noch mal.«

»Der arme Kerl, dann muss er wieder zurück und ist seinen Job los.« Francine tat der Mann leid. Sie saßen im Fond des Wagens und ließen die indische Landschaft an sich vorüberziehen. Sie fuhren auf derselben Autobahn wie bei ihrer Rückfahrt im himmelblauen Bus. Trotzdem kam Francine die Strecke fremd vor. Eine einzige Woche lag zwischen den Fahrten, und es schien, als sei sie auf einem anderen Planeten. *Der Planet der Liebe.* Sie konnte es kaum erwarten, Shari wiederzusehen, in seinen Augen die Bestätigung für ihr Glück zu sehen. Doch Bernarda wollte ihr unbedingt Pondicherry und Auroville zeigen, in Auroville würden sie Susanne treffen. Francine hatte mit ihr telefoniert und ihr von ihren geänderten Plänen berichtet.

»Shari ist ein wundervoller, sensibler Mann, du kannst ihm vertrauen. Ich hatte auf dem heiligen Berg schon das Gefühl, dass ihr zusammengehört«, hatte Susanne gesagt.

Francine war vor Freude ganz warm geworden.

Sehr warm wurde es jetzt auch im Inneren des Wagens. Es gab zwar eine Klimaanlage, das verrieten die lauten, klappernden Geräusche, doch bei geöffnetem Fenster hatte sie, abgesehen von ihrem Alter und Zustand, keine Chance, die Temperatur hinunterzukühlen.

In den längeren Phasen ihres vertrauten Schweigens in diesem Mikrokosmos konnten sie ihre Gedanken an der langen Leine führen oder auch dösen. Die Hitze machte sie müde.

Sie fuhren zuerst in ihr Hotel nach Pondicherry. Die Medikamente aus der Kühlbox mussten dringend in einen Kühlschrank. In der Altstadt, im French Quarter neben einem gepflegten Park, lag das romantische kleine Hotel inmitten eines zauberhaften Gartens. Es gab mehrere entzückende Innenhöfe und heimelige schattige Plätze zum Ausruhen.

Francine klatschte vor Freude in die Hände. Das war ein Stückchen Frankreich mitten in Indien, das hätte sie hier im Traum nicht erwartet. Das Hotel hatte nur zehn Zimmer. Jedes war anders und ganz besonders liebevoll im Kolonialstil eingerichtet.

»Warte nur, bis du das Restaurant erlebst und erst das Essen … hm, das Essen …« Bernarda verdrehte die Augen.

»Ich bin mit einer fremden Frau unterwegs«, lästerte Francine, »du hast dich doch sonst immer aufgeregt, wenn es ums Essen ging. Denkst du eigentlich überhaupt nicht mehr an deine schlanke Linie?«

»Die, in der ich jetzt stecke, gefällt mir eindeutig besser als das dürre Miststück von damals.« Bernarda sah Francine entschuldigend an. Sie schämte sich offensichtlich noch immer, wenn sie an all die schrecklichen Dinge dachte, die sie Francine angetan hatte.

»Willst du meine ehrliche Meinung hören?« Francine sah sie fragend an.

Bernarda nickte.

»Mir auch.« Sie gab ihr einen federleichten Wangenkuss, und da kam auch schon die Concierge und brachte sie zu ihren Zimmern.

Francine dachte mit leisem Schrecken an ihre Rechnung. Bernarda hatte in Mamallapuram bereits alles für sie bezahlt, doch sie konnte diese Großzügigkeit nicht länger annehmen.

Am Abend, als sie erschöpft in ihrem gemütlichen Bett lag und sich fragte, ob sie wohl je wieder so einen Luxus erleben würde, war sie doch froh, dass Bernarda auf diesen Zwischenstopp bestanden hatte.

Sie waren in einer Rikscha an der langen Strandpromenade entlanggefahren, hatten die gepflegten baumbestandenen breiten Boulevards bewundert, die kontrastreiche Verbindung von französischer Architektur und dem hektischen indischen Alltagsleben. Im French Quarter gab es sehr gepflegte Anwesen, manche Häuser waren im Zuckerbäckerstil etwas abgewandelt. Der große Park mit seinen sehr gepflegten Fußwegen wirkte wie ein Park auf dem Mond, eine Insel mitten in Trubel, Lärm und Gestank. Anwohner dieses Viertels, meist Männer, saßen auf Bänken und lasen Pariser Tageszeitungen. Es war wie eine

Szene aus einem vergangenen Jahrhundert auf einem anderen Kontinent.

Francine amüsierte sich köstlich über eine Gruppe älterer Herren, die das Pétanquespiel, eine Art Boule, zelebrierten, als gäbe es nichts Wichtigeres zu tun.

Aber auch die engen Gässchen und die Häuser der Altstadt mit ihren Innenhöfen hatten es ihr angetan. Sie war Bernarda unendlich dankbar, dass diese ihr in diesem exotischen Land etwas gezeigt hatte, das ihr vertraut war, das ihr ein Gefühl von Heimat gab. Ihre Entscheidung, bei Shari in Tiruvannamalai zu leben, in dieser doch sehr fremden, archaischen Welt, hatte ihr auch ein wenig Angst gemacht. Die Gewissheit, dass sie jederzeit in diese bezaubernde Stadt mit dem französischen Flair, in der die Menschen ihre Muttersprache sprachen, zurückkommen konnte, gab ihr sehr viel Sicherheit. Ein Auto brauchte für die einhundertzwanzig Kilometer ungefähr drei Stunden. Außerdem war das hier Sharis Heimat, seine Familie lebte in dieser Stadt.

Francine nahm sicherheitshalber einen Hustenblocker und eine Schmerztablette und schlief bald ein.

ꝺ ꝺ ꝺ

»Ist das hier nicht das Hotel, wo uns die Affen überfallen haben?« Francine erkannte die Gegend wieder. Einiges kam ihr jetzt bekannt vor.

»Ja, du hast recht, weißt du noch, wie diese frechen kleinen Biester da oben auf dem Dach gesessen und Bananenschalen nach uns geschmissen haben?«

Am Morgen hatten sie Susanne in Auroville getroffen. Sie hatte ihnen die Stadt und einiges besonders Sehenswertes gezeigt, natürlich auch den Matrimandir, den Tempel der Mutter. Mirra Alfassa, genannt *die Mutter*, die Gründerin Aurovilles, hatte gesagt, irgendwo auf der Erde sollte es einen Ort geben, den keine Nation als ihr alleiniges Eigentum beanspruchen kann. Einen Ort, in dem alle Menschen mit gutem Willen und aufrichtigem Streben frei als Weltbürger leben können und nur einer einzigen Autorität gehorchen: *der höchsten Wahrheit.*

Sie hatten eine moderne Stadt erlebt mit vielen jungen Menschen aus aller Herren Ländern. Die Vision Aurobindos, verwirklicht durch *die Mutter*, war ein Stück weit Realität geworden. Den Ashram Aurobindos hatten sie ausgelassen. Francine war unruhig, sie wollte die letzte Etappe hinter sich bringen, die sie von Shari trennte. Sie hatte ihn vom Hotel aus auf seinem Handy angerufen. Er erwartete sie im Ashram in Tiruvannamalai. Sie war ausgeruht, fühlte sich voller Energie, ihre Augen blitzten. Und sie war neugierig darauf, was sie erwartete. »Schließlich wird auf dieser Bühne das Finale meines Lebens aufgeführt«, prophezeite sie makaber.

ʊ ʊ ʊ

Bernarda hatte Francine einige Male prüfend angesehen. An ihr konnte sie sehen, welche Wunder die Liebe doch manchmal hervorbrachte. Francine sah so vital und gesund aus. Und so jung!

Bernarda beschloss, im Ashram von Ramana Maharshi zu übernachten. Sie hatte Francine versprochen, sich darum zu kümmern, dass die Medikamente dort für sie gekühlt aufbewahrt wurden. Gleich morgen früh wollte sie dann mit ihrem neuen Fahrer nach Madurai und Kochi, im Gebiet von Kerala, weiterfahren. Ihr Fahrer trug weiße Handschuhe. Sie hatten sich bei seiner Ankunft im Hotel in Pondicherry kaum das Lachen verkneifen können, doch das Auto sah genauso katastrophal aus wie alle anderen hier.

Natürlich hätte sie noch ein paar Tage bleiben können, doch sie wollte Francine und Shari nicht stören. Sie hoffte so sehr, dass den beiden noch viel Zeit füreinander blieb. Tatsächlich war es so, dass sie das Gefühl hatte, Francine beschützen zu müssen. Sie hatte ihr gesagt, dass sie nach ihrer kleinen Reise wieder nach Deutschland aufbrechen würde. Doch sie fragte sich, was sie eigentlich dort sollte. Nichts zog sie, keiner vermisste sie dort. Sie konnte genauso gut hierbleiben. Wenn die Krankheit zuschlug, konnte sie wenigstens für Francine da sein. Sie hatte sehr viel wiedergutzumachen. Man würde sehen, was die Zukunft brachte.

ნ ნ ნ

Sie trafen ihn im Ashram Ramana Maharshi.

Doch es war Tarun Sharma, der Shiva-Priester, den sie trafen. Unbeweglich, fast abweisend, stand er am Eingang der großen Halle. Er trug einen Dhoti, die Perlenschnur quer über dem nackten Oberkörper und das fremde Zeichen auf der Stirn. Francine, die losgerannt war, blieb auf einmal mitten auf dem Hof des Ashrams wie festgewurzelt stehen. Ihre Gefühle spielten völlig verrückt. Sehnsucht, Wiedersehensfreude, Zweifel, aber auch Fremdheit fochten harte Kämpfe gegeneinander aus, während sich jede Zelle ihres Wesens nach ihm verzehrte.

Er stand noch immer still, seine Arme hingen kraftlos an ihm hinunter, die Handflächen waren Francine zugekehrt. Eine berührende Geste von … Schicksalsergebenheit? Demut?

Francine sah es zuerst in seinen Augen, dann erwachte sein ganzes Wesen, Shari. Ein Ruck ging durch ihren Körper. Sie hatte das Feuer in seinen Augen bemerkt. Sie setzte sich langsam in Bewegung, ging Schritt für Schritt auf ihn zu, ohne den Blick von ihm abzuwenden. Als sie vor ihm stand, legte sie ihre

Hand auf sein Herz. Nur das. Ein Versprechen. Und es war, als stünde die Zeit still. Sie waren eins geworden. Für immer.

Orient und Okzident.

Francine und Shari verabschiedeten sich von Bernarda. Sie wollte früh am nächsten Morgen aufbrechen.

Francine hielt sie sehr lange im Arm. »Danke. Für so viel. Danke für alles. Ich bin so froh, dass du für mich da bist. Komm bitte zurück. Ich warte hier auf dich.«

Und dann war Bernarda weg. Sie und Shari waren allein.

Der verzauberte Hügel

Im späten Licht des Nachmittags, als sie das Ashramgelände verließen, sahen sie Hunderte von Sadhus im Fluss baden und ihre Reinigungsrituale ausführen. Der orangefarbene Stoff ihrer Turbane und ihrer Beinkleider reflektierte die Sonnenstrahlen und tauchte die Szene in flammendes Licht. Ein Bühnenbild. Der heilige Berg, davor der Ashram. Der Fluss. Die heiligen Männer. – Ein Anfang.

Sie waren nicht weit gefahren. Es war ein kleines Dorf. Keine befestigte Straße. Schlichte, winzige Häuser, bunt angemalt, einfache Hütten aus Holz oder Metall. Tiere liefen frei umher, Kühe, Ziegen, Hühner. Kinder spielten mit einem Spielzeug, das Räder hatte und nur entfernt an ein Auto erinnerte. An einer Tür hing eine aufgeschlitzte tote Ziege, das Blut lief in den Staub. Sie schien frisch geschlachtet worden zu sein.

Er parkte das Auto am Fuße eines kleinen Hügels, nahm ihre Reisetaschen aus dem Kofferraum und wies mit dem Kopf auf den Fußweg, der zum Hügel hinaufführte. Sie hatten noch kein Wort gesprochen, sich nicht berührt. Sie wagte es nicht, ihn anzusehen. Alles in ihr schien verlangsamt, ihr Blut floss träge, ihr Atem war verhalten, ihr Kopf wie mit Watte gefüllt. Sie folgte ihm den kurzen Weg hinauf, setzte Fuß vor Fuß, nichts anderes war wichtig. Es strengte sie an. Als sie am Ende des Weges am Eingang einer Hütte angekommen waren, ließ Shari ihre Taschen einfach fallen, er drehte sich zu ihr um, bückte sich und hob sie mit so viel Schwung hoch, als wolle er sie in die Luft werfen. Ein Geräusch, wie es entsteht, wenn man lange die Luft angehalten hat und endlich wieder atmen kann, löste sich aus seinem Mund. »Ich hatte bis zuletzt solche Angst, dass du nicht kommst.« Er stieß die niedrige Tür der Hütte auf und trug Francine hinein. »Kennt er den Brauch des *Über-die-Schwelle-Tragens*, oder ist es der Drang des Jägers, seine Beute zu schnappen und in Sicherheit zu bringen?«, dachte sie amüsiert. Doch dann waren ihre Gedanken ausgeschaltet. Sie spürte nur noch seine Arme, seine Nähe, seinen Geruch und sein Feuer. Sie sprachen nicht mehr, es brauchte die Worte nicht. Sie befanden sich jenseits von Raum und Zeit.

ʊ ʊ ʊ

Francine schlug die Augen auf und schaute direkt in sein Gesicht. Er hatte sich auf den Ellbogen aufgestützt und betrachtete sie lächelnd. Er sah so glücklich aus, dass sich ihr Herz für einen Moment zusammenzog.

»Du hast Sommersprossen.« *Taches de rousseur.* Er legte die Spitze seines Zeigefingers auf ihre Nase. »Hier. Und hier.« Seine Hand wanderte weiter zu ihrem Dekolleté, und sein Finger strich sanft über ihre Haut. »Sag bloß, dort auch.« Er hatte seinen Daumen auf eine ihrer Brustwarzen gelegt, und seine Finger streichelten ihre Haut, umfingen zärtlich ihre Brust. »Nein, aber sie sind auch ohne *little golden dots* wunderschön.«

»Oh, Shari, ich bin noch so müde.«

»Stimmt nicht, belüg mich nicht, schau!« Er zeigte mit seinem Finger, legte dann seine Lippen um die Brustwarze und ließ seine Zunge um sie kreisen. Sie spürte, wie sich ihre Haut überall zusammenzog und wie ihr Herzschlag sich beschleunigte. Sie berührte seine Schulter, doch er entwand sich herausfordernd grinsend ihrem Griff und stand auf. »Du hast vollkommen recht, *ma Petite*, ich habe meine Manieren vergessen.

Dabei habe ich uns schon Tee gekocht. Möchtest du aufstehen, oder soll ich dir den Tee im Bett servieren?« Francine richtete sich ein wenig auf und sah sich um. Das, was ihr das Morgenlicht offenbarte, war so großartig, dass sie aus dem Bett sprang und sich mit ausgebreiteten Armen einmal um sich selbst drehte. »Ich fasse es nicht! Shari, das ist ein absoluter Traum!«

Er stand neben einem sehr niedrigen Tisch, stellte ein Tablett darauf ab und lächelte sie verlegen an. Gestern hatte sie nur das große Bett mit den weißen Vorhängen und die Kerzenbeleuchtung wahrgenommen. Die Dunkelheit war sehr rasch gekommen, und sie hatten anderes im Sinn gehabt als die Besichtigung der Hütte.

Es war wirklich eine Hütte. Aber was für eine. Mit offenem Mund betrachtete sie das Innere des großen Raumes. Der Boden bestand aus gestampfter Erde, doch er war fast vollständig von wunderschönen gewebten Teppichen bedeckt. Es gab große, mit grobem schwarzem Leinen bezogene Sitzkissen, eine niedrige Liege mit vielen kleinen Kissen, mehrere niedrige Tischchen, Bücherregale, Laternen und Kerzen, wohin sie sah. Kunstvolle Skulpturen aus Holz und Stein waren sachkundig und sparsam verteilt. Der ganze Raum verströmte einen Duft nach Holz, Wachs, Stoff und nach Shari.

Doch das Schönste war das riesige Bett mit Pfosten und weißen Baumwollvorhängen, das wie eine Insel mitten im Raum stand. Shari raffte die Vorhänge und knotete sie. »Ich sollte dir vielleicht mein Spezialbad und meine primitive Dusche zeigen.« Er führte sie nach draußen, und ihr blieb vor Überraschung die Luft weg. War das eine Aussicht! Von hier oben sah sie im Süden auf den Fluss, der sich unterhalb des Hügels vorbeischlängelte, im Norden auf das Dorf, und dahinter, ganz in der Ferne, erkannte sie die Umrisse des Arunachala, des heiligen Berges. Francine konnte es kaum glauben, auf diesem Berg hatte alles angefangen, und sie fühlte sich in seiner

Nachbarschaft wie durch ein Wunder von Shiva beschützt. In südwestlicher Richtung Teeplantagen, so weit das Auge reichte. Das strahlende Grün blendete sie.

»Hier ist die Toilette, entschuldige, ich hoffe, du bekommst keinen Schock.« Es handelte sich um eine süße kleine Extrahütte mit einem Plumpsklo, daneben standen ein mit Wasser gefüllter Eimer, zwei Kerzenständer und ein niedriges Tischchen mit Zeitschriften.

»Waschen kannst du dich im Freiluftbad«, rief er, und sie hörte, wie er sich diskret ein Stück entfernte. Na, das konnte ja heiter werden, aber es war auf jeden Fall romantisch.

Shari hatte den Bereich um die Haupthütte herum mit Schatten gebenden Bäumen und blühenden Sträuchern bepflanzt. Das Freiluftbad schloss sich an die kleine Klohütte an. Es war von einer Mauer umgeben, die mit üppig blühenden lila- und pinkfarbenen Bougainvilleas bewachsen war. Es gab einen Waschtisch aus Eisen mit einer Schüssel. Darüber hing ein leicht blinder Spiegel. Auf einem Regal standen ein Zahnputzbecher mit einer Zahnbürste, Rasierzeug und daneben – als sie das sah, traten ihr Tränen in die Augen – ein in Zellophan verpackter Becher und eine neue Zahnbürste. Am Ende der Mauer war eine kleine Baustelle.

»Ich bin damit nicht ganz fertig geworden«, sagte er und zog die Schultern hoch. »Ich benutze immer nur die beiden Eimer, die du schon kennst. Doch hier an die Mauer kommt jetzt eine Dusche für dich. Dahinter habe ich schon Rohre verlegt. In den nächsten Tagen bekomme ich einen großen Wasserbehälter. Dann kannst du ganz komfortabel und stundenlang im Wasser planschen.«

»Und du bist der Wasserträger und gibst deinen Tempeldienst auf?« Francine streckte sich und hauchte einen Kuss auf seine Wange. »Du verwöhnst mich. Danke.«

»Warte nur, bis du alles gesehen hast.« Sie hörte den Stolz

in seiner Stimme. Er hatte ihr schon erzählt, dass er die Hütte selbst entworfen und gebaut hatte. Sie hatte sich gewundert, dass es sogar eingebaute Fenster gab. Viele kleine Fenster, die, genau berechnet, den Raum auch bei hohen Außentemperaturen perfekt belüfteten. Doch jetzt kam die ganz große Überraschung – auf einem kleinen Plateau, das sich unterhalb der Hütte in südöstlicher Richtung befand, hatte Shari eine mit einem Pflanzgerüst überdachte Terrasse gebaut, über und über von blühenden Pflanzen bewachsen und mit einem grandiosen Blick weit über das Land. Sie konnten von der Wohnhütte aus über eine kleine Treppe die holzgedeckte Plattform betreten.

»Schau! Und hier kannst du mir, wenn ich abends müde vom Tempel zurückkomme, die tollsten Menüs kochen.« Er führte sie zu einer weiteren kleinen Hütte, und Francine kam aus dem Staunen nicht mehr heraus. Es gab einen langen Tisch, Regale, eine offene Feuerstelle, darüber einen Kaminabzug. Doch das Verrückteste war die Kühlkammer, die rundherum mit Marmor ausgekleidet war und Regale aus Marmor beherbergte. Der kalte Stein hielt die Speisen kühl und frisch. Er nahm einen Krug mit Milch heraus. »Wir können auf der Terrasse essen. Komm, lass uns dort unseren Tee trinken. Ich habe Obst besorgt, Cornflakes und Milch. Du musst selbst herausfinden, wie du dich hier mit unseren Produkten ernähren willst.«

Sie musste so vieles noch herausfinden. Der Gedanke daran, die Besichtigung und das Glück hatten Francine erschöpft, und sie ließ sich mit einem Becher Tee auf der Terrasse nieder. Auf der einen Seite standen eine breite, sehr niedrige Liege mit geschnitzten Beinen, jede Menge bunte Kissen waren darauf verteilt und niedrige Tische auf Teppichen aus geflochtenen Palmblättern. Ein blühender Jacarandabaum, der etwas weiter unten am Hügel stand, streckte vorwitzig einige Zweige mit diesen unglaublich intensiven blauen Blüten herein.

Auf der anderen Seite, dort ging die Terrasse etwas um die Ecke, befand sich eine kleine Shiva-Statue aus schwarzem Marmor, davor ein Meditationskissen, eine Klangschale und Sharis Yogamatte. Francine fiel auf, dass die Shakti-Skulptur, die Shari ihr in Mamallapuram bei dem Steinmetz gekauft hatte, in Größe und künstlerischem Ausdruck perfekt zu dem Shiva passte. Ihr fragender Blick flog zu ihm, und seine Augen sagten ihr, dass das kein Zufall war. Shari setzte sich zu ihr, nahm ihre Hand, küsste sie zärtlich, und sie teilten ihr Glück, ihr Schweigen und das grandiose Panorama.

ʊ ʊ ʊ

Der Begriff *köstliches Nass* fiel Francine ein, als sie in der Freiluftdusche stand und *indisch duschte.*

Die Mittagssonne brannte heiß von einem dunstig blauen Himmel, doch die Blätter und Blüten der Bougainvillea bildeten ein schützendes Netz über ihr, das mit jedem winzigen Windhauch sein filigranes Schattenbild am Boden veränderte.

In ein Leinentuch eingewickelt, ging sie um die Ecke der Natursteinmauer und setzte sich auf einen Stein unter einer Akazie. Sie genoss den Blick auf die Teefelder und ins weite Land, das unter dem Sonnenglast in der mittäglichen Stille ruhte. Einige Frauen standen, die Saris hochgebunden, in dem niedrigen Wasser des Flusses und wuschen ihre Wäsche. Kühe und Ziegen stillten ihren Durst. Männer und Kinder badeten. Die gedämpften Geräusche waren bis hier oben zu hören.

Wenn so das Paradies wäre, hätte sie keine Angst mehr vorm Sterben.

Shari war neben sie getreten. Sie griff nach seiner Hand, und er setzte sich zu ihr. »Dort hinten am Fluss«, er wies auf eine Stelle, wo im Nordosten die Ausläufer des Dorfes, vereinzelte Hütten und Höfe zu sehen waren, »dieses ockerfarbene Haus mit den bunten Anbauten, das ist die Schule, in der Sandro und Lucca mit den jungen Mädchen leben. Von der Terrasse aus kann man es besser sehen. Irgendwann in den nächsten Tagen besuchen wir sie, sie sind schon sehr gespannt und freuen sich auf dich. Bei aller Liebe, die sie für mein Land empfinden, vermissen sie hier unten im Süden bei uns unkultivierten Wilden doch gelegentlich die europäische Lebensart.«

»Ich kann kaum erwarten, die beiden und ihre Arbeit kennenzulernen. Doch erst mal will ich meinen unkultivierten Wilden und das Leben mit ihm kennenlernen. Ich muss begreifen, dass dies kein Traum ist.«

»*Alors, eh bien*, dann steh auf, ich will dich auch kennenlernen. Doch zuerst musst du etwas essen und deine Taschen auspacken. Ich will sehen, dass du wirklich hier bei mir einziehst, und ich werde dich streng bewachen, damit du auch bleibst, dich nicht in Luft auflöst. Du siehst, ich kenne solche Ängste auch.«

Es war ihr schwergefallen, sich in Deutschland bei der Auswahl ihrer Bücher so sehr zu beschränken, deshalb hatte sie kaum Kleidung eingepackt. Allein ihr Laptop war schon so schwer, dass sie nichts anderes in ihrem Handgepäck hatte unterbringen können.

Sie räumte die Bücher in ein niedriges Regal.

»Du hast ein Sanskritlehrbuch dabei?«, fragte Shari verwundert. Er hatte das Buch vom Boden aufgehoben und blätterte darin. »Du kannst Sanskrit?«

»Ach, können ist zu viel gesagt. Ich glaube, man braucht drei Leben, um es wirklich zu beherrschen, oder man muss damit, so wie du, im eigenen Kulturkreis aufgewachsen sein. Ich habe Sprachen studiert und ein Abschlussdiplom. Sanskrit war nur ein Nebenfach, aber es hat mich immer schon fasziniert. Ein Diplom von der Uni habe ich dafür nicht. Ich habe

Sanskritübersetzungen für ein paar Bücher gemacht, Yoga- und Philosophiebücher, einige Patanjali-Texte, nicht der Rede wert.«

»Ich glaube, ich muss meinen Urlaub vom Tempeldienst verlängern. Ich brauch mehr Zeit, um dich kennenzulernen. So eine Überraschung, du kannst Sanskrit!« Er schüttelte verwundert den Kopf.

Shari hatte ihr seinen Kleiderschrank gezeigt, ein einfaches Regal, eine Kleiderstange und ein Hocker hinter einem Paravent aus demselben Material, aus dem die ganze Hütte gebaut war.

»Ich war für dich einkaufen.« Er zeigte auf einen kleinen Stapel Leinentücher und drei Kurtas in unterschiedlichen Längen. »Deine eigenen Dhotis. Ich finde dich sehr sexy in den Männerhosen. Es sind auch zwei kurze Tücher dabei, sie heißen Lunghi. Sie sind bei der Hitze sehr angenehm zu tragen. Ich möchte, dass du sie nur hier zu Hause trägst, nur für mich. Du wirst umwerfend darin aussehen. Es gefällt mir sehr, dich auszuwickeln, weißt du!« Sein verhangener Blick ließ die Luft zwischen ihnen knistern und weckte ihr Verlangen.

Er hatte ihr auch pinkfarbene Flipflops gekauft – und er hatte *zu Hause* gesagt. Jetzt begann er offensichtlich mit dem Auswickeln, den ersten Zipfel Stoff von ihrem Dhoti hatte er bereits in der Hand. Sie schluckte ihre Tränen und ihre Rührung herunter und begann ihrerseits mit dem Auswickeln. Er hatte ja so recht, sie mussten sich möglichst schnell möglichst umfassend kennenlernen.

ठ ठ ठ

Francine hatte offenbar sehr lange geschlafen. Jetzt fühlte sie sich ausgeruht und erfrischt. Es war düster in dem großen Raum und vor den Fenstern. In der Sitzecke brannten die Kerzen in einigen Laternen. Sie verschränkte ihre Arme hinter dem Kopf und betrachtete den gemütlichen, großzügigen Raum. Kaum vorstellbar, dass Shari das alles mit eigenen Händen nach seinen eigenen Vorstellungen gebaut hatte. In der Mitte des Raumes erhob sich ein mächtiger Pfosten. Das Gerüst, der Aufbau der Hütte, war aus Holz und Bambus gefertigt. Die stabilen Seitenwände und auch das mächtige Dach, das so ähnlich konstruiert war wie ein afrikanisches Makuti-Dach, bestanden aus großen Platten fest geflochtener Palmblätter, die – doppelt genommen mit einer dicken Isolierschicht aus Kokosfasern dazwischen, mit Seilen und dünneren Schnüren, die ebenfalls aus Kokosfasern versponnen wurden – an dem inneren Gerüst befestigt waren. Sie hatte an dem Paravent gesehen, wie stabil dieses Material war. Und es sah unglaublich dekorativ aus.

Shari war stolz, dass er keinen einzigen Nagel, kein Metall verwendet hatte. Alles bestand aus Naturmaterialien, alles war ökologisch einwandfrei. Es war sein Fach, er hatte alles dokumentiert und war dabei, es in einem Buch zusammenzufassen. Die Schlichtheit der Inneneinrichtung war gekonnt inszeniert. Es war ein Stil, der ihr sehr gefiel. Der Stil der *Côté Sud*, einer exklusiven französischen Wohnzeitschrift. Als Francine Shari vorsichtig gefragt hatte, ob es eine Frau gegeben hatte, die mit ihm hier gelebt habe, hatte er ihr in die Augen gesehen. »Du bist die erste Frau, die hier lebt. Ich habe es für dich gebaut.«

In Momenten wie diesen fiel es ihr schwer, sich das Wunder des Augenblicks nicht stehlen zu lassen von dem maßlosen Wunsch, dieses Glück für immer festhalten zu wollen.

Sie fragte sich, wie es sich wohl anfühlt, gesund zu sein und verliebt in einen zwanzig Jahre jüngeren indischen Priester. Ob sie sich wohl getraut hätte, eine solche Beziehung überhaupt zuzulassen? Sie glaubte eher, dass ihre Krankheit alle Grenzen,

Hindernisse und Moralkodexe beseitigt hatte. Krankheit als Chance, neue Wege zu gehen, das Paradies schon auf Erden zu genießen, statt abzuwarten, ob es sie im Himmel oder wo auch immer erwartete?

Sie verschob die Antwort auf später. Shari hatte gekocht, ein köstlicher Duft zog über den Hügel, und sie bemerkte, dass sie einen Riesenhunger hatte. Er brachte ein Tablett mit zwei Tassen Tee und setzte sich zu ihr. »Du hast Stunden geschlafen, musst total erschöpft gewesen sein. Entschuldige, ich muss besser auf dich aufpassen, du tust es offenbar selbst nicht.«

»Hey, ich will dich als ganz viel, aber nicht als meinen Aufpasser!«

»Ach ja, und als was willst du mich?« Er legte ihre freie Hand an seine Wange.

»Den Tee hab ich ja schon, als Nächstes will ich Shari, meinen Koch, dann Shari, meinen Geschichtenerzähler, meinen Animateur, meinen Sternendeuter und dann Shari, meinen …« Dieser Blick!

Er hatte ihre Hand näher zu seinen Lippen gezogen und küsste ausgiebig ihre Handinnenfläche.

»Wenn du so weitermachst und mich weiter so anschaust, verderbe ich dir den ganzen Abend und den Genuss der Langsamkeit und zerre Shari, meinen wunderbaren Verführer und Liebhaber, sofort in dieses sündige Bett.«

»*Non*, das geht überhaupt nicht, mein köstliches Essen stehen zu lassen wäre eine Sünde. Der wunderbare Liebhaber steht erst am Ende dieses Abends zur Verfügung, Madame.«

Francine schleuderte die dünne Decke von sich und stand auf. Sie hätte sich auf jeden Fall in ihn verliebt, auch wenn er noch nie aus diesem Südindien und dem Tempel herausgekommen wäre. Aber diese Mischung aus Weltoffenheit, Spiritualität, Intelligenz, Humor und Jungenhaftigkeit war einfach umwerfend. Und unglaublich sexy. Francine wickelte sich in einen Pareo und folgte ihm auf die Terrasse. Zuvor hatte sie unauffällig eine Schmerztablette geschluckt. Sie war zu ruckartig aufgestanden, redete sie sich ein.

Lucca und Sandro

Am nächsten Morgen hatten sie das Einwickeln geübt. Francine fand das gar nicht so einfach, doch sie hatte sich dazu entschlossen, Dhoti und Kurta zu ihrer Alltagskleidung zu machen. Wenn Shari sie in Männerhosen aufregend und sexy fand, dann hatte sie keine Wahl, selbst wenn ihr Alter für ihn nur eine Zahl auf einem Stück Papier war.

Am liebsten würde sie diesen Zauberhügel und die Hütte nie wieder verlassen, doch die Realität hatte sie wieder eingeholt. Sie brauchte Medikamente. Außerdem musste sie ihre E-Mails checken. Natürlich war sie gespannt darauf, die Stadt Tiruvannamalai nicht aus der Sicht der Touristin zu sehen, sondern aus praktischen Erwägungen. Wo waren der nächste Supermarkt, die Tankstelle, die Apotheke, der Baumarkt? Bei dieser Vorstellung musste sie grinsen.

Als Erstes fuhren sie zum Ashram. Bernarda hatte alles perfekt geregelt. Es gab im Kühlhaus der Küche ein kleines Fach, das verschlossen und für sie reserviert war. Der Schlüssel war im Buchladen hinterlegt.

Shari ließ sich kommentarlos von ihr erklären, was das alles war und wann sie was eventuell würde einnehmen müssen. Shari bekam für sie die Erlaubnis, so wie er in der großen Bibliothek arbeiten zu dürfen. Die Leute brachten ihm sehr viel Achtung und Respekt entgegen. »Du bist hier wohl so bekannt wie ein bunter Hund, *connu comme le loup blanc*«, witzelte sie. »Sogar die Affen und die Pfauen kennen dich.«

Er trat mit ausdruckslosem Gesicht hinter sie und knuffte sie in die Seite. Er trug ebenfalls Dothi und Kurta und hatte keine Aschezeichen auf der Stirn. Er war in Zivil.

Als sie die Bibliothek betraten, machte ihr Herz einen Sprung. Der Geruch nach staubigen alten Büchern überwältigte sie, schon als Kind hatte sie ihn geliebt. Es gab einen riesigen, wertvollen Bestand an antiken und neuen Büchern über Indien und Spiritualität in allen Sprachen dieser Welt. Nur Mitglieder hatten Zutritt zu dieser wunderbaren Bücherwelt.

Das Kennenlernen hörte offenbar nicht auf. Shari hatte einen eigenen Schlüssel, einen eigenen Arbeitsplatz inklusive PC, und der war so groß, dass Francine nur einen Stuhl benötigte und loslegen konnte. »Wow!«, war alles, was sie sagen konnte. Shari hatte bereits ihren Laptop angeschlossen, und sie scrollte ihre Nachrichten herunter.

Es hatte sich einiges angesammelt. Die wichtigsten Mails druckte sie aus und steckte sie in ihre Tasche. Solange Shari keinen Tempeldienst hatte, machte auch sie Ferien. »Ich freue mich darauf, hier arbeiten zu können. So einen perfekten Arbeitsplatz hätte ich nicht im Traum erwartet. Danke, Shari-Chérie.« Sie nahm seine Hand, ließ sie aber sofort wieder los, obwohl sie allein im Raum waren.

»Was ist los, *ma Petite*, du bist so schüchtern?« Er drehte sich um, umspannte mit einer Hand ihren Nacken, legte seine Lippen auf ihre Lippen und drängte sie gegen seinen Schreibtisch. Sein Atem beschleunigte sich. »Ich muss dir unbedingt unser Zimmer im Ashram zeigen. Mach schnell, pack deine Sachen ein«, flüsterte er dicht an ihrem Ohr.

»Er ist so jung, und er macht, dass auch ich mich jung fühle«, dachte sie glücklich. Ich werde Martina schreiben, *wie* anders Inder küssen und wie sie lieben!

»Warum lachst du?«

»Sag ich nicht!«

»In Indien müssen die Frauen ihren Männern alles sagen, was sie denken.«

»Neugieriger Kerl. Ich sag's nicht.«

Sie waren tief in das Gelände des Ashrams eingedrungen und kamen an einem modernen Gebäude vorbei. »Das hier ist das Krankenhaus des Ashrams. Schau, und direkt daneben, in dem kleinen Turm, befindet sich die Apotheke. Hier bekommen die Bewohner kostenlos ihre Medikamente.«

»Ich komme heute aus dem Staunen nicht heraus. Das ist sehr beruhigend für mich, es erleichtert mein Herz um einige schwere Felsbrocken.«

»Warte ab, du wirst gleich noch mehr staunen.« Er ging auf den Wald zu, den sie bereits von ihrem Aufstieg auf den heiligen Berg kannte. Das war noch keine zwei Wochen her, wie viele wunderbare Dinge waren in der Zwischenzeit geschehen? Er steuerte eines der kleinen Cottages an, die die Begrenzung des Geländes bildeten, und schloss die Tür auf. Noch einmal war ihre Äußerung wortarm, aber ausdrucksvoll. »Wow!« Es war wirklich nur ein Zimmer, wie er gesagt hatte, aber es war riesengroß und behaglich und hatte eine moderne kleine Küchenzeile. Der Clou war das Bad mit einer Sitzbadewanne, einer Dusche und einer Toilette mit Spülung.

Er zog sie zu seinem Bett und in seine Arme. Die Knoten ihrer Kleidung lösten sich fast von selbst. Seine Haut war für sie wie ihre eigene, sein Atem vermischte sich mit ihrem, und ihre Zungen erkannten einander. Ihre Körper glitten ineinander, wurden eins. Shari bewies ihr, dass er nicht nur ein Kenner genießerischer Langsamkeit war. Ekstase brach in ihm auf wie ein Erdbeben, riss sie mit, und sie löste sich auf in der Glut seiner Leidenschaft.

ॐ ॐ ॐ

Sobald sie das Ashram-Gelände wieder verlassen hatten, ging Shari nah neben ihr und berührte wie zufällig immer wieder mit seiner Hand ihre Hand, mit seiner Hüfte ihre Hüfte.

»Wenn du das nicht lässt, müssen wir sofort umkehren. Ich finde dieses Berührungsverbot in der Öffentlichkeit aufregend anregend.«

»Ich möchte auch noch mal zurückgehen, ich habe vergessen, dich in meine Arme zu nehmen.« Blitzschnell zog er sie hinter einen dicken Baum, umarmte und küsste sie, schob sie dann schnell wieder auf den Gehweg und ging auf Distanz.

Francine war rot geworden und schüttelte ihre lockige Mähne. Das konnte sie weder Martina noch einer anderen Freundin beschreiben. Das glaubte ihr sowieso keine. Selbst ihr erschien es manchmal wie ein Traum. Sie fühlte unauffällig mit ihrer Hand nach seiner. Nein, er war kein Traum!

Francine geriet in einen Kaufrausch beim Anblick des riesigen Angebots der Straßenhändler an exotischen Früchten und Gemüsesorten. Aus einem Laden, der Gewürze, Getreide und Hülsenfrüchte führte, musste Shari sie gewaltsam losreißen, eine solche Vielfalt hatte sie noch nie gesehen. »Der Duft all der Gewürze haut mich um, ich fühle mich, als hätte ich Champagner getrunken.«

»Lass uns zurück zum Auto gehen. Dein Sklave bricht gleich unter diesen Lasten zusammen. Alles, was wir sonst noch brauchen, Eier, Milch, oder wenn du mal ein Hühnchen essen möchtest, bekommen wir bei uns im Dorf frisch.« Er hatte *bei uns im Dorf* gesagt. Und nun erstand er noch einen wunderschönen Blütenkranz aus Jasmin und legte ihn ihr vorsichtig auf ihr krauses Haar.

»Das sind doch Opfergaben für die Götter!«, sagte Francine entrüstet.

»Du bist meine feuerköpfige Göttin! Ich möchte dir mit den Blumen meine Verehrung zeigen. Shiva wird sich mit dir arrangieren müssen.«

ŏ ŏ ŏ

Der geschäftige Vormittag und die Hitze hatten Francine angeschlagen, doch eine kurze Dusche, eine Schmerztablette, die erfrischenden Früchte und die Aussicht auf Siesta hatten die Erschöpfung in eine angenehme, katzenhafte Trägheit verwandelt.

Shari kam aus der Wohnhütte. Er trug nur eine kurze, eine sehr kurze weiße Wickelhose. Er hielt das Päckchen in der Hand, das sie in Pondicherry gekauft und unter seinem Kopfkissen versteckt hatte. Zu ihrem Entzücken war er rot geworden vor Verlegenheit.

»Du hast mir ein Geschenk gemacht?«

»Ja, aber es ist nichts Besonderes. Ich habe mir gedacht, dass du Nachschub von *Samsara* gebrauchen kannst.« Er hatte das Päckchen aufgerissen und schaute wie ein kleiner Junge an Weihnachten. »Ich habe es auch für mich gekauft, der Duft erinnert mich an dich.«

Er zog sie an sich und küsste sie. »Ich habe auch eine Überraschung für dich.« Er dirigierte sie Richtung Bett.

»Shari, ich bin eine alte, kranke Frau, du musst schonend mit mir umgehen.« Francine lächelte voller Vorfreude, sie fühlte sich im Moment weder alt noch krank. Wenn sie in seine Augen sah und seine samtene Haut berührte, spürte sie das Prickeln wie ein junges Mädchen.

»Ach was, erinnere dich, du bist meine Göttin, und mein Geschenk an dich ist ein therapeutisches Hilfsmittel.«

»Ein *Bantal Guling*!« Francine klatschte vor Freude in die Hände. »Shari-Chérie, wo hast du das denn aufgetrieben?« Sie hüpfte an ihm hoch und verteilte kleine Küsse auf seiner nackten Brust.

Er nahm sie in seine Arme, hob sie hoch und ließ sich mit ihr lachend auf das breite Bett fallen.

ठ ठ ठ

»Sie haben die Flagge gehisst, wir müssen runter, da kennen sie kein Pardon!« Shari zog sich an – den längeren Dhoti. Er hatte für Francine einen Becher kalten Tee aufs Bett gestellt. Er war wie eine Mutter. Francine genoss Sharis Fürsorglichkeit, aber sie wunderte sich auch ein wenig. Diese Eigenschaft hatte sie bei einem indischen Mann nicht vermutet.

»Was heißt das, gibt es Krieg?«

Er lachte. »Nein. Sandro und Lucca haben die italienische Flagge hochgezogen, das bedeutet für mich, ich muss runterkommen von meinem Berg! Das ist ein sehr eindeutiger Befehl.«

»Gehst du allein?«

»Das wage ich nicht. Wenn ich das tue, dann bringt Lucca mich um! Sie wollen dich sehen. Und ich möchte auch, dass du sie so schnell wie möglich kennenlernst. Sie sind wirklich sehr gute Freunde.«

ठ ठ ठ

Der Lärm war schon von Weitem zu hören. Laute Frauenstimmen. Eine besonders laute Stimme war deutlich herauszuhören. Der Kommandoton kippte gerade in ein donnerndes Lachen.

»Lucca!«, sagte Shari.

»Hab ich mir gedacht«, sagte Francine.

»Spricht sie Italienisch mit den Mädchen?«

»Nein, sie spricht Tamil, aber es hört sich an wie Italienisch.« Shari grinste.

In dem kunterbunten Haus, das inmitten eines Gartens stand, der so aussah, wie man sich den Garten Eden vorstellt, waren alle Türen und Fenster weit geöffnet. Ein üppiger Dschungel der Fruchtbarkeit umgab das Gebäude – Bäume, Sträucher, Bananenstauden, Früchte, Gemüse und Blüten über Blüten. Ihr Duft war betörend.

Eine Frau trat aus der Tür, klein, mollig, dunkle Locken, sprühende Augen. »Na endlich, das wurde auch Zeit.« Englisch, das sich anhörte wie Italienisch. Und eine Umarmung, die ein Versprechen war. Ein Versprechen auf Freundschaft. Francine war ihr vom ersten Moment an verbunden. Lucca.

Hinter ihr stand ein großer, schlaksiger Mann. Dunkelhaarig mit einer Nickelbrille, hinter der intelligente, dunkle, wache Augen sie und Shari betrachteten. Er gab Francine die Hand. Ein fester Händedruck. »Herzlich willkommen, ich bin Sandro.« Englisch, das wie Englisch klang.

»Ich bin Francine, ich freue mich sehr, euch kennenzulernen.«

»Verschwindet von den Fenstern, und kommt raus.« Lucca winkte zu den Mädchen und Frauen, die jedes Fenster des Gebäudes belagerten und neugierig zu ihnen sahen.

»Lucca, sie verstehen dich nicht, das war jetzt Englisch.«

»Ach was, sie müssen das lernen, sie können meine Gebärden lesen. Hi, Shari. Namastè.« Lucca sprang fast an ihm hoch, sie war kleiner als Francine.

Die beiden Männer umarmten sich.

»Kommt rein, es gibt Essen. Francine, du kannst mit den Mädchen den Tisch decken, es geht gleich los.«

Die Mädchen hatten sich verlegen vorgestellt. Einige hatten ein Tuch über Kopf und Mund gezogen. Verschiedener hätten sie nicht sein können, Frauen, junge Mädchen, ein kleines Mädchen etwa so alt wie Pauli. Es waren zwanzig, und es war kaum vorstellbar, wie sie in diesem Haus Platz fanden. Das Decken des Tisches funktionierte wie in einem gut organisierten Hotel. Lucca hatte alle total gut im Griff. Sie fuchtelte am Herd und gab Kommandos.

Auch Shari und Sandro waren gut eingespielt, und im Handumdrehen saßen alle an dem langen geschnitzten Tisch, der sich fast bog vor lauter Schüsseln voll Gemüse, Reis, Joghurt-Raitas und … Pasta! »Sagt bloß, es gibt hier Pasta!« Francine lief das Wasser im Mund zusammen. Seit Babettes Nudeln im Hotel hatte sie keine mehr gesehen.

»Warst du mal bei Italienern eingeladen, bei denen es *keine* Pasta gab?« Schon schöpfte Lucca Francines Teller und die Teller der Frauen voll.

Sandro stellte eine Flasche Rotwein auf den Tisch. Ohne Kommentar.

»Ihn hast du schon«, sagte sie zu Francine und wies mit dem Kopf zu ihrem Mann. »Den Wein rückt er nur an hohen Feiertagen raus. Wahrscheinlich steht er auf deine roten Haare.« Ihr grollendes Lachen mischte sich mit Francines tiefem Gelächter. Sie sahen sich alle an und konnten sich lange nicht beruhigen vor lauter Lachen. Auch die jungen Inderinnen wirkten plötzlich sehr gelöst.

»Salute! Willkommen, Francine. Wir freuen uns sehr auf dich und für euch.«

Fragend blickte Francine zu Shari und dem Glas Rotwein, das er in der Hand hielt.

»Die Götter mögen es, wenn ihre Priester einen guten Geschmack beweisen, du bist das beste Beispiel. *À la vôtre, ma Petite du Luxembourg!*« Seine Augen waren wie tiefe, dunkle Seen.

»Das ist das zweite Mal, dass ich es erlebe, dass er trinkt. Vorsicht! Er ist dann unberechenbar.«

Sharis und Francines Blicke tranken sich.

Die jungen Frauen zogen sich zurück, als das Essen abgeräumt war. Es wurde ein interessanter, lebhafter und fröhlicher Abend mit Freunden, der wie alle schönen Abende mit Freunden viel zu schnell verging.

Francine und Shari gingen in der Dunkelheit zurück durch das Dorf. Nur vereinzelt sahen sie noch Lichter brennen. Hunde, die aus dem Schlaf aufschreckten, bellten ihnen nach. Sie hielten sich an den Händen und gingen wieder einmal einen Weg zum ersten Mal gemeinsam: den Heimweg zurück von Lucca und Sandro. Francine wünschte sich so sehr, diesen Weg noch viele Male mit Shari gehen zu können, egal, zu welcher Tageszeit.

Am Fuße des Hügels bückte sich Shari, hob sie hoch in seine Arme und trug sie den Weg hinauf, als wäre es schon immer so gewesen.

Lange lag sie noch wach, lange, nachdem Shari eingeschlafen war. Sie nahm ihren Körper wahr wie ein Instrument, das noch erfüllt war vom Klang ihrer gemeinsamen Melodie. Sie lauschte auf die Geräusche der Nacht, die Geräusche von Indien. Sie rückte ein wenig näher zu Shari, spürte seine Wärme und roch seinen Duft. So erschien das Fremde weniger fremd und machte, dass die Gedanken an morgen voller Freude waren.

Das Projekt

Seltsame Laute krochen von weit her in die Dunkelheit der Nacht und in Francines Unterbewusstsein. Als sich die Schleier ihrer Traumwelt gehoben hatten, erkannte sie Sharis Stimme. Der Platz neben ihr war leer und kalt, und sie brauchte einen Moment, um seine Stimme zu orten. Sie kam von dem Plateau unterhalb der Hütte. Sie blieb liegen, zog genüsslich das Laken hoch und nahm den Sprechgesang der Sanskritsilben in sich auf. Sie wusste, er rezitierte Texte aus dem fast dreitausend Jahre alten Heldenepos *Mahabharata*, dessen bekanntester Text die *Bhagavad-Gita* war, deren Schönheit der Worte, deren Weisheit und Poesie längst auch im Westen glühende Anhänger gefunden hatten. Sie bewunderte Sharis kraftvolle Stimme, die für sie auch ein Ausdruck für die Schönheit und die Reinheit seines Wesens war.

Als die absolute Dunkelheit zögernd schwand und eine Ahnung von Dämmerung in den Raum zog, stand Francine auf und band sich ein Tuch um. Sie wuschelte ihre Haare zurecht, nahm ihr Meditationskissen unter den Arm und tappte vorsichtig zu der offen stehenden Tür und zur Terrasse. Am Horizont lichtete sich die Dunkelheit bereits, und sie konnte Sharis Umrisse erkennen. Er hob die Hand und deutete auf den Platz neben sich, ohne seinen Gesang zu unterbrechen.

Sie war Zeuge, wie ein neuer Tag geboren wurde, wie sich allmählich Konturen und Farben aus der Dunkelheit heraus entwickelten und immer mehr an Ausdruck und Klarheit gewannen. Als der Rand der Sonne am Horizont erschien und Shari das Gayatri-Mantra anstimmte, das die Sonne als Erzeuger der Welt erkennt, stimmte Francine in das Chanten ein. Doch ihre Stimme zitterte ein wenig, und sie musste mit dem Herzen atmen, um das Glück dieses Augenblicks zu überleben. Sie kannte und liebte den Text dieses Mantras, es gemeinsam mit Shari zu chanten erfüllte sie mit grenzenloser Dankbarkeit.

Als sie nach ihrer Meditation die Augen öffnete und sah, wie der neue Morgen die Natur zum Glitzern gebracht hatte, entdeckte Francine neben dem Marmor-Shiva vor sich ihre kleine Shakti-Figur. Die beiden Statuen standen nah beieinander, als wären sie schon immer vereint.

Shari ergriff ihre Hand, und Francine wusste in diesem Moment, dass sie zulassen konnte, was immer auch geschehen mochte. Dies alles und Shari würden sie bis ans Ende tragen.

ठ ठ ठ

Es war Nachmittag, und Francine saß an Luccas großem, gemütlichem Tisch.

Lucca stellte zwei doppelte Espressi auf den Tisch und setzte sich zu Francine. »Ohne meine *Moka Express* gehe ich nirgendwo hin. Ich hasse den ewigen Chai, der hier getrunken wird. Sandro liebt ihn. Aber er ist ja auch so dürr, er kann diese Kalorienbomben vertragen.«

Shari war mit Sandro in dessen Pick-up nach Tiruvannamalai gefahren, um den Wasserbehälter für die Dusche abzuholen. Sie wollten ihn anschließend auch gleich einbauen.

Francine genoss den Espresso aus dem Kult gewordenen zweifachen Aluminiumkännchen aus Italien, die selbst gebackenen Mandelplätzchen und Luccas Gesellschaft. Es war Freundschaft auf den ersten Blick gewesen, es war, als kannten sie sich schon ewig.

Von den indischen Frauen und Mädchen waren einige im Gemüsegarten beschäftigt, andere saßen mit gebeugten Köpfen über einer Handarbeit.

»Erzähl mir von deiner Krankheit und entschuldige bitte meine Direktheit. Ich halte nichts davon, um den heißen Brei herumzureden.«

Das passte zu Luccas Art, und Francine war froh darüber, mit offenen Karten spielen zu können. Sie hatte lange genug gedacht, dass sie niemanden mit ihrer Krankheit konfrontieren könne, niemanden damit belasten dürfe. Also berichtete sie, und es machte es ein wenig leichter, auch über ihre Ängste reden zu können.

Lucca hatte konzentriert zugehört und legte nun ihre Hände auf Francines Hände. »Du bist eine mutige Frau, deine Entscheidung, keine Chemo zu machen, passt zu dir. Ich würde es, wenn die Heilungschancen bei mir so gering wären, genauso machen und hoffen, noch einige Zeit eine gute Lebensqualität zu behalten. Wer weiß, vielleicht zeigen die Heere von Hormonen und Endorphinen, die in deinem verliebten Körper offensichtlich herumschwirren, deinen Krebszellen ja, wo der Hammer hängt, und schlagen sie in die Flucht! Ich wünsche es dir von Herzen. Und während sich die Schlacht entscheidet, genieße dein Leben mit Shari, genieße jede Minute, ihr beiden gehört zusammen, das spürt man sofort. Das ist etwas für die Ewigkeit.«

Francine stand auf und umarmte Lucca. »Danke, ich bin froh, dass du es auch so siehst. Zwischendurch waren mir mal ziemliche Zweifel gekommen. Weißt du, mein Ego wollte unbedingt mein Schicksal austricksen, um das Zusammensein mit Shari zu verlängern wie ein Dauerabonnement. Die Zweifel sind nicht dauerhaft beseitigt, sie lieben es, mich in der Nacht heimzusuchen, dann, wenn sie bei den meisten Menschen als Sieger nach Punkten die Boxkampfarena verlassen. Ich kann deshalb moralische Unterstützung gut gebrauchen. So! Und jetzt will ich wissen, wie ihr die Frauen beschäftigt und über Wasser haltet. Ich will das ganze Projekt kennenlernen.«

Als sie sich dem Gemüsegarten näherten, zog eine der jungen Frauen erschrocken ihren Sari über Gesicht und Schulter und hockte sich auf den Boden.

»Estha wurde von ihrem Vater mit Säure übergossen, Gesicht, Hals, eine Brust und die Schulter sind verätzt.« Francine schluckte.

Die Gemüsebeete explodierten schier in ihrer Fülle, sie waren prächtig anzusehen. Das Grundstück lag in unmittelbarer Nähe zum Fluss. Solange der Fluss Wasser führte, war die Erde sehr fruchtbar.

»Wir decken unseren ganzen Eigenbedarf mit dem Gemüse und verteilen den Überschuss im Dorf. Also, du kannst jederzeit bei uns Grünzeug ernten. Bist du auch Vegetarierin wie Shari?«

»Nein, ich esse zwar sehr wenig Fleisch, doch ab und zu habe ich einen richtigen Heißhunger darauf und schlage dann auch zu.«

»Gott sei Dank! Ich bin in diesem Haushalt die einzige Fleischesserin und komme mir manchmal wie eine Barbarin vor. Sandro ist in Sachen Ernährung komplett konvertiert. Dann bereite ich für uns beide gelegentlich mal eine wunderbare Lammkeule oder einen Braten zu. Bei dem Gedanken daran überfällt mich gleich die Gier.« Ihr Lachen donnerte durch den Garten, dass die Mädchen unter der Pergola lächelnd von ihrer Arbeit aufsahen.

Der Tisch vor ihnen war überladen mit kleinen Schachteln voller unterschiedlicher Samen, Holzperlen, Federn und anderer Naturmaterialien. Sie fädelten und knoteten wunderschöne Bänder, Colliers und Ohrringe.

»Eines der Mädchen trug ganz tollen selbst gemachten

Schmuck, als sie zu uns kam«, sagte Lucca. »Sie hat unsere drei Jüngsten, die noch zu klein sind, um körperlich zu arbeiten, angelernt und so sehr begeistert, dass eine richtige Schmuckwerkstatt entstanden ist. Shari fährt regelmäßig nach Pondicherry und hat einige der besseren Läden dafür gewinnen können. Und die zahlen richtig gut.«

An einer anderen Stelle im Garten wurden von den Frauen Matratzen mit Füllmaterial aus Kokosfasern gestopft und anschließend mit der Hand an den Rändern gewulstet und gesteppt. Eine anstrengende Arbeit, das Material musste sehr fest und gleichmäßig gestopft werden. Die Frauen trugen Handschuhe und Mundschutz.

»Die Kokosfasern sind sehr gut geeignet als Füllmaterial. Shari hatte die Idee. Mittlerweile haben alle unsere Mädchen eine eigene selbst fabrizierte Matratze und sind richtig stolz darauf. Sie durften sich die Stoffe selbst aussuchen. Unser Schneider im Dorf näht die Matratzenbezüge, und wir erledigen die übrigen Arbeitsgänge. Zwei der Frauen sind jetzt bei dem Schneider in der Lehre und können, wenn wir irgendwann mal mehr Platz haben, wieder andere Frauen anlernen. So werden wir irgendwann autark. Und Shari sorgt dafür, dass die Matratzen verkauft werden. Er bestellt auch das Füllmaterial, er hat gute Kontakte nach Kerala. Dort gibt es biologisch einwandfreie Ware.«

Shari! Shari machte alles, Shari organisierte alles. Mein Shari, Wunder meines Lebens! Francine wurde rot vor Freude und sehnte sich so plötzlich nach seiner Nähe, dass es fast wehtat.

»Und wie finanziert ihr das alles?« Francine hatte ihren Block aus der Tasche genommen und begann, sich Notizen zu machen. Sie hatte Lucca und Sandro von ihrem Auftrag erzählt. Die beiden waren begeistert von der Aussicht, mal wieder mehr in den Fokus der Aufmerksamkeit der westlichen Welt zu rücken. Das brachte hoffentlich neue Sponsoren mit sich.

»Es gibt feste Patenschaften und Sponsoren, die uns gelegentlich unterstützen. Shari hat uns ganz viele Paten vermittelt. Er hat durch seine Aufenthalte in Europa weltweite Kontakte, und die versucht er für unser Projekt zu begeistern. Wir streben natürlich noch mehr Patenschaften an, da damit Zahlungen verbunden sind, mit denen wir fest rechnen können. Wir pflegen engen Kontakt mit diesen Menschen, einige haben uns hier bereits besucht. Fast täglich nehmen wir Frauen auf, die von zu Hause geflüchtet sind. Frauen, die unvorstellbare Gewalt erlebt haben, die von Vätern, Brüdern, Ehemännern auf brutalste Art misshandelt und vergewaltigt, die mit Benzin überschüttet und angezündet wurden. Die kleine Jasmin, sie ist jetzt sechs Jahre alt, wurde von ihrem Vater, als sie zwei war, lebendig begraben. Die Mutter hat ihr Kind gesucht, gefunden und wieder ausgegraben. Doch die Brüder haben es geprügelt und vergewaltigt. Da hat sie es zu uns gebracht und sich anschließend das Leben genommen. Sie sah keinen anderen Ausweg. Sie konnte nicht zurück. Für all diese jungen Mädchen und Frauen brauchen wir Raum, wir platzen aus allen Nähten, haben schon unser privates Schlafzimmer zur Verfügung gestellt. Wir planen ein größeres Haus mit Werkstatt und Atelier und vor allem mit einem Unterrichtsraum. Das war ja unsere eigentliche Idee, die Menschen hier im Dorf zu unterrichten, ihnen bessere Hygienemaßnahmen zu vermitteln, die Abwässer aus den Hütten zu kanalisieren. Hier läuft der ganze Dreck die Straße entlang. Einige verrichten ihre Notdurft immer noch einfach auf der Straße.« Während sich Lucca in Rage redete, machte Francine eifrig Notizen. Sie wurde traurig, als sie von dem Elend und den Schicksalen dieser Mädchen hörte.

Lucca raufte sich ihre kurzen dunklen Locken. »Es fehlt uns einfach an allem, an Geld, an Leuten und auch an professioneller Hilfe, etwa einem Architekten, der das neue Projekt plant. Und wir brauchen jemanden, der es ausführt. Manchmal denke ich, wir schaffen das nicht mehr. Wenn Shari uns nicht so unermüdlich unterstützen würde, hätten wir vielleicht schon aufgegeben. Er macht uns immer wieder Mut. Du hast dich in einen Heiligen verliebt, Francine.« Sie saßen auf einer Bank unter einem der wunderschön blühenden Jacarandabäume. Es war unfassbar, dass es bei so viel Schönheit immer auch so viel Grauen und Leid gab. Aber es war auch ein Wunder, dass es immer wieder Menschen gab wie Lucca, Sandro und Shari, die sich verantwortlich fühlten, die nicht jammerten, sondern zupackten und versuchten, das Leid zu lindern.

Es hupte, Staub wirbelte auf, als Sandro und Shari auf den Hof fuhren.

Francines Herz schlug schneller. Es war, als hätte sie Shari tagelang nicht gesehen. Sie musste sich bremsen, um nicht auf ihn zuzulaufen und ihn zu umarmen.

Doch er stieg aus, schlenderte lässig auf sie zu, neigte sich zu Lucca und küsste sie auf die Wange. Anschließend zog er Francine hoch. »Ich hab dich vermisst, *ma Petite*.« Er nahm sie in die Arme und küsste sie ungeniert.

Von überall her hörte sie die Mädchen kichern. »Und was ist mit dem Berührungsverbot?«, fragte Francine empört, als sie wieder Luft holen konnte.

Lucca lachte ihr mitreißendes Lachen. »Das hier ist italienisches Hoheitsgebiet, es darf nach Herzenslust geküsst, berührt und geknutscht werden. Sandro, nimm dir ein Beispiel, ich will auch geküsst werden.«

Vergnügt lachend und witzelnd gingen die beiden Pärchen eng umschlungen ins Haus. Irgendwie schienen hier immer alle in der Küche zu landen. Im Nu stand eine Mahlzeit auf dem Tisch, alle saßen eng gedrängt um den Tisch herum, und ihre temperamentvolle, laute und fröhliche Unterhaltung sorgte dafür, dass sich alle wohlfühlten.

Die kleine Jasmin hatte sich auf der Bank ganz nah an Shari herangedrängt. Als er die Nähe des Mädchens spürte, beugte er sich zu ihr hinunter, legte seinen Arm um sie und flüsterte etwas in ihr Ohr, worauf sie ihn anstrahlte.

Lucca lächelte Francine zu. »Seine andere Freundin! Sie liebt ihn auch. Sie hatte Angst, dass er jetzt, wo er dich liebt, nicht mehr ihr Freund ist. Ich glaube, ihr ist ein Stein von ihrem Herzchen gefallen. Sie war schon ganz unglücklich.«

ბ ბ ბ

»Wo kann ich im Dorf am besten Milch kaufen?«, fragte Francine, als sie aufbrachen.

»Lieber nicht im Dorf. Sie verdünnen die Milch mit dreckigem Wasser, wo auch immer sie es herbekommen. Am besten holst du Milch, Joghurt und Butter im Ashram. Da ist alles hygienisch einwandfrei«, riet ihr Lucca.

Als Shari und Francine den Weg durchs Dorf zu ihrem Hügel gingen, folgten ihnen viele verdeckte neugierige Blicke. Es war spät am Nachmittag, und die meisten Bewohner waren zu Hause. Vor jedem Haus und jeder Hütte brannte ein Holzkohlenfeuer.

Der Rauch brannte Francine in der Lunge, sie musste husten. Sie war schon auf dem Hinweg schockiert gewesen von all dem Dreck. Eine Frau hatte aus einem Fenster im ersten Stock einfach einen Eimer Müll auf die Straße gekippt, direkt daneben spielten ein paar Kinder. Die hatten den Müll nach Essbarem durchwühlt, und die herumlaufenden Hühner hatten auch noch die letzten verwertbaren Reste herausgepickt.

Sie erzählte Shari davon, und er machte ein besorgtes Gesicht. »Wenn man ihnen nicht ständig in den Ohren liegt, dass sie mehr auf Sauberkeit und Hygiene achten müssen, fallen sie immer wieder in ihre alten Gewohnheiten zurück. Lucca hat recht, wir sollten die Milch wirklich im Ashram kaufen. Das hab ich dir noch nicht erzählt. Sie haben dort einen riesigen Kuhstall und verarbeiten die Milch unter besten hygienischen Bedingungen zu allem Möglichen, natürlich in erster Linie zu Joghurt und Butter. Aber es gibt auch Käseversuche. Ich werde dich dort demnächst vorstellen, dann kannst du selbst einkaufen.«

Während Shari sie wieder wie selbstverständlich wie ein Kind auf seine Arme genommen hatte und den Hügel hochtrug, berichtete sie ihm von ihrem Gespräch mit Lucca. »Ich bewundere die beiden grenzenlos. Und auf dich bin ich stolz. Lucca sagte, ich hätte mich in einen Heiligen verliebt.«

»Der Heilige beeilt sich so, weil er es nicht abwarten kann, seine Göttin nackt unter der neuen Dusche zu sehen und sie für sich ganz allein zu haben«, flüsterte er ihr ins Ohr. »Morgen ist unser letzter Ferientag, ab übermorgen lernen wir das gemeinsame Alltagsleben.« Sein heißer Atem und die Aussicht auf Alleinsein ließen sie erschauern vor Begehren. Atemnot, Husten und Schmerzen waren für den Moment vergessen.

ॐ ॐ ॐ

Sie stand vor dem brandneuen Gasherd in der Küchenhütte und staunte, als stünde ein Elefant unter dem Weihnachtsbaum. »Aber Shari, warum denn das? Wir hatten doch den Holzkohleofen!«

»Der war mir nicht mehr gut genug und deinen Kochkünsten ganz und gar nicht angemessen.« Er sah sie grinsend an.

»Du weißt doch nicht, ob ich überhaupt kochen kann. Bisher hast ja nur du mich verwöhnt.« Irgendwie tat es ihr um das gute, alte Stück leid. Der Holzkohleofen hatte so etwas Archaisch-Puristisches und passte so gut in Sharis Hüttengesamtkonzept.

»Ich bin sicher, dass du eine großartige Köchin bist. So geht es auf jeden Fall einfacher und schneller, Wasser zu kochen für Tee und Kaffee. Die Hütte wird nicht so heiß, und der Rauch reizt deine Bronchien nicht so.«

Das war es also. Er hatte es bemerkt. Der Rauch der Holzfeuer machte ihr tatsächlich sehr zu schaffen, und für ihre Bronchien war es so viel besser. Francine schlang ihre Arme um ihn und legte ihren Kopf auf seine Brust. Sie blieben eine Weile so eng umschlungen stehen.

»Wieso eigentlich Kaffee, wir trinken doch Tee?«

Sie beobachtete, wie er eine Schachtel von dem langen Tisch nahm, sie aufriss, und zum Vorschein kam eine original italienische *Moka Express* für sechs Tassen Espresso. »Jetzt habe ich aber gerade mal Lust auf einen schönen Espresso. Du setzt dich schon raus auf die Terrasse, und ich bringe den Café *pronto*!«

Sie nahm ihre Medikamente, zog den kurzen Lunghi und eine luftige ärmellose Bluse an, wobei sie sich wieder beruhigte. Er war ein Meister darin, sie zu überraschen. Er verwöhnte sie nach Strich und Faden, war aufmerksam und liebevoll, und sie würde ihm so gerne so viel zurückgeben.

ᘎ ᘎ ᘎ

Am Vormittag, als Shari unterwegs und sie in der Hütte allein gewesen war, war ihr deutlich geworden, wie sehr ihr jetziges Leben sich von dem anderen, dem alten Leben unterschied.

Sie hatte Alex sehr geliebt, als er noch Alex gewesen war. Sie hatte ihm allein nicht helfen können, ins Leben zurückzufinden. Es hätte seiner Liebe und seines Mutes bedurft, sein Schicksal anzunehmen, für sie und Yvonne. Doch die vielen bitteren Jahre, die auf den Unfall gefolgt waren, hatten alles Lebendige, Zarte und Hoffnungsvolle in ihr und in Yvonne, ihrem kleinen Mädchen, auf grausame Weise getötet. In dieser Zeit hatte sie sich oft gewünscht zu sterben, einfach nur, um dieses freudlose Leben, die Kälte und die Achtlosigkeit nicht mehr ertragen zu müssen. Und jetzt, da sie wusste, wie kurz bemessen die Zeit sein würde, die ihr noch blieb, würde sie alles dafür geben, um das Ende noch ein wenig hinauszuschieben. Für Shari. Und natürlich ganz eigennützig auch für sich selbst. Sie konnte nicht genug bekommen von ihm. Das Leben mit ihm machte sie glücklich.

Er wartete sicher schon mit dem Espresso auf sie. Also, wie hatte er gesagt? *Pronto!*

Sie fühlte sich wie in der Loge eines Theaters auf dieser Terrasse mit dem Blick weit in die Ferne. Und wie auf einer Bühne veränderte sich das Bild mit jeder Minute. Sie beobachtete die Farben des Himmels, die am Ende des Tages, bevor die Sonne unterging, erst hell-, dann dunkelviolett, erst hell-, dann dunkelorange wurden. Heute waren, anders als sonst, auch alle möglichen Schattierungen von Grau zu sehen. Sie nahm die Gerüche wahr, die der aufkommende warme Wind über den Hügel wehte.

»Wo und wann hast du die *Moka Express* gekauft? Mmh, der Café schmeckt aber wirklich wunderbar. Und die Kekse auch. Du willst mich wohl abhängig und süchtig machen, Shari-Chérie!«

»Die Espressokanne ist von Lucca, mit lieben Grüßen! Sie hat jede Menge dieser Kannen gebunkert. Doch da immer mehr Mädchen kommen, muss man sie von ihren Vorräten befreien, damit es Platz gibt.«

Sie saßen zufrieden in die Kissen gekuschelt nebeneinander und genossen das Ritual des Espressotrinkens, das Miteinander-Alleinsein und das Miteinander-Schweigen.

»Wir waren heute sehr aufmerksam und respektvoll mit der Sonne«, sagte Francine, als mit großem Tamtam die Sonne wieder ihre tagtägliche Pflicht zu einem besonderen Spektakel werden ließ. »Heute Morgen haben wir sie mit dem schönsten Mantra, das ich kenne, empfangen, und jetzt entlassen wir sie mit Dankbarkeit ans andere Ende der Welt.«

Der Himmel hatte sich bewölkt, und die Schwüle war noch dicker, noch dichter geworden. Man hörte das Summen von Moskitos. Francine war immer schon sehr wetterfühlig gewesen und spürte in der aufgeladenen Atmosphäre unangenehme Stiche im Kopf.

»Ich befürchte, dass es noch mal Regen gibt«, sagte Shari. Normalerweise fiel im Südosten Indiens im Monsun von Mai bis September der meiste Regen. Doch nach den schweren Unwettern im Juni und Juli hatte es kaum noch geregnet. »Es könnte heftig werden. Dann müssen wir morgen Lucca und Sandro helfen, die Matratzenproduktion und das ganze Material in Sicherheit zu bringen.« Shari wirkte etwas beunruhigt.

Seine Unruhe übertrug sich auf Francine. Sie dachte an Bernarda, die allein mit einem fremden Fahrer unterwegs war. »Ich mache mir Sorgen um Bernarda. Sie ist jetzt schon so lange unterwegs. Hoffentlich ist ihr nichts passiert.«

»Ach was, die paar Tage. Dir kommt das nur so lang vor, weil du dich mit mir langweilst.« Shari grinste und wischte ihren Protest mit einer Handbewegung weg. »Bernarda passiert so schnell nichts, außerdem hat sie ihren Fahrer dabei.«

Francine musste lachen, als sie an den Fahrer mit den weißen Handschuhen dachte. »Sag das nicht, sie ist neuerdings so verletzlich.«

»Ich finde diese Frau wirklich sehr interessant. Ich mag sie auch irgendwie. Willst du mir ein bisschen was von ihr erzählen?«

Und Francine erzählte ihm Bernardas Geschichte vom Anfang bis zum Ende.

Shari war genauso erschüttert wie die Freundinnen, als

Bernarda ihnen endlich die traurige Wahrheit ihres Lebens und ihrer Familie erzählt hatte.

Die Story mit dem Sexshop allerdings hatte Shari sichtlich amüsiert.

»Hätte ich mir ja denken können, dass dir die Vorstellung gefällt, wie ich dort vor den Regalen mit Sexspielzeugen stehe und mich nicht entscheiden kann. Gibt es so was hier im Süden eigentlich auch? Sicher nicht, wenn sich ein Liebespaar nicht mal in der Öffentlichkeit ganz harmlos berühren darf.«

»Natürlich gibt es das hier auch, aber eben nur in geheimen Läden, zu denen nur Männer Zugang haben.« Er hob die Hand. »Ja ja, schon gut, ich weiß, das ist doppelte Moral, doch es ist einfach eine andere Kultur. Aber ich finde schon, dass du sehr mutig warst, dort hineinzugehen. Hättest du das nicht getan, wärt ihr nicht nach Indien gereist, hätte ich dich nicht gefunden, *ma Petite*. Komm, rück ein bisschen näher zu mir, zeig mir, dass du warme, weiche, lebendige Realität bist.« Sie konnte sein Gesicht kaum sehen im Dunkeln, doch in seinen Augen brannten wieder viele kleine Feuer. Sie tauchte ein in seine Umarmung. Wie viel Sehnsucht blieb doch in uns zurück, weil Seele, Geist und Körper die ewige Vereinigung verwehrt blieb. Niemals würde sie wirklich in ihn eintauchen können, niemals die Spitze seines Herzens küssen. Nie würden ihre Fingerspitzen den Pulsschlag seiner Seele spüren.

ट ट ट

Er hatte Fackeln rund um das Freiluftbadezimmer verteilt. Als er den Wasserhahn aufdrehte, kam eine Fontäne auf sie herunter, und Francine schrie begeistert auf. »Schnell, du auch. Kein Tropfen darf verloren gehen!« Francines Haare waren bereits tropfnass.

»Das ist egal, heute schwelgen wir im Wasser, immerhin ist

das ein historischer Augenblick. Wir weihen hier oben auf dem Berg eine Dusche ein.« Die Einweihung dauerte so lange, bis der Wassertank leer, ihre Haut schrumpelig und rosig und ihre Lippen wund vom Küssen waren.

»Gute Nacht, wunderschöner Tag. Vielen Dank, aufregender Mann«, flüsterte Francine später, viel später, und lauschte auf Sharis gleichmäßigen Atem.

Der Monsun kehrt zurück

»Francine? – Francine!«

»Hm?« Sie tauchte von ziemlich weit her auf in einen noch dämmrigen Morgen. Und da hörte sie es auch, das noch unentschlossene Tropfen des Regens auf das Palmendach.

»Wir müssen aufstehen, *ma Petite*, Lucca und Sandro brauchen unsere Hilfe. Wir müssen das Haus am Fluss ausräumen. Du kannst auch noch liegen bleiben, falls es dir nicht gut geht, aber ich muss los.«

»Warte! Klar komme ich auch mit.« Francine schlug die Decke zurück, dehnte sich wie eine Katze, stand auf und zog sich an. Wenig später verließen sie die Hütte und beeilten sich, zur alten Schule am Fluss zu kommen. Das ganze Dorf war schon auf den Beinen. Sie wussten alle, was für die Italiener und ihre Schützlinge auf dem Spiel stand.

Im Haus herrschte das pure Chaos. Die Mädchen flatterten wie ein Haufen bunter Hühner umeinander, sie gackerten auch so und standen überall im Weg.

Luccas Kommandos kamen aus allen Richtungen. Sandro stand wie ein Fels in der Brandung und brachte ein wenig Ruhe in das Haus. »Erst muss das ganze Material aus dem Garten nach oben.« Einige Männer aus dem Dorf schafften bereits schwere Säcke über die Treppe in den oberen Stock, der aus nur einem großen Raum bestand, das ehemalige Schlafzimmer von Lucca und Sandro. Die Anbauten, die Sandro je nach Raumbedarf im Laufe der Zeit errichtet hatte, waren ebenerdig.

Shari sammelte die jüngsten Mädchen um sich und gab

ihnen Plastikfolie, um ihre Matratzen zu verpacken und in einem Zimmer zusammenzuräumen. Damit waren sie fürs Erste beschäftigt. Die etwas umsichtigeren Mädchen verpackten die Schmuckutensilien in große Kisten aus Luccas Speisekammer. Sie zeigte Francine die Kisten und alle Küchenteile, die verpackt werden mussten. Die Männer würden alles nach oben schaffen.

Trotz der Aufregung lief jetzt alles einigermaßen nach Plan.

»Wir machen das mindestens einmal im Jahr. In diesem Jahr ist das schon das zweite Mal. Ich hoffe, dass diesmal der Fluss nicht wieder alles überschwemmt.« Lucca klopfte Francine, die sorgenvoll ihre Stirn krauszog, auf die Schulter. »Bleib cool, Mädel, es wird schon alles gut gehen!« Sie grinste.

Francine grinste zurück. Lucca war unerschütterlich. Sie sah durch das geöffnete Fenster in den Garten. Es fielen immer noch große Tropfen, doch so richtig hatte der Regen noch keinen Rhythmus gefunden.

Am schwierigsten war es, die Matratzen, die für den Verkauf bereitstanden, über die schmale Treppe nach oben zu schaffen. Die Männer hatten große Mühe damit. Shari kam mit der kleinen Jasmin an der Hand in die Küche und setzte sie mit Schwung auf den langen Küchentisch, an dem Francine arbeitete. Mit großen Augen betrachtete das Mädchen ängstlich das Durcheinander. »Sie hat Angst, vielleicht könntet ihr euch ein bisschen miteinander anfreunden?« Er flüsterte Jasmin etwas ins Ohr, daraufhin lächelte sie Francine schüchtern an. »Ich will doch, dass meine beiden Mädchen sich verstehen.« Und weg war er.

Sie hatten wirklich alle Hände voll zu tun. Francine streichelte Jasmin sanft über den Kopf und zeigte ihr die Besteckteile und das Papier, in das sie eingepackt werden mussten. Jasmin verstand augenblicklich und war Francine eine große Hilfe.

Lucca stellte große Flaschen mit Trinkwasser und Plastikbecher auf den Tisch. Es war unerträglich schwül, der Schweiß lief allen in Strömen über den Körper, und sie durften bei aller Arbeit das Trinken nicht vergessen. Francine forderte auch die Kleine auf zu trinken. Dann deutete Francine auf die Gegenstände, die sie beide verpackten, und nannte ihren englischen Namen. Jasmin sprach ihn erst in Englisch nach und übersetzte dann für Francine in Tamil. Sie kamen dabei gut voran, und die Kleine hatte viel Spaß an ihrem Spiel. Der Tisch stand voll mit Kisten, bis Shari kam, Francine etwas Unaussprechliches ins Ohr flüsterte und dann die Kisten hochwuchtete und ins Obergeschoss brachte.

»Frecher Kerl!« Francine war rot geworden und spürte, wie ihr tiefes Lachen in ihrem Brustkorb brodelte und herausdrängte.

Lucca kam in die Küche und stimmte umgehend und grundlos in ihr Lachen ein, sodass sie sich bald bogen vor albernem Gelächter. Jasmin kicherte und sagte etwas zu Lucca. »Sie meint, du hast so einen breiten Mund wie Julia Roberts, und du siehst auch so aus wie sie in der Szene, in der sie in der Badewanne sitzt und singt.«

»Aha, *Pretty Woman* mit Untertiteln in Tamil, oder wie?«

Jasmin nickte eifrig und mit glänzenden Augen.

»Jetzt habe ich gedacht, ich könne hier in Indien unerkannt bleiben, und dann das.«

Die Küchensachen waren alle fix und fertig gepackt.

Shari kam herein. »Sie kommen hier im Moment allein zurecht, wir zwei gehen jetzt nach Hause und bereiten alles vor, damit wir die Matratzen der Mädels in der Hütte unterbringen können.«

»Was?« So weit hatte Francine noch gar nicht gedacht. Natürlich, sie mussten ja alle ein Dach über dem Kopf haben. »Wir ziehen in den Ashram um?«

»Genau. Du bist ein kluges Mädchen.«

Sie gingen im Regen durchs Dorf, das wie ausgestorben wirkte, weil die meisten der Bewohner halfen, das Schulhaus zu räumen.

»Schau doch mal! Da oben bei uns ist doch jemand. Wer mag das denn sein?« Francine wies auf eine Gestalt mit Turban, die oben vor der Hütte stand und wie verrückt winkte.

»Na, wenn du deine Freundin nicht erkennst, wer denn dann? Das ist Bernarda.«

Ja, jetzt hatte Francine sie auch erkannt und winkte wild zu Bernarda hinauf. Am Fuß des Hügels stand das Auto und davor der Chauffeur mit den weißen Handschuhen. Sie begrüßten ihn und forderten ihn auf mitzukommen. Shari schnappte Francine und trug sie mit großen Schritten den Hügel hinauf.

Francine und Bernarda fielen sich in die Arme und drehten sich im Kreis.

»Vielleicht solltet ihr doch lieber reingehen, bevor ihr klatschnass werdet.« Shari hatte die Tür weit geöffnet und machte eine kleine einladende Verbeugung.

Bernarda drehte sich zu ihrem Fahrer. »Das ist übrigens Babu, der beste Autofahrer und Beschützer, den ich je hatte.«

Babu betrat zögernd mit ihnen die Hütte. Bernarda blieb mit großen Augen mitten darin stehen, sah Francine an, und beide sagten es gleichzeitig: *Côté Sud!*

»Shari hat diesen Stil erfunden.«

»Großartig! Wirklich toll, aber darüber reden wir später, ich denke, jetzt ist hier anderes gefragt.« Bernarda hatte die Situation richtig erfasst, und Shari erklärte kurz, was zu tun war.

Francine kochte Tee und Kaffee und stellte Gebäck, Wasser und Obst auf dem langen Tisch in der Küche bereit. Sie reichte Babu einen Becher Chai, und Bernarda brach in Begeisterung aus, als sie das Espressokännchen sah.

Shari war bereits am Zusammenräumen. Babu half ihm.

Da nahm Bernarda Francine in den Arm, hielt sie ein wenig von sich weg und sah ihr in die Augen. »Du siehst verdammt glücklich aus. Ich will sofort wissen, ob ich recht damit habe. Alles andere hat Zeit bis später.«

»Du siehst richtig, ich habe keine Worte für das, was ich hier erlebe. Ich war in meinem ganzen Leben noch nie so glücklich.«

Bernarda nahm ihren Turban ab, und ihr langer, dicker Zopf rutschte auf ihrem Rücken wie eine Schlange nach unten. Sie sah toll aus. Francine freute sich aufrichtig, sie wieder bei sich zu haben. Bernarda krempelte die Ärmel hoch und rückte mit Shari und Babu das große Bett auf die Seite.

Ich brauch meine Kamera, das müsst ihr euch unbedingt angucken!«, rief Bernarda vom Eingang her, als sie gerade mit dem Zusammenräumen fertig geworden waren.

Vom Dorf her kam langsam eine bunte Karawane näher und näher. Die Mädchen und ihre farbenfrohen selbst gemachten Matratzen waren im Anmarsch. Der Regen tröpfelte immer noch ein wenig unentschlossen vom Himmel. Das war auch gut so, sie konnten jetzt keinen Wolkenbruch gebrauchen.

Lucca führte die Karawane an, sie hatte Jasmin an der einen und eine schwere Tasche in der anderen Hand. Sie redete unentwegt. Jetzt bewegte sich die Karawane den Fußweg hoch, und Bernarda rannte von einem guten Standplatz zum anderen. Das würden tolle Fotos werden, auch wenn sich möglicherweise gerade eine Katastrophe unvorhersehbaren Ausmaßes anbahnte. Francine war ein bisschen traurig darüber, dass sie ihr romantisches Nest auf dem Zauberhügel schon wieder verlassen musste. Doch jetzt schickten die Götter den Regen, und es war gut, dass die Reservoirs vor der nachfolgenden Trockenzeit noch einmal aufgefüllt würden. Irgendwann würde der Regen ja wieder aufhören. Sie betete nur darum, dass es nicht wieder so eine katastrophale Überschwemmung geben würde wie zu Beginn des Monsuns.

Luccas Stimme beherrschte den Berg.

»Ist das etwa Italienisch?«

Francine konnte förmlich sehen, wie angestrengt Bernarda die Ohren spitzte. Sie nickte.

»Was ist das für ein Klub?«

»Das sind ganz wunderbare Menschen. Ich erzähle dir später in Ruhe die ganze Geschichte.«

Bernarda hatte im Ashram ein Cottage gemietet. Dort hatte man ihr gesagt, wo Tarun Sharma, der Priester, wohnt.

Babu hatte seine weißen Handschuhe beim Arbeiten nicht ausgezogen. Sie waren starr vor Dreck.

»Er hat sie auch unterwegs nicht ein einziges Mal abgelegt. Im Gegenteil, ich habe ihm noch einige Ersatzhandschuhe kaufen müssen. Er wollte mir partout nicht sagen, warum er sie trägt.«

Die Karawane war angekommen. Lucca, Sandro und Shari standen zusammen und bestimmten die weitere Vorgehensweise. Der Regen war jetzt stärker geworden, der Boden wurde schlammig. Die Matratzen mussten schnell ins Trockene.

Francine hatte es sich nicht vorstellen können, doch alle zweiundzwanzig Matratzen hatten einen Platz gefunden. Es sah direkt gemütlich aus. Doch es gab noch sehr viel zu tun, und alle halfen mit.

Auch Bernarda packte mit an. Shari bestand darauf, dass Francine sich ausruhte.

Sie war sehr erschöpft und widersprach nicht, sie war froh, sich ein wenig auf der Terrasse hinlegen zu können. Die rankenden Pflanzen waren so dicht, dass die Terrasse noch trocken geblieben war.

Seufzend ließ sich Francine auf der Liege nieder und streckte sich aus. Sie hatte viel gehustet, jetzt tat ihr der ganze

Brustkorb weh. Jasmin brachte ihr einen Becher Tee. Die Kleine hatte bestimmt von Shari den Auftrag dazu bekommen. Sie war viel zutraulicher geworden, setzte sich zu ihr und beobachtete, wie sie ihren Tee trank. Francine bedeutete ihr, sich auch etwas zu trinken zu holen. Doch sie schüttelte nur den Kopf und blieb still sitzen. Es war ein angenehmes Schweigen, das Geschnatter der anderen wäre ihr jetzt doch ein bisschen viel geworden.

Die Atmosphäre unter dem Laubdach der Terrasse, das Geräusch des Regens, der stärker geworden war, die Feuchtigkeit in der Luft, all das tat ihr gut. Als die alte Schule in ihr Blickfeld kam, sah sie zwei Gestalten, die heftig gestikulierten und aufeinander einredeten. Bernarda und Lucca. Francine grinste. Sie war gespannt, wie die Frauen miteinander auskommen würden. Sie waren beide sehr dominierend, das könnte auch voll in die Hose gehen. Sie lachte. Vielleicht ging es ja auch gut, sie hatten eine fünfzigprozentige Chance.

ᲒᲒᲒ

Francine erwachte durch einen köstlichen Duft, der über den Hügel zog. Sie hatte wohl sehr lange geschlafen.

»Lucca hat die Küche besetzt.« Shari saß vor ihr auf der Liege, einen Becher dampfenden Tee in der Hand, auf seiner anderen Seite kuschelte sich Jasmin an ihn. Francine rückte ein wenig weiter zur Wand, um den beiden Platz zu machen.

Er sah sie zärtlich an. »Besser?«

»Viel besser!« Francine nickte. Sie schaute in die Ferne über die Ebene. Der Boden war mit dichtem Nebel überzogen, auch über den Fluss waberten Dunstschwaden.

»Der Regen hat aufgehört. Doch das wird nicht bleiben, der Himmel sieht nach noch mehr Regen aus. Morgen kann man mehr sagen, wir müssen abwarten.«

»Wie vertragen sich die beiden italienischen Vulkane?«

Shari schüttelte den Kopf und lachte. »Das hört sich an wie ein Gewehrfeuer in der Küche. Sandro hat sich auch schon aus dem Staub gemacht. Er und Babu sind noch mal runter ins Haus, um die letzten Dinge in Sicherheit zu bringen und abzuschließen. Ich werde uns jetzt eine Tasche packen, und dann lassen wir *the big familiy* hier allein, damit sie sich in Ruhe einrichten können. Lucca hat alles im Griff.«

Vor dem Eingang zum Ashram hatte der Regen bereits alles in Schlamm verwandelt, die Menschen wateten in Schmutz und Unrat. Doch obwohl auch hier sehr viele Menschen Schutz vor dem Regen suchten, umfing sie, sobald sie den großen Hof betreten hatten, die Atmosphäre von Ruhe und Frieden. Die Pfauen stolzierten über den Hof. Sie wirkten lebendiger als sonst, nicht mehr so wie distinguierte Weltmänner, die nichts im Leben mehr überraschen konnte. Die Tiere genossen eindeutig den Regen.

Sie trafen Bernarda auf dem Parkplatz des Ashrams wieder. »Babu bleibt heute Nacht in der alten Schule, er hat es sich in den Kopf gesetzt, das verwaiste Haus zu bewachen.«

Sie gingen zusammen zu den Cottages im Wald. Francine legte ihren Arm um Bernardas Taille und den Kopf an ihre Schulter. Sie waren alle patschnass, erschöpft und freuten sich auf eine Dusche und frische Kleidung.

»Wir treffen uns später vor dem Speisesaal, da wird es zwar heute sehr voll sein, aber ich ergattere schon einen Platz für uns drei«, sagte Shari und öffnete die Tür zu ihrer Wohnung.

ठ ठ ठ

»Irgendwie ist Bernarda die letzte Verbindung zu meiner alten Welt, doch jetzt wird sie bald wieder abreisen«, sinnierte

Francine. Sie hatte ihre Lieblingsmusik von Mozart in Sharis CD-Sammlung gefunden und war nicht einmal überrascht gewesen; Europas Kultur hatte ihn sehr geprägt. Sie hatten Kerzen angezündet und es sich auf dem Bett gemütlich gemacht.

Shari hatte Ingwertee gekocht und Francine in eine dünne Decke eingewickelt. Er hatte Angst, dass sie sich erkälten könnte. Sein Vorrat an Gebäck und Süßigkeiten war beachtlich und das Laken bereits voller Krümel.

»Mit ihr kommen aber auch wieder viele Erinnerungen an dein altes Leben hoch.«

»Ja, und keine positiven.« Sie hatte Shari nur Bruchstücke anvertraut. Sie wollte dieses dunkle Kapitel ihres Lebens und das Gift nicht in ihre und Sharis Welt lassen. »Mach dir keine Sorgen, Chérie, ich sende in meiner Maitri-Meditation *liebende Güte* an die Menschen meines alten Lebens. Mehr will und kann ich nicht mehr tun.«

Eng aneinandergeschmiegt genossen sie die Nähe des anderen, lauschten der Musik und den Geräuschen des Regens auf dem Dach in dem geschützten Mikrokosmos ihrer kleinen Welt.

ꝺ ꝺ ꝺ

Es summte wie in einem Bienenstock. Francine war immer noch fassungslos wegen der Größe und der Kapazitäten dieses Speisesaales. Und erst die Küche. Shari hatte eine kleine Führung für sie und Bernarda gemacht. Kein Wunder, dass Babette ausgeflippt war vor Begeisterung. Das vegetarische indische Essen schmeckte köstlich, es war raffiniert gewürzt, wenn auch sehr scharf. Das Menü wechselte wöchentlich, und es gab immer eine Suppe, eine Hauptspeise und Obst zum Dessert. Shari aß sehr oft hier.

Bernarda hatte schon einige Male versucht, etwas zu sagen,

doch das schien absolut unmöglich, alle schrien durcheinander. Einer versuchte, den anderen zu übertönen.

Francine stand abrupt auf, sie konnte den Lärm nicht länger aushalten. Sie hatte das Gefühl, als platzte ihr gleich der Kopf. Draußen regnete es immer noch, und so beschlossen sie, in Sharis Haus zu gehen.

Bernarda hatte dringenden Redebedarf. »Ich habe euch ganz viel von meiner Reise zu erzählen, ich sage nur, Kerala war ein Traum. Doch das muss jetzt noch warten. Ich will jetzt erst mal alles über Lucca und Sandro und über ihre Arbeit wissen. Shari, bitte berichte von Anfang an.«

Es war gemütlich im Zimmer, die Fenster standen offen, der Geruch nach feuchter Erde breitete sich aus, man hörte den Regen fallen, die Kerzen flackerten und warfen geheimnisvolle Schatten an die Wände. Bernarda hatte sich aus ihrem Cottage einen Rotwein geholt, Francine und Shari tranken Tee.

Und Shari berichtete über alles, was er von Lucca und Sandro erfahren hatte, denn er kannte die beiden erst, seitdem er vor drei Jahren hergezogen war. Da hatten sie bereits einige junge Frauen bei sich aufgenommen und das Haus erweitert. Damals unterrichteten sie auch noch mehr. Jetzt kamen sie kaum noch dazu, versuchten, den Mädchen während der Arbeit Wissen zu vermitteln, doch das stellte sie auf Dauer auch nicht zufrieden. Es kamen immer mehr und noch mehr Frauen in ihrer Not, es hatte sich herumgesprochen, dass niemand abgewiesen wurde. Er erzählte, dass Überschwemmungen sie immer wieder an den Anfang zurückwarfen. »Ich bewundere sie grenzenlos. Wenn eine Katastrophe überwunden ist, krempeln sie die Ärmel hoch und beginnen von vorn. Das Haus liegt denkbar ungünstig, es frisst ihre ganze Energie. Doch sie sind unverbesserliche Optimisten und hilfsbereit bis zur Selbstaufgabe. Und sie sind wunderbare Freunde.«

»Wie finanzieren sie sich?«

Shari legte es Bernarda so dar, wie Francine es bereits von Lucca gehört hatte.

»Das passt in das Bild, das ich mir heute machen konnte.« Bernarda hatte rote Wangen bekommen, ihre Augen glänzten, und sie machte einen sehr energiegeladenen Eindruck. »Ich habe mich spontan entschlossen, das Projekt zu unterstützen. Und zwar im ganz großen Stil. Die beiden gefallen mir. Das, was du mir über ihre Arbeit berichtest, imponiert mir, und ich denke, sie können Unterstützung dringend gebrauchen. Und ich sehe hier endlich eine Aufgabe für mich, die meinem Leben vielleicht kurz vor der Ziellinie noch einen Sinn gibt. Also, was haltet ihr davon?«

Francine und Shari sahen sich ungläubig an.

»Wow! Bernarda! Das ist einfach genial. Großartig. Ich weiß gar nicht, was ich sagen soll.« Francine umarmte Bernarda stürmisch.

»Das wird sehr vielen indischen Frauen und Mädchen das Leben retten. Bernarda, die Götter haben dich zu uns geschickt.« Shari stand auf und verbeugte sich vor Bernarda. *Namasté.*

Sie waren alle drei so aufgeregt und redeten und redeten und machten Pläne bis spät in die Nacht. So lange, bis Shari erkannte, wie müde und erschöpft Francine war.

Bernarda stand ebenfalls auf. Was für ein Tag! Sie würde sicher keinen Schlaf finden in dieser Nacht. Ihr Leben würde endlich wieder Sinn und eine Richtung bekommen.

Neue Wege

Es regnete noch immer. Doch der Himmel war nicht mehr durchgehend grau, und der Regen war nicht stärker geworden. Francine hatte Shari in die *Neue Meditationshalle* zur Morgenmeditation begleitet. Während sie inmitten all der Gläubigen saß, dem Chanten zuhörte, ihren eigenen Atem beobachtete und die Wärme Sharis neben sich spürte, überkam sie eine große Ruhe. Sie spürte, dass sie angekommen war in ihrer neuen Welt. Wie lange sie bleiben durfte, stand vielleicht in den Sternen, oder vielleicht wussten es ja die Götter. Sie wusste es nicht. Niemand wusste es.

Nach der Meditation überraschten sie Bernarda mit Frühstück, und Shari schlug vor, Lucca und Sandro in den Ashram zu holen, damit Bernarda ihnen ihren Vorschlag unterbreiten konnte. Shari wollte es Francine wohl ersparen, ihre Hütte in diesem belagerten Zustand zu erleben. Er wollte sie erst dann dorthin zurückbringen, wenn Lucca und Sandro mit den Mädchen in die alte Schule zurückgekehrt waren. Er gab ihr den Schlüssel zur Bibliothek, sie könnte die Gelegenheit nutzen, via Skype zu telefonieren, und ihre Mails bearbeiten. Oder sie könnte sich einfach nur ausruhen oder mit Bernarda plaudern, während er unterwegs war. Er hatte gehört, wie sie in der Nacht um Luft gerungen und dass sie Medikamente eingenommen hatte. Er wollte sich noch ein paar Tage vom Tempeldienst befreien lassen. Bernardas Plan betraf ja auch ihn, und außerdem sah es so aus, als wäre der Regen bald vorbei. Dann mussten sie die Hütte aus- und das Schulhaus wieder einräumen.

Lucca war, wie erwartet, völlig aus dem Häuschen. Sie und Bernarda schaukelten sich gegenseitig hoch. Natürlich in Italienisch. Als sich die Aufregung ein wenig gelegt hatte, gingen sie daran, einen groben Plan zu entwerfen. Sandro und Shari breiteten die Pläne für das neue Haus auf dem Tisch aus, und Bernarda staunte, wie weit sie schon gediehen waren. Es gab auch bereits ein geeignetes Grundstück. Bisher hatte es nur an Kapital gefehlt, um die Pläne auch zu verwirklichen. »Vielleicht werde ich nach Deutschland reisen müssen, um mich beraten zu lassen. Ich habe schon daran gedacht, eine Stiftung ins Leben zu rufen. Aber dafür gibt es Spezialisten, das ist sicher kein Problem.«

Lucca hatte Sharis Kühlschrank durchgewühlt, und jetzt brutzelte und schmurgelte es in allen Pfannen, die Shari besaß. »Ich muss mich abreagieren, ich drehe sonst durch.«

Francine lag auf Sharis Bett und beobachtete, wie Menschen, die sich vor Kurzem noch nicht einmal gekannt hatten, sich nahekamen, weil etwas wirklich Großes zwischen ihnen entstand. Ihre alte und ihre neue Welt vermischten sich. Die Wunder nahmen kein Ende.

Es war heller geworden im Raum. Sie hatten es gleichzeitig bemerkt, hoben ihre Köpfe und sahen zum Fenster hinaus.

Der Himmel war wieder blau, der Regen war vorbei.

Alltag

Bernarda kam mit Shari ins Arbeitszimmer in der Ashram-Bibliothek, ihre silbernen Armbänder klimperten und kündigten sie an.

Francine saß an ihrem PC und hatte völlig die Zeit vergessen. Sie hatte endlich ihre Arbeit begonnen.

Shari war mit Bernarda unterwegs gewesen und hatte ihr ein Hotel in der Nähe gezeigt, das einigen Komfort bot. Es war seiner Ansicht nach das beste Hotel in der Nähe.

»Es ist perfekt, und es hat Internetanschluss«, bestätigte Bernarda. Sie beugte sich zu Francine, die am Schreibtisch saß, und küsste sie schmatzend und feucht auf beide Wangen. Sie hatte ihre anfängliche Zurückhaltung völlig aufgegeben.

»Was sie verschweigt, ist, es hat auch einen Pool und ein Spa«, lästerte Shari. Zwischen ihm und Bernarda war in den letzten Tagen der Ton lockerer geworden.

»Das Erste, was ich dort genießen werde, ist eine ayurvedische Synchronmassage inklusive Stirnguss.« Bernarda setzte sich auf den Schreibtisch.

Shari stellte sich hinter Francine und legte ihr seine Hände auf die Schultern. »Du kannst nach Hause kommen, es ist alles bereit«, flüsterte er nah an ihrem Ohr.

Francine legte ihren Kopf in den Nacken, streckte ihre Arme nach hinten, zog Sharis Kopf zu sich und küsste ihn ausgiebig. »Luxemburgisches Hoheitsgebiet«, sagte sie dann, atemlos vom Küssen. Seine samtene Gesichtshaut war um einen Ton dunkler geworden.

Bernarda grinste, sie hatte ihnen ungeniert zugesehen. »Übrigens, Babu hat sich bei mir um eine Festanstellung beworben. Ich habe ihm zugesagt. Er hat mir unterwegs das Leben gerettet, er ist absolut loyal, und er passt ins Team.«

Shari und Francine nickten. Sie legte ein ganz schönes Tempo vor. Italienisch halt!

»Kommst du voran, brauchst du Hilfe?«, fragte Shari Francine.

»Ich bin dabei, Luccas Kontaktliste abzuarbeiten. Die persönlichen Gespräche nehme ich in Angriff, wenn wieder Ruhe eingekehrt ist. Ich möchte gern einige Geschichten der Mädchen aufgreifen. Und ich werde noch viel Hilfe brauchen, ich sage es dir dann. Danke, Chérie.« Sie verschränkte ihre Finger mit seinen.

»Machst du auch Fotos?« Bernarda ging an den Buchreihen vorbei und strich liebevoll mit den Fingern über die staubigen alten Buchrücken.

»Ich sollte schon, doch ich möchte gerne Profifotos. Ich muss noch mal mit dem Verlag reden.«

»Frag doch Sarah!«

Francine blieb kurz der Mund offen stehen. »Genial!«

Shari lachte. »Lady B., wo warst du, du hast uns hier die ganze Zeit gefehlt!«

Lady B., der Name passt zu dir, hatte er gesagt, und Bernarda nahm es gelassen hin. Sie mochte Shari.

»Bernarda, du bist großartig, wenn das klappt, dann sehe ich ja vielleicht auch Leo noch mal.«

Bernarda und Shari sahen sich erschrocken an.

»Jetzt macht doch nicht solche Trauermienen, noch leb ich ja. Aber wir müssen doch auch den Tatsachen ins Gesicht sehen.« Sie war jetzt richtig in Fahrt, sie vibrierte nur so vor Unternehmungslust. »Ich werde das mit Sarah sofort anleiern.

Ich brauche noch etwa zwei Stunden. Könntest du mich dann hier abholen, Chérie?«

Das ist der Alltag, dachte Francine, als die beiden gegangen waren. Ein interessanter Alltag. Sie freute sich, endlich wieder arbeiten zu können. Sie hatte noch so viel vor.

ϬϬϬ

»Der Abend gehört uns ganz allein.« Shari nahm ihre Hand und küsste ihre Handinnenfläche. Sie waren auf dem Weg zu ihrem Hügel. Zu ihrem Zuhause.

Auf dem Heimweg. Wie seltsam vertraut und beglückend sich das anhörte. Auf dem Rücksitz des Land Rover standen eine Kiste mit Lebensmitteln und ein großer Kanister Trinkwasser.

»Bernarda ist heute bei Lucca und Sandro zum Essen. Sie haben viel zu besprechen. Wir waren auch eingeladen, doch ich habe abgesagt. Ich dachte, du wärst gern mal wieder mit mir allein.«

Wow! Sein Blick! Dieser ganz spezielle Blick! Francine bekam im Sitzen weiche Knie, und ein Schauer lief über ihren Körper. »Und was wäre, wenn ich lieber zu Lucca ginge?«

»Dann würde ich dich zu Hause ans Bett fesseln.«

Sie räumten das Auto aus, und schon, so schnell konnte Francine nicht reagieren, hatte Shari sie geschnappt und trug sie den Hügel hinauf. »Ich bin doch nicht aus Glas«, protestierte sie, »ich kann doch auch etwas hochtragen.«

»Still, *ma Petite.* Ich liebe es, dich auf Händen zu tragen.«

Er trug sie quer durch die Hütte und ließ sie auf das Bett plumpsen. »Du bewegst dich nicht, bis ich wiederkomme, hörst du? Ich beeile mich, ich kann es nicht erwarten, wieder mit dir zusammen hier oben zu sein.«

Francine auch nicht, doch sie musste unbedingt etwas einnehmen. Die Schmerzen waren heute quälend. Und sie musste noch ein wenig hier oben herumgehen, alles ansehen und alles anfassen und bewundern.

Sie hatte dies alles und Shari mittendrin so sehr vermisst.

Lucca oder Shari oder beide hatten ganze Arbeit geleistet. Nichts erinnerte mehr an das Chaos der Einquartierung. Die Erde um die Hütte herum war noch ein wenig feucht und matschig von den vielen Menschen, doch die Pflanzen und Bäume glitzerten in der späten Nachmittagssonne wie neu gemacht. Sie setzte sich auf die kleine Terrasse, betrachtete die Skulpturen von Shiva und Shakti, und Tränen liefen ihr übers Gesicht. Es waren Freudentränen – zu neunundneunzig Prozent.

Hoheitsgebiet der Liebe

»Wir fahren zusammen zum Dienst.« Francine grinste, der Gedanke schien hier so absolut spießig, er amüsierte sie. So sehr, dass sie einen Lachanfall nicht verhindern konnte. Es kam einfach so über sie. Das Lachen kam aus der Tiefe ihres Brustkorbs, es sprudelte aus ihr heraus.

Shari durfte Francine nicht ansehen, er konnte kaum noch das Lenkrad des schweren Wagens halten, so sehr kam Francines Lachen auch über ihn.

Schon als Kind hatte sie dieses ansteckende Lachen gehabt, das wie eine Naturgewalt war. Doch jetzt kippte es. Francine fing an zu husten, es donnerte in ihrem Brustkorb, sie verdrehte die Augen, bekam keine Luft, röchelte.

Shari bremste, stürzte aus dem Auto, öffnete die Beifahrertür und riss sie aus ihrem Sitz. Er hielt sie vor sich, umfing ihre vor der Brust verschränkten Arme fest mit seinen Armen und hob sie ruckartig vom Boden hoch, stellte sie ab, hob sie wieder hoch.

Und da, endlich, ein tiefer Atemzug.

Er stellte sie auf den Boden und sah sie an mit einem Blick, der voller Angst war. Er nahm sie vorsichtig in den Arm und wiegte sie sanft hin und her. »Ganz ruhig, *ma Petite*, ganz ruhig.« Er nahm eine Wasserflasche aus dem Land Rover und reichte sie ihr.

Vorsichtig trank sie. Sie musste sich räuspern, versuchte zu reden.

»Kannst du wieder einsteigen?«

Sie nickte.

»Wir fahren in das Hospital im Ashram. Komm, ich helfe dir.«

»Nein, nein, es geht schon wieder, bring mich bitte ins Cottage. Wenn ich mich ein wenig ausruhe, geht es gleich wieder.« Ihre Stimme war rau und zittrig. Sie stieg ein. Sie zog immer noch mühsam die Luft in die Lungen.

»Still, wir gehen erst ins Hospital, und dann kannst du dich hinlegen.«

Sie sah zu Shari. Er hatte es sicher auch gesehen, das Blut. Francine war so erschrocken, dass sie nicht weiter widersprach. Aber noch etwas anderes kam in ihr hoch, so etwas wie Wut.

So hinterhältig bist du also, eröffnete sie das heimliche Gespräch. *Das hast du dir aber fein ausgedacht, du blöder Krebs, du feiges Schwein. Gerade dann, wenn ich das Glück meines Lebens gefunden habe. Wenn du denkst, ich gebe klein bei, bist du schief gewickelt. Hau bloß ab, verpiss dich, ich bin mit Leben beschäftigt.*

ᢀ ᢀ ᢀ

Es war ein kleines Krankenhaus mit einer Ambulanz. Wie erwartet, kannte man Shari auch hier, und sie wurde sofort einem Arzt vorgestellt.

Shari berichtete, was passiert war, und sie erzählte danach ihre Krankengeschichte.

Der Arzt hörte ihre Lunge ab, untersuchte Zunge, Ohren, Augen, kontrollierte den Blutdruck, klopfte die Nieren ab und stellte ihr noch einige Fragen, unter anderem, ob sie bereits eine Chemotherapie gemacht habe.

Sie verneinte und erläuterte ihm ihre Gründe. Sie verriet ihm nicht, dass sie die Medikamente für den Fall dabei hatte, dass sie es sich anders überlegen könnte. Trotz dieses Vorfalls würde sie bei ihrer Entscheidung bleiben, sie war sich jetzt ganz sicher. Es war ein netter Arzt, und er machte einen kompetenten Eindruck. Er erklärte ihr, wie man ihr im weiteren Verlauf ihrer Krankheit dort helfen konnte und zu welchen therapeutischen Maßnahmen sie sich an eines der Krankenhäuser in Pondicherry wenden musste. Er hatte eine Karteikarte angelegt, und so war sie jetzt Patientin im Hospital des Ashrams von Ramana Maharshi geworden.

Ich habe mich in deine Obhut begeben, alter weiser Mann, vielleicht kannst du ein bisschen besser auf mich aufpassen, ich möchte noch eine ganze Weile hierbleiben, es gefällt mir nämlich hier. Francine zog sich an, bedankte sich bei dem Arzt und nickte Shari zu.

Er legte den Arm um sie und führte sie aus der Klinik. Und er ließ seinen Arm auch dort liegen, als sie über den Hof des Ashrams gingen.

Erstaunt sah sie zu ihm auf.

»Hoheitsgebiet der Liebe.« Er grinste sie an.

»Dafür bin ich dir ein Frühstück schuldig.« Sie war ihm so dankbar, dass er keine große Sache daraus machte. Sie wollte auch nicht, dass Bernarda davon erfuhr oder Lucca, sie wollte einfach ihr Leben so weiterleben, ohne dass die anderen sie ständig bevormundeten und auf sie Rücksicht nahmen.

Shari bestand aber darauf, dass er sie ins Cottage begleitete und anschließend in dem kleinen Laden im Ashram etwas für ihr Frühstück einkaufte.

Doch dann, als er weg war, in der Stille des Raumes ganz mit sich allein, spürte sie, wie graue Klumpen aus Angst und Einsamkeit sich ausbreiteten, ihren Brustkorb bevölkerten und eng machten. Ihr war kalt, ein inneres Zittern erfüllte sie, und wie in einem Albtraum spürte sie den Drang nach Weglaufen und spürte doch gleichzeitig, dass sie nicht vom Fleck kam.

Aber das hier war kein Traum. Das Grauen hatte nach ihr gegriffen und blieb Wirklichkeit.

Als die Tür sich öffnete und Shari den Raum betrat, kam das Leben zu ihr zurück, und die grauen Klumpen der Angst lösten sich auf. Er war ein Geschenk der Götter. Sie schwor sich, den Tempel aufzusuchen und Shiva die schönsten Blumenkränze, die sie finden konnte, als Opfer darzubringen.

Shari brutzelte Spiegeleier mit Tomaten, Zwiebeln und Okraschoten. Okra! Er liebte dieses schleimige Zeug, doch vielleicht war es auch nur eine kleine Bestechung der Götter wegen seiner Vorliebe für allzu Britisches, Spiegeleier und Ketchup zum Beispiel.

Wie ausgehungert machten sie sich über ihr Frühstück her. Er hatte Kakifrüchte mit dem sahnigen Joghurt aus dem Ashramladen gemixt und mit Minze bestreut, die er im Vorübergehen irgendwo gepflückt hatte.

Das verdiente ein Extraopfer für Shiva. Vielleicht eine frische Kokosnuss? Francine musste an Babette denken und an ihre Empörung über die vergeudeten Lebensmittel. Sie hatte ja auch recht. Apropos Babette. Sie musste unbedingt in die Bibliothek gehen, sie wollte mit Babette telefonieren. Vielleicht hatte auch Sarah schon geantwortet. Doch sie war ziemlich erschöpft und musste sich erst mal ein halbes Stündchen hinlegen.

ठ ठ ठ

Shari trug Jeans! Francine hatte nur kurz aufgesehen, als sie die Tür ins Schloss fallen hörte. Sie saß an ihrem Laptop und musste ein zweites Mal hinsehen. Jeans und ein weißes Hemd, wie damals, als er sie in Mamallapuram im Hotel überrascht hatte. Er sah fantastisch aus. »Hast du ein Fotoshooting, oder warum hast du dich so verkleidet?«

»Nur für dich, *ma Petite*!«

»Ich habe tolle Neuigkeiten, stell dir vor …«

Weiter kam sie nicht, er hatte ihren Stuhl zu sich herumgedreht und schaute sie prüfend an. »Geht es dir besser?«

»Mir geht es super, stell dir vor, Sarah will die Reportage mit mir machen, und der Verlag ist einverstanden. Und Leo …«

Er kniete sich vor sie und stoppte erneut ihren Redefluss, indem er ihren Mund mit einem Kuss verschloss.

»Oh! Hmm …« Das konnte dauern! Atemlos löste sie sich von ihm und sah ihn an. »Das war gut, das war sogar sehr gut, ich will noch mal.« Sie zog ihn zu sich heran, und jetzt küsste sie ihn, dass ihm ganz schwindelig wurde. »Glaubst du mir jetzt, dass es mir gut geht? Darf ich jetzt weiterreden?«

»Ja, so glaub ich dir alles, aber können wir los? Du kannst mir unterwegs alles erzählen. Ich möchte dir was zeigen.«

Sie hatte ihren Computer ausgeschaltet und war bereit.

»Lass mich raten, die Tigerfrau kommt mit, stimmt's?«

»Stimmt. Und jetzt du. Was willst du mir zeigen?«

»Wir fahren zu der Teeplantage, die man von unserem Hügel aus sieht. Sandro hat ein paar merkwürdige Beobachtungen gemacht. Es ist eine Fair-Trade-Company, die nach ökologischen Bedingungen anbaut und ihre Arbeiterinnen und Arbeiter fair bezahlt. Ich kenne ein paar Leute dort und habe schon öfter einen Überraschungsbesuch gemacht. Ich gehöre einer Umweltorganisation an und weiß, dass diese Company nicht immer sauber arbeitet. Sandro hat große Nebelwolken in den Feldern gesehen, wie sie entstehen, wenn Pestizide gespritzt werden.«

»Umweltorganisation, aha. Was tust du noch alles, von dem ich nichts weiß?«

»Ich komme nie so weit, dir irgendwas zu erzählen, du lenkst mich einfach zu sehr ab.« Er hatte ihren Dhoti zur Seite geschoben und seine Hand auf ihr nacktes Knie gelegt, zum Beweis offenbar.

Francine verstand sehr gut, was er meinte, seine Hand lenkte sie ebenfalls sehr deutlich von allem anderen ab. Er hatte schöne Hände, kräftig, sehnig und doch schlank mit gepflegten Nägeln. Er hatte sanfte Hände, kundige Hände. »Bleiben wir sehr lange dort?« Sie sah ihn herausfordernd an.

»Soll ich gleich umkehren?« Er grinste. Er würde es tun, sie sah es in seinen Augen.

»Nein, wenn du dich schon so chic gemacht hast. Hast du deshalb die Jeans angezogen?«

»Der Verwalter ist Engländer; wenn ich in traditioneller Kleidung komme, nimmt er mich nicht ernst. Manche Engländer, und er eben auch, verhalten sich immer noch wie die Herrenmenschen der Kolonialzeit.«

Sie waren ein wenig auf der Plantage herumgeschlendert. Der Verwalter hatte sie begrüßt, gerade noch so, dass man ihn nicht als unhöflich bezeichnen konnte. Shari hatte behauptet, er sei in seiner Eigenschaft als Nachbar zufällig hier vorbeigekommen, und er wolle nur mal Hallo sagen. Francine hatte er als deutsche Journalistin vorgestellt, die hier für eine Reportage recherchiere. Er hatte mit einigen Teepflückerinnen gesprochen, hatte sich die Pflanzen angesehen und Francine die einzelnen Arbeitsvorgänge erklärt.

»Das war ein Warnschuss, und das ist ihm auch klar. Für die Company steht viel auf dem Spiel. Die Verbraucher sind heute sehr hellhörig. Wenn so ein Teehersteller erst mal in Verruf gekommen ist, dann ist es sehr schwer, wieder ihr Vertrauen zu gewinnen. Ich möchte nicht, dass die Leute hier ihren Job verlieren.«

Der alte Land Rover rumpelte Richtung Dorf, und ihr

Hügel war schon zu sehen, als Francine ihre Hand auf sein Knie legte und ihn schräg von der Seite her anlächelte.

»Sehr verlockend.« Er nahm ihre Hand, küsste ihre Fingerspitzen und zuckte bedauernd mit den Schultern. »Aber Lady B. hat eine Arbeitssitzung bei Lucca angesetzt. Es gibt viel zu besprechen. Wenn du willst, bringe ich dich nach dem Essen heim.«

»Woher weißt du, dass es Essen gibt?«

»Bei Lucca gibt es immer etwas zu essen.«

»Nein, ist schon in Ordnung. Es geht mir gut, und ich will auch meine Neuigkeiten loswerden. Ich freue mich so, dass Leo kommt und dass Sarah den Fotoauftrag bekommen hat.«

»Ihr seid wirklich tolle Frauen, deine Freundinnen und du«, sagte Shari.

ŏ ŏ ŏ

»Du bist auch eine tolle Frau«, sagte Francine kurze Zeit später zu Lucca, umarmte und küsste sie und zeigte auf den Tisch, auf dem Schüsseln mit Pasta, Soßen und Gemüse standen.

Die jungen Inderinnen saßen unter der Pergola und aßen.

Lucca reichte die Schüsseln herum, und alle langten kräftig zu. »Tattaaa«, sagte Francine und hob beide Arme hoch. »Sarah hat den Auftrag, und sie bringt Leo mit!«

Alle freuten sich mit ihr, vor allem natürlich Bernarda. Doch sie und Sandro waren so vertieft in ihre Unterlagen, dass Francine das Gefühl hatte, die Neuigkeiten seien nicht so richtig zu ihr durchgedrungen.

»Wir werden das Dorf in unser Projekt mit einbeziehen«, sagte Sandro. »Hast du was erreicht, Shari?«

»Wir können nächste Woche mit der Sanierung beginnen. Die Arbeiter habe ich, wir müssen aber vor allem noch mit den Bewohnern reden. Sie müssen damit einverstanden sein.« Er griff über den Tisch nach Francines Hand. »Erst werden Wasserleitungen verlegt. Wir statten ein Haus nach dem anderen mit einem Bad und einer Toilette aus, renovieren das, was verwertbar ist. Was keine Substanz mehr hat, bauen wir neu.«

Nach all dem, was Bernarda anschließend aufführte, würde es eine Mustersiedlung werden.

»Habt ihr in den letzten Tagen überhaupt mal geschlafen? Ihr seid ja voller Tatendrang«, sagte Francine bewundernd und schöpfte ihren Teller ein zweites Mal voll. Sandro war kaum wiederzuerkennen, er strotzte nur so vor Energie.

Sie planten, die Häuser so auszustatten, dass die Bewohner mindestens zwei junge Frauen oder Mädchen in Kost und Logis aufnehmen konnten. Die Stiftung würde Minikredite anbieten. Damit konnten sich die jungen Frauen und die Dorfbewohner zusammen oder allein mit einem Projekt selbstständig machen, sei es mit Schneidern oder sozusagen als Subunternehmer an der Schmuck- oder der Matratzenproduktion. Es würden noch andere Projekte dazukommen, Ideen gab es viele. Parallel dazu wurden ein neues Gebäude mit Wohn- und Arbeitsmöglichkeiten sowie Unterrichtsräumen für ganz viele Frauen geplant.

Das Baugelände hatten Sandro und Lucca schon lange ausgewählt. Es lag ganz in der Nähe auf einem kleinen Hügel. Der Eigentümer würde mit Kusshand verkaufen. Er hatte Verwandte in der Verwaltung sitzen, die Genehmigung war also ebenfalls so gut wie sicher.

»Das Allerwichtigste ist aber, dass wir geeignete Mitarbeiter finden«, sagte Bernarda. Eine steile Falte entstand zwischen ihren ausgeprägten Augenbrauen. »Vor allem ich brauche viel Unterstützung. Shari, könntest du nicht den Tempeldienst aufgeben? Dich könnte ich als meine rechte Hand gut gebrauchen.«

»Was denkst du dir eigentlich!«, fauchte plötzlich Lucca, bevor Shari überhaupt reagieren konnte, »er macht schließlich nicht nur Tempeldienst. Keiner von euch scheint zu wissen, was für ein vielbeschäftigter Mann er ist.«

Shari wehrte bescheiden ab. »Aber sie hat recht. Den Tempeldienst möchte ich auf keinen Fall aufgeben. Das ist mir eine Herzensangelegenheit. Ich werde aber auf zwei Tage in der Woche reduzieren. Ich habe noch meine Jobs als freier Mitarbeiter meines Instituts in Pondicherry und in der MVLF, einer Umweltorganisation, für die ich ebenfalls tätig bin. Und ich möchte natürlich auch viel Zeit mit Francine verbringen.« Francine und er sahen sich verliebt in die Augen. »Natürlich werde ich an dem Projekt mitarbeiten. Ich habe wie Sandro und Lucca viele Kontakte. Mitarbeiter zu finden ist sicher nicht das Problem. Schwieriger wird es tatsächlich, jemanden zu finden, der dir zur Seite steht, Bernarda, der die Leitung übernimmt. Jemanden, der Erfahrung und Kompetenz mitbringt. Du wirst sicherlich als die Präsidentin der Stiftung noch genügend Aufgaben haben.«

»Ich erkläre die Sitzung jetzt für beendet!«, sagte Lucca nach einer Weile resolut und schob ihren Stuhl geräuschvoll zurück. »Das ist zwar alles sehr aufregend, aber ich sehe es nicht ein, dass ihr auch noch meinen schönen Nachtisch einfach so nebenbei in euch hineinschaufelt, ohne zu bemerken, was ihr esst. Bitte bedient euch selbst. Es gibt ein wunderbares Tiramisu mit Joghurt und Früchten. Kommt dann alle raus auf unsere Terrasse am Fluss. Ich wette, Francine, die hast du auch noch nicht gesehen.«

Sandro bahnte sich einen Weg durch das Wohnzimmer, das wie das ganze restliche Haus von den jungen Frauen okkupiert war.

»Es wird höchste Zeit, dass hier etwas passiert, das darf wirklich kein Dauerzustand sein«, sagte Bernarda und blickte irritiert auf das Durcheinander.

»Was für ein zauberhafter Platz, Lucca, das ist wie ein Traum!« Francine sah sich begeistert um.

»Sag das Sandro, er hat dieses Holzdeck mit eigenen Händen konstruiert. Nur kommen wir nie mehr dazu, hier in Ruhe zu sitzen.«

Unterschiedliche zusammengewürfelte Sessel, Sofas und niedrige Tischchen standen einladend herum. Sie hatten einen wunderbaren Blick auf den Fluss, der an dieser Stelle nur von ihrem Grundstück aus zugänglich war. Selten verirrte sich einmal eine Kuh, um sich im Wasser zu erfrischen. Das Dessert schmeckte köstlich, und Francine bekam nun endlich zu ihren Neuigkeiten auch die entsprechende Resonanz, die sie erwartet hatte.

Aus dem Garten ertönte plötzlich ein Riesengeschrei, aufgebrachte Frauenstimmen, die wild durcheinanderriefen. So spitze Schreie können nur Inderinnen ausstoßen. Sandro stand auf und rannte zurück ins Haus und von dort in den Garten. Alle anderen folgten ihm auf dem Fuß. Es hörte sich wirklich beängstigend an.

Estha, die junge Inderin mit den Verätzungen, kauerte am Boden und hatte ihren Dupatta, einen langen, breiten Schal, über sich gezogen, sodass sie vollkommen unsichtbar war. Die anderen Mädchen standen um sie herum und schirmten sie ab. Sie zeigten auf Babu, der ganz verschüchtert in einiger Entfernung gestanden hatte und jetzt auf Sandro zulief.

»Ich kann nichts dafür! Ihr ist der Dupatta runtergerutscht, und da habe ich ihr Gesicht gesehen. So schnell konnte ich gar nicht weggucken.« Man konnte sein Englisch kaum verstehen, so regte er sich auf.

Die Mädchen beschimpften ihn weiterhin.

Bernarda hatte sich neben ihn gestellt, als wolle sie ihn beschützen. Er wirkte unglücklich und ziemlich schutzbedürftig.

Shari und Sandro versuchten jetzt ebenfalls, die Mädchen zu beruhigen.

Da ging Babu plötzlich auf Estha zu, die jetzt wenigstens wieder ihre Augen frei hatte. Alle hielten den Atem an, als er langsam seine weißen Handschuhe auszog. Er hielt seine Hände hoch, und alle konnten sie sehen. Die Haut war an einigen Stellen lila und so knotig zusammengewachsen, dass die Hände völlig verkrümmt waren. Die Fingernägel sahen wie Vogelkrallen aus. Er ging näher zu Estha, die wie gebannt auf seine verunstalteten Hände sah. »Meiner Schwester ist das Gleiche passiert wie dir. Unser Vater hat sie mit Säure übergossen. Ich wollte ihr helfen, da hat er auch mich mit der Säure verletzt. Meine Schwester hat es leider nicht überlebt. Da bin ich von zu Hause weggelaufen. Ich habe meine Familie nie mehr wiedergesehen. Ich könnte es nicht ertragen. Es tut mir sehr leid, Estha.«

Man hätte eine Stecknadel fallen hören können, so still war es in Luccas Garten geworden. Sogar die Krähen schwiegen.

Estha stand auf, zog ihren Schal zurück und sah Babu dabei fest in die Augen. Dann streckte sie ihre Hände aus, ging auf ihn zu, umfasste seine Hände und streichelte mit ihren Daumen ganz zart über die Haut seiner Handrücken. Ihr gezeichnetes Gesicht und ihr Lächeln waren dabei so voller Schönheit, dass es alle, die da standen, tief in ihrer Seele berührte.

»Verzeih mir, es tut mir leid«, sagte sie, während Babus Tränen auf ihre immer noch vereinten Hände tropften.

»Wir haben noch ein Geschenk für euch, die Mädchen haben es heute genäht«, platzte Lucca mitten in diese ergreifende Szene. Sie fand, Emotionen gehörten schon auf den Tisch, doch irgendwann musste auch mal Schluss damit sein.

Alle fanden ihre Sprache wieder.

Francine war Lucca dankbar, dass sie die allzu rührselige Stimmung aufgelöst hatte.

Diese zog eine rote und eine grüne Fahne aus einer Tüte und überreichte sie Francine und Shari. »Damit jeder, der euch besuchen will, weiß, ob ihr empfangsbereit seid oder nicht.« Dabei zwinkerte sie anzüglich mit ihren dunklen Kulleraugen.

»Das ist wirklich sehr praktisch, da ihr ja kein Telefon und nix habt da oben auf eurem Berg«, nickte Bernarda zustimmend.

»Als Erstes habe ich bereits Strom bestellt, Telefon kommt dann auch noch«, sagte Shari.

»Nein! Das kannst du nicht machen! Bestell das bitte wieder ab. Bitte, Shari!« Francine war ganz bestürzt.

»Warum denn das? Das kann ich jetzt nicht verstehen.«

»Das musst du auch nicht verstehen, Bernarda! Wir haben alles, was wir benötigen. Strom und Telefon brauchen wir auf dem Hügel nicht. Basta!«

»Gut, das können wir dann immer noch entscheiden. Aber bevor es dunkel wird, möchte ich jetzt gerne aufbrechen. Ich will noch den Duschtank auffüllen. Außerdem muss ich endlich aus diesen Jeans raus.«

»Du warst drüben auf der Plantage?« Sandro grinste.

»Yep! Ich hoffe, das reicht wieder für eine Weile«, grinste Shari zurück. Jetzt wirkte er wie ein Student an irgendeiner Uni in Europa. Sogar seine Dreadlocks waren europatauglich.

»Das Wasser in eurem Tank ist aufgefüllt. Babu wollte es unbedingt machen, und ich hatte mir gedacht, es würde nichts dagegensprechen.« Bernarda sah plötzlich aus, als wäre sie sich nicht mehr ganz so sicher.

»Babu ist ein Hauptgewinn. Komm, Francine, wir gehen Wasser planschen.«

ʊ ʊ ʊ

Als sie oben an der Hütte angekommen waren, zog Francine die rote Fahne aus der Tüte. »Diese wäre jetzt dran.«

»Morgen stelle ich einen Fahnenmast auf. Komm schnell.«

Sie hatte alle Kerzen angezündet. Die Dunkelheit war schlagartig über das Land und ihren Zauberhügel gefallen. Sie räumte ein bisschen auf und nahm dabei unauffällig ihre Tabletten aus der Tasche.

»Du musst sie nicht heimlich nehmen«, sagte Shari. »Was sind das für Medikamente?«

»Ein Schmerzmittel und ein Hustenblocker.« Francine war verlegen und spürte, dass sie rot geworden war.

»Aha. Bitte, *ma Petite*, verheimliche es mir nicht. Ich halte es aus. Mit dir zusammen halte ich es aus. – Und jetzt kannst du mir helfen, die Jeans auszuziehen.« Er lag auf dem Bett und strampelte mit den Beinen.

Sie kicherte, musste schon wieder lachen. Hoffentlich ging das gut. Er konnte nicht wirklich ein normaler Mann sein, er war sicher von Göttern gezeugt, ein Kind von Shiva und Shakti, sie haben ihn versehentlich auf die Erde purzeln lassen. Ganz sicher, er war viel zu vollkommen, so klar und offen und lebensklug. Er beherrschte den Wechsel von Ernsthaftigkeit und Unbeschwertheit perfekt. Er tat ihr so gut.

»Wer hat sie dir sonst immer ausgezogen?« Sie machte sich an Knopf und Reißverschluss zu schaffen.

»Ich kann das schon selbst. Ich habe nur immer in westlichen Filmen die Männer beneidet, die auf diese Weise von Frauen verwöhnt wurden.«

»Was meinst du mit *auf diese Weise*? So?«

»Vielleicht, so genau zeigen sie es ja nicht.«

»Oder so?«

»Hm, auch sehr gut.«

»Geht es so auch? …«

»Oder so? …«

»Oder …«

Er keuchte. »Komm, schnell, und ich werde nie wieder neidisch sein auf andere, *ma chérie*, ich verspreche es.«

»Löffelchenstellung nennt man das bei uns.« Sie liebte es, ihn an ihrem Rücken zu spüren.

»Was hat diese Position mit Löffeln zu tun?« Er blies in ihr Haar, bis es sich bewegte und das Licht der Kerze reflektierte, die als einzige noch neben dem Bett brannte. »Bei besonders ordentlichen Hausfrauen liegen die Löffel alle so in einer Richtung in der Schublade.«

»Ich habe heute Abend Unterricht in westlichem Lebensstil.« Er strich eine ihrer Haarsträhnen sanft hinter ihr Ohr und küsste sie dort. »Der Beginn des Unterrichts hat mir besonders gefallen.«

Sie kicherte. Allein der Gedanke daran gefiel ihm schon wieder, sie konnte das deutlich spüren. »Mir hat auch einiges besonders gefallen, das war aber eindeutig östlicher Lebensstil.«

»Wir liegen hier auf einem west-östlichen Diwan. Hast du Goethes Gedichtsammlung gelesen?«

Francine richtete sich empört auf. »Shari, das ist bei uns Pflichtlektüre.«

»Bleib liegen, schweig still.« Er fesselte sie mit seinen Armen und rezitierte flüsternd nah an ihrem Ohr.

»Und mag die ganze Welt versinken!
Hafis, mit dir, mit dir allein
Will ich wetteifern! Lust und Pein
Sei uns den Zwillingen gemein!
Wie du zu lieben und zu trinken,
Das soll mein Stolz, mein Leben sein.«

»So schön, so unendlich schön.« Sie küsste seine Hände.

Sie genoss ihre Gespräche, die ernsten und die weniger ernsten. Doch am meisten mochte sie, so wie jetzt, ihr gemeinsames Schweigen. Wenn nichts sie ablenken konnte, ihn zu spüren, ihn zu riechen, seine ganz eigenen Geräusche und seinen Herzschlag zu hören, sein Wesen ganz in sich aufzunehmen. Wenn sie doch nur so, ihn an ihrem Rücken spürend, eingehüllt in seine Arme und in ihr Schweigen, sterben könnte. Irgendwann. Heute nicht. Nein, heute noch nicht.

Sharis indische Seele

»Seit du bei mir bist …«

»Warum sprichst du nicht weiter? Was ist, seit ich bei dir bin?«

»Hör doch mal genau hin. Ist das nicht ein wunderbarer Satz: *Seit du bei mir bist*. Das ist reine Poesie.«

Francine konnte nur nicken.

»Also, seit du bei mir bist, wünsche ich mir so oft, den ganzen Tag mit dir hier oben zu verbringen.« Shari lag auf dem Bauch, hatte einen Ellbogen aufgestützt, den Kopf in einer Hand, und spielte mit der anderen mit ihren Haaren. »Du schadest meiner Disziplin!«

»Und was ist mit deiner Moral?« Francine schwang ein Bein über ihn, drehte sich halb über ihn und bedeckte seinen Rücken mit kleinen, feuchten Küssen.

Er stöhnte ins Kissen, drehte sich dann um und hielt sie so, dass sie sich ansehen konnten. »Francine, ich komme mit meinen Überzeugungen in Konflikt. Ich kann dich nicht loslassen, im Gegenteil, ich will so viel wie möglich von dir speichern, möchte dich verschlingen, dich bei mir behalten, dich beschützen.« Er legte seine Hände um ihr Gesicht und sah in ihre Augen, als wolle er auf der Stelle mit dem Verschlingen beginnen.

»Jedes Mal, wenn ich dich in mir spüre, habe ich Angst, es könnte das letzte Mal sein.«

Sie weinten beide. Und sie schwiegen lange Zeit. Und ihre Tränen vermischten sich ebenso, wie ihr Denken und ihr Fühlen sich vermischten und Abdrücke in ihnen hinterließen, die sie in sich trugen für den Rest ihres Lebens.

Shari war zu dem Bücherregal gegangen und griff nach einigen Büchern, er setzte sich auf eines der Sitzkissen, blätterte und suchte. »Hier.« Er schlenderte zurück zum Bett und setzte sich ans Kopfende zu Francine. »Hör zu, was Patanjali im Yoga-Sutra dazu sagt.« Er las aus dem Sutra, in dem es um *Isvarapranidhana* und *Vairagya*, um Hingabe an das höhere Sein und um Gleichmut, ging. Er las auch aus der *Chandogya-Upanishad* einen wunderschönen Vers, der lehrt, dass derjenige, der die Hingabe an das Höchste verinnerlichte, von Krankheit und Leid Abstand gewann, was nicht hieß, dass er davon unberührt blieb. Er las die Texte in Sanskrit. Diese Sprache verdeutlichte den Sinn hinter den Worten viel treffender als jede Übersetzung.

Während er las, hielt er eine von Francines Händen, die Finger ineinander verschlungen. Ihre Augen waren geschlossen, sie nahm seine Stimme, seine Worte und seine Nähe in sich auf wie einen Schatz.

Er klappte das Buch zu, dehnte und streckte sich, gähnte und gab Francine einen kleinen Klaps. »Komm, lass uns die Zeit, die uns noch bleibt, zu etwas Besonderem machen. Ich wünsche mir, dass wir dieses Wochenende ganz im europäischen Stil gestalten. Erst wird geduscht, dann gibt es einen *late-lazy-lunch*, am Nachmittag kaufen wir Lebensmittel, und der Abend gehört uns. Morgen Vormittag besuchen wir das erste Mal zusammen den Tempel. Und abends koche ich für unsere Freunde. Was hältst du davon, *ma Petite*?«

»Ich mache schnell ein paar Runden Sonnengrüße, dann geh ich duschen, und alles andere machen wir so europäisch, so, wie du es willst.« Sie liebte es, auf der Terrasse ihre Yogaübungen zu machen, im Schatten der vielen Kletterpflanzen und des Jacarandabaums war es sehr angenehm und um diese Tageszeit noch richtig kühl. Shari hatte seine Matte in der Hütte ausgebreitet. Sie hatten herausgefunden, dass es sie ablenkte, wenn sie zusammen Yoga machten. Francine lächelte, es lenkte extrem ab.

Danach saß sie auf ihrem Kissen und dachte an Greeta. Sie hörte jedes Mal die Stimme ihrer Freundin und Yogalehrerin, wenn sie von einem Asana ins andere glitt. Sie hatte ihre komplette Yogaübungsreihe gemacht, die Greeta ihr zusammengestellt hatte. Sie hatte ja Zeit. Es gab ihr Schwung und neue Energie, und die Pranayama-Praxis war für ihre Lunge gut. Sie konnte danach freier atmen. Dass sie nur üben konnte, wenn sie vorher ein Schmerzmittel genommen hatte, verdrängte sie.

Shari kam die Stufen herunter, er stellte ein Glas Ingwertee vor sie auf den Boden und setzte sich zu ihr. Er hatte auch Yoga gemacht, sie sah es an seinem Gesicht, es sah so friedlich aus. Und er trug seinen kurzen Lunghi.

»Bernarda ist bei Lucca.« Francine konnte von hier aus ihr Auto sehen. »Ich bin so froh, dass sie in Indien bleibt. Und dass sie eine Aufgabe gefunden hat.«

»Ich freue mich auch für Lucca und Sandro. Es war ein Zeitpunkt, an dem sie nicht mehr weiterwussten. Ich habe es gespürt. Und ich spüre auch, dass hier etwas ganz Besonderes entsteht. Bernarda ist ein sehr großzügiger Mensch.«

»Obwohl sie so ein schreckliches Schicksal hat. Ich möchte wissen, warum ihre Söhne die ganzen langen Jahre keinen Kontakt zu ihr gesucht haben.« Plötzlich durchfuhr sie ein stechender Schmerz. Francine krümmte sich.

»Du hast Schmerzen. Soll ich dir deine Tabletten holen?«

Sie nickte nur.

»Ist es nicht sinnvoller, die Schmerzmittel regelmäßig einzunehmen? Was haben die Ärzte in Deutschland denn empfohlen?«, fragte er, als er zurückkam.

»Ich soll sie regelmäßig nehmen, ich wollte meine Medikamente nur nicht so schnell verbrauchen. Aber wenn Sarah und Leo kommen, können sie mir neue Medikamente mitbringen.«

Francine strich mit dem Finger zart über die Falten auf seiner Stirn. »Es wird schon besser, Chérie. Komm, steh auf.« Sie zog ihn hoch. »Auf deiner Liste stehen noch Duschen und Lunch.«

Er umschlang sie fest mit seinen Armen. »Nur, wenn wir das zusammen tun.«

»Und danach sind wir den ganzen Nachmittag *lazy*.«

»Es ist das Beste, was man tun kann bei dieser Hitze, glaub mir, Feuerkopf.«

Francine kämpfte mit sich, die Vorstellung, lustvoll die Zeit mit ihm zu vergessen, war sehr verführerisch. Sie spürte, wie er um jede gemeinsame Minute mit ihr rang. Die Angst in seinen Augen nach ihrem Hustenanfall neulich war allgegenwärtig.

Sie spürte, wie seine indische Seele den Boden verlor. Nach seinem langen Aufenthalt in Europa hatte das Leben mit seiner indischen Frau ihn wieder in seiner Kultur, in der Philosophie und der Spiritualität seiner Religion geerdet. Doch mit seinen europäischen Freunden und vor allem mit ihr und ihrem gemeinsamen Leben war Europa wieder sehr stark in sein Bewusstsein, in sein Denken und sein Handeln zurückgekehrt. Und genau dieser Teil seiner Persönlichkeit, der ihr den Zugang zu diesem Land und seiner Kultur erleichtert und ihr die Fremdheit genommen hatte, hatte zu seiner inneren Zerrissenheit geführt. Goethes Gedanken von einer Verbindung der Kulturen hatten eben auch eine Kehrseite.

ठ ठ ठ

Also ging sie am Nachmittag zu Lucca hinüber, nachdem sie Shari dazu ermuntert hatte, in seinem Arbeitszimmer im Ashram seinen Stapel *Unerledigtes* in Angriff zu nehmen.

Lucca berichtete ihr freudig erregt, dass sich Estha, das Mädchen mit den Verätzungen, inzwischen öfter ohne ihr Tuch zeigte und dass Babu auffallend oft in ihrer Nähe anzutreffen war.

»Meinst du, ich könnte mich mit den beiden ein bisschen unterhalten?«

»Ich denke, du kannst das riskieren, du bist sehr feinfühlig, du kriegst das hin. Wenn es Probleme gibt, ruf mich.«

Und so begann Francine mit ihren Interviews für ihren Verlag in Deutschland. Es wurde ein ergreifendes erstes Gespräch mit Estha und Baba, dem noch einige weitere folgen würden.

Die Schatten der Vergangenheit

So früh am Morgen brannte die Sonne bereits erbarmungslos vom Himmel, und die Steinplatten in einem der Vorhöfe des *Arunachaleswara-Tempels* waren heiß wie Herdplatten. Sie waren beide barfuß, wie alle Besucher des Tempels.

Francine war zügiger gelaufen und erwartete Shari am Eingang der Säulenhalle. Er kam auf sie zu, und ihr Herz schlug schneller. Wie schön er war! Er trug eine lange cremefarbene Nehru-Jacke zu einer weißen Baumwollhose. Seine gedrehten schwarzen Haare hatte er zusammengebunden, sie hingen über seinen Rücken bis zu seinen Schulterblättern. Auf der Stirn trug er das Shiva-Zeichen, drei waagerechte Striche für den Gott der Schöpfung, der Erhaltung und der Zerstörung. Sein Lächeln war hinreißend, und in seinen Augen brannten viele kleine Feuer. Sein Blick umfing sie wie ein Flammenkreis.

Francine wusste, was er sah.

Der Sari hatte auf einen Bügel drapiert an dem dicken Pfosten gehangen, als sie am Morgen erwacht war, direkt in ihrem Blickfeld. Sie hatte Sharis erwartungsvollen Blick auf ihrem Gesicht gespürt. Der Sari bestand aus einem figurbetonenden apfelgrünen Kleid, das ihr vermutlich bis zu den Knien reichen würde. Darunter hing eine weite Hose aus einem durchsichtigen, kostbar aussehenden Stoffgespinst in Farben, die genau auf das Grün abgestimmt waren. Der Dupatti bestand ebenfalls aus diesem spinnennetzfeinen Stoff und war um die Taille geschlungen. Er reichte wahrscheinlich über ihren Kopf und floss auf einer Seite ihres Körpers sicher bis fast zu den Knöcheln.

Er hatte sie genau beobachtet, während sie das Kleidungsstück betrachtet hatte, die Hände vor den Mund geschlagen und mit angehaltenem Atem.

»Zieh ihn an! Bitte!«

Sie hatte sich aufgerappelt, war aufgestanden und hatte den Sari mit zitternden Knien angelegt. Mit dem Tuch hatte er ihr geholfen. Sie brauchte keinen Spiegel, sie sah sich in seinen Augen. Sein Blick machte sie schön. Er machte sie jung. Und er machte sie begehrenswert.

Shari war aus dem großen Bett aufgestanden und hatte seinen Dhoti angezogen. Er hatte vor ihr gestanden, seine Hände vor dem Brustkorb zusammengelegt, und sich verneigt. *Namasté.* Und es war die Verbeugung vor dem Göttlichen, das nach seiner Religion in jedem Menschen wohnt, und nicht der allgegenwärtige indische Gruß, der sich auch bei Esoterikern und Yogaanhängern überall auf der Welt so breitgemacht hatte und dessen tiefer Sinn dadurch etwas abhandengekommen war.

Sharis Schwester hatte den Sari nach seinen Vorgaben anfertigen lassen und ihn in den Ashram geschickt. Der Sari war ein kleines Kunstwerk, die moderne Interpretation eines traditionellen Kleidungsstücks. Francine hatte sich ebenfalls vor Shari verneigt. Anschließend war sie ihm um den Hals gefallen, sagen konnte sie nichts, ihre Kehle war wie zugeschnürt.

Und jetzt knieten sie nebeneinander vor dem Shiva-Heiligtum im Sanktum des Tempels. Francine wurde mit einem Mal bewusst, dass ihre ungeschützten nackten Füße ihr das Gefühl einer grenzenlosen Hingabe vermittelten, sie fühlte sich als ein Teil dieser Zeremonie. Sie hatten dem Priester ihre Opfergaben ausgehändigt und den Shiva-Schrein mehrmals umrundet. Francine hatte den Mantragesängen gelauscht, die immer mächtiger wurden. Es drängten sich Hunderte von Gläubigen in den dunklen Raum. Der Priester entzündete in einer großen

Eisenschale ein Feuer und verbrannte, indem er mit erhobener mächtiger Stimme die heiligen Texte rezitierte, Ghee und die beiden Blumenkränze, die sie mitgebracht hatten, nachdem er lange den Duft der Blumen eingeatmet hatte.

Shari beugte sich nach vorn und legte Stirn und Hände auf dem Boden ab. Er huldigte Mahadeva, dem großen Gott.

Sie tat es ihm nach, gab alles Denken und all ihre inneren Widerstände auf und überließ sich dieser Zeremonie mit einer tief empfundenen Demut.

Der Priester segnete sie beide. Mit dem Aschezeichen des Priesters auf der Stirn erhoben sie sich.

Shari drehte sich zu Francine und sah ihr tief in die Augen. »Ich bin dein Mann, du bist meine Frau, heute und immer.« Mit diesen Worten nahm er ihre Hand und ließ sie nicht mehr los.

Er ließ sie auch nicht los, als sie schweigend durch die lauten, lärmenden, von Menschen wimmelnden Straßen der Stadt gingen. »Bis zum Ende der Welt würde ich so mit ihm gehen«, dachte Francine.

ꝺ ꝺ ꝺ

Zurück auf ihrem Hügel, trafen sie auf Bernarda, die zusammengekauert vor der Hütte auf dem Boden hockte. »Bernarda! Was ist dir denn passiert?« Francine setzte sich zu ihr, legte ihr die Hände auf die Knie und sah sie an. Die Freundin war leichenblass und wie erstarrt.

Shari sorgte dafür, dass sie sich mit Bernarda auf die Terrasse setzte, brachte Getränke und zog sich zurück. Francine wartete ab. Sie saß neben Bernarda und hielt nur ihre Hand. Bernarda sah ganz fahl und elend aus.

Sie drückte einen Kuss auf ihren Handrücken. »Sag mir doch, was dich bedrückt. Bist du krank? Oder hat dir jemand wehgetan? Bitte, Bernarda, sprich mit mir.«

»Ich, ich habe Post …« Sie fing furchtbar an zu schluchzen, warf Francine ihre Arme um den Hals, und eine Flut von Tränen quoll aus ihren Augen. Als sie wieder in der Lage war zu reden, berichtete sie, dass Leo ihr eine Mail geschickt hatte. Bei ihrer Post war ein handgeschriebener Brief aus Italien gewesen, und Leo hatte ihn geöffnet und für sie eingescannt.

»Francine, stell dir vor, ich habe eine Enkelin. Eine echte, lebendige Enkelin. Und sie schreibt, dass sie mich sehen will. Hier, lies selbst, ich kann es immer noch nicht fassen. Es ist wie ein Traum. Nach all diesen schrecklichen Jahren. Francine, verstehst du das? Ich kann es nicht glauben. Kann es einfach nicht glauben!« Sie holte ein völlig zerknittertes Blatt Papier aus ihrer Tasche und reichte es Francine.

Liebe Nonna, entschuldige bitte diese Anrede, aber es stimmt, Du bist meine Großmutter, und ich habe jetzt erst erfahren, dass es Dich gibt. Ich bin siebenundzwanzig Jahre alt, heiße Gianna und bin gerade aus den USA zurückgekommen, wo ich meinen Studienabschluss gemacht habe. Bitte, bitte, schreib mir bald. Ich kann es nicht erwarten, von Dir zu hören, ich möchte Dich unbedingt kennenlernen.

Liebe Grüße von Deiner neugierigen Enkelin Gianna

Francine nahm Bernarda fest in den Arm. Sie hatte ebenfalls Tränen in den Augen. Wie sehr sie sich für Bernarda freute. »Hast du ihr schon geschrieben?«

»Nein, was denkst du dir!«

»Warum denn nicht?«

»Sie können doch nicht einfach nach all den Jahren in mein Leben einbrechen und alles so durcheinanderbringen.«

Francine lachte, das war mal wieder typisch Bernarda. »Komm, jetzt bleib mal auf dem Teppich. Wieso sprichst du von ihnen, der Brief ist erst mal nur von deiner Enkelin, die bisher von deiner Existenz nichts wusste. Willst du denn nicht wissen, warum sie von dir nichts weiß?«

»Will ich nicht, das geht mich alles nichts mehr an!«

»Ich fass es nicht, du willst deine Enkelin nicht kennenlernen?«

Bernarda raufte sich die Haare. »Ehrlich gesagt, weiß ich im Moment überhaupt nichts. Ich muss das erst verdauen.«

»Dann iss erst mal was. Du hattest doch sicher noch kein Frühstück. Wir jedenfalls hatten noch keines.« Shari hatte ihre letzten Worte mitbekommen. Er brachte gerade ein Tablett mit Espresso, seinem herrlich süßen Lieblingsgebäck und einer großen Schale Obstsalat.

»Stell dir vor, Chérie, Bernarda hat heute erfahren, dass sie eine Enkelin hat. Sie hat ihr geschrieben, dass sie sie kennenlernen will.«

Shari reichte Bernarda einen Espresso und lächelte sie an. »Das freut mich sehr für dich.«

Er musste den Brief ebenfalls lesen, und sie machte ein weiteres Mal ihrem Ärger Luft, dass sie jetzt, wo sie wieder einen Sinn in ihrem Leben sehe, niemanden brauchen könne. Sie hätten so viele Jahre nichts von ihr gewollt und …

Shari und Francine sahen sich an und lachten lauthals los. »Lady B., jetzt krieg dich wieder ein. Natürlich wirst du dem Mädchen schreiben. Du wirst dich mit ihr treffen und wirst ganz vernarrt sein in sie. Ich weiß es, und es ist ein großes Glück für dich. Basta!«, sagte Shari. Dann fielen er und Francine wie ausgehungert über ihr Frühstück her.

»Hey, wie seht ihr zwei denn aus, das fällt mir jetzt erst auf! *Oh, là, là, très chic.*«

»Wir waren heute Morgen im Tempel. Shari hat mir diesen Sari geschenkt. Ist er nicht wunderschön?«

»Du solltest dir vielleicht auch einen schicken Sari zulegen, Lady B. Am Vollmondtag des Monats November findet hier ein großes traditionelles Fest statt. Das Fest heißt *Kartigai Dipam*. Zu Ehren Shivas und der Entstehung der Legende um den Lingam wird auf dem Arunachala ein riesiges Feuer errichtet. Die ganze Stadt wird auf den Beinen sein und zwei Tage lang feiern. Wir werden alles hautnah auf dem Ashramgelände erleben. So, und jetzt habe ich Putzdienst.«

»Was?« Francine sah ihn völlig entgeistert an.

Bernarda lächelte. »Er liebt dich! Und er ist rücksichtsvoll, er will uns ungestört miteinander reden lassen.«

»Ja, er ist überirdisch und wunderbar. Ich kann mein Glück manchmal nicht fassen.«

»Du, das ist übrigens der schönste Sari, den ich jemals gesehen habe, das ist indische Haute Couture! So was findet man nicht einfach in einem Laden, der ist extra angefertigt worden für dich. So, und jetzt geh ich erst mal in mein wirklich schönes Hotel und lass euch allein. Ich muss nachdenken. Und vielleicht einen Brief schreiben. Und heute Abend sehen wir uns wieder. Bleibt es dabei?«

»Ja«, sagte Francine, »es bleibt dabei, ich freu mich!«

»Endlich ist sie weg!«

»Shari!«

»Sie kann ja heute Abend wiederkommen. Ich will dich jetzt für mich!«

Er war wie ein kleiner Junge. Tausend kleine Fitzelchen Glück hüllten Francine so spinnwebenzart ein wie ihr kostbarer Dupatti, den sie immer noch trug.

»Tanz für mich!«, forderte Shari. Irgendwas stimmte nicht mit ihm. Er wirkte mit einem Mal so verschlossen, fast aggressiv. Bernarda war in einem denkbar schlechten Moment aufgetaucht. Francine hätte gern mit Shari über ihr Erlebnis im Tempel gesprochen und über das, was er gesagt hatte. Es war, als wäre ein Fluss über seine Ufer getreten, so hatte dieser eine Satz ihre Existenz überflutet.

»Los, tanz für mich!«

Sein Ton war herrisch und fordernd, so kannte sie ihn nicht. Nein, das hier war nicht Shari.

»Ich tanze nicht allein, ich brauche jemand, der mich führt, ich brauche dich!« Sie ging zu ihm und legte eine Hand auf seine Brust. Sie ahnte, was in ihm vorging. Die hochgeschlossene Jacke, die er noch trug, wirkte wie ein eiserner Panzer. Sie legte ihre Wange an sein Herz und umfing ihn mit beiden Armen. Sie hörte das unterdrückte Schluchzen und fühlte seine Tränen in ihrem Haar. Sie bewegte sich und wiegte sich, und sie nahm ihn mit, und es entstand ein Rhythmus, es entstand ein Flow. Sie tanzten nach einer Melodie, die in ihnen war und die machte, dass sie sich fühlten, als wären sie eins.

ठ ठ ठ

Sie hatte wieder Blut gehustet. Ihre Schmerzen wurden stärker. Sie verschwieg es ihm. Zum ersten Mal nahm sie ein sehr starkes Mittel. Eins für den Ernstfall. Dieser Nachmittag würde ein Geschenk sein an ihn. Er war kein Kind von Göttern. Und auch nicht Priester in Vollzeit. Er war ein ganz normaler Mann, der liebte. Und diese Liebe machte ihn manchmal schwach und verletzlich. Er wollte sie nicht verlieren. Buddha, Patanjali und wie sie alle hießen, sie alle hatten recht. Die Liebe, die nicht universell ist, sondern uns an die Menschen bindet, mit denen wir sie teilen, macht irgendwann, dass wir leiden. Das war keine Frage, sondern eine Tatsache. Sollte man deshalb auf die Liebe verzichten, nur um von Leiden verschont zu bleiben? Nein, niemals! Heute würde sie stark sein für ihn. Nur die Götter wussten, wie lange sie noch dafür die Kraft hatte. Vielleicht wussten es die Götter ja auch nicht. Sie tendierte zu *eher nicht*!

Und wie es in der Liebe manchmal so ist: Das, was man gibt, kommt, wenn es reine Liebe ist, wie ein Bumerang zurück. So war es auch an diesem Nachmittag.

Später deckten sie den langen Tisch unter der Akazie. Der Gasherd hatte Premiere, und Shari war in seinem Element. Sogar ein *Kolam*, ein buntes Muster aus Reismehl, hatte er vor der Tür auf den Boden gemalt. Francine hatte das auf der Rundreise oft gesehen und die schönen Muster bewundert. Shari erklärte ihr, dass die Muster unterschiedliche, meist Glück verheißende und segnende Bedeutung hatten. Dieses hier war ein Willkommen für die Gäste. »Kolams sind Luccas Spezialgebiet. Die Mädchen müssen täglich ein neues Muster auftragen. Ich bin gespannt, was sie dazu sagt, dass ein indischer Macho wie ich so was auch kann.«

»Du bist kein Macho. Du erlaubst es sogar einer Frau, dich zu verführen.«

»Nicht irgendeiner Frau, meiner Frau erlaube ich das.«

»Erlaubst du es ihr auch zweimal hintereinander?« Francine hatte ein Bein um ihn geschlungen, und während sie ihn küsste, löste sie mit einem Griff seinen Lunghi und ihren direkt danach. »Komm, wir haben noch Zeit.« Ihre Stimme war heiser vor Erregung. Sie zog ihn mit sich, und kaum waren sie im Inneren der Hütte, liebten sie sich mit einer Verzweiflung, die auf dem Wissen gründete, dass ihre Körper die Sehnsucht ihrer Seelen nach unendlicher Vereinigung niemals stillen konnten. Ihre Liebe ließ keine Gedanken an die Zukunft zu, sie lebten nur den Moment, die Zeit gehörte nicht zu ihren Verbündeten.

Francine fühlte sich von den Medikamenten ein wenig high, als hätte sie Alkohol getrunken. Die anderen Nebenwirkungen gefielen ihr ausnehmend gut. »Ich nehme das jetzt öfter«, dachte sie Sekunden, ehe er auf sie niedersank, kurz vor dem Moment, ab dem sie nicht mehr denken konnte, ab dem sie mit ihm ins Bodenlose fiel und Gefühle sie überschwemmten, als wäre ein Stausee geöffnet worden.

ᘓ ᘓ ᘓ

Gianna war das Hauptthema des Abends. Und so musste Bernarda für Lucca und Sandro einen Zipfel ihres Familiengeheimnisses lüften. Sie hatte zur Feier des Tages eine Flasche Rotwein mitgebracht, sogar einen guten.

»Wo hast du den aufgetrieben?« Sandro hatte leuchtende Augen bekommen.

»Geheimnis, demnächst gibt es mehr davon.«

»Bernarda findet selbst auf dem Mond noch einen guten Rotwein. Ich glaube, sie schnüffelt wie die schwarzen Schweine im Périgord, nur dass die auf Trüffel stehen.« Francine zwinkerte Bernarda zu.

Da fing Lucca so zu lachen an, dass sich nach einer Weile alle den Bauch hielten.

»Aber«, sagte Francine, »wenn ihr drei nicht sofort damit aufhört, Italienisch zu reden, fliegt ihr hier raus!«

Sie sahen sie erschrocken an, doch Francine lachte nur.

Ihre Reaktionen waren alle ein wenig überzogen.

Natürlich mussten sie über das neue Projekt reden, doch Shari hatte so exzellent gekocht, er hatte es verdient, dass sie seinem Essen ihre ungeteilte Aufmerksamkeit schenkten. Außerdem hatten sie noch so viele Themen. Obwohl es keinem so vorkam, kannten sie sich alle erst kurze Zeit. Und so taten sie das, was Freunde tun. Sie aßen und tranken, sie redeten über alle Götter der Welt, erzählten aus ihrem Leben, erzählten sich Witze, schauten in die Sterne, probierten aus, wie es war, gemeinsam zu lachen und gemeinsam zu schweigen. Und der Abend verging darüber wie im Flug.

Das Glück der vergangenen Nacht war noch in Francines Adern gespeichert, als sie am nächsten Morgen erwachte und sich für einige gnadenvolle Momente des Vergessens von dieser Glückseligkeit tragen lassen konnte, bevor ihr bewusst wurde, dass die Zeit des Abschiednehmens näher gerückt war. Sie wunderte sich, dass sie trotz allem so gelassen war. Die grauen Klumpen der Verzweiflung ließen sich schnell wieder in die Flucht schlagen, wenn sie Sharis warmen Atem und seine Arme spürte, die sie umfingen.

Shiva sei Dank

Sarah dehnte ihre Arme nach oben. »Yippie, wir haben es geschafft!« Sie rollte mit ihrem Stuhl zu Francine, die neben ihr an dem großen Schreibtisch saß, ihre Brille abnahm und sich ebenfalls streckte, und klatschte sie ab.

»Oh, Sarah, das war großartig, die Arbeit mit dir hat mir richtig viel Spaß gemacht. Das müssen wir feiern!« Sie hatten Sarahs Fotos in Francines Text eingefügt, und Francine scrollte noch einmal alles von oben nach unten. »Deine Fotos sind wirklich supergut geworden. Bin gespannt, was der Verlag dazu sagen wird.«

»Deine Texte sind großartig, berührend und erschütternd. Meine Fotos sind auch gut, aber als Gemeinschaftsprojekt zusammengefügt ist das Ergebnis der Hammer. Das wird die Leser aufrütteln und hoffentlich das Leid und die Stellung der indischen Frauen wieder mehr in den Fokus der Welt rücken.«

Sarah und auch Gianna waren fassungslos und erschüttert gewesen über das Ausmaß der Gewalt gegen Frauen. Darüber, dass jede halbe Stunde in Indien eine Frau vergewaltigt wird. Darüber, dass jedes Jahr etwa fünfundzwanzigtausend kleine Mädchen auf grausamste Art und Weise getötet werden. Es werden so viele weibliche Föten abgetrieben, dass man bereits von einem *Fötizid* oder *Femizid* spricht.

Lucca und Sandro hatten mit der Stiftung im Rücken wieder mit ihrer Aufklärungsarbeit begonnen. Sie hielten Vorträge in den kleinen Dörfern der Umgebung, die Shari übersetzte. Leo hatte sich ebenfalls an dem Thema festgebissen. Sie wollte in ihrem Urlaub einige Vorträge über die Folgen der Vergewaltigung bei jungen Mädchen halten.

Sarah stopfte ihre Unterlagen in ihre Umhängetasche. »Ich würde jetzt sonst was für einen richtig guten Espresso geben.«

»Dann komm, lass uns hier abschließen. Wir haben im Cottage eine kleine Espressomaschine. Bernarda hat eine Großlieferung aus Italien kommen lassen. Du kannst sogar einen Caffè Latte bekommen.«

ʊ ʊ ʊ

Als sie den Hof des Ashrams überquerten, nahm Sarah wie zufällig Francines Arm. Sie hatte gesehen, dass sie leicht schwankte. Francine hatte den ganzen Vormittag viel gehustet. Bevor sie die Bibliothek verließen, hatte sie Tabletten eingenommen.

Sarah war erschrocken gewesen, als sie Francine wiedergesehen hatte, es waren ja erst knapp drei Monate vergangen seit ihrer Yogareise. Sie sah nicht krank aus, im Gegenteil. Doch sie war so filigran geworden, hatte an Gewicht verloren und wirkte sehr zerbrechlich. Nur in Sharis Gegenwart war sie temperamentvoll und sprühte geradezu vor Lebensfreude. Unglaublich, diese bittersüße Liebesgeschichte zwischen den beiden. Und überhaupt, was diese Reise alles verändert hatte. Dass sie jetzt halb sesshaft geworden war, hätte sie nie für möglich gehalten. Doch mit Leo fühlte sich das alles so richtig an. Leo klammerte nicht und war die toleranteste und klügste Frau, die sie kannte. Und sie konnte es kaum erwarten, Leo wiederzusehen. Die Leopardenfrau würde über Weihnachten für zwei Wochen nach Indien kommen.

»Hättest du heute Nachmittag eine Stunde Zeit für mich?« Francine hatte es sich mit ihrem Milchkaffee auf dem Bett gemütlich gemacht.

Sarah stand am offenen Fester des Cottages und atmete genüsslich die frische Luft ein. Hier am Rande des Waldes war es immer etwas frischer, ein leichter Wind ließ die hohen Temperaturen erträglicher erscheinen. Sarah war groß und schlaksig, sie trug Männerhemden und Cargohosen. Auf eine sehr lässige und doch weibliche Art, wie Leo einmal gemeint hatte. Sie sei eine schöne Frau, doch die Tatsache, dass ihr das so völlig schnuppe war, mache erst ihre besondere Ausstrahlung aus. Sie war Francines Jahrgang, und sie beide hatten sich auf Anhieb sehr gemocht. Ihre intensive Zusammenarbeit war sehr kreativ und inspirierend gewesen. In unfassbaren drei Wochen hatten sie eine mehrteilige Reportage auf die Beine gestellt.

»Ich habe den ganzen Nachmittag Zeit für dich, ich bin schließlich für den Moment arbeitslos und vogelfrei.«

Sarah war begeistert von Luccas und Sandros Projekt, und Bernarda hatte sie sofort für die Stiftung verpflichtet. Dabei musste sie nicht ständig vor Ort sein. Das kam ihren und Leos Vorstellungen von Zusammenleben sehr entgegen.

Das ganze Projekt kam rasant in Fahrt. Jetzt, seit Bernardas Enkelin ebenfalls mit im Boot war, kannte Bernardas Energie keine Grenzen mehr. Doch Großmutter und Enkelin hatten sich gerade einen kleinen Kennenlernurlaub genehmigt und reisten irgendwo in Kerala herum. Es war faszinierend zu sehen, wie diese beiden Frauen eine ganze Generation übersprangen und versuchten, über die vielen Jahre der grausamsten Verletzungen eine Brücke zu bauen. Das brauchte viel Zeit, Toleranz und Liebe. Doch man konnte den Zauber eines Neuanfangs bereits spüren. Gianna hatte es mit ihrem ausgeprägten Familiensinn und ihrem Durchsetzungsvermögen immerhin geschafft, dass ihr Vater ein erstes Telefongespräch mit Bernarda geführt hatte.

ᵹ ᵹ ᵹ

Francine umkreiste die Shiva-Statue bereits zum dritten Mal. Erst als sie ihre Opfergaben vor dem Schrein niederlegte und mit der Stirn am Boden vor ihm kniete, erkannte Shari sie. Er hatte während der Rituale der Puja die Augen halb geschlossen. Er war sehr auf die heiligen Texte konzentriert, und er hatte sie wohl nicht im Tempel erwartet.

Francine hatte einen ganzen Armvoll wunderschöner Jasminkränze geopfert. Sie hatte Shiva ein besonders schönes Opfer versprochen dafür, dass er Shari mit ihr teilte – und das löste sie nun ein.

Sarah stand im hinteren Teil des Tempels in der Menge der Gläubigen. Sie wollte Francine in ihrer Andacht nicht stören. Sie sah sich nur als Begleiterin, sie konnte mit diesen Göttern, mit ihren Geschichten und Ritualen nichts anfangen. Doch sie merkte sofort, dass Sharis Stimme einen volleren Klang bekam, nachdem er Francine entdeckt hatte. Er legte seine ganze Liebe in die alten Texte, und seine Bewegungen bekamen eine besondere Intensität. Neben Francine knieten noch andere Gläubige. Sie richteten sich alle auf, und Shari ging von einem zum anderen, segnete jeden und malte Aschezeichen auf die Stirn der Gläubigen. Zuletzt kniete er bei Francine nieder, umfasste ihr Gesicht zärtlich mit beiden Händen und malte ihr dann ein rotes Bindi auf die Stirn. Ein Raunen ging durch diesen dunklen, geheimnisvollen Raum, als beide die Hände vor der Brust zusammenlegten und sich voreinander verbeugten.

Als Sarah sich umschaute, sah sie die Gesichter der Gläubigen leuchten. Glück erfüllte diesen Raum, und die Menschen teilten es ganz offensichtlich.

Kartigai Dipam

Am Vollmondtag des Monats *Kartigai* feierten die Hindus ein großes Fest: *Kartigai Dipam*. An diesem Tag wurde auf dem *Arunachala* ein riesiges Feuer entzündet.

Dieses Jahr fiel das Fest auf einen Tag Mitte Dezember. Es hieß, dass Shiva, nachdem er den Stolz von Brahma und Vishnu bezwungen hatte, die Gestalt des Berges Arunachala annahm. In Indien gab es für die fünf Elemente je einen heiligen Platz, der einem Element zugeordnet war. Der Arunachala stand für das Element *Feuer*, *Agni*. Sobald das Feuer auf dem Gipfel angezündet wurde, war es weithin sichtbar und wurde von den Menschen geehrt und gefeiert. Man rezitierte dabei immer wieder *Harohara: Wer das Licht der Lichter sieht, das für immer im Herzen brennt, wird Unsterblichkeit erreichen.*

Shari und Francine trafen sich bereits am Abend davor mit den Freunden im Ashram. Hier wurde wie in jedem Jahr ein riesiges Feuerwerk entzündet. Überall im Ashram und in ganz Tiruvannamalai stellten die Menschen Lichter vor den Gebäuden auf, und es wurde die ganze Nacht und den ganzen nächsten Tag gesungen, getanzt und gefeiert. All die Lichter sorgten in der Dunkelheit für eine wunderbare und feierliche Stimmung.

Die Freunde versammelten sich in Sharis Arbeitszimmer in der Bibliothek. Von hier aus war das Feuerwerk am besten zu sehen. Bernarda und Gianna waren von ihrem Kurztrip zurückgekehrt und hatten wunderschöne Saris mitgebracht, in denen die Freundinnen exotisch und feierlich aussahen. Das Ashramgelände und die ganze Stadt wimmelten nur so von Menschen in Festtagslaune. Die Geräuschkulisse war beachtlich und für europäische Ohren geradezu beängstigend.

»Hey, was hast du mit meinem Schreibtisch vor?« Shari sah entgeistert zu, wie Lucca in Windeseile den Tisch abräumte und alle Sachen in den Regalen verschwinden ließ. Sie hatte zwei Picknickkörbe dabei, schnell war eine Decke auf dem Tisch ausgebreitet. Sie mussten auf ihre Kommandos nicht lange warten. Das Büfett, das so entstand, konnte sich sehen lassen. »Ich weiß doch genau, wie das hier abläuft. Sie lassen einen stundenlang auf das Feuerwerk warten. Da können wir doch die Zeit nutzen und ein bisschen was zu uns nehmen.«

»Bisschen was ist gut«, sagte Bernarda und war die Erste, die herzhaft zugriff. Sie hatte Luccas italienisch-indische Küche schätzen gelernt, und ihre superschlanke Linie war von ihrer Prioritätenliste verschwunden.

Niemand ließ sich lange bitten. Bernarda hatte ihren obligatorischen Rotwein mitgebracht, und sie verbrachten die Zeit bis zum Feuerwerk in lustiger Runde.

Shari sah immer wieder zu Francine, deren Augen verräterisch glänzten, die Pupillen riesengroß. Sie saß still und merkwürdig entrückt neben ihm und kuschelte sich an ihn, ihre Hand mit seiner verschlungen. Sie wirkte, als hätte sie sich in sich selbst zurückgezogen oder dahin, wohin ihr niemand folgen konnte.

Plötzlich kündigte sich das Feuerwerk durch drei laute Böller an. Schnell nahmen sie ihre Fensterplätze ein, und während der folgenden halben Stunde wagte kaum einer zu atmen, so unfassbar schön war dieses Feuerwerk. Wenn es eine Feuerwerkskunst gab, dann war das hier ein künstlerischer Höhepunkt. Und hinter dieser Traumkulisse die unverrückbaren Umrisse des heiligen Berges. Was für ein Bild! Wie staunende

Kinder standen sie an den Fenstern, beleuchtet in den strahlendsten Farben. Ihre *Ahs* und *Ohs* vermischten sich mit der schwülen indischen Nacht und den Geräuschen der Menschen auf dem Ashramgelände.

Shari hielt Francine im Arm, sein Kinn ruhte auf ihrem Scheitel, und er atmete ihren Apfelduft ein. Er konnte ihren Herzschlag an seiner Seite spüren, und der Wunsch, sie festzuhalten bis in alle Ewigkeit, wurde übermächtig in ihm.

»Shari-Chérie, ich habe einen Wunsch.«

»Ich erfülle dir jeden deiner Wünsche, kleine Luxemburgerin«, flüsterte er ihr ins Ohr.

»Dann schenk mir die Nacht des *Kartigai Dipam*.«

ठ ठ ठ

Shari lag lange wach in der folgenden Nacht. Es hatte keiner Erklärungen bedurft. Er hatte in dem Moment, als Francine ihren Wunsch aussprach, gewusst, was sie in ihrem Innersten bewegte. Er hatte Bernarda den Schlüssel zum Cottage gegeben und ihr gesagt, dass sie das morgige Fest allein auf ihrem Hügel verbringen würden. Bernarda hatte sofort verstanden. Sie würde den anderen sagen, was zu sagen war.

Nachdem Francine ihre Reportage und die Arbeit mit Sarah beendet hatte, war sie so erschöpft gewesen, dass sie sich drei Tage lang nur von einer Liege auf die andere schleppen konnte. Sie hatte versucht, ihre Schwäche vor ihm, aber auch vor sich selbst zu verbergen. Sie wollte es nicht wahrhaben, doch dann ergab sie sich und genoss die Besuche von Bernarda, Gianna und Sarah, ließ sich von Lucca mit besonderen Leckerbissen verwöhnen, las und schlief sehr viel. Und tatsächlich erholte sie sich auch ein wenig. Doch der quälende Husten wurde schlimmer, sie steigerte die Medikamenteneinnahme, und sie ging unbeschwerter mit dem Cannabis um. Der wohlschmeckende *Bang*-Joghurt-Spezialmix stand immer bereit, dämpfte ihren Husten und brachte sie in eine heiter-gelassene Stimmung. Bernarda hatte ihr eine Masseurin aus ihrem Hotel mitgebracht, die Lymphdrainage machte und sie massierte. Wenn sie und Shari zusammen waren, war sie fröhlich, und manchmal konnten sie richtig ausgelassen zusammen sein.

Doch er sah, wie sie immer schwächer wurde. Heute Abend in dem weißen Sari von Bernarda hatte sie ausgesehen wie eine Braut, wunderschön, jedoch so ätherisch, als würde sie ihm unter den Händen wegfliegen oder sich in Luft auflösen.

Shari hörte auf ihre regelmäßigen Atemzüge und rückte näher zu ihr hin. Er legte vorsichtig seine Arme um sie und genoss ihre Wärme und ihren Apfelduft, der sich mit dem gemeinsamen Geruch ihrer Vereinigung vermischte.

Er berührte mit seiner Nase die zarte Haut hinter ihrem Ohr, und seine Tränen rannen ungehindert in die Kissen. Er haderte mit seinen Göttern. Er wollte nicht anhaften, er wollte sie ja loslassen, doch der Abschied kam so schnell. Er wollte doch einfach nur ein wenig mehr Zeit mit ihr. Er würde sie jetzt keine Sekunde mehr allein lassen.

Möge das Licht eure Herzen erleuchten

Sie sah in das Dach der weißen Vorhänge, die sich in der Kühle der Morgendämmerung in einer sanften Brise bauschten. »Ob ich hier in unserem schönen Bett sterben werde? Lieber hier oben auf dem Hügel als irgendwo anders auf der Welt. Am liebsten möchte ich dabei den Himmel sehen.

Doch eines ist sicher – Shari wird bei mir sein, und ich werde den Himmel in seinen Augen sehen, wo immer es sein wird.« Francine drehte sich zu ihm, vergrub ihr Gesicht in der Fülle seiner Haare und schmiegte sich an seinen Rücken. Er bewegte sich, und sie spürte, dass er sich zu ihr umdrehen wollte. »Bleib. Bitte.« Sie schob die Arme um seine Taille und wanderte mit ihren Lippen über die Haut seines Rückens. Er wurde unruhig, doch sie umfasste ihn noch fester. Sie begann ganz leise zu summen, *»OM nama shivaja«*, das heilige Mantra, das seinen Gott Shiva ehrte.

Er fiel in ihren Rhythmus ein und begann leise zu rezitieren. Sie übernahm die zweite Stimme, und der Gesang schwoll immer mehr an, bis Francine das Gefühl hatte, ihn räumlich zu sehen, wie er als eine Wolke von flimmernden Staubpartikeln durch den Morgen schwebte. Sie spürte deutlich das Vibrieren der Vokale in Sharis Körper, den sie immer noch umfangen hielt, und sie spürte das Vibrieren in ihrem eigenen Brustkorb, in jeder Zelle ihres Körpers.

Als das Mantra verklungen war, blieben die *vibrations*, die alles ausfüllten und weit machten, ihren Kopf, ihren Brustkorb und ihr Herz. *Ananda*, Glückseligkeit, erfüllte ihre Seele.

ᱛ ᱛ ᱛ

»Schläfst du wieder?«

»Ja.«

»Lügner! Steh auf, du Lügner, es ist schon fast hell. Wir wollten doch zusammen meditieren.«

Shari knurrte und zog sich seine Dreadlocks vors Gesicht.

Francine verteilte viele kleine schmatzende Küsse auf seinem Rücken. Er knurrte lauter. Sie versuchte es mit sanften Bissen. Er dehnte und streckte sich wie eine Katze und machte dann Schnarchgeräusche. Francine zog ein kleines Kissen hinter dem Kopf hervor und schlug ihn damit. Er legte seine Hände schützend vors Gesicht. Ihre Schläge wurden kräftiger, sie konnte ihr Lachen kaum noch in sich drinnen halten. Blitzschnell wie eine Raubkatze drehte er sich herum, griff nach einem der vielen Kissen und schlug zurück. Jetzt warf sie Kissen nach ihm und zog sich ans Fußende zurück. »Warte, du freches Ding!« Und im Nu war die schönste Kissenschlacht ihres Lebens entstanden. Ihres neuen Lebens, im alten hatte es auch sehr schöne Kissenschlachten gegeben.

Shari ließ sie nicht zum Nachdenken kommen, er war offensichtlich indischer Meister im Kissenkampf. Francines Lachen ließ sich jetzt nicht mehr in ihr verstecken, es blubberte aus ihr heraus, und Shari ließ sich anstecken von diesem Lachen, das ihn auf dem heiligen Berg so im Innersten getroffen hatte, dass er nie mehr ohne es hatte leben wollen. Und ihren Mund. Und ihren Feuerkopf. Und ihre Seele. Nie mehr.

Sie kugelten sich vor Lachen und wühlten sich durch die Kissen, bis sie beide keine Luft mehr bekamen und Shari Francine fest umarmte, um sie zu bremsen. Sie sah lächelnd auf die vielen weißen Kissen. »Jetzt sieht unser Bett aus wie ein Himmel voller Wolken!«

»Sie haben die italienische Flagge gehisst. Müssen wir hingehen?« Francine sah ihn zweifelnd an. Dieser Tag sollte doch nur ihnen gehören.

»Nein, ich geh allein und bin in einer Viertelstunde wieder zurück. Ich glaube, Lucca hat eine Überraschung für uns.«

Sie füllten diesen Tag mit allem, was sie in ihrem kurzen Zusammenleben so liebgewonnen hatten. Gemeinsame Meditation und Yogaübungen, Shari las aus der *Bhagavad-Gita*. Sie tranken Tee und genossen den Blick ins weite Land unter dem schattigen Blätterdach der Terrasse. Sie machten Siesta während der heißen Mittagsstunden, sie massierten sich mit wohlriechendem Öl und duschten gemeinsam in ihrem Freiluftbadezimmer. Am Abend deckten sie den Tisch unter der Akazie, tranken zur Feier des Tages ein Glas von Bernardas Rotwein und genossen Luccas Überraschungsmenü, das sie liebevoll für sie vorbereitet hatte. Sie hatten sich festlich gekleidet.

Shari trug die Nehru-Jacke mit passender Hose und Francine ihren apfelgrünen Sari.

Sie warteten auf den Höhepunkt dieses besonderen Tages, der besonders war, weil sie beide wussten, dass es nur noch wenige normale Tage für sie geben würde. Ohne die Hilfe der kleinen Verbündeten hätte Francine diesen wunderbaren Tag nicht bewältigen können.

Shari war in der Hütte verschwunden. Francine hob ihren Kopf und lauschte in die Nacht, als ein Lied über den Hügel schwebte, das sie kannte, das sie liebte. Und sie liebte auch die Frau, die das Lied sang, Anna-Marie. *Somewhere over the rainbow.* Shari stand vor ihr und zog sie in seine Arme. Sie legte ihren Kopf an seine Brust, und es war ihr egal, dass seine Jacke nass wurde. Sie bewegte sich in seinen Armen und sah Anna-Marie vor sich, wie sie am Flügel gesessen hatte und ihre langen dunklen Haare ihr wie Wellen über den Rücken geflossen waren.

»Das Päckchen ist zu Lucca geschickt worden, und von ihr habe ich auch den batteriebetriebenen CD-Player.« Sie hörten sich auch die anderen Stücke an, und Francine erzählte Shari Aurelias Geschichte. Es gab auch eine neue Aufnahme von den Hip-Hop-Poeten, bei der das kleine Mädchen mitwirkte.

ठ ठ ठ

Es war kurz vor Mitternacht. Unten im Dorf wurde es laut, vor den Häusern wurden Fackeln angezündet. Auch die Geräusche aus der entfernten Stadt wurden lauter, der Himmel wurde heller von den vielen Freudenfeuern, die in der Stadt und vor den Tempeln angezündet wurden. Shari hatte vor der Eingangstür der Hütte große Eisenschalen vorbereitet, in denen er jetzt ein Feuer anfachte. Er hatte Sitzkissen unter einen Feigenbaum gebracht. Von hier konnten sie den Arunachala, der im Moment mit vielen kleinen Lichtpunkten, wahrscheinlich mit Fackeln, gesprenkelt war, direkt vis-à-vis sehen.

Plötzlich, als hielte die Welt den Atem an, trat eine große Stille ein. Und dann flammte es auf, das gigantische Freudenfeuer auf dem Gipfel des heiligen Berges, zu Ehren Shivas, begleitet von den Freudenschreien der Menschen, die ihn als *Tejo Lingam* verehren, ein Symbol für Feuer, Glanz und Klarheit.

Shari hielt Francine in seinen Armen, und als das *Harohara* aus Zigtausenden von Kehlen erscholl, tönte er mit, und er erläuterte für Francine die Bedeutung. *Vernichte die drei Unreinheiten Egoismus, Selbstsucht und Selbsttäuschung. Ver-*

brenne die Gedanken, Sinne und Wünsche im Feuer der Erkenntnis. Möge das Licht der Lichter eure Herzen erleuchten. Mögest du mit dem höchsten Licht verschmelzen und zur unvergänglichen Wohnstatt der Glückseligkeit und Unsterblichkeit gelangen!

Francine tönte das *Harohara* mit Shari, bis sie merkte, dass sie kaum noch Luft bekam. Sie lauschte seiner Stimme, die sie liebte, und überließ sich diesem unglaublichen Feuererlebnis. Sie spürte die gewaltige Hitze bis hier oben, und das Bild des heiligen Berges, der ihr Schicksal bestimmt hatte, brannte sich tief in ihr Herz.

Als Shari still wurde, legte sie ihre Hand auf seine Brust und sah ihm in die Augen. »Shari-Chérie, lass diese Nacht des *Kartigai Dipam* unsere Hochzeitsnacht sein, denn du bist mein Mann und ich bin deine Frau, heute und immer.« Und das Feuer auf dem Arunachala und das Feuer, das in seinen Augen brannte, machten, dass sie annehmen konnte, was immer auch geschehen würde.

Er hob sie auf in seine Arme. »Heute und immer«, flüsterte er, »ich werde dich tragen bis zum Ende deines Weges, *mon grand amour.*«

Teil 4

Joe

Und plötzlich weißt du, dass etwas Neues begonnen hat. Du musst dich nur trauen, dir selbst und dem Zauber des Anfangs zu glauben. Das war die Erkenntnis, die ich von unserer Reise aus Indien mitgebracht habe.

Ich habe mir selbst geglaubt und direkt nach meiner Heimkehr damit begonnen, die Auflösung meiner Kanzlei mit allem Drum und Dran vorzubereiten. Und dann bin ich auf mein Weingut gefahren, um zu sehen, ob Jacques zu meinem neuen Leben gehört oder nicht. Kurz gesagt: Er gehört dazu, er gehört zu mir!

Nach den Gesprächen mit Francine in unserem himmelblauen Bus fiel es mir wie Schuppen von den Augen: *Das ist dein Weg.*

Francine hat sich als Erste von uns getraut. Nur, dass sie den schwereren Weg gegangen ist. Gehen musste. Sie hat viel zurückgelassen, doch ihre schwere Krankheit hatte ihr gezeigt, dass sie einen harten Schnitt machen musste. Danach war sie so glücklich wie noch nie ihrem Leben. Das hat sie mir selbst gesagt. Und ich habe es gesehen bei unseren Chats. Wir hatten ihr alle so sehr gewünscht, dass sie ihr Glück noch so viel länger hätte leben und genießen können.

Dieser Priester war ein Geschenk der Götter, obwohl oder gerade weil er ja doch auch sehr europäisch gepolt ist. Schule und Studium in Europa, in diesem Alter ist man empfänglich für eine andere Kultur. Er hat ihr offensichtlich doch einen gewissen Komfort geboten, auch wenn sie auf dem Land und ohne Strom in einer Hütte gelebt haben. Ohne Strom, unvorstellbar! Ich weiß von Leo, dass Shari ein Buch herausgeben wird, in dem auch Bilder von der Wohnhütte veröffentlicht werden. Bernarda ist so begeistert, dass sie auch ein Haus in diesem Stil bauen will. Unfassbar. Auch ihr Leben hat sich total gewandelt, und jetzt taucht auch noch eine Enkelin bei ihr auf. Eine, die bleibt, die sie bei ihrer Arbeit mit der Stiftung unterstützt. Ich habe meinen Ohren nicht getraut, als sie von mir Informationen wegen der Stiftungsgründung haben wollte. Sie muss ein Riesenvermögen haben. Dass sie das für ein solches Projekt spendet, finde ich einfach großartig. Was war sie doch für ein Kotzbrocken.

Und dann, ein paar Meter vom Hotel entfernt, brüllte sie den Busfahrer an, dass er sofort anhalten und zurückfahren solle. Keine von uns hätte mit so etwas gerechnet. Bernarda stieg aus, blieb in Indien und war Francine als Freundin und Beschützerin treu ergeben. Sie soll während ihrer letzten Tage und Wochen nicht von ihrer Seite gewichen sein. Diese Reise hat uns alle total umgekrempelt. Und bis auf Francine sind wir alle als Gewinner aus dieser Geschichte herausgekommen.

Obwohl sie das eigentlich nicht so gesehen hat. Sie hat das von einem eher philosophischen Standpunkt aus betrachtet, und ich glaube, sie hatte sich gut vorbereitet auf das Sterben. Sie hat mir einmal gesagt: »Erst wenn man sich damit auseinandergesetzt hat, dass man sterben wird, bekommt das Leben Qualität.« *Lebenskunst* war ein Begriff, den sie gern verwendete, und in den letzten Monaten ihres Lebens hat sie diese Kunst gelebt. Sie war glücklich, als sie starb.

Vielleicht sollte ich mich doch öfter mal mit solchen Dingen beschäftigen. Auf jeden Fall werde ich wieder regelmäßig Yoga machen und jedes Mal an Francine denken, wenn ich auf meiner Matte sitze. Und ich werde traurig sein, wenn es sich so anfühlt, als hätte ich eine Freundin verloren, und werde mich dann damit trösten, dass unsere Freundschaft etwas fürs ganze Leben ist – auch wenn sie jetzt gestorben ist.

Anna-Marie

Sie wird mir genauso fehlen wie meine Mutter. Ich hätte so gerne noch mal ihre Arme um mich gespürt. Doch ich glaube, es war besser so für sie. Ich, mit meinen emotionalen Ausbrüchen, hätte ihr das Gehen noch schwerer gemacht.

Dass ich Yvonne dazu gebracht habe, sich einer Therapie zu unterziehen, und dass Alex in einer Betreuung ist, hat ihr etwas Ruhe gebracht, glaube ich. Yvonne hat noch einen steinigen Weg vor sich, ich hoffe, sie schafft es. Ich werde auf jeden Fall versuchen, ihr zu helfen, obwohl sie durch die Drogen ein richtiges Monster geworden ist. Ich tue das für Francine.

Wie sie sich gefreut hat über meinen Hochzeitsfilm. Das war aber auch das Fest meines Lebens. Und was das Schönste ist, wir haben jetzt drei Kinder. Aurelia ist ein solches Goldkind. Sie hat Basti und die Jungs voll im Griff, und die Hunde auch. Wenn ich ganz ehrlich bin, ich kann ihr auch nicht widerstehen, der kleinen Schneeflocke. Sie wirkt so zart und zerbrechlich. Doch sie hat auch so eine innere Kraft, die wahrscheinlich daher kommt, dass sie sich immer nur auf sich selbst verlassen konnte. Sie geht noch zu Leo in die Therapie, und manchmal kommt Leo auch zu uns raus. Leo hat mir viel von ihrem Besuch an Weihnachten erzählt und über das Leben, das Francine in Indien mit dem Priester geführt hat. Es hört sich an, als wäre es ein Traum gewesen, ein viel zu kurzer Traum.

Aber ich hab es in seinen Augen gesehen, ich bin Spezialistin für so was. Vom ersten Augenblick an hatte Shari sich in Francine verliebt. Ich sehe immer noch seinen Gesichtsausdruck und seinen irritierten, verklärten Blick, so, als hätte er eine Erscheinung gesehen. In ihren letzten Wochen war er Tag und Nacht bei ihr, er hat ihr jeden Wunsch von den Augen abgelesen, und als sie so schwach geworden war, hat er sie überall hingetragen. Jetzt muss ich schon wieder weinen, es ist so traurig und doch auch so herzzerreißend romantisch. Bernarda hat mir das erzählt, weil Francine zum Schluss nicht mehr in den Ashram konnte, um mit uns zu telefonieren. Sie hat es irgendwie gespürt, deshalb hat sie sich auch vorher schon von jeder von uns einzeln per Skype verabschiedet. Ist ja irgendwie schon krass. Es hört sich so schrecklich technisch an, aber eigentlich sind solche Dinge doch ein Segen. Hey, sie ist im tiefsten Süden von Indien, und ich kann mit ihr unter vier Augen sprechen. Vor ein paar Jahren wäre sie für uns schon nach unserer Rückkehr aus Indien total aus der Welt gewesen. So konnten wir sie fast bis zum Schluss begleiten.

Die größte Veränderung von uns allen hat Bernie durchgemacht. Wenn ich an die letzte Zeit vor der Indienreise denke, und wie zickig sie da war, dann habe ich das Gefühl, sie erzählen mir von einer fremden Frau. Einer Frau, die nicht mehr nur für sich selbst sorgt, sondern die ihr ganzes Geld weggibt und die plötzlich Mitgefühl und Hilfsbereitschaft zeigt. Sie hat sich mit Shari abgewechselt, als es ganz schlimm mit Francine wurde, da kann man mal sehen, es ist nie zu spät für eine richtig gute Freundschaft.

Ich denke viel an die Indienreise und bin so dankbar, dass ich Francine in allen Nächten exklusiv ganz für mich allein hatte. Ich war noch klein, als meine Mama starb, aber so muss es sich anfühlen, wenn man diese Nähe rund um die Uhr hat. Manchmal setze ich mich an meinen Flügel und spiele und singe ihr Lieblingslied. *Somewhere over the rainbow.* Dann bin ich ihr so nah, dass ich ihren Duft nach Äpfeln und nach Francine riechen kann. Ich wünsche ihr, dass sie hoch oben über dem Regenbogen zu finden ist, dass sie die Wolken ganz weit hinter sich lassen konnte und dort ist, wo Sorgen und Ärger schmelzen wie Zitronenbonbons.

Leo

Ich wusste nicht, dass es in Indien Olivenbäume gibt. Und ich wusste auch nicht, dass Weihnachten in Indien ein offizieller Feiertag ist, obwohl nur circa sieben Prozent der Inder Christen sind.

Ich habe Francine an Weihnachten in Indien besucht, das Fest heißt hier *bada din* und bedeutet *großer Tag*. Na ja, nicht nur sie. Sarah hat mit Francine zusammen an einem Bericht über Misshandlungen indischer Frauen gearbeitet. Nachdem diese Reportage beendet war, kam gleich das nächste Projekt, das eng mit dem ersten zusammenhängt und das Lucca und Sandro, das italienische Lehrerehepaar, ins Leben gerufen haben. Und das Bernarda zu ihrem Projekt und ihrem Lebensinhalt gemacht hat. Auch hierbei geht es um misshandelte Mädchen und Frauen. Sarah wird noch einige Male nach Indien reisen müssen, was ihr sehr gefällt.

Es ist unglaublich, was seit dem Ende unserer so außergewöhnlichen Indienreise alles passiert ist. Das Unfassbarste für mich ist – ich habe Sarah gefunden! Dass ich nach Joe noch einmal eine solche Liebesgeschichte erlebe, hatte ich nicht mehr für möglich gehalten. Das Zusammenleben mit Sarah ist perfekt. Während ich Wurzeln habe und mir nur ab und zu Flügel wachsen, die mich in fremde Gegenden der Welt bringen, hat sie Flügel, die sie ständig daran erinnern, was sie mit ihnen alles anstellen kann. Und nur ab und zu, wahrscheinlich, während die Flügel zur Inspektion müssen, lässt sie es zu, dass ihre Wurzeln sie kurzfristig an einen Ort binden. Und dieser Ort ist bei mir, in meiner Wohnung und in meinem jung gebliebenen Herzen. Das macht mich sehr glücklich.

Bernarda ist von ihrer zauberhaften Enkelin Gianna gefunden worden. Sie holt sich jetzt alles zurück, was ihr die Menschen aus ihrer traurigen Vergangenheit gestohlen haben. Ich erkannte Bernarda kaum wieder. Der Hass und die Eiseskälte in ihrem Inneren sind verschwunden und haben Platz gemacht für ihr Mitgefühl, ihre Weiblichkeit und für eine neue Gelassenheit, mit der sie auch ihr Alter zulassen kann. Das, was sie für Francine getan hat, kann man kaum ermessen.

Ich zögere das Thema hinaus, ich weiß, doch es wühlt mich sehr auf und macht mich traurig, von Francine zu berichten. Noch nie habe ich sie so glücklich gesehen. Sie strahlte von innen wie der heilige Berg Arunachala. Ich werde nie vergessen, wie wir alle sechs am Ende unserer Reise dort in dem großen Bett mit Blick auf den Berg und in Löffelchenstellung gelacht und gleichzeitig geweint haben. So lange ist das noch gar nicht her.

Manchmal, als ich dort war, konnte ich sehen, wie sie sich aus dem Leben zurückzog. Wie sie das Interesse am Leben zu verlieren schien, wenn Shari nicht bei ihr war. Überhaupt, dieser Priester, ich wage nicht daran zu denken, wie ihr Leben in Indien verlaufen wäre ohne diesen Mann, der sie auf seinen Armen durch den Rest ihres Lebens getragen hat. Er muss ein Gott sein. So verhält sich kein normaler Mann.

Der Weihnachtsabend war ein rauschendes Fest. Lucca und Sandro haben es in ihrem alten Schulhaus auf einer Terrasse direkt am Fluss für ihre Freunde und für ihre Schützlinge veranstaltet. Der Tisch bog sich, Tontöpfe gefüllt mit Curryreis, Gemüse in allen Variationen und große Pfannen mit gewürztem Fleisch, von den Desserts ganz zu schweigen. Lucca und die Frauen mussten tagelang in der Küche gestanden haben. Francine trug einen traumhaften Sari und Shari eine lange Nehru-Jacke mit Stehkragen. Sie sahen aus wie ein Brautpaar. Sie waren ständig im Körperkontakt, und wenn sie sich nicht berühren konnten, hatten sie Blickkontakt. Nach dem Essen wurde gesungen und getanzt, auf der Terrasse, im Garten, am Flussufer. Francine war aufgekratzt und laut, und ihre Pupillen waren weit. Sie stand unter Morphium. Ich selbst hatte Medikamente von ihrem Onkologen für sie mitgebracht. Ihre Hustenanfälle waren unter der Medikation gedämpft.

Bei Einbruch der Dunkelheit wurde ein Freudenfeuer am Fluss entzündet, und wir saßen bis spät in die Nacht und genossen die Wärme und den Sternenhimmel. Am nächsten Morgen hingen dann kleine Geschenke, hauptsächlich für die jungen indischen Mädchen, an Bäumen und Sträuchern.

Am nächsten Weihnachtstag durften Sarah und ich Francine und Shari auf dem Hügel besuchen. Francine hatte bei unseren Telefongesprächen ja immer von Sharis Hütte geschwärmt. Doch zu sehen, wie sie dort oben mit dem Nötigsten und doch so stilvoll eingerichtet waren, hat mich sehr beeindruckt. Sarah wird mit Shari zusammen an einem Buch arbeiten, das er über ökologisches traditionelles Bauen veröffentlichen wird. Kein Mensch wusste, dass Shari Ökologie und Sozialwissenschaften studiert und sogar in Ökologie promoviert hat. Sarah hat das zufällig herausgefunden. Ich sag es doch, er ist so bescheiden, er kann kein normaler Mann sein.

In der Hütte stand ein traumhaft geschmückter Olivenbaum. Er stand einer traditionellen Tanne in nichts nach, im Gegenteil, ich finde, der Ölbaum ist viel ursprünglicher.

Shari hat gekocht, Sarah hat ihm assistiert, und so hatten Francine und ich endlich Gelegenheit zu einem ganz persönlichen Gespräch. Sie wusste genau, dass ihr nicht mehr viel Zeit bleiben würde, sie war überzeugt, dass ihre regelmäßige Yogapraxis und die Meditation ihr halfen, mit den Erscheinungen ihrer Erkrankung besser fertigzuwerden. Doch sie spürte, wie ihre Kraft weniger wurde. Sie weinte, als sie mir von Shari erzählte und davon, wie zerrissen er innerlich war und wie seine Gefühle mit seinem Glauben rangen. Mich machte es sehr traurig, wenn ich beobachtete, wie tapfer die beiden waren, mit welchem Mut sie ihre Ängste bezwangen, indem sie in absoluter Offenheit über alles redeten.

Ich denke, das war allein Sharis Verdienst, Francine neigte seit jeher dazu, ihre Probleme mit sich selbst abzumachen. Wenn ich nur daran denke, wie lange sie ihre schrecklichen Probleme mit ihrer Familie und ihre Erkrankung vor uns, ihren Freundinnen, verheimlicht hatte. Nur, weil sie uns schonen wollte.

Und jetzt ist sie gegangen. Ihr Wunsch, auf ihrem Zauberhügel zu sterben, ist in Erfüllung gegangen.

Babette

Es war alles so schnell gegangen. Der himmelblaue Reisebus fuhr ab, und in letzter Minute konnte ich Francine sehen, wie sie dort vor dem Hoteleingang stand, klein, verloren und absolut einsam. Sie sah auch noch so aus, als Bernarda es sich in letzter Minute überlegt hatte, dort zu bleiben, und Raja noch mal zurückgefahren war. Da habe ich mir geschworen: »Ich werde wiederkommen, ich werde sie noch einmal sehen.« Und das habe ich auch. Ende März, bevor der Monsun im Süden beginnt, bin ich ein zweites Mal nach Indien gereist. Eine völlig veränderte Bernarda hat mich mit ihrem Fahrer in Chennai am Flughafen abgeholt. Ihrem jetzigen Aussehen nach könnte sie direkt eine Inderin sein. Sie trägt nur lange, taillierte weiße Jacken mit Stehkragen und Hosen, und ihr Haar hängt ihr als dicker Zopf fast bis zum Hintern. Ich muss es leider zugeben, sie sieht toll aus. Ich weiß, dass sie für Francine unfassbar viel getan hat, aber in einem geheimen Stübchen in mir ist immer noch ein Rest Wut auf sie vorhanden. Vielleicht sollte ich einen grausamen Thriller über sie schreiben, wie über Helene.

Nein, im Ernst, ich glaube, die Konflikte mit meiner Mutter habe ich bei meiner ersten Indienreise bewältigt. Als ich zurückgekommen bin, habe ich mit Helene Tacheles geredet, und wir haben gemeinsam beschlossen, dass sie in ein Seniorenheim geht. Es hat mich sehr erstaunt, dass sie selbst es wollte, ich habe sorgfältig recherchiert und auch ein sehr schönes Haus gefunden, in dem sie sich wohlfühlt. Ich besuche sie oft, und manchmal nehme ich sogar Louis mit zu ihr. Sie mögen sich jetzt etwas mehr. Bei uns im Haus und in mir drin ist jetzt Frieden eingekehrt. Deshalb fällt es mir auch leichter, ihr zu verzeihen. Mein Thriller wird pünktlich zur Buchmesse erscheinen. Ich bin sehr gespannt. Jetzt schreibe ich wieder ein Kochbuch, ein indisches, mit tollen Fotos von unserer Reise. Ich brauchte dringend wieder was für meine Puddingseele, das Morden kam mir zu den Ohren raus, es ist mir langweilig geworden.

Bernardas Enkelin ist ein tolles Mädchen. Man könnte sich vorstellen, dass Bernarda früher genauso ausgesehen hat. Sie ist ein aparter Typ, offen und unkompliziert, sie spricht viele Sprachen und hat auch sonst was auf dem Kasten. Bernarda ist so vernarrt in das Mädchen, dass sie noch nicht gemerkt hat, dass eigentlich ihre Enkelin mittlerweile den Laden dort schmeißt.

Und Francine, meine Francine. Ich habe gedacht, mein Herz bricht auseinander, als ich sie im Arm hielt. Wie ein Hühnchen hat sie sich angefühlt, so zart und zerbrechlich. Sie trug ja immer diese gewickelten Männerhosen und weite Hemden und sah damit so wunderbar aus mit ihrer roten Mähne und der gebräunten Haut. Obwohl sie schon so schwach war, strahlte das Glück aus allen Poren aus ihr heraus. Francine und der Priester. So was habe ich noch nie erlebt, sie wirkten wie eine Einheit, sie bewegten sich, als hätten sie eine gemeinsame innere Choreografie. *Liebe* ist dafür das falsche Wort, es klingt auf sie bezogen so banal, schlapp und leer. Ich glaube ja sonst nicht an solchen Quatsch, aber irgendeine höhere Instanz muss die beiden zusammengeführt haben.

Sie konnte nicht mehr laufen, war dafür zu schwach, aber er trug sie auf seinen Armen überall hin, den Hügel hinauf, den Hügel hinunter. Wir waren oft bei diesen wunderbaren Italienern. Lucca, eine tolle Köchin, ich habe jede Menge Rezepte von ihr abgestaubt. Sie liebte Francine, und sie hat fast täglich für sie gekocht. Shari ist ja Vegetarier, doch Lucca hat dafür gesorgt, dass Francine auch ab und zu mal Fleisch bekam. Sie hat sie richtig gepäppelt, und damit hat sie auch mich rumgekriegt. Ich wäre sonst furchtbar eifersüchtig auf sie gewesen. Ich war doch immer Francines beste Freundin. Ach, was bin ich doch immer noch für ein Kindskopf. Wenn man erst mal dabei ist zu sterben, kann man nicht genug gute Freunde haben, die sich um einen kümmern. Und die hat Francine wirklich gehabt, Bernarda an erster Stelle. Sie hat sich ein bisschen zurückgehalten, als ich da war, sie spürte, dass ich ihr immer noch nicht grün bin. Sie war sonst auch täglich bei Francine, hat sich am Schluss mit Shari bei ihrer Pflege abgewechselt. Ich glaube, ich muss ihr doch irgendwann verzeihen, ich hab ja jetzt Übung darin.

An meinem letzten Abend hatten Shari und Lucca eine *Ganga Aarti* am Fluss organisiert. Francines Traum war es immer gewesen, dieses berühmte Fest einmal in Rishikesh, am heiligen Ganges, zu erleben. Doch das hat sie nicht mehr geschafft. Diese Geschichte mit dem Ganges ist ja auch so etwas, was ich nicht verstehen kann. Auf der einen Seite verehren die Inder den heiligsten aller Flüsse, den sie sogar *Mutter Ganga* nennen, auf der anderen Seite siffen täglich Milliarden Liter Abwässer und Müll aus den Großstädten in den heiligen Fluss, Fabriken leiten hochgiftige Chemikalien und Schwermetalle hinein, ungeliebte Töchter werden im Fluss ertränkt. Bauern werfen ihre toten Tiere hinein, doch sie baden auch darin, sie waschen sich und ihre Wäsche darin. Sie wässern ihre Felder damit, und sie trinken das Wasser. Sie verehren es, sie füllen es in Flaschen ab und stellen es als Heiligtum auf ihre Altäre.

Ich fragte Shari, wie man einen Fluss verehren und ihn gleichzeitig derart zerstören, ihn töten kann. Er hat es mir so erklärt, dass die Mehrheit der Inder ungebildet sei, sie kennen den Begriff Umweltschutz nicht, sie erkennen den Schaden nicht, den sie selbst anrichten. Shari ist in einer Umweltorganisation tätig, er hat mir genaue Zahlen nennen können, es sind unvorstellbare 2,9 Milliarden Liter Abwasser täglich, die der Fluss verarbeiten muss. Lucca hat mir erzählt, dass Shari sich sehr engagiert, und sie sagt, er übe das Priesteramt aus, um Einfluss auf die Menschen im Süden zu nehmen. Er will aufklären und verändern, er will etwas bewirken. In dem Dorf, in dem sie leben, kann man die Veränderungen deutlich sehen. Und Shari ist froh, dass dort kein Müll mehr im Fluss landet, dass er wenigstens in diesem kurzen Abschnitt nicht länger zur Müllhalde wird. Immerhin, es ist ein kleiner Schritt. Es ist nicht der Ganges, sondern ein unbedeutenderer Fluss. Doch um das Bewusstsein der Menschen zu verändern, muss man im Kleinen beginnen.

Zu dem Fest waren auch alle Dorfbewohner und die jungen indischen Frauen, die Schützlinge der Stiftung, eingeladen. Es ging sehr festlich zu, es wurde gesungen, zwei Sitarjis machten Musik, es wurde gegessen und getrunken, und mit Einbruch der Dunkelheit wurden Fackeln und Feuer an beiden Ufern des Flusses entzündet, um die bösen Geister zu vertreiben. Bernardas Fahrer Babu ist der große Organisierer. Er wuselte überall herum und hatte die Kontrolle über alles, was geschah. Wir, die Freunde, saßen auf dem hölzernen Terrassendeck, Francine in unserer Mitte. Sie trug einen wunderschönen Sari und sah aus wie eine Fee. Ihre Augen glänzten, und sie war sehr lebhaft. Ihr Husten verschonte sie an diesem Abend weitgehend. Sie trank ein Joghurt-Milch-Getränk, das mit Honig, Zimt, Anis und einigen Kräutern gemischt war. Sie grinste mich an. »Probier mal, es ist ein Spezialgetränk, ein Joint zum Trinken. Möchtest du auch? Du kannst es auch rauchen, es ist toll, man fühlt sich, als könnte man fliegen.« Da wurde mir klar, warum sie so glänzende Augen hatte. Von Shari erfuhr ich, dass das Rauschmittel legal in staatlichen Läden verkauft wird. Es wird aus Cannabis hergestellt, heißt *Bang*, und es wird sogar in Konfekt und als Tee verarbeitet. Bei Francine wirkte es auch gegen ihre Schmerzen.

Babu hatte das große Feuer am Ufer richtig angeheizt. Irgendwann stellten sich die Dorfbewohner unterhalb der Terrasse auf, und die Zeremonie begann mit dem Singen von *bhajans*, religiösen Liedern, und einem *hawan*, einem Ritual um das Feuer, bei dem *Agni*, dem Gott des Feuers, Opfergaben dargebracht wurden. Wir gingen ebenfalls ans Ufer in die Nähe des Feuers. Shari trug Francine auf seinen Armen, und ich war froh, dass so viele Menschen um uns herum waren und mein Schluchzen in dem Gesang nicht auffiel. Sie würde bald sterben. Ich konnte es sehen. Ihre Gesichtshaut war straff gespannt, ihr Mund wirkte noch größer als sonst, es umgab sie eine Aura von Vergänglichkeit. Bernarda stand plötzlich neben mir und legte ihren Arm um mich. »Sie ist hier sehr glücklich gewesen, sieh doch, wie sie strahlt. Wir müssen sie gehen lassen, Babette, das wird ihr helfen.« Wie Leuchtkäfer in der Nacht schienen nach und nach kleine Lichter auf, tönerne kleine Öllampen oder Kerzen. Lucca drückte mir ein Feigenblatt mit einem Teelicht in die Hand, das mit Blüten geschmückt war. Wir bildeten einen engen Kreis um Francine und Shari da unten am Fluss, Bernarda, Lucca, Sandro und ich. Wir setzten die kleinen Schiffchen auf das Wasser und beobachteten, wie sie zusammen mit Hunderten anderer Lichter mit der Strömung trieben, dem Meer entgegen. Meine Wünsche für Francine trieben mit ihnen. Bernarda hatte recht, ich musste sie gehen lassen.

Bernarda

Wie mutig sie war. Ich habe das lange nicht erkannt. Ich war so blind. Bis ich sie dort stehen sah. An dem Tag, an dem wir abreisten. In all ihrer Verzweiflung, ihrer Einsamkeit stand sie da, Paulis zerknittertes Pappherz in der Hand, und strahlte doch so viel Stärke aus.

Alle dachten, ich hätte sie beschützt.

Es war ganz anders. Sie hat mir Kraft gegeben und mir gezeigt, dass man nicht warten muss, bis der Sinn des Lebens vorbeikommt und dich ruft. Sie hat mir gezeigt, dass ich selbst die Kraft habe, den Sinn meines Lebens zu finden.

Sie hat mir ein großes Geschenk gemacht. Das Geschenk der vorbehaltlosen Freundschaft. Sie hat einfach meine Hand gehalten. Einfach nur meine Hand gehalten.

Shari

Sie ist in meinen Armen gestorben. Ich habe sie nur gehört, nicht gesehen. Ich musste sie nicht sehen. Ihr Gesicht ist in jeder Zelle meines Körpers gespeichert wie ein Fingerabdruck.

Ich habe ihren Atem gehört und ihre Wärme gespürt. Die ganze Zeit. Und ich habe die Anwesenheit der Sterne über uns gespürt.

Ich lag hinter ihr, sie hatte es sich so gewünscht. Löffelchenspiel hatte sie es genannt.

Ich merkte es in dem Moment, als der Aus-Atem kam und anhielt und anhielt und anhielt.

Und dann konnte ich die Sterne nicht mehr sehen, und um mich herum war nur eine große, dunkle, eiskalte Stille.

Epilog

Bernarda ist wie jede Woche auf dem Friedhof in der Nähe des Ashrams. Sie hat die Blumen gebracht, die Lucca in ihrem Garten Eden gepflückt hat. Sie ist froh, dass Francines Grab direkt unter dem großen Banyanbaum liegt, so kann sie hier im Schatten des heiligen Baumes eine Weile innehalten. Nebenan auf der Verbrennungsstätte ist das Ritual einer Leichenverbrennung in vollem Gange.

Bernardas Blick fällt auf einen himmelblauen Reisebus, der am Rande der Straße am Eingang des Friedhofs parkt. Sie bemerkt einige Frauen, die den Friedhof gerade verlassen. Am Bus steht eine Frau, eine Europäerin in indischer Kleidung. Ihre Blicke treffen sich, im selben Moment erkennen sie sich. Sie legen zum Gruß ihre Hände vor dem Brustbein zusammen. *Namasté*!

Susanne war lange nicht bei ihnen gewesen. In Gedanken lässt Bernarda das Rad der Zeit rückwärts laufen. Die Rundreise mit den Freundinnen. So viel Zeit ist vergangen. So viel ist seither geschehen.

Zeit, was ist schon Zeit?

Im Leben vieler Frauen, unabhängig welchen Alters, haben Themen wie Yoga, Meditation, Ayurveda, Spiritualität in den letzten Jahrzehnten zunehmend an Bedeutung gewonnen. Auch Südindien ist dadurch mehr in den Fokus gerückt. Das Interesse ist sehr groß, Yogakurse sind sehr gut besucht, und Sachbücher dieses Genres wurden mittlerweile in ausreichender Menge veröffentlicht. Als langjährige Yogalehrerin sah ich einen großen Anreiz darin, eigene Reiseerlebnisse in Südindien und meine Kenntnisse in den Bereichen indische Mythologie, Yoga und Meditation in eine fesselnde Geschichte über eine Frauenfreundschaft so einzubinden, dass die Dynamik der Geschichte nicht verloren geht.

Petra Dalquen

Danksagung

Während ich dieses Buch schrieb, erfuhr ich sehr viel Unterstützung und Motivation durch meine Familie.

Ganz besonders danke ich meinem Sohn Julian, der – obwohl er nicht unbedingt zur Zielgruppe dieses Buches gehört – das umfangreiche Manuskript offensichtlich aufmerksam von vorne bis hinten gelesen und mich sowohl treffsicher auf die kritischen Stellen des Romans aufmerksam gemacht als auch die seiner Meinung nach gelungenen Szenen hervorgehoben hat.

Ich danke meiner Schwägerin Edith sowie meinen Freundinnen Uschi, Gerda, Birte und Rosi fürs Vorablesen und für ihr Feedback.

Bei Astrid Korten bedanke ich mich für ihre freundschaftliche, humorvolle und kreative Motivation und ihre Hilfsbereitschaft.

Ein großes Dankeschön gilt sowohl dem Team von Amazon Publishing für die wertschätzende Zusammenarbeit und die Geduld bei der Auswahl des Covers als auch Sandra Schmidt vom Lektorat Text-Theke, die mich einfühlsam, humorvoll und kompetent von der Notwendigkeit einiger Überarbeitungen und Korrekturen überzeugt hat.

Ebenfalls danke ich dem Verlag Lutz Garnies für das Lektorat, das Korrektorat und den Satz dieses Buches.

Last but not least einige Zeilen an meinen Mann:

Danke für deine Zeit.

Danke für dein Lachen und deine Tränen an genau den richtigen Stellen und dafür, dass du die *Mädels* mit allen Konsequenzen vorübergehend in unsere Familie aufgenommen hast.

Quellen der Liedtexte

Seite 146: *Fly me to the moon …* aus dem Album *The Very Best of Diana Krull*, Interpretin: Diana Krull (2007)

Seite 183: *Somewhere over the rainbow …* aus dem Film *The Wizard of Oz*, Interpretin: Judy Garland (1939)

Seite 254: *Come away with me …* aus dem Album *Come Away With Me*, Interpretin: Norah Jones (2003)

14067785R00261

Printed in Poland
by Amazon Fulfillment
Poland Sp. z o.o., Wrocław